Mike Chick

**Der Käfig
Entkommen ist
tödlich**

Mike Chick wurde 1989 unter dem bürgerlichen Namen Antonio Robinia in Mosbach (Baden) geboren. Das Schreiben fantastischer Literatur entdeckte er für sich in seiner Ausbildung als Maler und Lackierer. Seine erste Publikation erfolgte 2017 während seines Studiums der Freien Kunst/Malerei an der Kunstakademie Karlsruhe.
Der heutige Meisterschüler und Freie Künstler lebt auf der Schwäbischen Alb, wo er Bildende Kunst lehrt und doziert.

Mike Chick

Der Käfig
Entkommen ist tödlich

Thriller

PIPER

Mehr über unsere Autoren und Bücher:
www.piper.de

Wenn Ihnen dieser Thriller gefallen hat, schreiben Sie uns unter Nennung des Titels »Der Käfig. Entkommen ist tödlich« an empfehlungen@piper.de, und wir empfehlen Ihnen gerne vergleichbare Bücher.

© Piper Verlag GmbH, Georgenstraße 4, 80799 München
www.piper.de
Für direkten Kontakt und Fragen zum Produkt wenden Sie sich bitte an: *info@piper.de*

ISBN 978-3-492-50501-7
© Piper Verlag GmbH, München 2021
Redaktion: Michaela Retetzki
Satz auf Grundlage eines CSS-Layouts
von digital publishing competence (München)
mit abavo vlow (Buchloe)
Covergestaltung: Emily Bähr, www.emilybaehr.de
Covermotiv: Rawpixel.com / lifeforstock / alineofcolor user21720231 /
via Freepik
Printed in Germany

Kapitel I

Schneesturm

1

Da war Dunkelheit. Und da war Schmerz. Brennender, pochender Schmerz. Nicht lokalisierbar. Er schwebte zugleich östlich und westlich von ihm, außerhalb seines Ichs, fern seiner Körperlichkeit und doch mitten in ihm. Mehr wusste er nicht.

Er wusste nicht, wo er war und wer er war. Er versuchte nachzudenken, doch der Schmerz ummantelte seine Gedanken.

Die einzige Frage, die blieb – sah so der Tod aus?

Konnte das Leben danach das Gesicht von Schmerz tragen?

Auch darauf fand er keine Antwort.

Das Einzige, was sich ihm offenbarte, war, dass Zeit verstrich. Er spürte, wie sie dahinsiechte, spürte, wie die Uhr des Schicksals tickte, so wie er es oft gespürt hatte, wenn er zu viel von dem Zeug zu sich genommen hatte, das Michelle immer als Gift bezeichnete.

Michelle … Sie hatte sein Herz ins Licht der Welt erhoben, nur um es ihm später wieder zu entreißen, was ihm das seine brach.

Seltsamerweise waren das klare Gedanken. Trotz des Schmerzes. Trotz der Dunkelheit. Zwei Personen. Zwei Gesichter. Das eine, jüngere – traurig. Das andere, erwachsene – voller Zorn.

Das Pochen in seinem Schädel schwoll an, wuchs sich zu einem Dröhnen zwischen seinen Ohren aus. Das winzige Licht, das er erblickt hatte, pulsierte, schrumpfte. Es drohte zu verschwinden. Der Schmerz arbeitete gegen ihn wie Wind gegen die schmale Flamme einer Kerze; dem einzigen Lichtblick im Dunkel seiner Existenz.

Er konzentrierte sich, klammerte sich am Bild Michelles fest, versuchte die Wut von ihren Lippen abzulesen. Denn obwohl er sie nicht zu hören vermochte, wusste er doch, dass in diesen stummen Worten sein Ich verborgen liegen musste. Und ja, da drang es zu ihm durch! Da ertönte das Wort, das er flehentlich ersuchte. Schwach, aber in seinem Dasein verbarg sich alles, was es brauchte, um zu wissen, dass *er* nicht nur Schmerz und Dunkelheit war. Es war sein Name.

Marcus Nolte.

2

Die Düsternis wich Nebel. Wie lange es dauerte, bis es dazu kam, war unmöglich zu schätzen. Es hätten Sekunden oder Tage sein können. Dennoch: es war ein Fortschritt. Der Nebel nahm ihn nicht vollkommen ein, er überschattete die Dinge vielmehr. Und Schatten – so tiefschwarz sie auch waren – konnte man durchdringen, nicht wahr? Marcus konnte spüren, wie er atmete, wie sich sein Brustkorb hob und senkte, wie ein feiner Hauch von seinen Nasenlöchern über seine Lippen strömte. Und er spürte Kälte, die vom Boden in seinen schmerzerfüllten Körper drang. Lag er auf Beton? Metall? Er wusste es nicht, aber ja, *ja!*, das waren Fortschritte.

Ein weiterer Fortschritt kam über seine Ohren hereingeströmt. Ein monotones Surren. Wie von ... von ...

Sein Verstand spielte das Spiel ohne ihn. Marcus versuchte ihm eine Antwort abzugewinnen, doch ohne Erfolg. Allerdings brachte das eine ganz andere Frage mit sich, die seine Situation womöglich erklären würde. Stimmte seine Mutmaßung, so wusste er, gab es ein Entkommen. Oder vielmehr ein Entgleiten. Denn wenn das hier nicht der Tod war, dann würde die Wirkung des braunen Pulvers – des *Gifts* – mit der Zeit nachlassen und ihn in die Welt zurückwerfen. Ein Blackout! Das war es, worunter er litt. Was sollte es auch anderes sein? Auch wenn er sich nicht erinnern konnte, wieder mal *gedrückt* zu haben, ergab nur das Sinn. David musste ihn besucht, sein Köfferchen geöffnet und ihm den Mund wässrig geredet haben wie auch die vielen Male zuvor. Daraufhin konnte nur eines geschehen sein – Marcus hatte die Nadel in seine Armbeuge gestochen und *gedrückt*.

Gott, steh mir bei, das hier ist nicht mehr als eine verfluchte überdimensionierte Dosis. Keine Überdosis, nur zu viel ...

Das dachte er. Dann erinnerte er sich an etwas. Und ihm wurde bang ums Herz.

Denn David konnte nicht mit seinem Köfferchen vorbeigekommen sein. David würde überhaupt nie wieder kommen. Denn David, sein bester Freund, war tot; von einem Zug überrollt. Wie lange war das her? Marcus wusste es nicht. Sein Gedächtnis spielte erneut Verstecken mit ihm. Nur sein Unbehagen nicht. Es präsentierte sich mit stolzgeschwellter Brust.

Ein Geräusch stieß mit der plötzlichen Vehemenz eines Pistolenschusses durch seinen Gehörgang. Ein lauter werdendes Rasseln, das in einem ohrenbetäubenden Knall mündete. Ein Laut, der einen aus Albträumen reißen konnte. Nur war dies kein Traum. So real fühlten sich Träume nicht an. Der Nebel war manifest, der Schmerz in seinem Kopf von göttlicher Klarheit. Das hier war kein Traum, auch wenn er es sich wünschte.

»*Lasst mich raus!*«

Die Stimme kam von weit her. Die Wut einer zutiefst verängstigten Frau hallte mit ihr durch das Dunkel.

Dann: ein Klappern, metallisch, kalt. Wieder die Stimme. Dieselben Worte, dieselbe Wut. Wieder und wieder. Und je öfter sie ertönte, desto bitterer klang sie. Aus Wut wurde Verzweiflung.

Es folgte der dumpfe Knall einer sich rasch schließenden Tür. Dann nahm Stille den ganzen Raum ein wie eine Flaute auf hoher See. Oder der Triumph des Todes über das Leben.

Um Marcus herum gab es keinen Laut. Kein Geräusch. Kein Wispern. Nur das tieftonige Surren. In seiner Brust trommelte ein ganzes Orchester frisch erblühter Angst.

3

Nach der wiedergekehrten Dunkelheit folgte eine lange, beschwerliche Periode des Wahrnehmens; eine Wallfahrt durch den Sumpf seines mit Kopfschmerzen verschneiten Verstandes.

Seine Wanderung begann mit einem bitteren Geschmack auf der Zunge. Es war nicht viel, aber doch etwas. Ein weiterer kleiner Fortschritt auf seinem sich wehrenden Weg zu sich selbst und der Situation, in der er festsaß wie ein Vogel im Käfig.

Wie die Überbleibsel einer zerkauten Kopfschmerztablette, dachte Marcus. Und weiter dachte er, dass er so eine Tablette nun gut gebrauchen könne. Eine oder zwei oder ein Dutzend. Paracetamol, Aspirin, Exidrin, was auch immer, Hauptsache, dieses verfluchte Dröhnen in seinem Schädel würde endlich nachlassen!

Nein. Nein! So durfte er erst gar nicht zu denken anfangen. So stürzte er sich nur weiter in Ungnade. Er musste forschen, suchen, entdecken, herausfinden, was hier geschah.

Also weiter. Was kannst du hören? Was kannst du riechen? Was kannst du ...

Er roch tatsächlich etwas. Ein tiefer, unwillkürlicher Atemzug bescherte ihm einen Geruch, den er aus einer Zeit vor dem Knast kannte. Schwach, aber doch da. Wieder kam ihm David in den Sinn; David, der mit zwölf Jahren Zigaretten von seinem Vater stahl, die sie gemeinsam im Wäldchen am Ortsrand pafften; David, der mit roten Augen in die Schule kam; David, der überhaupt nicht mehr in die Schule kam.

David, der von zu Hause weglief, um die Welt zu erkunden, und auf seinem Weg einmal zu oft falsch abbog.

Unglücklicherweise hatte Marcus ihn auf diesem Weg ein Stück begleitet. Und deshalb wusste Marcus auch, welche Substanz da in der Luft schwebte und seine Nasenschleimhäute zum Weinen brachte. Es war der Geruch, der an David gehaftet hatte, wenn er aus dem Labor kam – das Labor neben den Gleisen, die das Ende von Davids Weltreise besiegelt hatten. Was Marcus roch, war Ammoniak. Oder anders ausgedrückt: der Gestank abgestandenen Urins. Wo auch immer er sich befand, hier roch es wie in einer Bahnhofsunterführung.

Erneut fragte er sich, ob er nicht doch gedrückt hatte. Zu vieles sprach dafür. Selbst das »*Lasst mich raus!*«-Geschrei dieser Frau – oder war es ein Mädchen? – erbrachte kein standhaftes Gegenargument. An Orten, an denen Substanzen in Spritzen, als Tabletten und Pulver regierten, kam es nicht selten zu Wahnvorstellungen und Paranoia. Die Pot- oder Piece-Raucher waren da noch das angenehmste Volk. Wild ging es hingegen bei denjenigen zu, die Deep Purple, Crystal oder Amphis wie MDMA oder Ecstasy einnahmen. Sie wussten, wie man richtige Partys feiert, o ja! Nur ... Nur konnte Marcus nicht glauben, dass er sich einen Schuss gesetzt hatte. Es war einfach undenkbar, denn er durfte nicht rückfällig geworden sein, weil er sonst Tina für immer verlor.

Tina.

Der Name blitzte in seinem Geist auf wie ein hell funkelnder Stern. Gleichzeitig fühlte er eine einmalige Wärme in seinem Herzen aufblühen. *Sie* war es, weswegen er zu drücken aufgehört hatte. *Sie* war der Grund, weshalb er durch die Hölle des Entzugs gewandert war. *Sie* war sein Orientierungspunkt durch das Fegefeuer und sämtliche Qualen hindurch; die Übelkeit, das hohe Fieber, das nie enden wollende Erbrechen. Sie war sein Polarstern, sein Kompass, denn sie war vier Jahre der bedingungslosen Liebe. Sie war Tina Nolte, seine Tochter – sein Herz.

Ich habe nicht gedrückt, dachte Marcus. *Das darf ich einfach nicht!*

Tatsächlich? Konnte er mit hundertprozentiger Sicherheit von sich behaupten, nicht rückfällig geworden zu sein? Die Antwort darauf war so klar und eindeutig, dass die Wärme in seiner Brust einer herzzerreißenden Kälte wich. Denn er konnte sich keineswegs sicher sein. Er wusste, dass ein Süchtiger auf ewig ein Süchtiger blieb. Egal wie klug er war, egal welchen Schulabschluss er hatte, egal wie oft und wie sehr er sich vornahm, den richtigen Weg zu finden, der Wald, durch den ein Junkie schritt, war stets mit dornigen Fallen und tiefen Schluchten gepflastert. Viele, sehr viele versuchten sich für die Familie durch dieses Dickicht zu kämpfen, und nur sehr wenigen gelang es. Der Wille ist ein mit Emotionen verbundenes, formbares Element. Heute möchte man den Mount Everest bezwingen, morgen erscheint die Spitze so fern wie der Mars. Der innerliche Druck, ohne ein »*Yeah Baby, let it run!*« in den Adern durchzukommen, wächst mit jedem erklommenen Meter, und selbst wenn man am Gipfel angelangt, fühlt man sich doch, als würde einem weit in den Untiefen des Meeres der Sauerstoff ausgehen. Man beginnt zu zittern, wenn man *Fear and Loathing in Las Vegas* im Fernsehen sieht; beim Fensterbummel in einer Fußgängerzone hält man unentwegt nach jemandem Ausschau, der nur annähernd danach aussieht, ein Beutelchen in seiner Manteltasche versteckt zu haben. Und wenn einem dann ein Schreiben des Familiengerichts ins Haus flattert, weil die Ex-Freundin das alleinige Sorgerecht einklagt, dann ...

Ich habe nicht gedrückt!

Seine ohnehin kaum aushaltbaren Kopfschmerzen verdichteten sich wie in einer Linse aufgefangene Sonnenstrahlen. In seinen Ohren heulte eine Sirene los. Und es brannte. Seine Gedanken brannten, fingen Feuer, als er sich verbittert zu erinnern versuchte, als er versuchte, die Blase um sein Gedächtnis zum Platzen zu bringen.

Irgendwo über seinem reglosen Körper surrte etwas. Ein mechanisches Geräusch, das die Luft in Schwingungen versetzte, als wollte sie fliehen. Der Ammoniakgeruch breitete sich aus. Er grub sich durch seine Nase bis in seine Eingeweide. Übelkeit überkam ihn. Sein Magen verkrampfte sich. Und obwohl sich dies alles schrecklich, ja, grausam anfühlte, war Marcus zutiefst dankbar, als sich sein Mageninhalt den Weg nach oben bahnte. Er übergab sich, schmeckte Säure und Galle auf Zunge und Zahnfleisch. Er empfand es nicht als schlimm. Im Gegenteil. Dieses Brennen in seiner Kehle, der krampfhafte, rein körperliche Versuch, den Geschmack durch Schlucken zu verdrängen – all das bedeutete nichts anderes als Leben. Er fühlte sich hundeelend, aber er lebte!

Blinzelnd öffnete er die Augen. Was er sah, war keine Drogenhöhle.

Es war ein weitaus schlimmerer Schlamassel.

4

Es war, als wären die Kopfschmerzen Wächter gewesen, die seinen Verstand nicht zerreißen, sondern im Gegenteil, zu schützen versucht hatten. Als erschwerten sie ihm den Empfang äußerer Einwirkungen aus reiner Nächstenliebe. Wie ein Störsender auf der Empfangswelle eines Radiosenders einer diktatorischen Regierung. Die Sprache war Schmerz, die Absicht jedoch Gnade. Das wurde Marcus klar, als er die Augen öffnete und eine Flut unglaublicher Eindrücke seinen Verstand überschwemmte.

Was er um sich erblickte, konnte unmöglich real sein. Wäre Marcus sich nicht voll und ganz sicher gewesen, hätte er geglaubt, er träume. Kein Traum einer Realität, sondern eines Films, quasi ein Traum im Traum, so fiktiv kam ihm alles vor. In seiner Zeit auf dem Gymnasium – einer unberührten Zeit ohne Knasttattoos auf Schultern und Armen, als die Welt noch so groß und das Leben so unbekümmert wirkte – kristallisierte sich in Marcus eine Leidenschaft für die Gedichte Edgar Allen Poes. Und das vor ihm wirkte wie eines dieser Gedichte.

Alles, was wir sehen und scheinen, ist nur ein Traum in einem Traum.

So musste es sein. Nur so *konnte* es sein, denn wer zur Hölle käme schon auf die Idee, Menschen wie Tiere in ...

Marcus fuhr sich mit beiden Händen über den haarlosen Kopf und betrachtete anschließend seine vom Schweiß nassen großen Hände. Dann tat er etwas, das er in der Zeit des Rausches und der Halluzinationen erlernt hatte.

Er atmete tief durch, schloss die Augen und zählte von zehn rückwärts.

Zehn ... Neun ... Acht ...
Egal, was ich mir eingeflößt habe, es war ein Fehler ...
Sieben ... Sechs ... Fünf ...

Es war ein großer Fehler, weil ich Tina ...
Vier ... Drei ...
Nie mehr wiedersehen werde, wenn ...
Zwei ... Eins ...
Das nicht aufhört!
Null.

Er öffnete die Lider.

Ein Augenblick des Schwindels überfiel ihn. Dann musste er sich eingestehen, dass das hier weder ein Traum noch eine von Poes lyrischen Weltansichten, sondern die gewöhnliche, gottverdammte Realität war. Der bittere Geschmack auf seiner Zunge war real. Die Gerüche von Ammoniak und Kotze waren echt. Und auch die Gitterstäbe (*Sorry, Bro. Diesmal ist es kein Bluff*) waren echt. Marcus saß sprichwörtlich im wahren Leben gefangen. Dieses Begreifen verdrängte die Benommenheit mit einem Schlag.

»Hallo?«, keuchte er und rappelte sich auf. Mit Mühe gelang es ihm, auf die Füße zu kommen. Doch kaum streckte er die Knie, stieß er mit dem Kopf gegen etwas, das die Schmerzen jäh zurückbrachte. Über ihm ertönte ein hallendes *Bong!*, das durch seinen ganzen Körper vibrierte.

Er hielt sich die schmerzende Stelle und blickte auf. Erschrocken taumelte er um die eigene Achse, wo sich dasselbe grauenerregende Bild bot.

»Hallo?« Mit wiedergewonnener Stimme. »Ist da jemand? Hallo?«

Doch seine Rufe verhallten so nutzlos wie ein Biberfurz im Wald. Ein Teil des Halls wurde vom Stroh auf dem Boden geschluckt. Den größeren Teil jedoch warfen die vor Dreck und Spinnweben versifften gelblichen Fliesen an den Wänden zu ihm zurück. Was auch immer sich vor dieser Tür befand – entweder hörte ihn niemand oder man wollte ihn nicht hören. Denn auch nach weiterem Rufen und Flehen geschah nichts. Die Tür blieb geschlossen; und er allein mit seiner Furcht.

Sein Puls pochte. Rasch und frenetisch, als setze sein Herz alles daran, die Panik aus seinem Körper hinauszupumpen. Vergeblich. Sie regierte ihn bis in die letzte Zelle.

Wie im Rausch wendete er sich um sich selbst, versuchte etwas zu erblicken, was ihm einen neuen Anhaltspunkt verleihen würde, was in Gottes Namen hier vor sich ging. Dabei vergaß er, dass sein Gefängnis bei einer Höhe von einem Meter siebzig endete, und stieß sich erneut den Kopf, so hart, dass seine Zähne aufeinanderschlugen. Der Schmerz durchfuhr ihn wie ein Stromstoß. Erneut überkam ihn Schwindel. Alles drehte sich. Er versuchte sich auf den Beinen zu halten. Die Angst in ihm versuchte es. Dann ging er doch zu Boden. Er trat in sein eigenes Erbrochenes, rutschte aus und das war's. Wie nach dem saftigen Kinnhaken eines Profiboxers rang er nach Besinnung.

Schwer atmend und entkräftet saß er da und konnte nicht fassen, in welche Scheiße er geraten war. Viel schlimmer war jedoch: Er wusste nicht einmal, um was für eine Scheiße es sich handelte.

Er schloss die Augen.

Konzentrier dich. Versuch dich zu erinnern, was vor der Dunkelheit geschah, riet ihm eine innere Stimme.

Aber alles, was ihm einfallen wollte, war das Antlitz seiner Tochter. Tina – wie sie auf der Schaukel hinterm Haus saß; das Haus, in dem auch er einst gewohnt hatte, bevor Michelle die Entscheidung traf, dass ein arbeitsloser Junkie nicht der richtige Umgang für sie und ihre Tochter war.

Er konnte Tina vor sich sehen, konnte das leise Quietschen der Schaukel hören, das durch den Wind und nicht durch ihre sonst so lebendige Freude entstand. Sie saß darauf. Das blaue Kleidchen wehte in der leichten Brise des Vor- und Zurückschaukelns. Ihre zartbraune Haut, die irgendwo in der Mitte zwischen der dunklen ihrer Mutter und seiner eigenen lag, schimmerte leicht im Sonnenuntergang. Er ging auf sie zu; auf sie und den grauen Stoffhasen auf ihrem Schoß. Er erinnerte sich noch genau, wie er die Sporttasche mit den Klamotten darin auf dem Rasen abstellte und auch die letzten Meter zu ihr überwand. Sie sagte nichts, blickte nur stumm über die Felder und Wiesen am Rande der Kleinstadt hinweg.

»Papa muss gehen«, sagte er zu ihr und hoffte insgeheim, Tina würde sich nicht zu ihm umdrehen. Er gab sich der Zuversicht hin, sie würde sein Gehen mit Schweigen quittieren. *So wäre es für uns beide schmerzloser*, dachte er in diesem Augenblick.

Doch so kam es nicht. Natürlich nicht. Denn Tina liebte ihren Vater, wie er auch sie liebte. Sie wandte sich ihm zu, sprang mit einem Satz von der Schaukel, rannte ihm in die Arme. Über ihre pausbackigen Wangen rannen schimmernde Bäche des Kummers.

»Nicht gehen, Papa«, flehte sie, ihr Gesicht gegen seine Brust gedrückt. »Du darfst nicht ...«

Er hielt sie seinerseits fest, weinte jedoch nicht. Seine Tränen würden später fallen, wenn er allein war; fallen wie kalter Regen im Herbst.

Und so war es auch gekommen. Mit vor Dope zugedröhntem Schädel lag er auf Davids Couch, keine zehn Kilometer von Tinas Bettchen entfernt, und weinte. Es war ihm egal, dass die Couch nach nassem Hund und die Wohnung nach Alkohol und abgestandenem Zigarettendunst rochen. Es war ihm auch egal, dass die Bettfedern im Zimmer nebenan quietschten, weil David irgendeine Blondine mit nach Hause geschleppt hatte, um ihr nach ein bisschen weißem Zauber den Himmel auf Erden zu präsentieren. Es war ihm sogar egal, was Michelle von ihm hielt. Nur Tina war ihm nicht egal. Denn sie war sein Herz, sein Ein und Alles.

Als Marcus die Augen wieder öffnete, merkte er, dass er eingeschlafen sein musste. Zwar gab es hier drinnen keine

Fenster und somit keine Sonne, die ihm einen Hinweis darauf geben konnte, wie spät es war, doch etwas schien sich in der Zwischenzeit verändert zu haben. Zuerst wusste er nicht, was es war. Dann fiel es ihm auf. Die Pfütze Erbrochenes ... Sie war verschwunden. Auch der Ammoniakgestank war weg. Stattdessen roch es kräftig, fast gebieterisch nach frischem Stroh.

Wie der kürzlich ausgemistete Stall eines Kaninchens, dachte Marcus. Dann dachte er weiter, dass diese wenn auch minimale Veränderung etwas ganz Grundsätzliches bedeutete. Denn es hieß, wer auch immer ihn in diesem gottverdammten Käfig eingesperrt hatte, konnte nicht weit sein. Dieser Jemand musste sich in der Nähe aufhalten!

»Hallo?«, rief er. »Ist da jemand?«

Keine Antwort.

»Hallo?«

Das neue Stroh musste den Schall seiner Stimme um einiges besser aufnehmen als das verschmutzte zuvor. Seine Rufe wurden regelrecht verschluckt, wozu auch die sechs oder sieben Strohballen in einer Ecke beitrugen, die vorher noch nicht da gestanden hatten. Plötzlich kam Marcus der Raum, der etwa fünf auf fünf Meter maß und mindestens drei Meter in die Höhe ragte, deutlich kleiner vor, beengend. Und er, obwohl er einen Meter achtzig groß war und aufgrund seiner antrainierten breiten Oberarme im Knast nie große Probleme bekommen hatte, fühlte sich mit einem Mal sehr klein.

Das hier ist etwas anderes als Gefängnis. Das hier ist der totale Irrsinn!

»Hallo!«

Keine Antwort. Doch Marcus wollte, konnte nicht aufgeben. Das hier durfte nicht sein. Es war erniedrigend, grausam, unmenschlich! Marcus war in seinem Leben durch viele Täler gegangen – der Knast war das tiefste von allen gewesen –, doch dieses Tal versetzte ihn in eine nie dagewesene Panik.

Er umklammerte die Gitterstäbe mit den Händen, riss daran und schrie erneut. »*Hallo!*« Zwei, drei, zehn Mal schrie er und brachte die Scharniere des Käfigs, in dem er steckte, zum Erzittern. Er trat gegen das Metall, ohne über jedwede Konsequenzen nachzudenken. Sein Verstand hatte nur eines im Sinn: Er wollte hier raus. Jetzt!

Als er vor Erschöpfung in sich zusammensank, aufgab (*Nur für den Moment*, beteuerte er in Gedanken), öffnete sich die Metalltür zu seiner Linken. Die Scharniere quietschten. Dann fiel sie mit einem Donnern zurück ins Schloss. Kein Sonnenlicht war hereingedrungen. Überhaupt kein Licht. Stroh raschelte, als sich ihm jemand näherte. Marcus öffnete die Augen. Vor seinem Käfig stand jemand. Der Mann sagte nur einen Satz zu ihm. Oder zu sich selbst. Denn das, was er von sich gab, ergab keinen Sinn.

Er sagte: »Die Hühner legen keine Eier.«

5

Marcus betrachtete den Mann mit einer Mischung aus Verwunderung und Entsetzen. Der Mann war nur etwa einen Meter siebzig groß, circa Mitte fünfzig und schlank. Sein Gesicht wirkte abgehärmt und wetterrau. Seine letzte Rasur musste mindestens drei Tage zurückliegen. Auf seinem Kopf trug er eine dicke Stoffmütze mit Schild, die fast das gleiche karierte Muster wie seine dunkle Vliesjacke aufwies. Seine Beine steckten in einer Latzhose, die mit Schmutz und Flecken übersät war. All das kam Marcus befremdlich vor, jedoch nicht zwangsläufig anormal. Was Marcus jedoch entsetzte, waren das schmallippige Lächeln und der Blick. Der Mann sah Marcus zwar an, doch mit seinen hellgrünen Augen blickte er nicht etwa ihn an, sondern durch Marcus hindurch. Es war ein Augenblick, der ihm eine nie dagewesene Gänsehaut bereitete. Er spürte, wie sich seine Nackenhaare aufstellten, als strömte aus irgendeiner Ritze ein eiskalter Windhauch, der nur ihn erfasste.

»Wer sind Sie?«, fragte Marcus mit heiserer Stimme.

Der Mann hob die buschigen Augenbrauen, als verwunderte nun ihn, dass der Mann im Käfig nicht bloß schreien, sondern wahrhaftig sprechen konnte. Dann setzte er sich, ohne ein Wort von sich zu geben, in Bewegung.

»Haben Sie nicht gehört? Wer sind Sie? Was haben Sie mit mir vor?«

Der Mann umging den Käfig. Er gab keinen Mucks von sich, schüttelte nur den Kopf, als würde er irgendetwas nicht begreifen. Dann wiederholte er seine sinnlose Phrase. »Die Hühner legen keine Eier.«

Marcus konnte nicht an sich halten. Er brüllte den Mann an. »*Was soll das heißen?*«

Der Mann grinste und in diesem Lächeln lag nicht bloß Geistlosigkeit, sondern auch Stolz. Er hob den Zeigefinger gen Himmel wie ein Lehrer, der etwas mit dieser Geste zu verdeutlichen versuchte. »Das wird schon noch.« Er tippte sich mit der Seite des Fingers gegen die Krempe seiner Kappe. »Eddie Gals Mama hat keinen dummen Jungen großgezogen, ah, ah. Ich weiß, wie man die Viecher zum Eierlegen bringt. Ich brauch nur den richtigen Hahn.« Er lachte. Ein tiefes, kehliges Lachen.

»Sind Sie das? Ist das Ihr Name? Eddie Gal?«

Der Mann wandte sich den Strohballen zu. Mit Eifer griff er danach und verteilte das Stroh auf dem Boden.

»Heißen Sie Eddie Gal?«

Der Mann sah zu Marcus auf, grinste, antwortete aber nicht. In seinem Blick, erkannte Marcus, lag nicht nur matte Intelligenz, sondern auch die Introvertiertheit einer Person, die sich von der realen Welt zurückgezogen hatte. Womöglich schon vor langer Zeit.

»Lassen Sie mich raus, Herr Gal! Bitte! Was habe ich Ihnen denn getan?«

Keine Antwort. Der Mann arbeitete, verteilte in Seelenruhe Stroh auf dem Boden. Dabei fing er an zu summen. Ein Wiegenlied.

Hush, little Baby, don't say a word ...

»*Lassen Sie mich raus!*« Marcus spie die Worte durch die Gitter. Wut durchströmte ihn. »*Sie haben nicht das Recht, mich gefangen ...*«

»Es wird Zeit«, sagte Eddie Gal kühl. In seinem Blick stand eine Ausdruckslosigkeit, die Marcus überhaupt nicht gefiel.

»Was? Wofür wird es Zeit? ... *Wofür wird es Zeit?*«

»Zeit, die Hühner zu füttern.« Er sprach in einem sehr sanften Ton, als spräche er gutmütig zu einem Baby.

Dann, sich die Hände vom Stroh abreibend, verließ Eddie Gal den Raum, wie er ihn betreten hatte. Mit dem Quietschen eines Scharniers voraus und eines im Rücken. Er drehte sich nicht mehr nach Marcus um.

6

Es war sinnlos, eine Schwachstelle an diesem Käfig zu suchen. Das Ding war sicherer als eine Bärenfalle. Im Grunde bestand es aus einer Eisenplatte am Boden und daran festgeschweißten daumendicken Eisenrohren. Wohl wahr, an der oberen Seite des Käfigs befanden sich Scharniere, an denen man das Oberteil wie einen Deckel aufklappen konnte, doch Eddie Gal musste, was seine Sicherheitsvorkehrungen betraf, ein Pedant sein. Zwei dicke Vorhängeschlösser, so glänzend, dass sie nur neu sein konnten, verriegelten die Klappe. Das Eisen war korrodiert und an manchen Stellen sogar rostig, doch von Brüchigkeit keine Spur. Und an den Vorhängeschlössern, oh, da hatte Eddie Gal nicht gespart, o nein! Eddie Gals Mama hatte einen vorsichtigen Drecksack großgezogen.

Wider jede Vernunft rüttelte und zerrte Marcus daran, gab es aber bald auf. Es brachte ihm nur Schwielen an den Händen. Und wer wusste schon, wie lange er es mit ihnen hier drinnen aushalten musste.

Dieser Überlegung schloss sich ein Gedanke an, der ihm weit bedrohlicher vorkam. Was war, wenn er hier überhaupt nicht wieder rauskommen würde?

Nein, das war etwas, das er sofort wieder vergessen musste! Denn aus diesem Gedanken sprach Hoffnungslosigkeit, und wenn Marcus auch nicht zu den Fantasten dieser Welt gehörte, er war noch weit davon entfernt, die Hoffnung aufzugeben. Dafür war es eindeutig zu früh. Außerdem ...

Wenn ich die Hoffnung aufgebe, gebe ich auch Tina auf, und so weit wird es niemals kommen!

Tina ...

Die Stille um ihn machte ihn nervös und kribbelig. Wäre er älter und etwas gesetzter, hätte er seine Lage womöglich anders überblicken können, hätte vielleicht durch reines Grübeln Herr der Lage werden können. Doch Marcus war erst achtunddreißig und keineswegs gesetzt. In seinen Adern pochte noch ein Teil des Blutes seiner Jugend. Und nun brachten Wut und Adrenalin dieses Blut in Wallung. Zu allem Übel grummelte nun auch noch sein Magen. Ein schlechtes Zeichen. Denn hungrige Menschen denken nicht, wie sie denken könnten, das hatte schon seine Oma gewusst.

»Junge, iss«, hatte sie stets gefordert, wenn er nach der Schule zu ihr nach Hause gekommen war. Nicht aus Bedenken, er würde zu dünn, sondern weil Großmutter Nolte der Überzeugung war, dass die großen Denker dieser Welt ihre Einfälle und Erfindungen einem vollen Magen zu verdanken hatten. »Einstein wäre seine Relativitätstheorie nie eingefallen, hätte er an ein Omelett gedacht«, sagte sie aufschlussreich und schöpfte Marcus ein bisschen mehr auf den Teller. Nur ...

Marcus konzentrierte sich. Er spürte, dass der Hunger bei ihm genau das Gegenteil wie bei Einstein bewirken musste. Denn sein Geist, die Maschine in seinem Kopf, sprang endlich an. Er fühlte beinahe, wie sich die Zahnräder zu drehen begannen und den Film seiner Erinnerungen zurückspulten.

Er presste die Finger gegen die Schläfen. Die Kopfschmerzen hatten ihn nicht vergessen und das sagten sie ihm in diesem Moment, sie sagten: *Hallo, da sind wir wieder, waren nur kurz einen Kaffee trinken und ein Hörnchen essen. Jetzt sind wir kräftig genug, um wieder richtig mit anzupacken.*

Doch die Stille, die ihn zuvor nervös gemacht hatte, half ihm über die Schmerzen hinweg. Mit ihr gelang es ihm, sie beiseitezuschieben und sich voll und ganz auf den letzten verbliebenen Moment vor der Dunkelheit zu konzentrieren. Und jetzt begriff er auch, weshalb ihm der Hunger nicht im Weg stand, sondern zur Seite. Denn es war Hunger gewesen, der ihn getrieben hatte. Großer, knurrender Hunger. So immenser Hunger, dass ihm der Magen bis zu den Knien hing, während er über das mit Schnee bedeckte Feld im Süden Karlsruhes gestrauchelt war. Er erinnerte sich.

Kalter, schneedurchsetzter Wind peitschte ihm ins Gesicht. Die Straßen und Wiesen glichen einer Wüste aus eisigem Puderzucker, aus der schwarze Stämme mit störrigen, spitzen, laublosen Ästen emporragten wie einsame Wächter einer verlorenen Zivilisation. Betrachtete man die Landstraße in Richtung Ettlingen nicht, wo gelegentlich der eine oder andere Pkw sich seinen Weg durch das unendliche Weiß bahnte, hätte die Welt in diesem Moment genauso gut menschenlos sein können, so einsam fühlte Marcus sich.

Denn David war tot. Gestorben. Einfach so. Er war mit dem Hirn voller verrückter Ideen und LSD auf die Gleise vor dem Labor getreten, über sie hinwegbalanciert wie ein russischer Akrobat, lachend und grinsend. Und Marcus – so clean wie noch nie in seinem Leben – war ihm nachgerannt und rief dabei, er solle von den Gleisen runter. »Mach, dass du da verschwindest, du kranker Idiot!«, hatte er geschrien.

»David! David!«, hatte er geschrien.

Dann hatte er ohne jeden Zweck nur noch geschrien.

Der Zug erfasste David, noch ehe Marcus ihn auch nur entfernt hätte erreichen können. Der Zugführer hupte noch in letzter Sekunde, betätigte die Notbremse, doch es war zu spät. Nichts hält einen Zug davon ab, seinen Weg fortzusetzen, wenn er einmal richtig in Fahrt gekommen ist. Mit ohrenbetäubend quietschenden Rädern raste er auf David zu. Marcus hörte seinen Freund noch etwas rufen, etwas Fröhliches, offenbar sogar Lustiges. Etwas wie: »Ich bin der König der Welt!« Da erschien der Zug unmittelbar vor ihm. Das breite Lächeln auf Davids Gesicht klatschte geräuschlos gegen die Frontpartie der schreienden Maschine und verschwand in einem roten Fleck aus Blut.

Einen Augenblick lang hatte Marcus nicht gewusst, was er tun sollte. Der Zug hatte inzwischen angehalten und die Seitentür des Führerstandes schwang auf. Ein Mann um die fünfzig mit Schnauzbart und Schirmmütze stand bleich und ins Leere blickend in der Öffnung. Wind musste ihm ins Gesicht peitschen, wie er auch Marcus angriff. Erst in dem Moment, in dem der Mann seinen Weg zu den Gleisen hinunter fortsetzte, kam Marcus – der vor Schock reglos in einer Entfernung von etwa sechzig Meter verharrte – ein flüchtiger Gedanke an das offen stehende Labor. Der kleine Kastenbau mit Flachdach, der vor Jahrzehnten Bahnarbeitern Unterschlupf gegen Kälte und Hitze geboten hatte, stand sperrangelweit offen und war randvoll mit diversen Laborgeräten. Davids *Schätze.* Vor allem aber befanden sich darin Stoffe wie Abflussreiniger, Propan, Lampenöl und nicht zuletzt – Ammoniak. Würde jemand auf die Idee kommen – und Marcus war sich ganz sicher, dass jemand das würde –, das

Häuschen aufzusuchen, um sich ein wenig unterzustellen oder mit dem alten und doch funktionstüchtigen Telefon an der Wand die Polizei oder seine Vorgesetzten anzurufen, dann würde derjenige all die Schadstoffe und Chemikalien finden. Es würde vielleicht ein, zwei Sekunden dauern, bis es klick machte, doch auch das würde ganz sicher geschehen. Und wäre Marcus dann noch in der Nähe, dann würden sie ihn ...

Er brauchte nicht weiter nachzudenken, was passieren würde, wenn man ihn in unmittelbarer Nähe eines Drogenlabors vorfand. Genau deshalb nahm Marcus die Beine in die Hand und rannte. Er rannte und rannte, bis ihn die Gedanken an David – sein Lachen, als ihn der Zug erwischte – und sein Hunger fast zur vollkommenen Erschöpfung trieben. Gegen den Durst gab es ein Mittel, das ihm quasi vor die Füße geweht wurde, doch die Leere in seinem Magen kam ihm übermenschlich vor. In seinem Bauch rebellierte es wie der Erdboden unmittelbar vor einem Vulkanausbruch. Merkwürdigerweise konnte er jetzt, da er ausgehungert war, das Gewicht seines Magens spüren, als hätte er Steine geschluckt. Er fühlte sich, als habe er in seinem Leben noch nie solch einen Kohldampf gehabt.

Vielleicht, dachte er, *eine psychosomatische Reaktion.*

Das konnte durchaus stimmen, im Endeffekt war das jedoch scheißegal. Er brauchte etwas zu essen. Jetzt. Schnell.

Geld hatte er keines. Das stellte er nicht erst jetzt fest, das wusste er bereits, seitdem er von zu Hause fortgegangen war. Er hatte an einer Tankstelle Zigaretten kaufen wollen und feststellen müssen, dass seine Börse wie auch seine Schlüssel noch auf dem Tisch im Wohnzimmer lagen; dort, wo er gedöst hatte. Bis Michelle kam. Und ihn rausschmiss.

Was sollte er also tun, ohne Geld? Betteln?

Marcus fiel auf, dass er sich jetzt zum ersten Mal seit Beginn seiner Flucht umsah. Er hatte nicht darauf geachtet, wo er entlangrannte. Ihm war nur wichtig gewesen, so schnell wie möglich das Weite zu suchen.

Und das hatte er tatsächlich gefunden. Hier draußen befand sich nichts. Nur Schnee und kahle Bäume. Die Stadt lag mindestens zwei Kilometer in seinem Rücken.

Ohne es zu wollen, ging er weiter. Seine Füße schmerzten allmählich. Und jetzt, da er seinen Schritt drastisch verlangsamte, spürte er, wie die Kälte durch das Kunstleder seiner Schuhe drang. Seine Zehen fühlten sich an wie Eisklumpen. Ihm war kalt. Seine Zähne klapperten aufeinander wie Stepptänzer auf Koks.

Ihm wurde klar, dass er umdrehen musste. Würde er geradeaus weitergehen, würde er nichts als weitere Einöde finden. Klar, irgendwann würde er nach Ettlingen, die nächste Stadt im Süden, gelangen, doch bis dorthin würden nicht nur seine Füße, sondern sein ganzes Muskelgewebe hart wie das Eis unter dem Schnee sein.

Kehrte er allerdings um, dachte er, würde er unweigerlich an den Bahngleisen vorbeimüssen.

Marcus wandte sich der Stadt zu, deren Ausläufer er bereits am Horizont sehen konnte. So weit kam ihm der Weg gar nicht vor. Und wenn er einen Umweg um die Unfallstelle machte ...

Du bist ein Idiot, schimpfte er sich. *Ein großer, großer Idiot! Du hast es bis hierher geschafft, schlotterst wie auf Entzug und glaubst tatsächlich, bis in die Stadt zurückzugelangen? Ein Umweg würde dich schlicht umbringen. Bye-bye, Tina, Schatz. Dein Vater hat es geschafft, die Drogen hinter sich zu lassen, und nun scheitert er an kalten Füßen und einem leeren Ma...*

Marcus runzelte die Stirn. Er war sich nicht sicher, ob ihm seine Hoffnung einen Streich spielte oder ob er wirklich glauben sollte, was er da sah. Keine hundert Meter östlich von ihm, hinter der herausragenden Ecke eines Wäldchens, erblickte er ein Gebäude.

Dem Stirnrunzeln entwuchs ein Grinsen, als er begriff, um was für eine Art Gebäude es sich handelte. Seine Füße bewegten sich vorwärts, noch ehe er es bemerkte.

Scheiße, wenn man das nicht Glück im Unglück nennt, weiß ich auch nicht. Die müssen da was zu essen haben. Und wenn ich anklopfe und ganz lieb bitte, werden die mir sicher was geben.

Und wenn sie dich nur aufwärmen lassen, dachte ein anderer, weit gesetzterer Teil von ihm, *dann hättest du immer noch mehr gewonnen, als du verdienst.*

Gleich da. Ich hab's gleich geschafft, dachte Marcus. Und er schaffte es tatsächlich. Mit schmerzenden Füßen und einem Magen, der inzwischen irgendwo zwischen seinen Fersen baumelte, klingelte Marcus an einem Tag im Dezember irgendwo im Nirgendwo an der Haustür Eddie Gals.

7

Nun, da er sich erinnerte, ging es ihm auch nicht besser. Im Gegenteil. Vor allem der letzte Teil seiner Erinnerungen, der Abschnitt unmittelbar vor der ersten Dunkelheit, machte ihm bei genauerer Betrachtung mehr zu schaffen, als dieses sinnlose Herumsitzen in diesem gottverdammten Käfig.

Die Kopfschmerzen ließen nicht von ihm ab. Wie denn auch? Um sie loszuwerden, brauchte er etwas zu essen und zu trinken. Zwei Hamburger mit einer großen Portion Pommes, eine Cola und als Dessert mindestens vier Aspirin bitte. Gott, wie er sich dafür hasste, an dieser Tür geklingelt zu haben!

Nur habe ich keine andere Wahl gehabt, nicht wahr? Wie hätte ich denn auch sonst den Tag überstehen sollen, draußen in der Kälte?

Eventuell ... Nur eventuell hätte er es zurück bis in die Stadt schaffen können, das wusste er. Die Wahrscheinlichkeit, sich dabei ein paar Fußzehen abzufrieren, wäre nicht gerade niedrig gewesen, aber hätte er dies in Kauf genommen, dann ...

Es brachte nichts, darüber nachzudenken, das wusste er. Nur fiel ihm nichts Besseres ein, um die Zeit totzuschlagen. Er konnte ja schlecht sein Handy rausholen und ...

Mein Handy!

Das Scheißding fiel ihm jetzt erst wieder ein.

Er klatschte mit den Händen seine Oberschenkel ab, doch die Taschen seiner Jeans waren leer und sein Hemd besaß keine. Er spürte, wie sein Herz jagte.

Das Arschloch wird es mir abgenommen haben, ganz klar, er wäre auch schön blöd, wenn er mich nicht nach Gegenständen durchsucht hätte. Zumindest dann nicht, wenn er nicht will, dass ich die Polizei alarmiere und ihm so in den knochigen Arsch trete.

Er fand sein Handy nicht. Natürlich nicht. Und ihm fiel auch ein wieso. Es musste in seiner Jacke stecken und diese musste Gal ihm abgenommen haben, bevor er ihn in diesen Käfig gesperrt hatte, denn hier war sie nicht.

Gut mitgedacht, du alter Drecksack. In meiner Jacke hatte ich nämlich auch ein Schweizer Taschenmesser, das mir gewiss einigen Nutzen gebracht hätte!

Er ertastete nichts in seinen Taschen. Gar nichts. Und obwohl er damit gerechnet hatte, zerrüttete es ihn. Nein, das wäre nicht richtig. Er war niedergeschlagen, fühlte sich wirklich am Boden. Er hatte nichts, womit er sich diesem Schicksal entgegensetzen konnte, außer seinen eigenen Händen. Und die brachten ihm nichts, solang es niemanden gab, gegen den er sie richten konnte. Dieser Verrückte war genauso abwesend wie Essen oder Trinken.

Eine neue Frage kam ihm in den Sinn. Was war, wenn dieser Kerl ihn schlicht verhungern lassen würde – wenn er ihn hier eingesperrt hatte, nur um ihn dann gänzlich zu missachten?

Das wird er schon nicht. Warum sollte er auch?

Nur was, wenn doch? Wusste er nicht aus dem Fernsehen, dass Verrückte nicht nach humanem Ermessen handelten? Wie viele Sendungen und Filme hatte er sich angesehen, in denen Psychopathen und Soziopathen und Schizophrene und weiß der Teufel noch welche Rubrik Gestörter manche Menschen misshandelten, nur um sie zu misshandeln? Wir können ja mal anfangen aufzuzählen. *CSI, Bones, Criminal Minds, Criminal Intent, Cold Case* und so weiter und so weiter. Basierten nicht manche dieser Drehbücher sogar auf wahren Begebenheiten – Serienkiller, die die unvorstellbarsten Gewalttaten mit ihren Opfern trieben und sie letztlich umbrachten? Warum nicht also diese Geschichte: Mann klopft an fremder Haustür, um sich ein wenig aufzuwärmen und eventuell etwas zu essen abzustauben, woraufhin der Kriminelle ihn schachmatt setzt und in einen Käfig einsperrt. Das macht er natürlich, weil seine Eltern ihn misshandelten und seine Mitschüler meinten, ein paar Hänseleien könnten nicht schaden. So wurde aus einem halbwegs intelligenten Burschen ein stupider Verbrecher, der Rache an der ihn misshandelnden Gesellschaft nimmt, indem er seine Opfer schlicht verhungern lässt. Sie quälen sich einen, zwei, drei Tage und am vierten Tag liegen sie regungslos in ihrem Kittchen. Als die Polizei eintrifft, ist es leider schon zu spät, aber die Cops bleiben die Guten, weil sie sich ja auf die Suche begeben haben. Abspann. War das nicht ein *dolles* Ding?

Scheiße. Allein bei dem Gedanken, hier drinnen zu verhungern, machte er sich fast in die Hose. Und das war ein Thema, das sich dem des Hungers nicht zwangsläufig unterordnete, nicht wahr? Früher oder später musste jeder mal. Klein und groß.

Wenigstens die Hühner bekommen Futter, dachte Marcus und spürte, dass ihn wieder dieser leichte Schwindel packte. Es musste die Nachwirkung irgendeiner Droge oder eines

Medikaments sein, das ihm Eddie Gal verabreicht haben musste.

Was könnte es sein?, rätselte er. Sein Denken verringerte spürbar die Geschwindigkeit, was ebenfalls eine Nachwirkung sein musste. Er spürte, wie ihn eine unerwünschte Schläfrigkeit überkam. Ab jetzt lenkte ihn weniger sein Verstand als vielmehr sein Unterbewusstsein. Er kannte die Dinge, worüber er nachdachte, aus vergangenen Tagen. Lange vergangenen Tagen.

K.-o.-Tropfen werden es sicher nicht gewesen sein. Eher ein Schlafmittel. Vielleicht ein Benzodiazepin wie Bromazepam *oder* Lorazepam. *Kommt auf die Wirkdauer an. Wie lange hat dieser miese ... mich eigentlich außer Gefecht ... Mit Tabletten? ... Spritze ... Spritze in den ...*

Marcus' Lichter gingen aus. In dieser Welt. In seinen Träumen hingegen tobte ein eisiger Schneesturm.

8

Die Leute sind nett und gehen sich gegenseitig zur Hand, wenn sie können. Das sagen die Badener über sich selbst, wodurch sie sich von ihren Nachbarn, den Schwaben, abzugrenzen versuchen – von denen wiederum seit jeher behauptet wird, sie seien spießig, geizig und eben weniger hilfsbereit als die Badener. Das mochte stimmen oder nicht. Marcus jedenfalls baute nun auf diese Hilfsbereitschaft, denn er glaubte, jeder normale und vernünftige Mensch half einem Erfrierenden in Not.

Ein Mann mit struppigem grauem Mehrtagebart, Holzfällerhemd und Latzhose öffnete die Tür des Bauernhauses, nur einen Spaltbreit. Der größte Teil seines Gesichtes blieb verborgen. Mit dem sichtbaren grasgrünen Auge musterte er den Fremden skeptisch. Die Krähenfüße in seinem Augenwinkel vertieften sich wie auch die Falten um den herabhängenden Mundwinkel des Mannes.

Noch bevor Marcus etwas sagte – sagen konnte –, nahm er Gerüche aus dem Innenraum wahr; einen Hauch energiegeladener Luft eines Holzofens und etwas anderes, viel Kräftigeres. Sein Magen knurrte vor Erregung. Essen. Das war es, was er roch. Der intensive Duft gekochten Fleisches. Wild, womöglich. Schwer und durchdringend. Das Wasser lief ihm im Mund zusammen.

»Ja?« Der Mann hinter der Tür betrachtete Marcus mit dem markanten Misstrauen eines Einsiedlers. Marcus konnte es ihm nicht verdenken. Da kam ein verschneiter Niemand, klingelte an seiner Tür und klapperte vor Kälte mit den Zähnen. Wer würde da nicht argwöhnen?

»Helfen ... Sie mir ... bitte.« Mehr bekam Marcus nicht heraus. Es verwunderte ihn, denn im Gegensatz zu seiner hakenden Sprechweise flossen seine Gedanken gleichmäßig.

Der Mann blickte an ihm vorbei in die Ferne, als überprüfte er, ob der Mann vor seiner Tür in Begleitung gekommen war. Als er sich vergewissert hatte, dass da niemand war, blickte er Marcus wieder an. Die Skepsis auf seinem Gesicht blieb jedoch.

»Is Ihr Auto steh'n geblieben oder sind Se einer dieser beknackten Leuchtturmler?«

Einer Eingebung folgend, stimmte Marcus rasch zu. »Ja ... Ja, ja. Auto ... nicht weit von hier ... Kam nicht mehr vorwärts ... Dann ... Sah ich das Haus ... Bitte ... Mir ist furchtbar ... kalt.«

»Seh ich. Seh ich.« Der Landwirt fuhr sich mit der Zunge unter der Oberlippe über die Schneidezähne, was wohl ein Ausdruck des Grübelns sein mochte.

Marcus hatte nicht das Gefühl, es mit einem vom Volk der besonders Gescheiten zu tun zu haben, doch jeder wusste, auch der törichteste Hinterwäldler konnte ein gutes Herz haben.

»Bitte ... es ist ... so kalt hier ... draußen«, stotterte Marcus.

»Sie sind kein Inspektor nich', oder?«

»Nein.« Marcus schüttelte energisch den Kopf.

»Seh'n auch nich aus wie einer. Nun ...«

Die Tür knallte ins Schloss und einen schrecklichen Augenblick lang fürchtete Marcus, dass es das gewesen war. Der Mann hatte ihn gesehen, gemustert und entschieden, dass eher die Hölle zufröre, bevor er ihn hereinließe.

Marcus riss den Mund auf, wie um zu schreien, doch ihm fehlte die Kraft. Mit einem Mal kam es ihm hier draußen deutlich kälter vor. Er zitterte am ganzen Leib. Die Gelenke seiner Finger schmerzten bei jeder Bewegung. Seine Füße fühlten sich an, als hätte man ihm Eisklötze an die Waden geschraubt. Er nahm sich zusammen und hob den Arm, um erneut anzuklopfen – *nicht aufgeben!* –, da klapperte es hinter der Tür und er erkannte, der Alte entfernte nur die Kette. Hoffnung keimte in ihm auf, obwohl der Vorgang eine gefühlte Ewigkeit dauerte. Eine Windböe erfasste seinen Nacken und schob eine Ladung feiner Schneeflocken in den Kragen seiner Jacke. Auf beiden Füßen tänzelnd, versuchte er die Kälte wenigstens geistig zu verdrängen. Dann ging die Tür auf.

»Ham Sie 'nen Käfer in der Hose oder müssen Sie pinkeln?«, fragte der Mann mit der Stimme eines Reibeisens.

»Mir ist nur ... kalt. D-darf ich ... r-reinkommen?«

Mit einem Ruck des Kinns stimmte der Landwirt zu, was Marcus dankend annahm. Hinter ihm schloss sich die Tür und sofort empfing Marcus eine wohlige Wärme. Er hatte es geschafft. Das Desaster mit David und dem Zug, das Labor und vor allem die Kälte lagen auf der anderen Seite der Türschwelle, hinter ihm.

»Schuhe auszieh'n«, grummelte der Mann und ging an Marcus vorbei in die Stube.

Marcus stand in einem schmalen Treppenhaus mit nur einer Treppe nach oben. Den Weg nach unten markierte eine geschlossene, in den Boden eingelassene Falltür aus hellem Holz. Ein dicker Eisenring diente als Griff. So etwas hatte Marcus nie zuvor gesehen. Er vermutete, dass sich dort unten einer dieser Gewölbekeller befinden musste, die man in früheren Tagen zur Aufbewahrung von Kartoffeln oder Äpfeln nutzte.

An der Wand über dem Schuhsammelsurium hing ein Spiegel mit kahlem Holzrahmen. Dass ihn jemand nutzte, war zu bezweifeln. Eine dicke Staubschicht lag auf dem Glas. Er hätte ohne Probleme das Wort *Sau* mit dem Finger hineingravieren können.

Marcus fiel allerhand auf. Auf dem Teppich im Flur lagen massenhaft Strohhalme verteilt. Viele davon grau und starr vor Schmutz. Die Kittel und Jacken wirkten, wie auch die meisten zu einer Pyramide aufgestapelten Schuhpaare darunter, wie das Handwerkszeug eines Landwirts, in dessen Leben es keine Frau gab. Die Pantoffeln waren ausgetreten, die grünen Gummistiefel schmutzverkrustet. Von ihnen gab es zwei Paare, wobei Marcus sich nicht viel dabei dachte. Womöglich wollte er nicht mit denselben Stiefeln in den Stall und in die Jauchegrube steigen, insofern es denn eine gab.

Er zog seine eigenen Sneaker aus. Auch aus den Socken schlüpfte er. Seine Mutter, hätte sie ihn dabei beobachtet, wie er barfuß durch die Wohnung eines Fremden tappte, hätte laut aufgekreischt, da man so etwas nicht tat. Aber man tat so viele Dinge nicht und Marcus beschloss, sich heute – wie auch so viele Male zuvor in seinem Leben – nicht darum zu scheren, was andere denken mochten. Ihn kümmerte es, was seine Füße brauchten beziehungsweise nicht brauchten, und das waren durchweichte Socken. Außerdem würde der Landwirt schon etwas sagen, störte er sich daran.

Als er in die Stube trat, blickte der Mann zwar auf Marcus' nackte Füße, sagte jedoch nichts. Er kaute auf irgendetwas herum und verzog dabei das Gesicht. Als wollte er verdeutlichen, wie schwer es war, dieses Etwas mit den Zähnen zu bearbeiten. Dabei sah er Marcus wieder mit diesem einen zugekniffenen Auge an.

»Setzen«, sagte er und deutete auf einen Hocker vor einem Holzofen.

Es mochte sich dabei um eine Frage oder eine Aufforderung handeln, so genau ließ sich der Tonfall des Mannes nicht deuten. Überhaupt fiel es Marcus schwer, den Mann einzuschätzen. Seine Mimik war – wenn überhaupt – kaum ausgeprägt. Auch als Marcus sich setzte und ihm ein seichtes Lächeln schenkte, blieb sein Gesichtsausdruck steinern.

Marcus beschloss, sich auch damit nicht zu befassen. Das Feuer in dem Metallgehäuse knisterte und schlug wellenartig gegen den oberen Rand der Brennkammer. So nah vor dem Ofen war es nicht nur warm, sondern fast zu heiß. Dennoch fühlte es sich gut an, zu spüren, wie die Winterkälte von ihm abließ. So in etwa musste sich *Captain America* vorgekommen sein, als er seinem Eissarg entstieg, dachte Marcus.

Der Ofen war Teil des Wohn- und Essbereichs. Zu seiner Linken sah Marcus einen mit Glastüren versehenen Schrank. Fotos in Rahmen standen darin. Die Personen konnte er nicht erkennen, wohl jedoch, dass es sich dabei um eine Art Familienporträt handelte. Die Abgebildeten lächelten. Doch irgendwie behagte Marcus dieses Lächeln nicht. Neben dem Schrank stand eine Kommode mit einem alten silberfarbenen Radio darauf. Daneben lehnte an einer Vase mit welken Blumen ein gesticktes Heiligenbild. Marcus tippte auf den heiligen Hieronymus, was allerdings genauso korrekt wie falsch sein konnte. Es war Jahre her, dass er sich mit Religion befasst hatte.

Auf der anderen Seite des Raums befanden sich ein Tisch, eine Eckbank und zwei klapperdürre Stühle, allesamt aus Holz. Alles arrangiert unter dem gelblichen Licht einer schwachen Deckenleuchte, die es nicht annähernd schaffte, die dunklen Bodendielen aufzuhellen. Darüber hinaus entdeckte Marcus etwas, was ihn verwunderte. Auf dem Tisch standen zwei Teller, jeweils einer zu jedem Stuhl.

»Leben Sie allein?« Marcus versuchte, nicht zu neugierig zu klingen.

»Ja«, antwortete der Landwirt, der inzwischen in einem Sessel neben dem Radio Platz genommen hatte und mit einem Messer mit abgenutztem Holzgriff Walnüsse öffnete. Die Nussschalen knackten dabei wie unter Druck zerberstende Knochen. In der Stille des Augenblicks wirkte dieses Geräusch unbehaglich auf Marcus. Und wieder fiel ihm der steinerne Ausdruck auf dem Gesicht des Mannes auf. Er ließ Marcus nicht aus den Augen.

»Deck immer für zwei. Alte Angewohnheiten kann man sich nur schwer abgewöhn'n.«

Der Alte maß Marcus mit einem Blick, der ihm überhaupt nicht gefiel. Es war einer von der Art, wie man ein Schwein ansah, um zu überprüfen, ob es reif für die Schlachtung war. Dabei fuhr er sich erneut mit der Zungenspitze unter der Oberlippe über die Zähne. Wohl auch eine dieser alten Angewohnheiten.

»Hunger?«, fragte er.

Marcus nickte. »Einen Bärenhunger.« Er konnte sein Glück kaum fassen. Zwar war der Mann nicht der Gesprächigste und hatte offenkundig allerlei Eigenarten, doch trotz der Einöde und des einsamen Lebens auf dem Hof schien sein Sinn für Hilfsbereitschaft und Zuvorkommenheit nicht gelitten zu haben.

Der Landwirt stand auf und verschwand hinter einer Raumecke. Töpfe und Geschirr klapperten. Marcus fragte sich, ob er ihm womöglich etwas von dem brachte, was er riechen konnte. Fleisch in Soße, vermutete er. Es duftete köstlich.

Er hätte sich auch mit einem schlichten Brot zufriedengegeben. Seine Mutter hatte ihm als Kind stets eingebläut, man schaue einem geschenkten Gaul nicht hinter die Kiemen. Bei dieser Erinnerung schmunzelte er in sich hinein. Er dachte daran, wie er mit dem Einwand reagiert hatte, dass ein Pferd doch gar keine Kiemen habe, woraufhin sie ihm mit dem Finger gegen die Nase stupste. »Genau das ist ja der Witz dabei.«

Es hatte Jahre gedauert, bis er den Witz verstanden hatte.

Und dieser Mann wird ihn wahrscheinlich auch nicht verstehen. Jedenfalls macht er nicht den Eindruck auf mich.

»Am Ofen oder am Tisch?« Der Landwirt stand mit einem dampfenden Teller im Raum.

»Äh, am Tisch bitte. Hier wird es mir allmählich zu heiß.«

»Is'n guter Ofen, der verarscht einen nich'«, sagte er in einem Ton, der an Gleichgültigkeit grenzte. Es hätte ein Witz sein können, nur glaubte Marcus das nicht. Der Mann kam ihm zu ernst vor, um Witze zu reißen.

Er nahm auf der Eckbank Platz und kam sich mehr denn je vor wie der kleine Junge, der Mama danach fragte, wie viel Uhr es wäre und wann es Zeit sei, ins Bett zu gehen, und ob sie ihm denn noch eine Geschichte vorlesen könne. Das lag nicht allein daran, dass er sich auf der Eckbank klein fühlte, sondern an dem Mahl, das der Landwirt ihm vorsetzte. Gulasch. Eine Lieblingsspeise seiner Mutter, die im Hause Nolte als fast wöchentliche Mahlzeit serviert worden war.

Es roch gut, sogar richtig gut. Nur der Anblick ließ Marcus ein wenig davor zurückschrecken. Es sah aus wie schon mal gegessen. Der Alte musste das Fleisch in Brocken geschnitten und so lange gekocht haben, bis es komplett in seine Fasern zerfallen war. Die Soße hatte keine braune, sondern eine gräuliche Färbung. Dicke Fettblasen schwammen an ihrer Oberfläche. Und wäre das dem Appetitkiller nicht genug, setzte sich der Landwirt ihm auch noch genau gegenüber.

»Is'n gutes Fleisch. Eigene Züchtung«, sagte er und bleckte dabei die Zähne.

»Danke ... Für die Einladung, meine ich.« Marcus hoffte, er klang ehrlich genug, den Mann zu überzeugen. Natürlich *war* er dankbar, gleichzeitig wünschte er sich, der Alte hätte ihm doch besser eine Scheibe Brot mit Margarine oder Butter angeboten. Das Zeug auf seinem Teller sah scheußlich aus.

Einem geschenkten Gaul schaut man nicht hinter die Kiemen, rezitierte er in Gedanken und lud den Löffel, den der Landwirt ihm als einziges Utensil zur Verfügung gestellt hatte.

Der zerfledderte Fleischbrocken wirkte auf ihn weder wie Rind noch Schwein. Die Färbung ähnelte eher dem Fleisch einer Pute. Allerdings war es dafür zu faserig. Er stellte zudem fest, dass der Geruch jetzt weniger verführerisch auf ihn wirkte. Ganz im Gegenteil. Er war herb und undefinierbar wie auch der Rest. Einzig die verkochten Paprikastreifen, die wie rote Würmer knapp unter der Oberfläche trieben, waren klar erkennbar.

Er zögerte. Er konnte nicht anders. Dabei hob er unwillkürlich den Blick und stellte fest, dass die Mimik dieses Mannes doch nicht ausschließlich steinern war. In seinem Mundwinkel, glaubte Marcus, verbarg sich ein Lächeln.

»Essen Se ruhig, essen Se ruhig«, forderte er ihn auf, was Marcus wieder an seine Mutter erinnerte. Und an seinen leeren Magen. Wie viele Stunden hatte er nichts mehr gegessen?

Du zögerst, weil es furchtbar aussieht. Aber hättest du ein Gulasch besser hinbekommen?

Das hätte er. Wenn Marcus irgendetwas konnte, dann war es kochen. Er hatte es nicht von seiner Mutter oder seinem

Vater erlernt, er hatte es sich selbst beigebracht. Aus der Not heraus. Früher kellnerte seine Mutter in einem Hotelrestaurant, meist von früh bis spät. In der restlichen Zeit schlief sie oder kümmerte sich um den Haushalt. Einen Mann an ihrer Seite gab es nicht. Edgar Nolte – Marcus erinnerte sich kaum an ihn – hatte seiner Frau Noemi den Schnaps leer getrunken, ihr ein Baby gemacht und verduftete eines Abends. Das alte *Ich-gehe-Zigaretten-holen-Spiel*. Zehn Jahre später erhielt sie einen Anruf. Edgar war gestorben, betrunken am Steuer verunglückt. Zu seinem Glück – oder dem eines anderen – hatte er niemanden mit in den Tod gerissen.

Das alles führte dazu, dass Marcus viel allein gewesen war. Er trieb sich überall herum und lernte rasch, sich selbst zu versorgen. Zu Anfang mit Sandwiches, danach folgten Gerichte wie Pizza oder Spaghetti mit Pesto. Was ein junger Bursche mit elf oder zwölf Jahren sich eben so zutraute. Sah man ihn heute an – die Totenkopf- und Knasttätowierungen auf dem ganzen Oberkörper, die schon in seiner Jugend antrainierten Muskeln –, würde man es ihm kaum zutrauen. Doch das weitestgehend unbehütete Leben hatte ihn nicht bloß zu Kochbüchern, sondern auch in die Welt der Romane und Sachbücher geführt. Die Schulbibliothek wurde quasi zu seinem zweiten Zuhause. Dort verbrachte er Stunden über Stunden. Bis David in sein Leben trat und der gemächlich dahinsiechende Fluss, auf dem er entlangschipperte, irgendwie zu einem Sturzbach wurde.

Sein knurrender Magen riss ihn wieder in die Gegenwart zurück. Marcus betrachtete erneut den zerfledderten Fleischbrocken. Dann gab er sich einen Ruck.

Es schmeckte gut. Tausendmal besser, als es aussah.

Mit einem Mal löffelte Marcus mit einer Inbrunst, die an Manie grenzte. In seinem Bauch rebellierte es, aber darauf achtete er nicht. Er aß. Und aß. Und aß. Und stoppte erst, als der Löffel einen irrationalen Salto aus seiner Hand auf den Tisch machte. Es klapperte, als er aufschlug. Soße spritzte in feinen Tropfen umher. Doch Marcus registrierte es nicht. Nicht einmal die Nachfrage des Alten, ob alles in Ordnung sei, nahm er richtig wahr. Denn die Stimme des Landwirts kam plötzlich nicht mehr von der gegenüberliegenden Seite des Tisches, sie drang aus weiter Ferne zu ihm. Wie ein Echo in einem geschlossenen Raum. Irgendetwas stimmte nicht.

»Was zur ...«

Seine Zunge fühlte sich mit einem Mal schwer an. Seine Lippen, egal wie sehr er sich bemühte, wollten sich nicht weiter als einen Fingerbreit öffnen. Panik stieg in ihm auf. Eine Allergie. Daran dachte er zuerst. In seinen ganzen achtunddreißig Jahren hatte er nie unter einer Allergie gelitten. Nun strahlte dieser Gedanke die ihm einzig begreifliche Logik aus. Er musste wieder an seine Mama denken. Und an Bienen. Und an Mama, die von einer Biene gestochen wurde und blau anlief und zusammenbrach und ...

»Hilfe«, krächzte Marcus. Doch in seinen Ohren hallte nur ein heiseres Keuchen wider.

Unwillkürlich schloss und öffnete er die Augen, hoffte, so wieder Herr seiner Sinne zu werden. Doch Schwindel überkam ihn, so plötzlich, dass er ihn nicht kommen sah.

Im nächsten Augenblick landete sein Kopf wuchtig auf der Tischplatte. Die Teller schepperten. Wieder versuchte er um Hilfe zu schreien. Doch seiner Kehle entrann nur noch ein tonloses »Hrch ... Hrch«.

Hinter dem Schleier seiner verworrenen Wahrnehmung erkannte er noch den Landwirt, der aufstand und begann, in Seelenruhe den Tisch abzuräumen.

9

Marcus schreckte aus diesem Albtraum auf, als hätte man ihm eiskaltes Wasser über den Kopf geschüttet. Und tatsächlich liefen ihm Tropfen über Glatze und Gesicht. Schweißperlen, die von der Hitze seiner Angst herrührten.

Er fühlte sich schwach und mit jeder Minute, die verstrich, baute er weiter ab. Sein Zeitgefühl hatte er vollkommen verloren. Die Neonstrahler an der Decke brannten durchgehend, und da es keine Fenster gab, durch die er den Stand der Sonne oder des Mondes hätte bestimmen können, fehlte ihm jede Orientierung.

O Gott, wie lange saß er nun schon hier drinnen gefangen? Drei Stunden? Dreißig? Drei Tage?

Drei Tage konnten es nicht sein. Er wäre vor Dehydrierung zusammengebrochen. Nein, es waren weniger. Eventuell sogar wesentlich weniger. Aber wer wusste das schon, außer Gal, diesem Drecksack.

Nun, auch der Zugführer musste es wissen; der Zugführer, der ihn hatte weglaufen sehen, denn das hatte er ganz sicher, oder nicht? Doch! Das musste er. Denn wenn er es nicht hatte, dann gäbe es niemanden, der ihn in den letzten Tagen zu Gesicht bekommen hatte und ihn (mit Ausnahme von Tina – hoffentlich!) vermissen würde. Somit würde ihn auch niemand suchen. Es sei denn ...

Es sei denn, der Zugführer hat dich tatsächlich entdeckt. Und nachdem er David entdeckte (das, was von David übrig war), hat er ganz sicher die Polizei informiert.

Marcus stellte sich vor, wie der Mann mit der Schirmmütze und dem kreidebleichen Gesicht vor einem Polizeibeamten stand und sagte: »Ja, da war jemand. Ist Richtung Süden gerannt, als wäre der Teufel hinter ihm her. Sie müssen nur seine Spuren im Schnee verfolgen, dann finden Sie diesen Hundesohn! Er hat sicher was hiermit zu tun. Wenn auch nicht Täter, ist er wenigstens ein Zeuge, richtig?«

Richtig, antwortete Marcus der Stimme in seinem Kopf. *Genau so würde es laufen.*

Tatsächlich? Nein. Auf gar keinen Fall. Das war Wunschdenken, nichts weiter. Die Polizei würde sich zwar vielleicht nach Marcus erkundigen, doch nur, weil viele wussten, dass er und David seit Kindheitstagen so gute Freunde gewesen waren, dass sie sich sogar gemeinsam über Nacht eine Zelle geteilt hatten, und nicht, weil der Zugführer ihn identifiziert hätte. Bestimmt nicht. Und selbst wenn die Polizei bei der Tatortinspektion auf die Idee gekommen sein sollte, den Fußspuren im Schnee nachzugehen, so hätten sie doch verdammt schnell handeln müssen. Denn der Wind wartete nicht, den Schnee zu verwehen und alle Spuren unkenntlich zu machen. Außerdem ...

Außerdem ist niemand außer mir hier gewesen.

Dieser Gedanke beinhaltete eine solch eindringliche Einsamkeit, dass Marcus in Tränen ausbrach. Sie liefen seine Wangen hinab. Er hielt sie dabei nicht auf. Wozu auch? Es gab niemanden, der sich über ihn lustig machen konnte. Hier drinnen gab es nur ihn und niemanden sonst. Niemanden.

Er fragte sich, ob womöglich die Nacht hereingebrochen war. Es fühlte sich so an. Als würde der Mond selbst durch das Licht der Neonröhren einen Gruß in seine Zelle schicken. *Der Mann im Mond*, dachte er unbestimmt. Und diesem Gedanken folgte ein weiterer. An Tina; Tina, die in ihrem Bettchen lag und mit einem Lächeln auf den Lippen schlief; Tina, die im Garten auf der Schaukel saß und immer höher (»*Bis zum Himmel, Papa!*«) geschaukelt werden wollte; Tina, die *Froot Loops* zum Frühstück mampfte, sich einen der Ringe über den kleinen Finger steckte und sagte: »Jetzt bin ich deine Frau, Papa«. Oder Tina, die vielleicht doch nur schlief.

Hier drinnen, dachte Marcus, gab es nur eine Zeit – die Zeit des ewigen Lichts, die schwärzer war als jede Dunkelheit im All. Hier in diesem Raum gab es Wiesenheuduft und keine Luft zum Atmen. Hier drinnen gab es Leben, und doch fühlte er sich bereits wie tot.

Die Tränen liefen und liefen. Wie die Zeit.

»Das ist nicht fair!«, schrie er plötzlich. Verzweifelt riss er an den Gitterstäben. »Das ist nicht fair! Das ist kein bisschen fair! Ich habe nie jemandem ein Leid zugefügt. Klar, ich war nicht der beste Vater, und natürlich hätte ich mich noch mehr um einen Job bemühen können – von den Drogen wegzukommen, ganz zu schweigen –, aber was ich auch getan habe, ich bin hier zu Unrecht!« Weitere Tränen schossen aus seinen Augen. Jetzt waren es Tränen der Rage. Er umfasste die Metallstäbe noch fester. Mehrere seiner Gelenke knackten, was sich anhörte wie kleine Aufschreie. *Komm zur Vernunft!*

»Hörst du mich, du Drecksack? Ich bin mir sicher, dass du mich hörst. Du hast kein Recht, mich hier einzusperren. Du hast kein Recht, das hier mit mir anzustellen! Ich schwöre dir, wenn ich hier rauskomme, mache ich dich fertig! Ich reiß dir deine scheißgrünen Augen aus dem Schädel, du ... DU ...«

»Du was?«

Die Stimme tauchte so plötzlich und unvermittelt auf, dass Marcus zusammenfuhr. Eddie Gal klang ganz ruhig, unbeeindruckt, gleichgültig. Er drehte eine Runde um den Käfig und blickte Marcus dabei direkt in die Augen. Ein sonderbarer Moment. Denn Gals Ausdruck hatte sich vollkommen verändert. Als hätte er eine Art Weiterentwicklung vollzogen, sah Gal nun nicht mehr aus, als fehlten ihm mehrere Tassen im Schrank. Den Wahnsinn in seinem Blick konnte man ihm zwar definitiv nicht absprechen, jedoch wirkte es, als sei er in den Hintergrund gerückt, um etwas Neuem Platz zu machen. Und dieses Neue bereitete Marcus noch weitaus größeres Unbehagen. Denn er hatte das Gefühl, unter dem Grinsen auf Gals Lippen lauerte die Wachheit einer Raubkatze mit der Gier nach frischem Fleisch.

»Ich ... Ich ...« Marcus' Wut brach in sich zusammen. Er erinnerte sich plötzlich an seinen Durst und an seinen Hunger und daran, wie abhängig er von diesem Mann war.

»Ja. Nur zu«, forderte Gal.

»Es ist ... Ich wollte ...«

Gal sah ihn mit hochgezogenen Augenbrauen an und brach dann in schallendes Gelächter aus. Er hielt sich dabei den Bauch, als hätte er soeben den besten Witz seines Lebens gehört. Speicheltropfen schossen zwischen seinen Lippen hervor und ergossen sich über seine Latzhose und das Stroh am Boden. Es dauerte nicht lange, bis er Marcus wieder mit hartem Blick fixierte.

»Keine falsche Bescheidenheit. Sag ruhig, was du sagen wolltest. Bin ich ein Scheusal? Ein Mistkerl? Ein Arschloch? Ein Wichser? Es gibt viele Ausdrücke, mit denen du mich strafen könntest, und doch geht mir jeder von ihnen am Arsch vorbei.«

Mit vor Fassungslosigkeit offen stehendem Mund blickte Marcus den Mann an. Nicht nur die plötzliche Redseligkeit überraschte ihn, auch dass der Kerl nicht mehr nuschelte. Von seinem Staccato-Gebrabbel war nichts mehr zu hören.

»Was ist? Hat's dir die Sprache verschlagen?«, fragte Gal. »Oder hast du Angst, ich könnte dich bestrafen, wenn du mir die Wahrheit sagst?«

»Beides«, erwiderte Marcus wahrheitsgemäß.

Er konnte nicht fassen, wie klein und hilflos er sich fühlte. Fast wie vor dreißig Jahren gegenüber Tante Mara, die ihm die Süßigkeiten wegnahm, die er ab und an von netten alten Leuten geschenkt bekam. Weil sie seinen Zähnen und seinem Gehirn schaden würden, behauptete sie. Doch wie Marcus später herausfand, verputzte sie sie selbst, stopfte jede Leckerei, jede Tafel Schokolade, jedes Gummibärchen in ihren massigen Leib. Tante Mara war fett gewesen, eine fette einsame Jungfer, und Marcus hatte sie gehasst. Damals, mit acht, hatte er ihr nicht Paroli bieten können. Seine Mutter hatte später angenommen, Mara wäre der Hauptgrund dafür gewesen, dass er sich solche Muskeln antrainiert hatte. Und sie lag nicht falsch. Marcus hatte stark sein wollen, um seiner Tante und den vielen Jungs auf dem Gymnasium, die ihn dafür fertigmachten, dass er lieber Bücher las, statt Videospiele zu spielen, gegenübertreten zu können. Und er hatte seine gewonnene Kraft verwendet, verwenden *müssen*. Vor allem vor einem Jahr, als er für fünf Monate im Knast einsitzen musste, weil der Richter so etwas wie Verwarnung und Sozialarbeit offenbar nicht kannte, da hatten ihm seine Oberarme und der Rest seines sehnig durchtrainierten Körpers durchaus geholfen.

Nur jetzt half ihm das alles nichts. Und das war Marcus allzu deutlich bewusst. Das hier war nicht der Knast, wo man auf dem Freistundenhof Hanteln stemmen und herumbrüllen konnte, um anderen Respekt einzuflößen. Das hier war nicht die JVA, aus der er schon nach zwei Wochen am liebsten ausgebrochen wäre, wofür er (wenn auch mehr aus Langeweile und Frust) heimlich Ausbruchspläne geschmiedet hatte. Das hier war nichts anderes als die Hölle selbst.

Gal betrachtete ihn durch die Gitterstäbe. Auf seinem Gesicht lag eine unheimliche Belustigung. Und plötzlich stellte er Marcus eine Frage, mit deren einfacher Antwort er kurzzeitig so überfordert war, dass ihm kein Wort über die Lippen kam.

Gal fragte: »Hast du Hunger?«

»Ja ... Ja!«

»Gut. Dann werden wir jetzt einen kleinen Ausflug machen. Nicht weit.« Er sah ihn eindringlich an. »Du wirst schön die Hände hochhalten, sodass ich sie sehen kann. Haben wir uns verstanden?«

Marcus nickte eifrig.

»Also. Ich öffne jetzt den Käfig. Solltest du versuchen, mich anzugreifen oder mich auch nur anzuspucken, schneid ich dir deinen verdammten Schwanz ab. Das meine ich, wie ich es sage. Habe keine Probleme, an solchen Stellen anzupacken, obwohl ich kein Schwuler bin. Kapiert?«

»Ja.«

Er zog einen Schlüsselbund aus der Brusttasche seiner Latzhose, suchte einen der Schlüssel heraus und führte ihn in eines der Vorhängeschlösser. Dann tat er das Gleiche auch beim zweiten Schloss. Dabei ließ er Marcus keine Sekunde aus den Augen. Seine Bewegungen waren so geschmeidig und kontrolliert, als hätte er dies schon tausendmal gemacht.

Gal überließ nichts dem Zufall. Beide Schlösser verschwanden zusammen mit den Schlüsseln in seinen Taschen. Als vermeintliche Waffe, derer Marcus habhaft werden konnte, schieden sie somit aus.

Die Klappe ließ Gal geschlossen. Stattdessen fasste er, ihn stetig weiter beobachtend, in seine Gesäßtasche und zog einen Revolver hervor. Marcus erstarrte augenblicklich. Das schwarze Loch der Mündung zeigte unmittelbar auf ihn. Seine Anziehungskraft war geradezu magisch. Es kam ihm fast so vor, als würde es ihn jeden Augenblick zwischen den Käfiggittern hindurchsaugen. Womöglich, um ihn in eine Galaxie zu ziehen, in der nichts als Dunkelheit herrschte.

»Keine Faxen«, sagte Gal. »Käfig aufmachen und dann ganz langsam die Hände hoch.«

Marcus gehorchte. Mit klopfendem Herz drückte er die Klappe nach oben. Der Federmechanismus ächzte. Dann kroch er heraus, ließ die Klappe wieder nach unten sausen und zuckte zusammen, als sie den Käfig krachend schloss. Seine Beine schmerzten, als er sie nach dieser ewigen Tortur des Beugens wieder streckte.

»Denk an die Hände«, ermahnte Gal ihn.

Er dachte daran. Und er dachte an noch etwas anderes. Eine Eingebung. Sie kam so plötzlich, wie Gal in diesem Raum aufgetaucht war.

»Ich muss auf die Toilette.«

Gal musterte ihn und hob dabei eine buschige Augenbraue. »Wenn du glaubst, du hast einen Dummen vor dir, bist du an der falschen Adresse. Mir ist schon klar, dass du die Fliege machen willst.«

»Nein, wirklich«, beharrte Marcus und versuchte verzweifelt zu wirken, um sein Bedürfnis zu untermauern. Er musste tatsächlich. Über mehrere Stunden war er nicht gegangen. Solang er saß, hatte ihm das nichts ausgemacht, doch jetzt, da er stand, übte tatsächlich etwas ziemlichen Druck auf seine Blase aus. Nur dachte er nicht daran, die Toilette allein aus diesem Grund aufzusuchen.

Gal fuhr sich mit der Zunge über die oberen Zähne. Eine Geste, die Marcus inzwischen kannte, wenn auch etwas abgewandelt, da er nicht unter der Oberlippe, sondern zwischen den offenen Lippen hindurchfuhr. Man sah deutlich, dass er nachdachte.

»Also schön. Bin heute gut aufgelegt, weshalb ich dir den kurzen Ausflug gönnen werde. Allerdings würde ich dir raten, keinen Schabernack mit mir zu treiben. Das Ding hier ist ein 45er Peacemaker, ein US-Import und verflucht noch mal geladen.«

»Ich mache keine Scheiße«, beteuerte Marcus. Wobei er sehr wohl vorhatte, das zu tun, was Gal als Scheiß bezeichnete. Nur würde er es geschickt anstellen müssen, da Gal bereits jetzt Lunte gerochen hatte. Dabei dachte er: *Der alte Drecksack hat mich in irgendeinem geschlossenen Raum festgehalten, einem Schweinestall oder etwas dergleichen. Aber dieser Ort befindet sich auf nichts anderem als einem Bauernhof. Und von einem Bauernhof kann man fliehen, nicht wahr? Wenn ich es geschickt anstelle, kann ich von diesem gottverdammten Ort entkommen!*

»Vorwärts«, forderte Gal. »Durch die Tür da.«

Mit dem Revolverlauf deutete er auf die einzige Tür im Raum; eine eiserne Tür, die schwer aussah. Marcus ging auf sie zu, die Hände so erhoben, dass Gal sie sehen konnte.

Jetzt aus der Nähe erkannte er, dass Rost sich durch das Metall der Tür hindurchgefressen hatte. Zwei, drei kantige

Löcher wie von Gewehrkugeln klafften darin. Ihm wurde schlagartig klar, dass dahinter keine Winterkälte auf ihn warten würde. Nein, hinter ihr musste sich ein weiterer Raum verbergen.

»Öffnen«, blaffte Gal.

Marcus tat, wie ihm geheißen. Die Scharniere quietschten. Auch sie hatten Rost angesetzt.

Hoffentlich hast du Drecksack wenigstens die Scharniere deines Badezimmerfensters gut geölt. Weil ich nämlich gleich dort hindurch abhauen werde!, dachte Marcus, während er in die Dunkelheit trat. Doch seine Gedanken verflogen in dem Augenblick, in dem ein widerwärtiger Gestank sich durch seine Nase bis in sein Gehirn fraß. Der Ammoniakgestank war hier kaum auszuhalten. Außerdem roch es noch nach anderen Widerlichkeiten. Und eine davon erkannte er genau. Scheiße. Genauer: Der bestialische Gestank, den nur Allesfresser absonderten. Menschen. Er krümmte sich, als sein Magen verkrampfte.

»Gibt es hier Licht?«, brachte er keuchend hervor.

»Das gibt es. Und es bleibt aus. Hosenstall auf.«

»Was?« Marcus fuhr herum.

»Umdrehen!«, schrie Gal. »Du musst pissen, also piss! Wenn du geglaubt hast, ich würde dich wieder mit ins Haus nehmen, damit du durch das Fenster im Klo verduften kannst, hast du dich geschnitten.«

Volltreffer!

»Das ... Das können Sie doch nicht wirklich ...«

»Das kann ich und werde ich. Also ... Hosenstall auf und Piepmatz raus. Oder findest du ihn in der Dunkelheit nicht?« Er lachte über seinen witzlosen Scherz. Dann wurde er wieder ernst. »Wenn du es dir anders überlegt hast und lieber die Buchse einsauen willst ... von mir aus. Mir ist's einerlei. Ist ja nicht meine Hose.« Wieder lachte er.

Diese Fehleinschätzung seines Gegenübers rief die alte Wut auf ihn selbst und seine Unfähigkeit wach; die Wut, die er damals hinter Gittern gespürt hatte. Er hatte sich einen Plan zurechtgelegt und dieser Drecksack hatte ihn vereitelt, noch ehe er eine Chance bekommen hatte, ihn auf Tauglichkeit zu prüfen.

Gal war cleverer, als er angenommen hatte, und das machte die Wut noch schlimmer. Als er über die Schwelle seiner Haustür getreten war, hatte er ihn noch für einen eher instinktiv handelnden Dummkopf gehalten, der sich beim Schuhezubinden die Finger mit einknotete. Ein vielleicht maximal bauernschlauer Mensch. Doch das Gesicht, das sich ihm jetzt offenbarte, war ein gänzlich anderes. Gal dachte, und wie er dachte! Schneller und konzentrierter, als Marcus es je für möglich gehalten hätte. Sein einstmals abgelegtes Abitur brachte keinerlei geistigen Vorteil. Marcus konnte sich einreden, dass sein Hirnkrampf am Hunger und an den Stunden seiner Gefangenschaft lag, doch etwas sagte ihm, dass dieser Kerl schon davor gewitzter war als eine Maus, die Käse aus einer Falle stahl.

Er konnte seine eigene geistige Langsamkeit auch auf seine Angst schieben. Doch was brachte das? Sein Plan war schlecht gewesen, so beschissen, dass man ihn selbst in Krimis (den guten) nicht verwendete. Mit einer Flucht durchs Fenster lockte man keinen Hasen hinter dem Ofen hervor. Auch keinen Hinterwäldler wie Eddie Gal. Dass er Marcus' Plan abtat, als wäre er nicht der Rede wert, machte Marcus verlegen, und diese Verlegenheit schürte seinen Hass auf den Mann mit der Waffe. Marcus hasste ihn, er hasste ihn abgrundtief.

Gal wirkte, als sei ihm das nicht neu. Gelassen hob er den Revolver. »Pissen oder nicht pissen. Das ist hier die Frage.«

Marcus ballte die Hände zu Fäusten, blickte in den Lauf des Peacemakers, drehte sich herum, öffnete seine Hose. Durch Gals wachsamem Blick in seinem Rücken dauerte es einen Moment. Dann floss es. Stockend, dann in einem Strahl.

Frage geklärt, Arschloch!

10

Trotz der Knarre in seinem Rücken verschaffte ihm der nachlassende Druck Erleichterung. Nicht viel, in seiner gegenwärtigen Situation war ein bisschen jedoch besser als nichts. Und Marcus würde noch dankbar für diesen Gang sein. Sehr dankbar sogar. Denn nachdem er mit erhobenen Händen und dem Kommando »Geradeaus!« durch die Dunkelheit gegangen war (bedauerlicherweise kam ihm erst sehr viel später in den Sinn, dass sie eine gute Fluchtmöglichkeit geboten hätte), kam etwas auf ihn zu, was seine schlimmsten Erwartungen übertraf.

Er sollte erneut eine Tür öffnen, was er auch tat. Licht schlug ihm ins Gesicht, so grell, dass er kurzzeitig erblindete. Er blinzelte unwillkürlich, hob sich die Hand vor Augen. Dann sah er, wo Eddie Gal ihn hingeführt hatte. Und als dieser Anblick auch seinen Verstand erreichte, überkam ihn eine nie dagewesene Angst. Was er auch bis zu diesem Augenblick gespürt haben mochte, war nichts im Vergleich zu dem, was er jetzt fühlte. Mit weit aufgerissenen Augen drehte er sich zu Gal um.

Eddie Gal grinste. Und schoss auf ihn.

Draußen pfiff der Wind.

Kapitel II

Empathielos

1

Im Mai, rund einundfünfzig Jahre bevor Marcus Nolte an der Tür eines Bauernhofs irgendwo südlich von Karlsruhe klingelte und dreizehn Jahre vor seiner Geburt, befand sich besagter Bauernhof gerade im Aufbau. Die Dielen waren noch frisch getrocknet und geschliffen. Die Ziegel, die mit Schnüren zu mehreren Bünden zusammengezurrt auf dem Grundstück lagen, waren rot wie Blut und den Hühnerstall, etwa dreißig Meter vom Haus entfernt, konnte man allenfalls als wackliges Gerüst aus Latten und Brettern bezeichnen. Die Hühner, die später darin Eier legen und sich fett fressen sollten, sprangen noch in einem Maschendrahtgehege hinter der künftigen Scheune umher. Sie gackerten und pickten Körner vom Boden einer etwa hundert Quadratmeter großen Wiesenfläche mit saftig grünem Gras, das in der warmen Mittagssonne glänzte. Manche guckten dämlich in der Gegend herum – wie Hühner das nun einmal taten – und fragten sich vielleicht, was die Männer, die da werkelten, so sehr zum Lachen brachte.

Bei den Männern handelte es sich um Otto Gal und seinen Cousin Horst Richards. Otto stand gebückt auf dem Dach und empfing die Ziegel, die Horst ihm von der Leiter her zuwarf. Auch auf sie schien die Sonne, was die beiden gehörig ins Schwitzen brachte. Otto Gal trug nur ein weißes, mit Holzspänen und Flecken übersätes Unterhemd und eine Hose mit Hosenträgern, die sich straff über seine Schultern spannten. Seine Arme waren von der Arbeit auf dem Feld und am Haus sehnig und braun gebrannt. Sein Cousin gehörte schon seit Kindheitstagen zur fülligeren Fraktion. Sein Bauch hing über den Gürtel seiner Hose und sein schwarzes, kurzes Haar tropfte vom Schweiß seiner Anstrengung. Sie rissen Scherze über den einen oder anderen Landwirt, die Politik, diese Subkultur von arbeitsfaulem Gesindel, die sich an Lagerfeuern gegenseitig Lieder über den Frieden vorsangen – etwas, wovon Leute, die den Krieg nicht miterlebt hatten, so oder so zu wenig Ahnung hatten, um mitsprechen zu können, wie Otto fand –, und über sich selbst. Sie lachten, tranken eisgekühlte Limonade und deckten das Dach des Hauses, in dem alles im Aufbau und alles gut war. Das ganze Leben war zu diesem Zeitpunkt geradezu perfekt, und Otto Gal hätte es um nichts in der Welt eintauschen wollen.

Jedenfalls bis seine Frau zu schreien begann und das Unglück seinen Lauf nahm.

2

Wilma Gal saß in einem Sessel, lauschte, wie Heintje im Radio seine Mama darum bat, nicht um ihren Jungen zu weinen, und dem Getrampel ihres Mannes auf dem Dach. Sie strickte Socken. Winzig kleine. Dabei dachte sie an das Baby in ihrem Bauch, und ob das Mädchen (sie war sich sicher, es würde ein Mädchen werden, obwohl Doktor Gross das Gegenteil behauptete) wohl ihre Haarfarbe bekommen würde – das sonnige irische Rot ihrer Vorfahren. Es wäre ein so schönes Geschenk, ein wundervolles, ein perfektes. Es gab nichts, was sie sich sehnlicher wünschte, als ihrem eigenen Baby dabei zuzusehen, wie es von der Quelle *Mama* trank und mehr und mehr zu einer kleinen Wilma Junior heranwuchs, der sie zeigen konnte, wie man Puppen kleidete und wie man ein Teekränzchen abhielt. Und in ein paar Jahren würde sie ihrem Mädchen all die wichtigen Dinge im Leben, wie Kochen, Backen, den Herd schrubben und die Hühner füttern, beibringen. Ja, das alles würde sie, eine großartige Mama, mit ihrem Mädchen – und noch viel wichtiger *für* ihr Mädchen – tun. Alle Zeit der Welt und alle Zeit, die Wilma Gal bis zu ihrem Tod zur Verfügung stand, sollten ihr gehören, ihrer kleinen Dorothea.

Das sollte ihr Name sein. Dorothea. Das Geschenk Gottes.

Wilma glaubte nicht, dass Otto etwas gegen diesen Namen einzuwenden hatte; und selbst wenn, würde ihre Kleine diesen Namen bekommen, denn es war das Recht einer jeden Mutter, den Namen für die Frucht ihres Leibes, für die sie Stunde um Stunde Schmerzen erleiden würde, auszuwählen. Das konnte ihr niemand absprechen. Niemand.

Putz rieselte von der Decke, als einer der Ziegel auf das Dach krachte. Es machte Wilma nichts aus. Sie strickte weiter Masche um Masche und streichelte hin und wieder über ihren Bauch, der inzwischen so prall war, dass sich ihr Bauchnabel nach außen stülpte.

Gelegentlich trat das Baby zu. Auch das störte Wilma nicht weiter. Im Gegenteil, es fühlte sich so an, als wolle ihr Mädchen Kontakt zu ihr aufnehmen, als wolle Dorothea ihrer Mutter zeigen, dass sie lebte und kräftig genug war, um bald auf die Welt und in ihre Arme zu kommen.

Wieder krachte ein Ziegel aufs Dach. Wieder bröckelte Putz herab und zerstäubte auf den Holzdielen der Stube. Draußen lachten die Männer und Wilma dachte ganz plötzlich, dass Otto dieses Lachen sicherlich gern lieber mit einem Jungen als einem Mädchen teilen würde. Schließlich war es bekannt, dass Männer lieber kräftige Jungs hatten, die ihnen bei der harten Arbeit auf dem Feld und mit den Maschinen helfen konnten, statt Mädchen, die Schmetterlingen hinterherjagten und Blumen pflückten und solches Zeug, mit dem niemand wirklich etwas anfangen konnte. Wie sollte es auch anders sein?

Aber, dachte sie und lachte, *Otto wird nicht bekommen, was er gern hätte. Nein, das wird er nicht. Er verlässt sich auf die Meinung von Doktor Gross. Nur liegen die beiden falsch, ja, meilenweit liegen sie daneben, denn ich bin eine werdende Mutter, und nur eine Mutter kann wissen, was für ein Menschlein in ihr gedeiht!*

Sie spürte, wie sich Zorn in ihr entwickelte. Ihre Hände hatten zu zittern begonnen, zitterten noch. Die Spitzen der Stricknadeln stießen aneinander, was wie der Applaus einer Maus klang. Wilma wusste nicht, wie ihr geschah. Sie begriff nicht, woher ihre plötzliche Aufregung gekommen war. Und Zeit, darüber nachzudenken, blieb ihr nicht. Sie wollte sich gerade aufsetzen, um das Strickzeug und die Wolle auf die Kommode mit dem Radio zu legen, da platzten zwei Dinge fast gleichzeitig aus ihr heraus. Ein Schrei und jede Menge Blut.

3

Wilma Gal gehörte zu dem unglücklichen einen Prozent der Frauen, das unter einer *Abruptio placentae* litt, wie der Gynäkologe Dr. Martin Neureuther in der Frauenklinik des Diakonissenhauses Karlsruhe-Rüppurr mit wachsender Beunruhigung und gleichzeitiger medizinisch sachlicher Faszination feststellte.

»Die Plazenta Ihrer Frau hat sich vorzeitig von der Gebärmutterwand gelöst. Daher der Blutverlust. Weil die Wehen noch nicht eingesetzt haben, müssen wir sofort operieren und das Kind per Kaiserschnitt holen«, erklärte der Arzt dem gehetzt und unglücklich dreinblickenden Otto Gal, der neben dem Krankenbett und den Schwestern und seiner

Frau herrannte; seiner Frau, die auf dem Bett lag, all das hörte und Nässe zwischen ihren Beinen sickern spürte.

Sie schrie nicht. Wilma, die Ottos Nachnamen zwar nunmehr seit elf Jahren trug, war ursprünglich eine Dannert, und wie alle Dannerts wusste Wilma, was sich gehörte und was nicht. Ihr Schrei, als sie das Blut zwischen ihre Füße tropfen gesehen hatte (*es war eher ein ganzer Fluss aus Blut gewesen*), war ihr unkontrolliert und aus reinem Entsetzen entkommen. Auf der Fahrt ins Krankenhaus hatte sie hingegen keinen Mucks von sich gegeben. Nicht einmal gewimmert hatte sie. Nur an ihre Tochter hatte sie gedacht, an die kleine Dorothea, an ihren Herzenswunsch. Und an Gott.

Bitte, o Herr, mach, dass es ihr gut geht, mach, dass sie gesund das Licht der Welt erblickt, die du für uns geschaffen hast, mach, dass ... bitte ... o Herr ... o Herr ...

Man fuhr sie in den OP. Sie konnte hören, wie Otto versuchte, mit in den Saal zu gelangen, und wie eine Frau ihn freundlich und bestimmt davon abhielt. Wilma konnte Desinfektionsmittel riechen. Der Kopf einer übergroßen Schreibtischlampe ragte über die Rolltrage, auf der sie lag, wie ein äußerst interessierter Gast, der sich alles ganz genau ansehen wollte. Das nervöse Getrappel von Kunststoffschuhen schallte durch den grün gekachelten Raum. Um sie – Stimmen. Frauen. Männer. Sie verstand kein Wort. Ihr Kopf spielte verrückt. Ein Mann oder eine Frau beugte sich über sie und versperrte dabei kurzzeitig den voyeuristischen Blick der Lampe. Sie oder er sagte etwas. Nur Fetzen davon drangen zu ihrem Verstand durch. Später würde man ihr erklären, dass sich die Wahrnehmungsstörung aufgrund ihres Blutverlustes eingestellt hatte. In diesem Augenblick glaubte Wilma allerdings, sie würde sterben. Sie und ihr Kind, das unter der Kuppel ihrer Bauchdecke (*Gott, wie lange habe ich Dorothea nicht mehr strampeln gespürt*) lag und das gar nicht wusste (*Helft mir!*), was mit ihm geschehen würde, wenn der Arzt seinen einzigen Schutz (*Was will er mit dem Skalpell?*)

öffnete und es (*nicht tot – darf nicht tot sein!*) seiner Hülle ent...

Sie spürte den Einstich der Spritze nicht. Ihre Wahrnehmung beschäftigte sich mit der Dunkelheit, auf die sie hilflos zuraste.

»Drei ... zwei ...«, zählte eine Frau mit Maske dicht neben ihr. Dass die Operationsassistentin »eins« sagte, hörte Wilma Gal nicht mehr. Sie entschwand in eine tiefe Schwärze, die am anderen Ende der Nadel auf sie wartete.

4

Otto Gal konnte nicht anders, als ruhelos im Wartezimmer umherzumarschieren. Er lief auf und ab, um den kleinen Tisch mit den Zeitungen in der Mitte herum, setzte sich, versuchte sich an einem Magazin, warf es zurück auf den Stapel und begann von vorn. In seinem ganzen Leben hatte er sich nie so nach einem Drink gesehnt. Er war kein Säufer, trank unter der Woche allenfalls ein Bier zum Abendbrot, und kräftigere Dinge wie Schnaps oder Doppelkorn sowieso nur nach deftigeren Mahlzeiten wie Wilmas patentiertem Wildragout mit Knödeln und Rotkraut.

Ihre Kochkunst war eines der Dinge, die ihn von Wilma überzeugt hatte, als er sie kennenlernte, wenn auch nicht ausschlaggebend. Imposanter war ihr Umgang mit ihm gewesen. Ja, sie hatte gewisse andere Vorlieben, was Musik betraf, und ja, sie bestand auf vielerlei Sachen, wie früh ins Bett zu gehen und ebenso früh aufzustehen. Als Hühnerzüchter und Landwirt musste er zwar so oder so vor dem Morgengrauen aus den Federn klettern, weshalb ihn Letzteres nicht weiter störte, doch als junger Stenz hatte er gern bis in die Nacht hinein die Geschichten von Arthur Conan Doyle über diesen berühmten Detektiv gelesen. Das hatte sie ihm recht schnell ausgetrieben, wenn er sich recht erinnerte.

Dafür meckerte sie nie mit ihm. Und das war, wenn er seine eigene Mutter und seine Tanten betrachtete, ein klarer Pluspunkt gewesen, mit Wilma Dannert auszugehen. Noch dazu hatte sie die schlankesten und längsten Beine, die er je zu Gesicht bekommen hatte.

Was ihm in den letzten Wochen und Monaten allerdings ein wenig Sorge bereitete, war Wilmas ekstatischer Wunsch, unbedingt ein Mädchen gebären zu wollen. Weshalb sie sich das so sehr wünschte, wusste er nicht. Er glaubte sie zwar weise und wohlerzogen genug, auch mit einem Jungen klarzukommen, falls es so kommen sollte, trotzdem wünschte auch er ihr ein Mädchen. Damit wäre Wilma glücklich, ja, das würde sie über den Schock des heutigen Tages und die Schmerzen nach der Operation hinwegtrösten. Stets vorausgesetzt, sie erwachte nach der Narkose wieder.

Was?

Nein. O nein! Daran durfte er nicht einmal denken. Wilma würde wieder aufwachen, o ja, das würde sie. Sie war eine schlanke, junge und äußerst willensstarke Frau mit hohen Ansprüchen an sich selbst. Und wenn es einen Anspruch gab, der alle anderen übertrumpfte, dann war es der, aufzuwachen, das gottverdammte Aufwachzimmer (wie die Ärzte es nannten) zu verlassen und ihre Tochter in Händen zu halten. Wilma würde alle Register ziehen, nur für dieses Kindchen.

»Du musst dich entspannen.«

Otto drehte sich nach der Stimme um. Für einen kurzen Augenblick hegte er die Hoffnung, Doktor Neureuther stünde vor ihm, doch es war nur sein Cousin, der zwei Kaffeebecher in der Hand hielt.

»Die Schwestern waren so nett, uns einen auszugeben«, sagte er lächelnd.

Otto versuchte auf diesen kleinen Scherz gleichfalls zu lächeln, doch es gelang nur bedingt. Am Blick seines Cousins erkannte er, dass er eine ziemlich grässliche Fratze schneiden musste.

»Danke«, sagte er und nahm den Kaffee entgegen. Er war heiß und dampfte und schmeckte gut, nur half ihm das nicht über seine Gedanken an Wilma hinweg. Er wartete nun schon verfluchte zwei Stunden, nein, sogar schon zweieinhalb, und nach wie vor gab es keine Neuigkeiten von seiner Frau und dem Baby. Das konnte doch nicht wahr sein! Wer zur Hölle leitete eigentlich diesen Sauladen!

»Bei mir war das damals nicht anders, als sie meine Mutter wegen dem Krebs operierten. Es dauerte ganze acht beschissene Stunden, bis ein Arzt zu uns kam, um uns mitzuteilen, dass Mama die Operation nicht ...«

Horst bemerkte, dass seine kleine Rede alles andere als Trost spendete. Er verharrte mit offenem Mund und führte seinen Becher an die Unterlippe. »Entschuldige. Das war dämlich.«

»Ich weiß, dass du es gut meinst«, sagte Otto. »Aber diese Warterei macht mich noch wahnsinnig. Hätte ich nur das Rauchen nicht aufgegeben, dann könnte ich jetzt wenigstens das tun, statt hier nur rumzusitzen und Däumchen zu drehen.«

»Wann hast du das Rauchen eigentlich aufgehört?«

Wenn das ein beabsichtigtes Ablenkungsmanöver war, war es ein guter Einfall, denn Otto dachte darüber nach, was ihn von seinen eigentlichen Sorgen – zumindest vorläufig – ablenkte.

»Lass mich mal überlegen. Das war im Oktober '60. Ja, genau. Vor acht Jahren.« Er fuhr sich mit der Hand durchs Haar. »Ganz schön lange, wenn ich so darüber grüble. Damals hätte ich nie und nimmer gedacht, auch nur einen Tag ohne die Sargnägel zu überstehen. Wilma war es, die mir geholfen hat, damit aufzuhören. Und es hat funktioniert.«

»Wie hat sie dir denn geholfen?«, wollte Horst wissen. Inzwischen drückte er seinen gewichtigen Hintern auf einem der Lehnstühle breit, die für die Wartenden (also im Augenblick nur sie beide) bereitstanden.

Otto lachte angespannt. »Nun, ihre Hilfe bestand eigentlich nur darin, mir ständig vor Augen zu führen, wie ich stank, wenn ich vom Feld oder vom Stall nach Hause kam. Im Stall selbst habe ich natürlich nie geraucht. Die Hühnerscheiße sondert Gase ab, bei denen ich befürchtete, sie könnten mir die Latschen unter den Sohlen wegsprengen.« Er blickte gedankenverloren zur Decke. »Hinterm Stall, da hatte ich meinen Aschenbecher, eine bequeme Gartenliege, und wenn mir danach war, auch ein Buch. Stunden habe ich dort verbracht, Sherlock Holmes gelesen oder Tom Sawyer, und mir eine nach der anderen angesteckt. Ich mochte dieses Plätzchen. Das Gackern der Hühner hinter und die Weite der Felder vor mir – so ließ es sich ziemlich gut leben.«

Horst nippte an seinem Kaffee. Ihm lag bereits die nächste Frage auf den Lippen. Später würde sich Otto Gal denken, dass an dem Mann ein prima Psychologe verloren gegangen war. Er schaffte es, ihn von Wilma und seinen Sorgen und der Angst um das Baby abzulenken, ohne ihn auch nur annähernd mit irgendwas zu bedrängen.

»Liest du noch viel?«

»Nein, eigentlich nicht. Die Tageszeitung und ab und an eines von Wilmas Klatschpresse-Blättern, ansonsten ... Einfach zu viel Arbeit«, rechtfertigte er sich. »Wilma ist eine gute Frau.«

Horst runzelte die Stirn. Otto merkte, was er da gerade von sich gegeben hatte.

»Ich meine, sie kann nichts dafür, dass ich nicht mehr lese.« Er grinste. »Sie kann allerdings etwas dafür, dass es mir gesundheitlich besser geht. Das Rauchen aufzugeben war eine der besten Ideen, die mir jemals in den Sinn kamen, meint auch Doktor ...«

»Herr Gal?«

Wie aufs Stichwort trat der Arzt herein. Otto erschrak so sehr, dass ein Teil seines Kaffees auf den Boden schwappte. Es fiel ihm nicht auf. Sofort stand er auf den Beinen und beäugte den Mann im weißen Kittel, dessen grauer Haarkranz so wild vom Kopf abstand, dass er eher wie ein verrückter Professor als ein seriöser Gynäkologe wirkte.

»Ja? Wie geht's meiner Wilma? Wie geht's dem ...«

Der Arzt machte eine beschwichtigende Geste mit beiden Händen. »Immer mit der Ruhe, Herr Gal. Ihre Frau hat die Operation gut überstanden. Sie liegt im Aufwachraum und erholt sich davon. Und von der Narkose. Sie hat viel Blut verloren, aber das wird ausheilen. Auch dem Baby geht es so weit gut. Glücklicherweise wäre der Geburtstermin schon in drei Wochen gewesen, das heißt, Ihr Kind ist keine wirkliche Frühgeburt. Er wiegt stramme dreitausendzweihundertundzwei Gramm, was für dieses Stadium einer Schwangerschaft ein stolzes Gewicht ist.« Er nickte nachdrücklich und lächelte.

Otto starrte den Mann mit offenem Mund an. »Er?«

Doktor Neureuther nickte und lächelte. »Ja, ein Junge. Er liegt auf der Frühchenstation. Möchten Sie ...«

Horst unterbrach den Arzt, indem er Otto zu sich herumwirbelte und ihn fest in die massigen Arme nahm. »Herzlichen Glückwunsch!«, posaunte er. »Siehst du – ich wusste doch, dass alles gut werden würde!«

Doch Otto Gal – der in diesem Augenblick, in dem ihn eigentlich Tränen der Freude und der Erleichterung überkommen sollten, keine einzige Träne vergoss – war sich nicht so sicher, ob wirklich alles gut werden würde.

5

In seinem ganzen Leben hatte Otto Gal kein Gespür für Kinder oder Babys gehabt. Weder wusste er, wie man mit ihnen umzugehen hatte, noch was sie wirklich brauchten oder wollten. Er konnte sich daran erinnern, wie Jens, der Sohn seiner Schwester, in der Stube vor ihm gestanden hatte und ihn mit großen blassblauen Augen ansah, als wäre er ein Marsmensch, der sich hierherverirrt hatte.

»Na, Kleiner«, hatte Otto scheu gesagt und sich gefragt, was der Knirps von ihm wollte.

Mit seinen zwei Jahren konnte Jens noch kaum ein Wort sprechen, und so verlief ihr Kontakt seinerseits wortlos. Jedenfalls noch.

Der Junge blickte nur zu ihm auf und fixierte ihn mit seinem durchdringenden Kinderblick, der Otto mehr und mehr unangenehm wurde. Seine Mutter saß draußen im Garten und unterhielt sich mit Wilma über den üblichen Ortschaftstratsch, während er hier allein mit Jens in der Küche stand.

»Möchtest du irgendwas?«, fragte Otto unbehaglich. Erst als Jens jetzt die dürren Arme ausstreckte, bemerkte Otto, dass er ein Glas in den Händen hielt. Schlagartig wurde ihm klar, was der Junge wollte. Er hatte Durst. So einfach war das. Doch als er nach dem Glas griff und Limonade einfüllte, begann der Junge zu quäken. In seinen Augen sammelten sich erst Tränen, dann brüllte er aus vollem Hals.

Otto erschrak und verstand nicht, was los war.

»Hier, dein Trinken«, sagte er zu dem Kleinen. Doch Jens weinte weiter, schrie lauter, als ob er um Hilfe riefe. Ein lautes, geschluchztes »Mama« platzte aus seinem Mund hervor, und Otto befürchtete, seine Schwester würde hereinkommen und glauben, er habe dem Jungen etwas angetan. Das würde er nie tun, aber wer wusste schon, wie eine Mutter reagierte, wenn ihr Kind Laute von sich gab, als würde ihm jemand Glasscherben unter die Fingernägel rammen? Womöglich glaubte Susanne auch, Jens wäre etwas zugestoßen und der große Kerl, der Otto nun einmal war, stand hier nur dumm herum, ohne ihrem Sohn zu helfen. Und dass Jens Hilfe brauchte, war in seinen Augen offensichtlich.

Otto würde ja helfen, wusste nur nicht wie. Wie kümmerte man sich um ein Kind, das einem nichts sagen, sondern ausschließlich schreien konnte?

»*Mama*«, plärrte Jens noch lauter.

»Pst.« Otto hielt sich den Zeigefinger vor die Lippen, als ob das etwas bezwecken würde. »Pst. Psssst.« Er spürte, wie das Geplärr ihn nervös machte.

»*Ma-ma!*«

Und plötzlich durchfuhr Otto ein Gedanke, den er nicht kommen sah. Er stellte sich bildlich vor, wie er den Jungen packte, wie er ihm die flache Hand auf die rosa Lippen presste und dadurch sein Schreien unterdrückte. Und weiter dachte er, dass das den Jungen erst recht zum Kreischen bringen würde und ihm nichts anderes übrig bliebe, als den Jungen zu packen und ihn in den Keller zu sperren, wie seine Mama es früher mit ihm getan hatte, wenn er nicht spurte. Das würde helfen, sicher würde es das. Zumindest nach einiger Zeit, und in dieser Zeit brauchte man sich keine Gedanken zu machen, weil man es nicht hörte, dieses Geschrei.

»Hör auf«, sagte er unbehaglich und packte den Jungen an den Schultern, wie um ihn zu schütteln. »*Ich bitte dich, hör auf!*«

Susanne trat in die Küche. »Was ist hier los?«, fragte sie, die Hände in die massigen Hüften gestemmt.

Otto sah erst sie erschrocken an, dann den Kleinen und schließlich wieder seine Schwester. In ihrem Blick stand etwas Düsteres, was er nicht zu deuten wusste. Wut? War sie wütend? Auf ihn? Einen Moment lang kam es ihm so vor, als wäre genau das der Fall, als hätte sie in seinen Kopf geblickt und gesehen, was er sich vorgestellt hatte, wie er in seinen Gedanken Jens in den Keller gesperrt hatte. Hilflos, fast entschuldigend schüttelte er den Kopf. Erst jetzt bemerkte er, dass er den Jungen noch immer festhielt.

Du wolltest ihn schütteln!

Er ließ ihn los.

»*Ma-ma*«, kreischte der Kleine wieder.

»Was ist, Schatz?« Susanne bückte sich, nahm ihren Sohn auf den Arm und wischte ihm mit sanften Berührungen die Tränen aus dem Gesicht. »Du bist müde, nicht wahr?«

Der Junge nickte, die Mundwinkel nach unten verzogen.

»Hat dir der Onkel ...«

Wehgetan?, schrie es in Ottos Kopf auf. *Hat dir der Onkel wehgetan? Genau das wird sie fragen!*

»... keine Milch gemacht? Oh, du Armer. Na, dann holen wir das mal nach. Otto, hast du Milch da?«

Er starrte sie mit vor Verblüffung geweiteten Augen an. Sein Mund stand offen, was ihn wie einen Dummkopf aussehen ließ, dessen Gehirn mal eben für ein paar Sekunden eine Pause einlegte.

»Otto? Hast du mich gehört?«

»Äh ... Ja ... Milch. Ist da.«

»Gut. Würdest du so zweihundert Milliliter in einem Topf warm machen? Dann kann unser Kleiner«, sie wiegte Jens auf dem Arm, »seinen Schoppen trinken und ein Nickerchen halten. Otto?«

»Ja. Äh, mach ich dir. Sofort. Milch kommt gleich.«

Und als er den Topf auf dem Herd aufsetzte, lachte er. Wie dumm es von ihm gewesen war, zu glauben, seine Schwester würde mit ihm schimpfen, wo er doch überhaupt nichts angestellt hatte. Er hatte schlicht nicht gewusst, was sein Neffe von ihm wollte. Und war das so tragisch? Schließlich hatte er keine Kinder.

Gehabt.

Denn nun stand Otto Gal vor einem transparenten Kasten, einer Art Brutkasten für Menschenkinder, und betrachtete das kleine Bündel, das eingewickelt in ein Handtuch und mit geschlossenen Augen ruhig vor sich hin atmete. Auf dem Kasten klebte ein schmaler Aufkleber, und darauf stand sein Name. Gal. Kein Vorname. Nur Gal. Und das Geburtsdatum.

»Ist das wirklich ... Äh ... mein Sohn?«, fragte er die Schwester, die ihn hierherbegleitet hatte.

Sie nickte und lächelte freundlich. »Ja, natürlich. Unglaublich, oder? So klein und schon so Mensch. Man möchte sie direkt auf den Armen halten.«

Das war etwas, das Otto sich kaum vorstellen konnte. Dieses kleine Etwas in seinen großen Händen ... Er würde ihm damit sicher wehtun, glaubte er.

Ihm. Nicht ihr wehtun, ihm wehtun.

Das Sauerstoffgerät, mit dem man den Kleinen über einen Schlauch zusätzlich beatmete, piepte, und für einen kurzen Augenblick war dieser kurze, helle Ton für ihn, als würde er den Herzschlag seines Sohnes hören. Er trat an die Glasscheibe, beäugte den Säugling und spürte plötzlich, wie sich etwas Warmes seinen Weg aus seinem Magen durch die ganze Brust erarbeitete. Ein merkwürdiges Gefühl. Nicht schlecht oder unangenehm, nur merkwürdig. Dann passierte etwas, was er mehr zu beobachten als auszuführen schien. Seine Hand bewegte sich nach vorn. Langsam. Vorsichtig. Leicht zitternd. Sie legte sich auf die kühle Scheibe des Kastens. So verharrte er eine Minute. Oder länger. Er wusste nicht, wie lange genau er so dastand. Er wusste nur noch, dass der kleine Knirps, *sein* Sohn, irgendwann die Augen öffnen würde. In diesem Augenblick begann Otto Gal freudig und, zum ersten Mal in seinem Leben, herzlich zu lächeln. Er atmete tief durch, dann sagte er: »Hallo ... Eddie. Mein Sohn.«

6

Schlimmer, nein, besser wurde es, als er das Baby zum ersten Mal auf dem Arm halten durfte. Diese einfache und doch so erhabene Geste verschaffte ihm ein Gefühl purer, reiner, klarer Freude. Es war mit nichts in der Welt zu vergleichen.

Nicht einmal das frischeste Quellwasser konnte so unverfälscht sein, nicht einmal das Begreifen des Sinns des Lebens, so absolut. Auf seinem linken Unterarm lag ein Wunder; und dieses Wunder trug den Namen Eddie Gal.

Wie der Name in seinen Kopf geschossen war, konnte Otto sich selbst nicht erklären. Er war schlicht plötzlich da gewesen, hatte in seinem Kopf aufgeleuchtet. Eddie – der Hüter des Besitzes, seines Besitzes, seines Hofs, seiner Tiere, seiner Frau. So sah er den Jungen vor sich. Wie er heranwachsen würde, wie sie gemeinsam die Hühner füttern und ausmisten würden, wie er mit ihm auf dem Traktor übers Feld fahren würde, während sie *My Bonnie* sangen, wie er ihm bei den Schularbeiten helfen würde und wie er ihm gelegentlich durch das dunkle Haar wuschelte, um ihm zu zeigen, dass er sein Sohn und nur seiner war.

Diese Vision seiner Zukunft war schimmernd wie Morgentau auf einer saftigen Wiese und erfüllte Otto mit frischem Tatendrang. Er wollte Wilma ihren Sohn zeigen, wollte ihn ihr in die Arme legen, damit auch sie dieses Gefühl unermesslichen Reichtums überkommen konnte.

Mit dieser positiven Energie im Gepäck ging er in Begleitung einer Schwester durch die Gänge des Diakonissenkrankenhauses. Er schlenderte in einem solch beschwingten Schritt, dass die Schwester zu lachen begann. Das störte ihn nicht. Sein Augenmerk lag auf seinem Sohn, der friedlich auf seinen Unterarmen ruhte und mit wachen Augen die an den Decken vorbeiziehenden Lampen beobachtete. Otto hatte keine Ahnung, ob der Kleine überhaupt schon richtig sehen konnte – was wie bei allen Babys nicht der Fall war –, und machte sich diesbezüglich auch nur wenige Gedanken. Er wollte zu Wilma und seine Freude mit ihr teilen.

Als er sie sah, verblasste sein Lächeln.

Sie saß aufrecht in einem dieser fahrbaren Betten. Ihr Teint war aschfahl. Ihre Augen waren verquollen und mit dunklen Ringen unterlegt.

Otto erschauerte bei ihrem Anblick. Diese Frau hatte nichts mit der Frau gemein, die er geheiratet hatte. Sie wirkte auf ihn fast wie ein Geist. Jede Emotion war aus ihrem Gesicht gewichen und nur die Ernsthaftigkeit, mit der sie ihn früher darauf hingewiesen hatte, wie sehr er nach Rauch stank, war geblieben. Ihre Mundwinkel hingen herab, als hätte man sie mit Gewichten versehen. Ihr rotes Haar war zu einem strengen Dutt zusammengebunden.

Sie sah ihn nicht an, als er hereinkam. Stattdessen blickte sie aus dem Fenster auf der gegenüberliegenden Seite des Zimmers, wo es außer blauem Himmel und windloser, stiller Natur nichts zu sehen gab.

Am Fußende ihres Bettes saß eine ältere Frau mit Brille in einer Nonnenkluft, die Otto nicht kannte.

»Hallo, Schatz«, sagte er vorsichtig und baute sein Lächeln wieder auf. Dann ging er langsam auf das Bett zu. »Ich möchte dir jemanden vorstellen.«

Das Baby gähnte und gab dabei ein leises Quäken von sich. Doch Wilma reagierte weder auf Otto noch auf das Kind. Sie drehte sich nicht einmal nach ihnen um.

An der Seite ihres Bettes fragte Otto sich, ob ihr merkwürdiges Verhalten womöglich an den Nachwirkungen der Narkose liegen mochte. Doch auch bei erneutem Ansprechen rührte Wilma sich nicht. Sie starrte weiter wortlos zum Fenster hinaus.

»Wilma? ... Schatz? ... Dein Sohn. Er ist hier. Ich habe ihn hier bei mir.« Er lachte verloren.

Wilma zeigte keine Regung.

Stattdessen erhob sich die Frau am Ende des Bettes. »Sie sind der Vater«, stellte sie fest. Dabei lächelte sie Otto sanftmütig zu. Sie kam um das Bett herum. Als sie fortfuhr, flüsterte sie. »Dürfte ich Sie kurz sprechen?« Sie deutete mit einer Handbewegung zur Tür.

Otto sah sie verständnislos an. »Ich ... Nein. Ich möchte bei meiner Frau sein. Ich habe *ihr* Kind bei mir ... Wilma,

Schatz. Sieh mich doch bitte an. Kannst du mich nicht einmal wenigstens ansehen?«

Sie sah ihn an. Dann blickte sie auf das Bündel in seinen Händen und Tränen bildeten sich in ihren Augenwinkeln.

Otto verstand noch weniger. »Schatz ... ich ...«

»Bitte, Herr Gal, auf ein Wort.«

Er wollte sich verweigern, wollte verstehen, was hier vor sich ging. Das war doch nicht normal! Oder? Verhielten sich Frauen nach einer Entbindung beziehungsweise einem Kaiserschnitt so? Seine Schwester hatte er nie gefragt, weil er sich bis zu diesem Tage überhaupt nie mit dem Thema Kinder befasst hatte. Für ihn war klar gewesen, dass Wilma schwanger gewesen war. Natürlich! Er hatte sein Ding in sie hineingesteckt, sie hatten Spaß gehabt, und das alles, ohne auch nur an Verhütung zu denken. Weil Wilma sich ein Kind gewünscht hatte, jawohl. Er wollte es ihr schenken. Ein Kind. Ein Mäd...

»Herr Gal. Bitte.«

Er begriff, noch bevor es ihm die Seelsorgerin erklären musste.

Wilma hatte sich ein Kind gewünscht. Kein Junge. Ein Mädchen sollte es sein. Ein kleines Mädchen, das sie umsorgen konnte wie eine lebensechte Puppe. Hatte sie das nicht oft genug gesagt? Hatte Wilma nicht stets davon geschwärmt, wie sie ihrer rothaarigen Tochter Zöpfe binden und ihr Kleidchen anziehen wollte, die bunt waren wie die Blumen auf der Wiese hinterm Haus, wo ihre Tochter niemals spielen würde, weil sie sich dabei dreckig machen konnte?

Und nun das. Ein Junge. Ein waschechter Gal mit dunklem Haar und einem Pimmel dort, wo er hingehörte. Nicht einmal die Augen hatte er von ihr. Noch nicht jedenfalls. Sie waren blau wie bei allen neugeborenen Babys. Doch hieß es nicht, dass sich die Augenfarbe mit den ersten Monaten verändern konnte? Keine Ahnung. Das lag fern seines Horizonts. Und es war unwesentlich. Viel wichtiger war jetzt, da Otto es begriffen hatte, wie er Wilma ihren Sohn näherbringen konnte.

Die Seelsorgerin faselte irgendwas von Wochenbettdepression, die ganz sicher vorübergehen würde. Schwachsinn. Nicht mehr und nicht weniger. Wilma litt unter keiner Depression, dafür kannte er sie zu gut. Sie war eine willensstarke Frau, die die Dinge, die sie sich in den Kopf setzte, um jeden Preis erlangen wollte. Wilmas Wunsch war schlicht nicht erfüllt worden und deshalb reagierte sie gegenüber ihrem Sohn mit stumpfem Desinteresse. Um es beim Wort zu nennen: Von dem Augenblick an, in dem Eddie Gal ihre Gebärmutter verlassen und sie das Zäpfchen zwischen seinen Beinen entdeckt hatte, war er eine Enttäuschung für sie. Und Wilma hasste Enttäuschungen mehr als alles andere.

7

Drei Tage verbrachte Wilma im Krankenhaus, wo sie nur sprach, um die nervtötende Seelsorgerin vor die Tür zu setzen. Danach entließen die Ärzte sie mit besten Wünschen für sie und ihr Baby nach Hause, wo sie sich ins Bett legte und Stunden und Tage und Wochen in Stille verstreichen ließ. Sie redete nur, wenn es nötig war. Wenn sie irgendetwas wollte.

»Otto, bring mir noch eine Decke, mir ist kalt.«

»Otto, ich habe Hunger und möchte Suppe essen.«

»Otto, schalt das Radio aus. Dieses Gejaule bringt mich um meinen Verstand.«

Otto dies, Otto das.

Und Otto brachte ihr, was sie wollte, erledigte die Dinge, die sie erledigt haben wollte. Stets in der Hoffnung, Wilma würde es bald besser gehen und dass sie zur Vernunft käme, was das Baby betraf. Er liebte sie. Er liebte sie auch dann noch, als Wilma den kleinen, zwei Monate alten Eddie fast umbrachte.

8

Die Fertigstellung des Hauses verzögerte sich, was nicht zuletzt daran lag, dass sich ausschließlich Otto um das Baby kümmerte. Das Dach des Wohnhauses war zwar fertig gedeckt, doch der Hühnerstall stand noch am Anfang des Aufbaus. Bislang bestand er aus nicht viel mehr als einem Betonfundament und einem fünf Meter hohen, fünf Meter breiten und zehn Meter langen Holzgerüst aus dicken Eichenbalken. Es gab weder ein Dach noch Wände, was zum Problem werden konnte. Wenn er den Bau nicht rechtzeitig vollendete, würden die Tiere in der herannahenden Kälte keinen Schutz finden und so sterben. Und das wäre auch sein Tod als Landwirt. Also musste er sich ranhalten, ohne Zweifel. Nur gab es da das Dilemma mit Wilma und dem Jungen. Seine Frau tat auch nach mehreren Wochen nichts anderes, als im Bett zu liegen. Inzwischen bevorzugt mit einem Glöckchen auf dem Nachttisch, das sie läutete, wenn sie irgendetwas benötigte. Nicht selten machte sie ausgerechnet dann davon Gebrauch, wenn er mit den wirklich wichtigen Dingen beschäftigt war. Dazu kam, dass er sich um Eddie kümmern musste, was oftmals logistisch kaum zu bewältigen war. Wie sollte er Ziegel aufs Dach hochschleppen, wenn er gleichzeitig ein Baby betreuen sollte? Zum einen konnte er den Kleinen nicht unbeaufsichtigt lassen, und zum anderen konnte es für das Kind verdammt gefährlich werden, wenn eine Latte mit darin versenkten spitzen Nägeln umkippte oder ein Ziegel vom Dach rutschte. Diese Vorstellung bereitete Otto am meisten Unbehagen.

Er, oben auf dem Dach, fünf Meter von seinem Sohn entfernt, der auf einer Decke auf der Wiese lag, setzte einen Ziegel nach dem anderen auf die Lattung und bekam es gar nicht mit, wie sich eine dieser fast vier Kilogramm schweren Tonscheiben von der Dachkante stahl. Und Eddie, dieser winzige, hilflose Säugling – sein Sohn – darunter, spielte vielleicht gerade mit einer Rassel oder nuckelte am Daumen oder sah einfach nur in den Himmel – und dem Dachziegel entgegen, der auf ihn zugerast kam, um die unglaubliche Kraft der Gravitation mit vollem Elan zu demonstrieren und Eddie, den kleinen Eddie, unter sich zu begraben. Vielleicht würde der Knirps noch seine Hände ausstrecken, in der Hoffnung, sein Fläschchen gereicht zu bekommen, da ...

Allein der Gedanke verursachte Otto Herzrasen.

Also beschloss er an diesem Spätherbsttag, doch noch seine Frau zu überreden, auf ihren eigenen Sprössling aufzupassen.

Draußen pfiff der Wind und ließ die roten und gelben Kronen der Bäume wie ein Schiff auf den Wellen der offenen, stürmischen See schaukeln. Und wie sich herausstellte, beobachtete Wilma ebenjene Bäume. Sie beobachtete sie durch das Fenster vom Bett aus.

Otto klopfte und trat, das Baby auf dem Arm, ins Zimmer im Obergeschoss ein.

»Wilma«, sagte er vorsichtig.

Sie reagierte mit einem gequälten Seufzen. Als wäre allein seine Anwesenheit zu viel für sie.

Sie war noch blasser geworden, was daran lag, dass sie hier drinnen kein Sonnenlicht abbekam. Ihre Wangen wirkten eingefallen, obwohl das zusätzliche Gewicht der Schwangerschaft nach wie vor auf ihr lastete. Trotz alledem hatte sie nicht damit aufgehört, sich zu pflegen. Seit dem Kaiserschnitt trug sie ihr rotes, gelocktes Haar zu einem strengen Dutt geknotet, den sie mehrmals am Tag neu feststeckte. Auf ihren Wangen lag ein sanfter Hauch Puder. Ihre schmalen Lippen glänzten von einem pastellrosa Lippenstift. Das zu sehen, erzürnte Otto.

Gottverdammt noch mal, dafür nimmt sie sich die Zeit, nur für ihr eigenes Baby ...

»Ich habe nicht geklingelt«, sagte sie tonlos, ohne dabei den Blick vom Fenster abzuwenden.

»Ich weiß. Ich komme auch nicht wegen einer Suppe oder einer weiteren Decke, sondern weil ich diesmal deine Hilfe brauche.«

Mit starrer Miene wandte sie sich ihm zu. Und plötzlich veränderte sich ihr Gesichtsausdruck. Sie wirkte erschrocken, beinahe entsetzt. Der Grund war klar. Sie erkannte, dass Otto nicht allein gekommen war. Sie sah nun das Baby.

»Was willst du?«, fragte sie. Ihre Stimme bebte.

»Wilma ...« Er versuchte die Sache ruhig anzugehen und besänftigend auf sie einzureden. »So kann es nicht weitergehen. Du liegst seit über acht Wochen im Bett, kommst nicht einmal runter, wenn Horst oder meine Schwester zu Besuch kommen. Inzwischen kommen sie nicht mehr zum Kaffeekränzchen, sondern um mir bei der Arbeit am Haus, auf dem Hof oder mit dem Kind zur Hand zu gehen. Sie nehmen sich Zeit, wo sie nur können. Größtenteils bin ich jedoch allein, koche, mache die Wäsche, füttere die Tiere und alles. Selbst Windeln wechsle ich. Zum Glück hat mir Susanne gezeigt, wie das geht. Sie war es auch, die mir beigebracht hat, wie man einen Schoppen zubereitet oder ein Baby am besten hält, wenn es Bauchweh hat und schreit. Mein Güte, Wilma, fast jede Nacht laufe ich mit Eddie auf dem Arm durch die Gegend, singe ihm *Alle meine Entchen* oder *Hush, little Baby* vor. Ich bin müde, erschöpft und zu allem Überfluss muss ich auch noch den Stall fertigstellen, weil uns sonst die Hühner krepieren!«

Er hatte sich also doch in Rage geredet. Na prima! Jetzt würde sie garantiert nicht darauf eingehen, sich um Eddie zu kümmern.

Als sie nichts sagte, fuhr er fort und ermahnte sich, auf dem Boden zu bleiben, was ihm nicht leichtfiel. Er hatte sich so viele Tage und Wochen zurückgehalten, und da nun der erste Schritt getan war, er endlich seine Meinung offenlegte, da fiel es ihm nicht leicht, seine wahren Gefühle zum Ausdruck zu bringen, die auch den Zorn auf sie beinhalteten.

»Bitte, Wilma. Dein Sohn und ich, wir brauchen dich. Dringend. Vielleicht dringender denn je. Mir fehlt deine Kochkunst. Ich kann so was nicht. Jeden gottverdammten Tag esse ich Suppe oder Brote. Selbst die Wäsche bekomme ich nicht so sauber wie du, obwohl ich die Anleitung der Waschmaschine genauestens befolge. Bitte, Wilma ... Bitte, komm zu uns zurück.«

Sie blickte ihn lange und ausdruckslos an. Und plötzlich – er konnte es kaum glauben – lächelte sie und sagte: »Du hast recht.«

»Was?« Er glotzte sie hohl an.

»Du hast recht«, wiederholte sie. »Ich habe mich wohl etwas zu sehr ... zurückgezogen. Leg den Kleinen in die Wiege, und während du arbeitest, passe ich auf ihn auf.«

Otto lächelte. »Wirklich? Das ist toll, Schatz. Ehrlich. Ich ... Ich freue mich über ...«

»Schon gut«, unterbrach sie ihn. »Leg den Jungen in seine Wiege. Ich werde mich ... um ihn kümmern.«

Es fühlte sich gut an, den Jungen in das Bettchen zu legen, das er zu Beginn von Wilmas Schwangerschaft eigens aus Fichtenholz gebaut hatte. Für die Ästhetik hübscher Verzierungen hatte er eigentlich kein Gespür. Mit größter Mühe hatte er mit einem Lötkolben Sonne, Mond und Dutzende Sterne in die Oberfläche der hellen Fichte gebrannt. Das wohl größte Kunstwerk, das ein Gal je geschaffen hatte.

Die ganze Zeit hatte der Junge die Nächte mit ihm auf dem Gästebett im Erdgeschoss verbracht. Natürlich um Wilma nicht zu stören oder gar zur Last zu fallen. Wenn Eddie von Bauchschmerzen, vollen Windeln oder Albträumen geplagt aufwachte – er wusste nicht, ob Babys überhaupt Albträume haben konnten –, ging er möglichst leise mit ihm um, sodass Wilma sich auch dadurch nicht in ihrer Ruhe gestört fühlte.

Doch jetzt war das alles endlich vorbei. Ab heute würde – dem Himmel sei's gedankt – alles gut werden, dachte Otto.

Der Junge quengelte ein wenig, als er ihn ablegte, beruhigte sich jedoch schnell wieder. Mit großen, wachen Augen blickte er seinen Vater an und strampelte dabei mit den kurzen Beinen in seinem Schlafbeutel.

»Ist er nicht süß«, sagte Otto stolz. »Sieh ihn dir an, Wilma. Das ist dein Junge, dein Geschenk Gottes.«

»Ja«, sagte Wilma knapp. Sie hielt etwas Abstand vom Bett ihres Sohnes, als stünde sie vor dem Käfig einer giftigen, aggressiven Schlange, die jeden Augenblick zuschnappen konnte.

Otto drehte sich zu ihr herum, lächelte und gab ihr einen dicken Kuss auf die Stirn.

»Ich mache mich ans Werk«, sagte er. »Du wirst schon sehen. So ist der Stall im Nu fertig und wir können endlich wieder mehr Zeit miteinander verbringen.« Er schenkte Eddie einen weiteren, glücklichen Blick. »Zu dritt, natürlich.«

Dann verließ er das Schlafzimmer. Vor dem Haus hielt er instinktiv noch einmal inne, um zu horchen, ob er seinen Jungen quengeln hörte. Doch da war nichts.

Klar, dachte Otto. *Mama ist ja jetzt bei ihm. Und sie wird sich um ihn kümmern.*

9

Hätte Otto nach oben geblickt, als er vor dem Haus stehen blieb, so hätte er seine Frau gesehen, wie sie in ihrem schlichten weißen Nachthemd und dem strengen Dutt am Fenster im obersten Stockwerk stand, wie sie ihn dabei beobachtete, wie er sich wieder an die Arbeit am Stall machte, und wie ihre Miene sich erneut verfinsterte.

10

Endlich ist er weg, dachte Wilma und wandte sich vom Fenster ab. Otto war ihr schon auf die Nerven gegangen, als er hier in ihren einzigen Rückzugsort von dieser gottverlassenen, schändlichen, ungerechten Welt eingedrungen war. Und dann diese Tirade, von wegen, er brauche sie und der Kleine sei doch *ihr* Sohn, ihr Baby, ihr Geschenk Gottes. Für wen hielt Otto sich eigentlich? Für den verdammten Papst? Einen Heiligen – nur weil er sich ein paar Tage lang um dieses kleine Ding da gekümmert hatte?

Und dann *Eddie*. Allein der Name verursachte ihr beinahe einen Hirnschlag. Wie konnte man sein Kind nur so nennen? Eddie, der Hüter des Besitzes, *pah!*, dass sie nicht lachte. Was war Otto überhaupt durch den Kopf gegangen, als er sich erdreistet hatte, sich den Namen dieses ... dieses ... Zwergs auszudenken? Wenn überhaupt, dann wäre sie für die Namensgebung zuständig gewesen, sie und keiner sonst! Wenn es sie auch schmerzte, das zuzugeben – dieses Etwas war ihrem Körper entsprungen, hatte sich von ihrem Blut genährt, hatte sie ausgesaugt wie der Parasit, der er war. O ja! Ein Parasit, widerwärtig und mickrig, seht ihn euch ruhig an! Seht euch dieses Haar an, dunkel und füllig wie das seines Vaters. Ein Gal, wie er leibt und lebt. Und dann diese Augen ... Eine Beleidigung ihrer guten irischen Gene. Wie konnte dieses Ding es auch nur wagen, sie mit diesen mittlerweile jadegrünen Augen anzusehen? Wären sie doch blau geblieben! Schämen sollte es sich, *jawohl!*, schämen!

Wilma spürte, wie Tränen über ihre Wangen liefen. Es waren zugleich Tränen des Kummers als auch des Zorns. In einem schneller werdenden Rhythmus ballte sie ihre Hände zu Fäusten, öffnete sie, ballte sie erneut. Hätte sie sich im Spiegel ihrer Frisierkommode betrachtet, hätte sie feststellen können, dass auf ihrer Stirn eine dicke Ader pochte.

Sie lief zum Bett ihres Sohnes, um aus einem Meter Abstand hineinzuspähen. Es fiel ihr nicht leicht, diesen Winzling zu betrachten und ihm in diese grünen, heuchlerischen Augen zu sehen, die Augen, die ihrer Dorothea hätten gehören sollen.

Eddie Gal merkte nichts vom Gemütszustand seiner Mutter. Er war mit seinen Händen beschäftigt. Er bewegte sie auf und zu, stieß sie in die Luft über seiner Brust, steckte sich eines seiner Fäustchen in den Mund, begriff, dass sie zu groß war, um wie der Saugnapf seines Fläschchens hineinzupassen, und stieß sie wieder in die Luft. Dabei grinste er zahnlos, als bereitete es ihm eine Menge Freude, diesen dämlichen Vorgang wieder und wieder zu vollbringen.

All das übte auf seine Mutter nur einen einzigen Reiz aus. Und der hatte nichts mit Freude zu tun.

»Du bist an allem schuld«, sagte Wilma. Dann schrie sie es heraus. »*Du bist an allem schuld!*«

Mit einem Mal drehte sie sich um, rannte mehrere Schritte vom Bett weg, raufte sich mit beiden Händen die Haare. Ihr Herz schlug nicht einfach nur rasch, es raste, als wollte es mit ihrem Brustkorb kollidieren. Das Prestissimo ihrer Gedanken galoppierte wie ein schwarzer Reiter durch ihren Schädel. Er griff ihre Nervenbahnen an, wurde zurückgedrängt, überschlug sich, wand sich, stand wieder auf, attackierte ihren Verstand erneut und versenkte seine giftverseuchte Lanzenspitze mitten in ihrem ventromedialen präfrontalen Cortex.

Rien ne va plus.

Die Entscheidung war gefallen.

Wilmas Herzschlag beruhigte sich. Sie spreizte die dünnen Finger, dehnte sie. Knöchel knackten lautstark. Selbiges tat sie mit ihrem Kiefer, wobei sie auf einen Außenstehenden wie die Rote Königin gewirkt hätte; die Rote Königin, die sich langweilte, weil heute bislang niemandem der Kopf abgeschlagen worden war. Der Dutt hatte sich gelöst, ihre Haare standen in wirren roten Locken von ihrem Kopf.

Ich verliere den Verstand, dachte sie. Ein ganz nüchterner Gedanke, als stellte sie fest, dass sie barfuß war. Wie sie ihren Verstand wieder in vollem Maße zurückzuerlangen konnte, kam ihr allerdings genauso simpel vor, wie sich Schuhe anzuziehen. Dazu musste sie sich ihre Schuhe nur schnappen, über die Füße stülpen und die Schnürsenkel zubinden.

(Wie eine Schlinge um den Hals.)
Warum in die Ferne schweifen,
(Die Zeit tickt.)
wenn die Lösung liegt so nah?, dachte sie leutselig und blickte erneut zum Fenster hinaus, wo sie ihren Mann auf dem Dach der Scheune arbeiten sah. Der Hammer in seiner Hand schwang auf und ab. *PAMM.* Schwang auf und ab. *DONG.*

Sie würde Ruhe finden, dachte sie.
(Wie lange ist für immer?)
Ja.
(Manchmal nur für eine Sekunde.)
(Ab mit seinem Kopf!)
So simpel, dachte sie. *So simpel.*

Und mit diesem Gedanken in sich begann sie zum ersten Mal etwas anderes für Eddie zu empfinden als reine Wut. Sie verstand sogar, dass sie ihn lieben konnte, ja, sie würde ihren Sohn lieben, jetzt gleich würde sie ihn lieben. Jetzt. Sofort.

Kapitel III

Hühnerstall

1

Diesmal gab es keine Dunkelheit, die ihn vor dem wahren Schrecken bewahrte.

Der Schmerz flammte so plötzlich in seinem Oberschenkel auf, dass ihm alle Kraft versagte. Marcus Nolte fiel auf das Stroh, das sich über den ganzen Boden erstreckte. Dabei verlagerte er instinktiv sein gesamtes Körpergewicht auf das linke, intakte Bein, fiel aber so ungünstig, dass sich seine Beine wie das ungelenk gekritzelte X eines Vierjährigen bogen und die Sehnen an den Sprunggelenken überdehnten. Weitere Schmerzpole. Weitere Flammen. Er schrie auf.

Blut strömte aus der dunklen, kreisrunden Wunde, rann sein Knie hinab zu Boden, wo das Stroh es mit der Gier eines Verdurstenden aufsaugte. Er hielt sich das Bein. Krächzte. Schrie erneut.

»Was habe ich denn getan?«

Eddie Gal kam auf ihn zu, den Revolver schlaff in der Hand. Mit ausdrucksloser Miene blickte er Marcus ins Gesicht.

»Ich musste ein Exempel statuieren«, sagte er. Dann blickte er über Marcus hinweg im Stall umher. Ein undefinierbares Grinsen umspielte seine Lippen. »Damit die anderen nicht auf dumme Gedanken kommen.«

2

Marcus starrte auf die Schusswunde über seinem rechten Knie. Dickflüssig und tiefrot quoll Blut daraus hervor. Doch er fühlte weder Schmerz noch Furcht. Der Schock war zu enorm.

Er hat mich angeschossen, dachte er ungläubig. *Dieser Dreckskerl hat mich tatsächlich angeschossen!*

Das Grinsen auf Gals Gesicht war verschwunden. Ruhig, geradezu unbeteiligt blickte er Marcus an. Als hätte er nichts mit der ganzen Sache zu tun. Und ebendieser Blick verschlimmerte Marcus' Entsetzen noch. Hätte er es gekannt, hätte er an Robert Rauschenbergs *White Painting* denken müssen. Denn genau so wirkten Gals Augen. Als würde er auf ein Gemälde blicken, das nicht mehr als eine weiße Fläche darstellte. Zum ersten Mal fühlte Marcus dem Mann gegenüber mehr als Furcht. Er war zutiefst verängstigt.

Ein jäher Schmerz beendete den Schockzustand. Mit einem Mal schoss er durch Marcus' Bein.

Instinktiv presste er die Hand auf die Wunde. Blut floss zwischen seinen Fingern hindurch, nass und klebrig. Es war eine Menge Blut. Marcus konnte nur hoffen, dass dieser Bastard keine Arterie getroffen hatte, ansonsten …

Ansonsten sterbe ich hier drinnen!

Kaum führte er diesen Gedanken zu Ende, wünschte er sich fast, es wäre so. Denn Gal packte ihn am Kragen. Er zerrte an ihm, zog ihn tiefer in den Stall hinein.

Sein Hosenboden schlurfte über harten, mit Stroh bedeckten Beton; Stroh, das feucht war. Marcus brauchte nur zu atmen, um zu festzustellen, woran das lag. Fäkalien. Der Gestank raubte ihm den Atem. Er fragte sich unwillkürlich, ob es jemanden gab, der an solch einem Geruch gestorben war, und dieser Gedanke riss ihn ins Hier und Jetzt zurück. Er griff nach Eddie Gals Hand hinter seinem Kopf, versuchte sich loszureißen, und womöglich wäre ihm das auch gelungen, wären da nicht zwei Dinge gleichzeitig im Weg gewesen. Zum einen der Revolver. Gal, der mit Gegenwehr gerechnet haben musste, richtete ihn unmittelbar auf Marcus' Hinterkopf. Zum anderen war da ein weiterer Schock, weiteres Entsetzen. Denn als Marcus um sich blickte, erkannte er da etwas, womit er bereits Bekanntschaft geschlossen hatte.

Zu beiden Seiten des Stalls reihten sich Käfige. Vergitterte Boxen. Im schwachen Schein der Deckenlampen konnte Marcus das Ende der Halle kaum erkennen. Doch es mussten pro Raumseite mindestens zehn Käfige sein, in zwei Etagen aufeinandergestapelt wie Zellen in einem mehrgeschossigen Knast. Marcus gefror das Blut in den Adern, als er die Augenpaare entdeckte, die aus der Dunkelheit der Käfige hervortraten.

Menschenaugen.

Sie blickten verängstigt, eingeschüchtert, kränklich. Jeder auf seine Weise und doch alle gleich, wie zu lange in Zwingern gehaltene Straßenköter. Dies hier war der Zoo eines Psychopathen. Nein, kein Zoo – es war schlimmer als das!

Gal öffnete die Tür eines Käfigs. Keine Klappe nach oben – eine Tür.

Er ließ Marcus los und bezog eine Position, die ihn aussehen ließ wie ein Chauffeur, der darauf wartete, dass sein Fahrgast einstieg.

Nur hält er keine Limousinentür offen, dachte Marcus.

Flehend sah er Gal an. Im Leben da draußen hätte ihm diese Geste schwer missfallen – Leute, die auf den Knien rutschten, konnte Marcus nicht ausstehen. Nur war das hier drinnen anders; hier überlegte er nicht lange. Es war ein notwendiges, womöglich lebensrettendes Übel. Denn nun, mit Schusswunde im Bein, gab es nicht mehr viel, womit er Gal Paroli bieten konnte. Er konnte versuchen nach ihm zu schlagen, ja. Doch es würde nichts nutzen. Gal musste nur einen Schritt zurückweichen und mit einem seiner schmutzigen Gummistiefel zutreten. Marcus wäre im Nu kampfunfähig. Und nicht nur das. Der Dreckskerl konnte ihn mit diesem einen Tritt (und dieses Begreifen entflammte neues Entsetzen in ihm) sogar umbringen. Ein guter Tritt gegen den Kopf und Marcus würden die Lichter ausgehen. Ohne weiteren Druck auf die Wunde auszuüben, würde er verbluten. Binnen weniger Minuten konnte so alles vorbei sein.

»Bitte«, flehte Marcus. Seine Stimme bebte. »Ich brauche einen Arzt oder wenigstens etwas, um die Wunde zu verschließen. Bitte.«

Gal musterte das Bein und wirkte verwundert, als hätte er das Einschussloch noch gar nicht bemerkt.

»Bitte ...«

»Muss genäht werden«, murmelte Gal und fuhr sich mit der Zunge über die Schneidezähne, wobei sich wieder die Oberlippe wölbte. Eine Geste, die sich stetig zu verändern schien. Auch Gal selbst hatte sich verändert. Der wache, aufmerksame Blick war von seinem Gesicht verschwunden. Stattdessen wirkte er jetzt müde und träge wie nach einem langen, anstrengenden Marsch.

Er gähnte sogar. Dann sagte er etwas, was Marcus erstaunte und zugleich erschütterte. Es war weniger das Was, sondern die Art, wie er es sagte. Das Nuscheln war wieder da.

»Muss ordentlich wehtun. Wie ham Se das bloß angestellt? In 'nen Ast gelaufen oder so?«

Sie haben mir ins Bein geschossen, Sie Arschloch, Sie beschissenes Arschloch!, wollte Marcus schreien. Doch aus seinem Mund kam nur ein heiseres »Sie ...«. Dann verstummte er.

Ungläubig sah er zu Gal auf, versuchte ihn einzuschätzen, versuchte anhand seiner Mimik herauszufinden, ob es sich dabei um einen schlechten Scherz handelte, auf die Art: *Stellen wir uns einmal dumm und warten ab, wie dieser Scheißer darauf reagiert.*

Doch Gals Gesichtsausdruck blieb unverändert. Mit geöffnetem Mund stand er da, die Augenlider auf Halbmast. In den weißen Halbkreisen darunter glaubte Marcus geistige Umnachtung zu erkennen. Nicht als hätte man ihm den Stecker gezogen, sondern eher wie ein Motor, dessen Zahnräder sich nur noch mit halber Geschwindigkeit bewegten.

Das konnte unmöglich Schauspielerei sein, dachte Marcus. Also was zur Hölle war mit dem Kerl los? Was stimmte mit ihm nicht?

Davon mal abgesehen, dass nichts mit ihm stimmt.

»Wär' besser, wenn du in den Käfig gehst«, sagte Gal tonlos. »Könnt ziemlich schlimm enden, wenn er wiederkommt.«

Marcus schluckte schwer. Seine Kehle fühlte sich mit einem Mal staubig an. »Wer?«

Gal öffnete den Mund, als wollte er eine Antwort geben, dann schloss er ihn wieder, dachte nach. Dann schüttelte er den Kopf, wie um einen negativen Gedanken zu vertreiben.

»Keine gute Idee, sich mit ihm anzulegen. Macht alles nur schlimmer, glaub mir. Is' auch nich' gut, wenn ich hier so lange rumsteh'. Er wartet bestimmt schon auf mich, wartet drauf, dass ich Wilma ...« Er ließ den Rest des Satzes in der Luft hängen. Dann fuhr er sich mit der Zunge über die Schneidezähne. Seine Lippe wölbte sich. »Rein da. Dann hol ich was, um das da zu näh'n.«

Marcus gehorchte. Er konnte nicht anders. Er fühlte sich kraftlos. Resigniert erkämpfte er sich seinen Weg auf den Händen über die Schwelle. Dabei dachte er über Gals Worte nach, dachte: *Wenn* er *zurückkommt,* dachte: *Könnt ziemlich schlimm enden, wenn* er *wiederkommt.*

Gal ließ die Tür zukrachen und verriegelte das Vorhängeschloss.

Nur eins.

Marcus presste die Hände auf die schmerzende Wunde.

Unweit raschelte Stroh.

3

Zehn Minuten vergingen, ohne dass Eddie Gal wieder auftauchte. Jedenfalls glaubte Marcus das. In Wirklichkeit waren es gerade einmal vier Minuten, in denen er auf dem Boden zwischen Strohhalmen saß und wimmerte, darum bemüht, den Schmerz zu verdrängen, den der Druck seiner Daumen auf die Wunde ausübte. Und den Schmerz des Einschusslochs selbst, natürlich.

Er spürte, wie eine Ohnmacht ihre Krallen nach ihm ausstreckte, wie sie ihn mit sich in die Schwärze der Bewusstlosigkeit ziehen wollte, wo die Endgültigkeit mit offenen Armen auf ihn wartete. Würde er keinen Druck mehr auf die Wunde ausüben, so würde er verbluten. Daran gab es keinen Zweifel. Durchhalten oder sterben, so einfach war das.

Nur, dachte Marcus, würden all seine Bemühungen nichts bringen, wenn dieses Arschloch nicht wiederkam, oder? Wenn Gal beschloss, nicht mehr in den Stall zu kommen, oder eben noch mal kurz die Hühner füttern ging und dabei vergaß, dass er, Marcus, hier um sein Leben kämpfte – auch dann würde er ins Gras beißen, nicht wahr? *Oh, du mieser Scheißkerl! Oh, du verdammtes Dreckschwein!*

»Jetzt ganz ruhig, ganz ruhig, Marcus«, sagte er so leise zu sich, als würde er beten.

Im Grunde tat er das auch. Binnen jeder einzelnen Sekunde schickte er gefühlt tausend Stoßgebete gen Himmel. Genau wie er es damals getan hatte, auf seiner Knastpritsche, den eigenen Unterarm im Mund wie ein Köter seinen Gummiknochen. Er hatte Blut und Wasser geschwitzt, hatte versucht die Sucht zurückzudrängen, sie von sich fernzuhalten, während sie mit ihren Giftpfeilen auf ihn schoss und Granaten nach ihm warf.

Es war ihm gelungen. Nach den beschissensten drei Wochen seines Lebens hatte die Sucht den Kampf aufgegeben, hatte die weiße Flagge geschwenkt und sich von dannen gemacht. Körperlich. Seine Psyche hatte einige Zeit länger benötigt. Vor allem nachdem er aus der JVA entlassen worden war und er David zum ersten Mal nach einem Jahr wieder traf, da war es ihm verflucht schwergefallen, zuzusehen, wie David paffte oder Linien zog oder drückte, ohne selbst zuzugreifen. Nur Tina war es zu verdanken, dass er dies alles überstanden hatte. Und wenn es einen Menschen auf dieser gottlosen Welt gab, der ihm jetzt helfen konnte, war das niemand anderes als seine vierjährige Tochter.

Er biss die Zähne zusammen und seine Kiefergelenke knackten, als er den Druck mit den Daumen weiter erhöhte. Auf seinem Gesicht vermischten sich Schweiß und Tränen. Er schrie vor Schmerzen auf.

»Wo hat er Sie getroffen?«

Im ersten Augenblick glaubte Marcus, Eddie Gal wäre wieder da und erlaube sich einen weiteren seiner makabren Scherze. Die Qual und der Blutverlust suggerierten es ihm. Dann erkannte Marcus, dass es sich um eine Frauenstimme handelte. Sie kam von den Käfigen gegenüber. Instinktiv blickte Marcus auf. Dort, in der oberen Reihe, saß eine Frau direkt an den Gitterstäben. Sie musste um die fünfzig sein. Dunkles, lockiges Haar umrahmte ihr rundliches Gesicht. Auf ihrer Wange sah er ein dunkles Mal. Er glaubte, es handelte sich dabei um einen Leberfleck oder eine Warze, genau konnte er es aber nicht bestimmen.

Sie sah ihn wach an und sprach sachlich, als stellte sie solcherlei Fragen nicht zum ersten Mal.

»Wo hat er Sie getroffen? Oberschenkel?«

»Ja«, keuchte Marcus.

»Gut. Dann sind Ihre Organe in Ordnung. Wo genau befindet sich die Schusswunde?«

Marcus verstand nicht. Das lag weniger an den Schmerzen, als vielmehr daran, dass er ihr die Antwort doch bereits gegeben hatte. Dann machte es klick.

»Nicht weit vom Knie. Etwas oberhalb.« Er musste sich dazu zwingen, zu sprechen. Jede Bewegung, war sie auch noch so klein, verursachte weitere Schmerzen. Er meinte spüren zu können, wie das Fleisch um die Wunde selbst dann aufschrie, wenn er nur mit den Nasenflügeln wackelte.

»Okay, das ist gut«, sagte die Frau so zuversichtlich, als spräche sie mit einem Kind. »Gibt es eine Austrittswunde? Auf der Rückseite Ihres Beins, vielleicht an der Seite?«

»Keine Ahnung.«

»Überprüfen Sie es.«

Marcus glaubte sich zu verhören. Wie in Gottes Namen sollte er das tun? In diesem verdammten Käfig war es so hell wie in einem Bärenarsch, und wenn er das Bein auch nur minimal bewegte, schossen ihm die Schmerzen bis unter die Zunge.

Dennoch – die Frage war plausibel. Wenn die Kugel ausgetreten war, so viel wusste er, gab es logischerweise zwei Wunden. Steckte sie noch in ihm, musste sie raus. Gott, jeder Idiot, der auch nur irgendeinen Kriegsfilm oder wenigstens *Rambo* gesehen hatte, wusste das. Nur ergab diese Tatsache eine ganz neue, unbequeme Frage. Wenn die Kugel tatsächlich noch in ihm steckte, wie zur Hölle bekam er sie dann raus? Er konnte von Gal schlecht Operationsbesteck verlangen. Was würde der zu ihm sagen? Warte kurz, ich hole es schnell aus meinem Hühnerstall, habe es gestern für Henriette gebraucht, als ich bei ihr ein Exempel statuieren musste?

Oh, diese Schmerzen … diese Schmerzen …

Marcus holte tief Luft und tat das Einzige, was er in der Situation am wenigsten schmerzhaft vermutete. Er erhöhte den Druck seiner rechten Hand, wobei er den der linken verringerte. Dicke Blutfäden schlängelten sich über seine Finger. Sein Körper bebte so sehr unter den Schmerzen, dass seine Ferse mehrfach gegen einen der Stäbe stieß. Der ganze Käfig vibrierte unter den Tritten. Obwohl er sich dazu ermahnte, schnell zu handeln, um seine Hand wieder an ihren Ursprungsort führen können, bewegte er sich nur schwerfällig.

Tu es!, verlangte er von sich. *Tu es einfach!*

»Gut«, sagte die Frau ermutigend. »Weiter so. Sagen Sie mir, was Sie fühlen.«

»Kein Loch«, keuchte Marcus.

Sie seufzte. »Das habe ich befürchtet. Okay, wie Sie sich sicher schon denken können, die Kugel muss raus. Egal wie. Bleibt sie für längere Zeit in Ihrem Bein, könnte sie eine Sepsis verursachen. Und glauben Sie mir, hohes Fieber ist das Letzte, was Sie jetzt wollen.«

»Schönen Dank auch, dass Sie mir so viel Mut machen«, sagte Marcus. Sie reagierte nicht auf seinen Sarkasmus.

»Ihnen bleibt keine andere Wahl. Sie müssen Ihre Finger benutzen.«

»Meine Finger?«

Marcus blickte auf seine Hände, die nun wieder beide auf seinem Oberschenkel lagen, und musste unweigerlich an Michelle denken, die es geliebt hatte, wenn er einen oder zwei dieser langen, dicken Finger in sie eingeführt hatte. Weil sie sie so schön ausfüllten, hatte sie ihm einmal ins Ohr gekeucht. Und nun sollte er mit diesen Pranken eine Kugel aus seinem Bein entfernen, sie aus einem Loch herausziehen, das schon schmerzte, wenn man es nur ansah?

»Scheiße. Gibt es nicht noch eine andere Möglichkeit?«

»Wenn Sie eine kennen, bin ich ganz Ohr. Ich wüsste allerdings keine andere«, sagte die Frau.

Auf einmal vernahm Marcus eine weitere Stimme. Sie entstammte einer ferneren Ecke des Raums und gehörte einem Mann. »Meine Mutter sagte immer, man muss sich auf die Wunde pissen. Dann heilt sie von ganz allein.«

Der Kommentar schien so fern der Vernunft, dass Marcus trotz der Schmerzen beinahe lachen musste. *Schönen Dank auch*, dachte er.

Daraufhin fiel ihm ein, dass er erst vor Minuten pinkeln gewesen war. Und wenn er sich richtig erinnerte, hatte es auf dem Weg zwischen Hose öffnen und *BUMM* kein Waschbecken gegeben, wo er sich seine viel zu großen Hände hätte waschen können. Und um zu wissen, dass man sich vor einer Operation die Pfoten zu säubern beziehungsweise zu desinfizieren hatte, musste man kein gottverdammter Arzt sein.

»Sie sollten nicht länger zögern«, drängte sie ihn.

»Klar, ich lege gleich los. Muss nur noch eben meine Finger zu einer Pinzette zurechtspitzen. Mann, was glauben Sie eigentlich, was ich hier tue? Däumchen drehen?«

»Ich versuche Ihnen zu helfen.«

»Schon klar. Doch meinen Sie nicht, es wäre klüger, auf diesen Verrückten zu warten? Er sagte, er bringe Verbandszeug. Vielleicht ... Vielleicht gelingt es mir, ihn zu überreden, mir die Kugel zu entfernen.«

Schon während er das aussprach, wurde ihm bewusst, wie falsch er damit lag. Jemand, der einem eine Kugel in den Oberschenkel schoss, kam zurück, um sie zu entfernen? O Marcus. Bist du so naiv oder tust du nur so?

Die dunklen, geraden Striche über ihren Augen hoben sich, als wollte sie seine Überlegung bestätigen.

»Also schön«, sagte er. »Ich mach's. Nur wie kann ich sichergehen, dass ich mir nicht doch eine Blutvergiftung einhandle? Meine Hände sind nicht gerade klinisch rein.«

»Sie haben Angst, und ich verstehe das. Jeder von uns hat diese Angst schon durchlebt. Dieser Eddie Gal hat schon viele ›Exempel statuiert‹, wie er es nennt. Nicht jeder hatte das Glück, im Bein getroffen zu werden.«

Sie senkte den Blick. Marcus glaubte nicht nur Betrübtheit, sondern auch wahren Kummer in ihrem Gesicht zu erkennen. Und mit einem Mal begriff er, sie musste hier schon sehr lange verweilen. Nicht nur der angetrocknete Schmutz auf ihrem Gesicht sprach dafür, es war vor allem dieser Ausdruck in ihren Augen. Diese Frau hatte Menschen leiden sehen. Viele Menschen. Und sie litt selbst.

Sie fuhr fort: »Glauben Sie mir, er wird nicht kommen, um Sie zu verarzten. Mit ihm stimmt etwas ganz und gar nicht, und auf ihn zu vertrauen, wäre, als würde einem der Teufel sein Wort geben. Tun Sie sich selbst einen Gefallen und versuchen Sie es. Wenn Sie da draußen jemanden haben, für den es sich zu leben lohnt, tun Sie es. Denken Sie dabei an diese Person.«

Andernfalls werden Sie sie nie wiedersehen.

Das war ebenso etwas, das er in ihren Augen las. Und wenn er das auch bereits gewusst hatte, verlieh es ihm doch den nötigen Anreiz, sich wieder seiner Schusswunde anzunehmen – und der Kugel, die sich unter dem nach wie vor herausquellenden Blut versteckte.

Er sah sich vor einer Klippe stehen, darunter nichts als Schwärze. Hinter ihm, mit donnernden Hufschlägen eines Pferdes herannahend, Eddie Gal. Er trug weder Latzhose noch die merkwürdige Stoffkappe, sondern einen tiefschwarzen Umhang. In seiner Hand steckte der Stiel einer Sense, deren Klinge scharf und mordlüstern im fahlen Wintermond glänzte. Er kam näher und schrie dabei. Keine Worte. Nur das sinnlose tierische Gekreische des blanken Wahnsinns.

»*WUÄÄÄÄÄÄ – WUÄÄÄÄÄ – WUÄÄÄÄÄÄÄÄ ...*«

Gal war der Tod, dachte Marcus. Und er wusste, er musste springen. Er wusste, er musste die Kugel entfernen. Jetzt. Sofort.

(*Andernfalls werden Sie sie nie wiedersehen.*)

Tina. Meine kleine Tina.

Er rutschte auf dem Hosenboden weiter ins Licht. Das Blut auf seinen Händen glänzte. Die Haut um die Wunde herum spannte sich. Sein Knie war bereits zu einem unförmigen Fußball angeschwollen.

Beiß die Zähne zusammen und tu es! Wenn du es schon nicht für dich machst, dann mach es für sie! Überlebe für Tina!
Er *biss* die Zähne zusammen.

Frisches Blut sickerte aus der Vertiefung, als er den Druck löste. Er schluckte, schloss die Augen, versuchte eine mentale Barriere gegen die Schmerzen aufzubauen, die ihn jetzt überfallen würden. Dann atmete er tief durch und ...

»Gut so«, ertönte die Stimme von oben.

Die andere fügte hinzu: »Er hätt' draufpinkeln sollen.«

»Psst!«

Marcus nahm sie kaum wahr. Sie beide nicht. Er konzentrierte sich auf das, was ihm nun bevorstand, betastete die Wunde vorsichtig, fühlte das warme Blut, spürte den ausgefransten Rand seiner Jeans. Zögerlich berührte er das Fleisch darunter. Dann tiefer ... tiefer ...

Bitte lass mich das Scheißding finden!

Aber er spürte es nicht. Sein Finger berührte nichts als schmerzendes Fleisch und Blut. Sein Magen rebellierte. Sämtliche Organe schrien vor Protest.

Stopp!, kreischten Milz, Leber, Darm und alle anderen im Chor. Auch sein Herz raste, als wollte es vor dem schwarzen Reiter hinter ihm davongaloppieren.

Sein Zeigefinger steckte bereits bis zur Hälfte in der Wunde, als er endlich die Kugel zu spüren bekam. Doch war er sich wirklich sicher, dass es sich um die Kugel handelte? Konnte es nicht womöglich sein Knochen sein, sein beschissener Oberschenkelknochen?

Schwindel überkam ihn und Marcus glaubte zu spüren, wie er allmählich das Bewusstsein verlor. Die Schmerzen waren höllisch, die Übelkeit enorm. Er zitterte am ganzen Leib.

Er dachte nicht mehr an Tina. Sie war seiner Vorstellung entschwunden. Sein Bewusstsein klammerte sich noch nicht einmal mehr an den Gedanken, diesen Fremdkörper aus seinem Bein zu holen. Er wollte nur noch eins – überleben.

Plötzlich war er sich ganz sicher, dass es nicht sein Knochen war, den er unter seinem Finger spürte. Er hatte das Scheißding gefunden. Es fühlte sich hart und etwas kühler an als das Fleisch, das er zur Seite schob. Ohne wirklich darüber nachzudenken, schob er die Fingerspitze unter das metallische Objekt, versuchte es herauszupulen. Er probierte es einmal, zweimal. Doch egal wie sehr er sich die Schmerzen auch verbiss, egal wie sehr er sich bemühte, sie entglitt ihm.
Scheiße!
Schweißperlen rannen ihm über die Stirn. Seine Brust hob und senkte sich in raschen Schüben, und doch bekam er nur wenig Luft. Widerwillig und bis in die letzte Faser seines Körpers angestrengt betrachtete er die Wunde. Sein Finger steckte tief darin. Hand und Oberschenkel waren bedeckt von Blut. Ein Teil von ihm riet ihm aufzugeben, es einfach sein zu lassen und nicht weiter darüber nachzudenken, was die Frau zu ihm gesagt hatte. Doch ein anderer, wesentlich eindringlicher Teil wusste, dass das eine schlechte Idee wäre. Er riet ihm sogar noch dazu, einen Schritt weiterzugehen, weitere Schmerzen in Kauf zu nehmen, um dem Ganzen ein (vermeintlich) sicheres Ende zu bereiten. Marcus wusste, was dieser Teil seines Verstandes von ihm verlangte. Und er tat es.

Der Schmerz überfiel ihn nicht, er überrannte ihn, als er auch den Mittelfinger in die Wunde einführte. Die Haut dehnte sich, als er das eigene Fleisch beiseiteschob. Marcus biss die Zähne zusammen. Ihm blieb keine andere Wahl. Jetzt oder nie!

Entweder ich bekomme das Scheißding zu greifen oder ich gehe hierbei drauf.

Außerhalb dieses Geschehens hallten erneut Stimmen. Marcus hörte nicht, was sie von sich gaben. Vielleicht »Gut so«. Eventuell »Draufpinkeln, das wär's gewesen«. Er wusste es nicht. Und es war ihm einerlei. Er musste handeln. Jetzt.

Er spürte das kalte Metall zwischen seinen Fingerkuppen, griff danach und eine weitere Schmerzwelle erfasste ihn. Sein Körper zitterte, als steckte er bis zum Hals in Eis.

Als er gerade glaubte, das Projektil gefasst zu bekommen, entglitt es ihm wieder. Wut packte ihn; Wut auf diesen Gal, auf sich selbst, auf all diesen ganzen Scheiß. Sein Bein glich einem Brennofen. Flammen tobten darin. Nein, das war untertrieben – ein regelrechtes Flammenmeer. Es hielt ihn wach und gleichzeitig drohte es ihn zu verschlingen, ihn wie eine Ebbe vom Ufer des wachen Bewusstseins abzutreiben, hinaus auf die offene, glühende See. Und ein Teil von ihm wollte sich treiben lassen, wollte nicht mehr kämpfen, wollte nicht mehr *sein*. Dieser Teil flüsterte ihm zu: *Lass es, Marcus. Du tust dir nur weh. Wir versuchen es ein anderes Mal wieder. Und wenn nicht, ist es auch nicht so schlimm.*

Ein leises *Plink* ertönte, als die Kugel auf den Käfigboden prallte. Die Erleichterung, es geschafft zu haben, und die plötzliche Kraftlosigkeit erdrückten die Wut auf der Stelle. Marcus fühlte sich schwach, ausgemergelt. Sein Bein bebte, zuckte wie unter Strom. Er spürte, wie eine Ohnmacht nach ihm griff, wie sie ihn verschlingen wollte. Und er war kurz davor, es geschehen zu lassen. Er konnte nicht mehr, wollte nicht mehr. Und wäre da nicht die Stimme gewesen, die Stimme der Frau, das wusste Marcus, hätte ihn die Schwärze einfach mit sich gerissen.

»*Jetzt nicht aufgeben!*«

Ihr Rufen drang nur matt zu ihm durch, und doch klang jedes ihrer Worte eindringlich, wichtig, lebenswichtig.

»*Zerreißen Sie Ihr Hemd.*«

Marcus öffnete die Augen. Seine Lider flatterten und es kam ihm vor, als würden sie eine Tonne wiegen. Es kostete ihn unermesslich viel Kraft, sich nicht der Ohnmacht hinzugeben. Vor ihm drehte sich alles und er spürte erneute Übelkeit, als sein Magen auf diese Achterbahnfahrt reagierte.

Schwach dachte er: *Ich kann nichts mehr auskotzen. Mein Magen ist leer.*

Und er erinnerte sich: *Dieser Drecksack wollte mir doch was zu essen geben.*

»Hören Sie auf mich. Machen Sie weiter! Wenn Sie jetzt aufhören, sterben Sie!«

»Weitermachen!«, dröhnte eine weitere Stimme aus dem Off. Und noch eine. Und noch eine. Um ihn erklang ein Chor aus Zurufen, die ihn dazu anhielten, jetzt bloß nicht das Handtuch zu werfen. Selbst der Piss-dir-aufs-Bein-Typ brüllte: »Na los, Bursche! Denk an deine Tochter.«

Sagte er das tatsächlich oder bildete Marcus sich das nur ein? Er wusste es nicht. Es war schwer für ihn, seine Gedanken und seine Wahrnehmung zu ordnen.

Er öffnete erneut die Augen, stemmte sich mit letzter Kraft gegen die Benommenheit und zerrte sich das Hemd vom Leib. Knöpfe sprangen wie kleine Frösche durch den Käfig und zwischen den Gittern hindurch, kullerten davon, als versuchten sie ihr eigenes Glück zu finden.

Endlich frei! Endlich frei!

Jubelrufe drangen an sein Ohr, als er den Ärmel des Hemdes abriss. Auch das mochte er sich bloß einbilden, verschwendete jedoch keine Kraft darauf, das herauszufinden. Seine letzten Energiereserven galten dem Verbinden der Wunde, die in einem stetigen Strom blutete. Mehr als zuvor.

Marcus legte den Ärmel um sein Bein, band mit Fingern, die sich wie Gummi anfühlten, einen Knoten und zog, was seine Muskeln hergaben. Tatsächlich war das nicht sehr viel. Aber es genügte.

Ich habe es geschafft, dachte er.

Dann sank er kraftlos gegen die Rückseite des Käfigs.

Er dachte noch: *Tina wäre stolz auf ihren alten Papa.*

Ein trauriges Lächeln lag auf seinen Lippen, als die Dunkelheit endlich ihre Arbeit tat.

4

Eddie Gal stand mitten im Stall, keine zwei Meter von Marcus entfernt, die Füße auf Schulterbreite in das Stroh am Boden gestampft wie ein Revolverheld kurz vor einem Duell. Die Deckenlampen belegten seine Schultern und seine leicht schief geneigte Kappe mit einem gelben Schein.

Und er *war* glücklich. Das Grinsen, das sein Gesicht wie eine klaffende Wunde durchschnitt, zeugte davon.

Marcus fuhr zusammen und rutschte bis in die hinterste Ecke seines Käfigs, als er ihn und den Revolver in seiner Hand entdeckte. Den Schmerz in seinem Bein spürte er nicht. Die plötzliche Panik überschattete ihn.

In Gals Augen stand das irrsinnige Bedürfnis, etwas mit der Waffe anstellen zu wollen. Seine Blicke gingen von rechts nach links und umgekehrt, als wollte er die Situation der bevorstehenden Western-Schießerei abschätzen.

Nur gab es kein Duell mit zwei Schützen. All diejenigen, die er sich womöglich als potenzielle Feinde ausmalte, saßen und lagen eingesperrt hinter Gittern. Sie konnten ihm nicht gefährlich werden. Sie alle konnten nur auf Knien flehen, dass er ihnen nichts antun würde, um dann eventuell doch erschossen zu werden.

Gal machte einen Schritt vorwärts, blickte abermals zu beiden Seiten, und Marcus erkannte, was er da tat. Er suchte sich jemanden aus. Er suchte nach einem geeigneten Opfer, um seinen Wahn zu befriedigen. Nur ... Konnte er das? Wenigstens auch nur für kurze Zeit?

In sämtlichen Käfigen raschelte es. Einzelne Halme rieselten aus den oberen in die unteren herab. Unterdrückte Schreie erklangen – verängstigte Menschen, die sich die Hände vor den eigenen Mund pressten, um nicht gehört zu werden. Dann folgte die erste flehende, schluchzende Stimme und gleichsam folgte der erste Schuss. Vollkommen von Sinnen stürmte Gal von der einen auf die andere Seite des Stalls, rutschte mit den Sohlen durch das Stroh, hob den Arm und traf einen jungen Mann direkt zwischen die Augen. Graue Masse flog zur Rückseite seines Schädels heraus. Die alte Frau im Käfig über ihm erstarrte, als Blut und Gehirnfetzen sie ins Gesicht trafen.

Der Knall verhallte nur mühsam, und noch während er seinen eigenen Weg zwischen den Wänden in die Freiheit suchte, pustete der Landwirt den Rauch vom Lauf des Revolvers.

Eddie Gal hatte die Schwelle zum völligen, totalen Wahnsinn überschritten, dachte Marcus. Und dies war sein Amoklauf, das Ende dieser Fahrt im Horrorhaus.

Gal machte kehrt, Stroh raschelte unter seinen Stiefeln und wieder und wieder fuhr er sich mit der Zunge über die Schneidezähne. Bei geöffnetem Mund, als wollte er Blut von seinen Grabsteinhauern lecken.

Und plötzlich trafen sich ihre Blicke. Über die gesamte Strecke des Stalls hinweg starrten sie einander in die Augen. Ein Moment, in dem nichts und doch alles gesagt wurde. Es brauchte keine Worte, keine Warnung. Es stand festgeschrieben. Der Steinmetz hatte seine Arbeit bereits getan, ebenso auch der Totengräber. Fehlte nur noch Eddie Gal.

Er kam mit schnellen Schritten auf ihn zu. Schüsse fielen. Nach links, nach rechts, links, links, rechts, links ...

Es war ein Massaker. Der grausamste Anblick, den Marcus je erleben musste. Jeder Knall, jede Erschütterung der Luft rief eine Assoziation wach, ein Erlebnis, das Marcus nicht vergessen würde, nicht, bis er selbst starb. Er schloss die Augen, und wenn der Hammer wieder die Patrone traf, wenn wieder diese kleine, tödliche Explosion im Innern des 45ers stattfand, sah er David vor sich, dessen Gesicht lachend und fröhlich und sorglos gegen die schwarze Frontpartie des Zuges klatschte. Für David hatte es kein Entkommen gegeben, und für Marcus würde es keines geben. Nicht in diesem Leben.

Gal sagte nichts, doch Marcus spürte seine Anwesenheit. Er stand unmittelbar vor seinem Käfig, wartete, bis Marcus die Augen öffnen würde.

Sein Gesicht war eine von einem geisteskranken Grinsen durchschnittene Maske des Hasses und der Gier. Es war so vieles auf einmal, dass Marcus nicht in zwanzig Jahren der dauerhaften Beobachtung hätte herausfinden können, was genau Gal antrieb. Was er jedoch mit Bestimmtheit sagen konnte, war, was der Geist hinter dieser Fratze nicht war. Ein Wort genügte, um es zu erklären – beeinflussbar.

Eddie Gal wollte Marcus' Tod. Und das war nicht zu ändern.

»Warum ich?«, kreischte Marcus ihm ins Gesicht. »WARUM ICH?«

Mit einem Mal lachte Gal los. Nein, er lachte nicht, er wieherte. Er legte den Kopf in den Nacken und prustete Lachsalven zu den Deckenleuchten hinauf. Dabei hielt er sich den Bauch mit beiden Händen, ohne den Revolver loszulassen.

Marcus dachte: *Wär' mein Bein doch nur in Ordnung, dann könnte ich nach vorn hechten, mir das Scheißding krallen und dir eine Kugel in deinen gottverdammten Schädel ...*

Da sah er, was hier nicht stimmte. Explosionsartig erkannte er, dass das hier nur ein ... nur ein Traum war. Es konnte nichts anderes sein als ein beschissen lebhafter, *unglaublich* realistischer Traum.

Er sah sich um.

Die Leichen waren verschwunden. Auf dem Fußboden klebte kein Blut. Selbst die Käfige existierten nicht mehr. Seiner war der einzige. Nur er war gefangen.

Gal hörte auf zu wiehern. Jetzt lächelte er Marcus auf eine Art an, die ihm fast noch mehr Angst bereitete. Denn Eddie Gal lächelte *normal.* Kein Wahnsinn stand in seinem Gesicht. Keine Mordlust. Keine Torheit. In diesem Augenblick wirkte Gal fast wie ein ganz gewöhnlicher Landwirt, der keiner Fliege etwas zuleide tun könnte.

»Das ist das Gesicht, mit dem du dich da draußen zeigst, nicht wahr?«

Gal antwortete nicht.

»Sag es mir, du gottverdammtes Aas! Gib mir Antwort!«

Er schrie Gal direkt ins Gesicht. Was hatte er schon zu befürchten! Dieser Mann war genauso wenig real wie seine intakte Jeans und das Bein ohne Loch darunter. Dieser Mistkerl konnte ihm nichts anhaben.

Gal grinste. Dann sagte er trocken: »Du hast keine Ahnung, was Träume so alles bewirken können.«

Er hob den Lauf der Waffe und schoss Marcus in den Kopf.

BUMM.

5

Marcus riss die Augen auf. Wie ein Ertrinkender japste er nach Luft. Sein Herz klopfte schwer und schnell in seiner Brust. Es durchdrang seinen ganzen Körper. Sein rechtes Bein pochte. Es fühlte sich heiß und taub zugleich an.

Den selbst angelegten Verband sah er nun zum ersten Mal mit wachen Augen. Ein Provisorium, nicht mehr und nicht weniger. Der Hemdenstoff umrundete sein Bein, ein ungelenker Knoten mit zwei ungleichen Schlaufen darüber. Das einst weiße Band war gelb und schmutzig. An einer Stelle prangte ein großer brauner Fleck. Aber das war ein gutes Zeichen, nicht wahr? Das Bluten musste aufgehört haben, ansonsten wäre das dünne Tuch nicht nur mit Blut behaftet, sondern durchtränkt, dachte er. Und er dachte: *Dann wäre ich nicht mehr aufgewacht.*

Da er in den letzten Stunden – er nahm an, dass Stunden vergangen sein mussten – ungünstig und krumm gelegen hatte, tat ihm der Rücken weh. Ein Schmerz, den er verkraften konnte, dennoch ruckte er sich gerade. Unter seinem Hintern raschelte und knisterte Stroh. Das war nicht weiter verwunderlich. Alles hier war voller Stroh. Nur die Intensität dieses Geräuschs ...

Er hielt inne, lauschte. Im Stall war es still. Sehr still. So still, dass er den Wind um das Dachgesims pfeifen hörte. Er ruckte sich in eine andere Position, sah zu den vorderen Gitterstäben hindurch und erstarrte. Bei diesem Anblick kam ihm sein Traum wieder in den Sinn. Darin hatte Gal alle seine Käfighaltungen getötet, ihre Leben ausgelöscht, als wären sie nicht mehr wert als das Stroh auf dem Boden. In seinem Traum war Gal schließlich auch vor ihn getreten, hatte ihm den Lauf seines Colts entgegengehalten und gedroht, auch ihn in die ewigen Jagdgründe zu verbannen. Das war der Moment, in dem Marcus begriffen hatte, dass es sich um ein Gebilde seiner Fantasie gehandelt hatte, denn alle Personen um ihn, ihre Leichen, ihre durchlöcherten und blutverschmierten Körper waren plötzlich wie verpufft. Einfach verschwunden. In Luft aufgelöst. Etwas war geschehen, was nur in der Einbildung möglich war. Und jetzt das hier ...

Es konnte doch unmöglich wieder ein Traum sein, dachte Marcus. Oder vielleicht doch? War es möglich, dass man von einem Albtraum direkt in den nächsten hinüberglitt und dass beide sich auf dieselbe Weise realistisch anfühlten? Er glaubte, einmal etwas über ein ähnliches Phänomen gelesen zu haben. Doch der Geruch des Strohs, der Gestank der Fäkalien, das Klappern seiner Fingernägel auf dem Metallboden des Käfigs – all das war zu real, um ein Traum zu sein. Und natürlich die leeren Käfige. Die ganzen gegenüberliegenden Reihen, die obere wie die untere, waren verlassen.

Ein ungutes Gefühl beschlich ihn, dass sein Traum nur halb der Fantasie entsprochen hatte. *Womöglich ist dieser Bastard wirklich hier gewesen und ich habe nur geglaubt, dass ich es mir eingebildet habe.*

Wenn das stimmte, würde es dann nicht bedeuten, dass Gal sie alle ...

Erschossen hat.

Konnte das sein? Und wo war dann das ganze Blut?

»Hallo?«, rief Marcus.

Sein Rufen verhallte zwischen den Wänden. Er hörte wieder den Wind. Irgendwo über ihm klapperten Ziegel. Draußen musste es gehörig stürmen.

»Hallo. Hallo?«

Nichts.

Oder?

War das nicht ein Gähnen?

»*Hallo?*« Marcus schrie beinahe. Er presste den Kopf gegen die Gitterstäbe, um auch einen Blick auf die Käfige zu seiner Seite werfen zu können. Sein Bein flammte dabei vor Schmerzen auf. Seine Sorgen überschatteten diese Schmerzen jedoch. Was war, wenn er hier allein ...

»Da ist wohl einer von den Toten auferstanden«, sagte eine Stimme. Sie erklang irgendwo rechts von ihm, irgendwo aus den Tiefen dieses nach Ammoniak und Exkrementen stinkenden Universums.

Seine Erleichterung war so groß, dass Marcus die Tränen kamen. Er weinte nicht ausgiebig, doch allein der Klang dieser trockenen, blaffenden Stimme verschaffte ihm einen wahrlich emotionalen Moment.

»Ja. Bin ich. Sind wir allein? Wo sind die anderen?«

»Zu erstens. Ja, wir sind allein. Zumindest im Augenblick. Und zu zweitens – keine Ahnung, wo die stecken. Das is' Gals großes Geheimnis für die Frauen. Einmal am Tag holt er sie aus ihren vergitterten Behausungen und führt sie zum Scheunentor raus. Wo sie dann hingehen, weiß der Teufel.«

Marcus sah das Schulterzucken regelrecht, glaubte jedoch, der Mann sagte nicht ganz die Wahrheit. Warum, konnte er sich nicht erklären. Und im Moment interessierte es ihn auch nicht sonderlich. Etwas anderes hatte seine Aufmerksamkeit erweckt.

»Es gibt ein Tor?«

»Ja. Da drüben. Also von dir aus rechts, am Ende der Halle. Groß genug, um mit einem Traktor durchzufahren, ohne die Felgen zu zerkratzen. Allerdings bringt es nichts, darüber nachzudenken, dort hinauszuspazieren, solang wir alle in diesen beschissenen Käfigen stecken. Wie heißt du eigentlich, mein Freund? Und wie geht's deinem Bein?«

»Marcus. Ganz okay, denke ich. Es könnte jedenfalls schlimmer sein. Wie heißen Sie?«

»Hör auf mit dem Scheißgesieze, da komm ich mir noch älter vor, als ich bin. Ich heiße Wilko. Wilko Grüning. Kein besonders schöner Name, aber den hat meine Mama mir eben gegeben. Gott hab sie selig, sie ist schon fünfzehn Jahre tot. Wenn sie wüsste, in welchen Schlamassel ihr Sohn geraten ist und wo er sich aufhält, würde sie mit 'nem verfluchten Panzer anrollen, die ganze Rote Armee oder selbst die beschissene Mafia würde sie bestechen, damit mich jemand hier rausholt. Mann, Mann, Mann. So jemanden, wie sie war, gibt's nur selten. Ich bezweifle, dass sich irgendwelche meiner sogenannten Freunde auf die Spurensuche nach mir begeben haben.« Er lachte erbittert.

Marcus dachte an David und Michelle. Er war tot und sie hasste ihn bis auf denselbigen.

»Das Gefühl kenne ich«, erwiderte Marcus.

»Ist das so? In deinem Alter? Deiner Stimme nach zu urteilen bist du nicht älter als fünfunddreißig. Stimmt das in etwa?«

»Achtunddreißig.«

»Das ist noch kein Alter. Hast du erst einmal die fünfzig geknackt, weißt du überhaupt erst, was es heißt, zu leben. Bist du bei den sechzig angelangt, weißt du, was es heißt, zu leben und leben zu lassen.« Er seufzte. »Den Sinn des Lebens kennt niemand, in meinem Alter jedoch begreift man allmählich, was sich dahinter in etwa verbergen könnte. Lass die Leute ihren Weg gehen und du gehst deinen, und umso weniger Ratschläge du ihnen mit auf den Weg gibst, desto mehr Erfahrungen machen sie selbst. Allerdings ...« Er machte eine Pause. »Einen Rat habe ich für dich. Als ich davon gesprochen habe, dass du dir auf die Wunde pinkeln sollst, meinte ich das ernst. Es mag sich zwar dämlich und auch eklig anhören, aber so haben wir das früher bei der Armee gemacht, und es wirkt wahre Wunder, glaub mir. Es gibt zwar auch die widerlichen Idioten, die meinen, man solle seine Pisse trinken, weil man dadurch seinen Krebs, Asthma oder sein Furunkel am Arsch heilen könnte. Wenn du mich fragst, ist das Schwachsinn. Was Wunden jedoch angeht, bin ich mir zu hundert Prozent sicher, dass es hilft. Habe es selbst schon einige Mal getan, das heißt, ja, ich habe mich selbst angepinkelt. Und es hat geholfen. Es ist vor allem dann die beste Möglichkeit, wenn du nichts anderes wie Octenisept oder Hansaplast Wundspray hast.« Wieder dieses verbitterte Lachen.

»Ist das Ihr ... dein Ernst?«

»Absolut. Frischer Urin wirkt desi-fizierend oder wie das heißt. Nur Mittelstrahlurin, kein anderer. Heißt, du lässt ein paar Tropfen entweichen, bevor du dich selbst ... Nun, bepisst, weil am Anfang noch Schadstoffe oder Verunreinigungen drin sein können. Probier's aus.«

Marcus wusste nicht, was er erwidern sollte. Wilko klang verrückt und überzeugend zugleich.

»Am besten, du tust's jetzt, wo die Weiber nicht da sind. Könnte sonst etwas peinlich werden. Du verstehst schon. Weiß ja nicht, wie groß er ist.« Er lachte. Ein einsames Geräusch in der Stille.

Da Marcus nicht reagierte, redete Wilko weiter.

»Keine Bange, mein Sohn, ich will dich nicht verarschen. Ich mein's nur gut. Außerdem, mal ganz ehrlich, was hast du zu verlieren? Wenn sich deine Wunde entzündet, bist du im Arsch, aber das bist du auch so.«

Nun, ich könnte an Wundbrand krepieren, noch lange bevor mir Gal eine Kugel in den Kopf jagt oder was er auch mit mir – uns allen – vorhat. Das wäre dann ein Eigentor, dachte Marcus. Dann fiel ihm ein, dass das voraussichtlich auch dann passieren würde, wenn er nichts unternahm.

Also ... Worauf wartest du noch? Hosenstall auf und los. Oder?

»Tun Sie ... Tust du mir einen Gefallen, Wilko?«

»Wenn du nicht gerade von mir verlangst, dass ich das Tor aufschließe, um uns ein bisschen frische Luft zu verschaffen ... klar. Welchen denn?«

»Erzähl mir irgendwas. Einen Schwank aus deiner Jugend. Wie du hier gelandet bist. Irgendwas. Ich will nicht, dass man jeden einzelnen Tropfen auf den Boden plätschern hört. Das wäre mir peinlich.«

Wilko lachte bellend. »Kein Problem. Das tue ich. Kann mir vorstellen, dass das unangenehm für dich ist. Mir wär' das scheißegal. Ich bin in meinem Leben schon durch so viel Pisse, Scheiße und Kotze gewatet, da denkt man über solche Banalitäten nicht lange nach. Sorry, wollte dich damit nicht beleidigen oder so. Ich meine nur ...«

Marcus registrierte, dass Wilko bereits angefangen hatte, seine Bitte zu erfüllen. Er redete ununterbrochen weiter. Nicht besonders laut, nicht so, dass er alle Nebengeräusche mit seiner Stimme übertönte, doch es genügte, um Marcus den nötigen Mut zu verleihen, den Knoten über seinem Knie und seinen Hosenstall zu öffnen.

Er würde sich dreckig machen, das war ihm klar. Schließlich verfügte er über keinen dieser Becher, wie man sie beim Arzt bekommt, oder überhaupt über irgendein Gefäß, in dem er seinen Urin sammeln und über seine Wunde träufeln konnte. Und da er nicht gerade ein Long Dong Silver war, blieb ihm nichts anderes übrig, als die Hände zu benutzen.

Nur, wohin mit dem Rest? Er konnte ja schlecht auf den Boden urinieren. Mit der Zeit würde das anfangen, schrecklich zu ...

Plötzlich wurde ihm wieder klar, woher der beißende Ammoniakgeruch kam. Das war Urin. Nichts anderes als abgestandene, stinkende Pisse. Deshalb roch es hier wie in einer Bahnhofsunterführung. Die Männer konnten nicht anders, als ihr Gemächt durch die Stäbe zu führen und vor ihren Käfig auf den Boden zu pinkeln.

Allein bei der Vorstellung, sich wie ein Tier vor aller Augen zu entleeren, schauderte ihm. Außerdem stellte sich ihm die Frage, wie es die Frauen vollbrachten, sich zu erleichtern. Wurden sie deshalb einmal am Tag aus ihren Gefängnissen geholt? Hatte Gal womöglich Mitleid mit ihnen? Vielleicht. Sehr wahrscheinlich fand Marcus das jedoch nicht.

Wilko machte keine Pause. Im Moment redete er darüber, wie seine Mutter ihn umsorgt hatte, als er noch ein Kind gewesen war. Wenn Marcus richtig zugehört hatte, war sie eine beleibte Russin gewesen, die für ihren Sohn stets das Beste wollte und es gar nicht verstehen konnte, dass dieser sich eines Tages, als die Familie noch in der damaligen Sowjetunion lebte, für den Dienst an der Waffe einschrieb. Sie hätte einen Aufstand gemacht, ihn zum ersten Mal in seinem Leben beschimpft, ihn für einen Vollidioten erklärt, und ihm zu denken gegeben, wie er sein ruhiges Leben nur so wegwerfen konnte.

»... Ich wollte raus, etwas anderes erleben, das Leben kennenlernen, wie es wirklich war. Mag sein, dass das bescheuert klingt. Mit fünfundzwanzig hatte ich noch Eierschalen am Arsch und war deshalb der Ansicht, ich müsste genau wie meine Kumpels, die mit mir gemeinsam den Abschluss machten, meinem Land dienen. Also schrieb ich mich 1977 bei der Armee ein. Zwei Jahre später stand ich mit einem Gewehr in der Hand in der afghanischen Wüste. Hinter mir die 40. Armee, vor mir die Mudschahedin mit ihren Kalaschnikows und RPGs und Kopftüchern. Die Hitze war grausam, und noch schlimmer war, dass der ganze Westen diese Wichser mit Waffen und Munition versorgte.« Er holte tief Luft. »Auch unser Einsatz war umstritten. Womöglich zu Recht. Wenn man in ein Land einmarschiert, wird man als Feind angesehen, ob man das Volk nun befreien oder den Machthaber stürzen möchte. Jedenfalls war ich fast zwei Jahre dort und als ich zurückkam, empfing mich als Erstes eine Ohrfeige meiner Mutter. Dann nahm sie mich in die Arme. Sie weinte bitterlich vor Glück, ihren Sprössling wieder bei sich zu wissen. Dann kam 1991 die Wende und meine Eltern beschlossen, die Biege zu machen. Sie waren Künstler, was sie nie wirklich zugaben, da jemand wie sie in der UdSSR als potenzielle Volksverräter betrachtet wurden. Sie wollten frei sein und ein unkompliziertes und antiautoritäres Leben führen, was zur damaligen Zeit revolutionär war. Also ging es ab nach Deutschland. Direkt und ohne Umschweife in den Westen, hierher. Obwohl ich damals schon fast vierzig war, entschied ich mich, sie zu begleiten. Und nun, wo ich den Krieg und all das Töten lange hinter mir gelassen hatte, gerate ich in diese Lage. Bei der Armee brachte man uns bei, mit Waffen umzugehen und niemals aufzugeben, ehe der Feind nicht besiegt ist. Und jetzt? Weder habe ich eine Waffe noch kann ich den Feind besiegen. Es ist einfach zum Kotzen. Seit mindestens zwei Wochen sitze ich hier in diesem Loch. Meine Schulter ist inzwischen fast ausgeheilt, aber bringen tut mir das auch nichts ...«

Marcus hatte die Hose vom Bund bis übers Knie gezogen. Ein kühler Luftzug streifte die freiliegende Hautpartie. Mit seiner linken Hand hielt er sich den Penis.

Er musste. Er musste sogar ziemlich dringend. Doch als er jetzt den frischen Schorf betrachtete, der sich über dem Einschussloch gebildet hatte – ein sehr gutes Zeichen, wie er fand –, zögerte er, es durchzuziehen.

Womöglich würde die Wunde auch so heilen, ohne dass er sie mit seinem Urin desinfizierte, dachte er. Ihm war allerdings auch bewusst, dass er mit dieser Annahme falschliegen konnte. Von jetzt auf gleich konnte er Fieber bekommen, Wundbrand oder Ähnliches, woran er definitiv sterben würde. Allerdings bereitete ihm nun weniger die Tatsache Sorgen, dass er seinen eigenen Urin verwenden würde, sondern dass der Schorf wieder aufreißen könnte. Das würde eventuell neues Bluten mit sich bringen. Und Schmerzen. Und davon hatte er in den letzten Stunden oder Tagen wahrhaft genug gehabt.

»Wie weit bist du?«, fragte Wilko wie auf Kommando. »Ich seh dich nicht. Zögerst du?«

»Es blutet nicht mehr«, antwortete Marcus, als würde das alles beantworten.

»Das ist gut. Es wird auch nicht wieder zu bluten anfangen. Nicht in dem Ausmaß wie bisher. Dennoch solltest du die Wunde des-in-... Ach, ich hasse das Wort. Du solltest sie reinigen. Glaub einem alten Soldaten. Du wirst es mir danken. Womöglich erst auf der anderen Seite ...« Er schwieg kurz, als würde er ihre Optionen durchgehen. »Wir sollten allerdings nicht ausschließen, dass noch mal alles gut wird. Und dann wirst du froh sein, wenn kein Arzt kommen und dir dein Bein amputieren muss.«

Du alter Scheißkerl bist wirklich gerissen. Du weißt genau, wie du mich dazu bewegen kannst, es zu tun, obwohl wir uns nicht kennen und obwohl du keinen Nutzen davonträgst, dachte Marcus.

Er tat es. Es brannte, als kippte er Säure über sein Bein. Die Wunde begann erneut zu bluten. Es war nicht viel Blut. Nicht mehr als bei einer Schürfwunde. Marcus biss die Zähne zusammen, dann riss er ein weiteres Stück von seinem Hemd ab, zog den Rest wieder an und verband sich neu.

Erschöpft und schwer atmend lehnte er sich zurück.

»Erledigt«, keuchte er.

»Braver Junge.«

»Erzähl weiter«, bat Marcus. »Ich habe das Gefühl, ich falle wieder in Ohnmacht. Mein Magen ist so leer wie eine Regentonne in der Wüste.«

»Das geht uns allen so. Gal ist nicht gerade der spendabelste Kidnapper. Und was er uns zu essen gibt, entspricht nicht gerade der Genfer Konvention.«

Marcus horchte auf. »Wir bekommen etwas? Ich dachte …«

»Du meinstest, er lässt uns verhungern? Das ging mir am Anfang auch so. Die zwei Wochen, oder wie lange ich hier auch schon rumsitze, hätte ich allerdings nie rumgebracht, würde er nicht doch was rausrücken. Wird dir jedoch nicht besonders wohl bekommen. Wenn du meintest, deine Pisse auf deinem Bein zu verteilen sei widerwärtig gewesen, dann freu dich auf die Brotzeit. Obwohl wir hier in Käfigen mitten in Deutschland festsitzen, komme ich mir bei der Fütterungszeit wie im verdammten Urwald vor.«

Marcus verstand nicht. »Was meinst du damit?«

»Das wirst du noch früh genug erfahren, mein Sohn. Und wenn du es erfährst, glaube mir, würdest du dir wünschen, wirklich im Urwald festzustecken.« Seine Stimme verfinsterte sich. »Wirklich. Was hier vor sich geht, ist schlimmer als der ganze beschissene Krieg, den ich erlebt habe. Damals wusste ich nicht, ob ich überleben würde. Niemand wusste das. Wir hofften es alle. Das hier … Christa Zürn – die Frau, die dir riet, die Kugel zu entfernen und den Verband anzulegen –, sie ist Tierärztin und vielleicht ist es ihr medizinischer Instinkt, der sie dazu anhalten lässt, die Hoffnung nicht aufzugeben. Sie ist vermutlich die Einzige, die noch genügend Mut besitzt, diesem Schweinehund zu trotzen. Und nachdem ich gesehen habe, wie sie dich dazu animierte, die Hoffnung bloß nicht aufzugeben, glaube ich, dass ihre eigene Hoffnung in dir liegt. Du bist der Neuling. Derjenige, bei dem diese Scheiße nicht schon bis in den letzten Winkel seiner Psyche vorgedrungen ist. Ich weiß nicht, wie gut deine sonstige Konstitution ist, weil ich dich nicht sehen kann. Doch du und ich, wir sind die einzigen Männer hier drinnen. Derzeit zumindest. Und da ich nicht ... Nun, nicht mehr fähig bin, liegt es – wenn überhaupt – an dir, diese Scheiße zu beenden. Die Frauen sind zu schwach. Sie leiden am meisten. Weil dieser Hundesohn sich ihnen auch am meisten widmet.« Er seufzte schwer. »Hier drinnen sind schon viele gestorben, Marcus. Regelmäßig stirbt jemand. In den zwei Wochen, in denen ich hier drinnen bin – vorausgesetzt, ich irre mich nicht –, waren es mindestens drei Männer und vier Frauen, die er ...«

Jähes Entsetzen erfasste Marcus. Drei Männer und vier Frauen in zwei Wochen! Heilige Scheiße!

»Das kann doch nicht sein«, sagte er mit schwacher Stimme. »Das muss doch auffallen. So viele Menschen!«

»Es fällt bestimmt auf. Irgendwo. Irgendwem. Die Polizei wird sicherlich Nachforschungen anstellen. Doch solang sie keinen Grund haben, Gal mit all dem hier in Verbindung zu bringen ...« Er stieß ein höhnisches Zischen aus. »Die Leichen werden sie nie finden. Zumindest einen Großteil davon nicht. Das wirst du spätestens merken, sobald ...« Er brach ab. »Ich höre was. Sie kommen! Ab jetzt wird es hier drinnen noch leiser zugehen als bisher schon.«

»Was meinst du damit, dass die Polizei die Leichen nicht finden ...«

»Pst!«, unterbrach ihn Wilko.

In diesem Moment ging das Tor auf. Sonnenstrahlen fielen in die Halle wie göttliche Schadenfreude. Der Wind verwehte das Stroh über dem Gang zwischen den Käfigen. Einzelne Halme stoben umher. Und Schnee. Greller, weiß glänzender Schnee.

Langsam traten die Frauen durch das Tor, die Köpfe gesenkt wie bei einer Andacht. Sie gingen schlurfend in einer

Reihe. Grobe Seile spannten sich zwischen ihren nackten Fußknöcheln. In ihren Gesichtern standen Benommenheit, Entsetzen und Resignation. Alle wirkten sie wie eine Armee, die ausgezehrt und niedergeschlagen von einer verlorenen Schlacht heimkehrte. Hinter ihnen trat Eddie Gal in die Scheune, in einer Hand den Revolver.

»He, du!«, rief er und deutete auf eine von ihnen. Es war die Frau, die Marcus selbstlos dazu ermuntert hatte, die Kugel aus seinem Bein zu operieren – die Tierärztin. Christa Zürn.

Sie drehte sich zu Gal um. Ihr Gesicht war ausdruckslos. Sie sagte nichts.

»Ja, du! Du weißt, dass du versagt hast. Kein Ei. Ah, ah. Und ich mag keine Hühner, die keine Eier legen nich'.«

Christa öffnete den Mund, um etwas zu erwidern, da sprengte eine Kugel ihren Hinterkopf.

Ein kurzer Aufschrei ertönte. Und es blieb bei einem. Zwischen den Käfigen standen neun Frauen, deren Blicke stumm und ängstlich gen Boden gerichtet waren. Keine von ihnen traute sich, Christa auch nur anzusehen.

Gal grinste und fuhr sich erneut mit der Zunge über die offen liegenden Schneidezähne. Marcus bemerkte es und dachte unwillkürlich daran, dass es zwei Arten gab, wie Gal dieses Ritual – wenn man es denn so nennen wollte – vollzog. Auch als er auf ihn geschossen hatte, hatte er die Zähne gezeigt.

Als zeige er uns, wie beißwütig er sein kann.

Gal drängte die (*noch!*) lebenden Frauen in ihre Käfige zurück.

Die Frau mit dem Mal auf der Wange, das kein Mal, sondern ein dicker dunkelblauer Bluterguss war, ließ er auf dem Boden des Stalls zurück.

6

Sie sah ihn an. Natürlich konnte sie das nicht mehr. Dennoch tat sie es.

Christa Zürn war so gefallen, dass ihr Gesicht in seine Richtung wies, ein Auge offen und himmelblau, das andere eine schwarze Höhle des unnachgiebigen Todes. Dort, wo ihr Scheitel gewesen sein mochte, lag ein Büschel lockiger Haare, das aussah wie ein Tier, das sich hinter seinem dunklen Pelz versteckte. Eine Lache von Blut umrahmte ihren üppigen, leblosen Körper. Mit jeder vergehenden Minute verschaffte sie sich mehr Raum, breitete sich aus. Kleine, dunkelrote Bäche bildeten sich dort, wo der Estrich uneben war, und schlängelten sich zwischen den gelben Strohhalmen hindurch. Einer davon strömte langsam auf Marcus zu.

Jesus Christus, dachte er, wandte den Kopf ab und übergab sich. Sein Magen protestierte, verkrampfte sich und beförderte das bisschen Galle nach oben, das in ihm steckte.

Schwindel überkam ihn. Vor seinen Augen drehte sich alles. Und wenn das seine Übelkeit auch befeuerte, es war nicht das Schlechteste. So musste er die Tote wenigstens nicht in all ihrer Deutlichkeit betrachten. Marcus hoffte sogar ein wenig, dass ihn die Dunkelheit abermals verschlucken würde. Doch es geschah nicht. Sein Körper war schwach, jedoch nicht *so* schwach. Und in diesem Moment fühlte sich das wie eine Bestrafung an. Als wollte jemand weit über ihm, dass er diesem Anblick nicht ausweichen konnte; als würde dieser Jemand seinem Verstand befehlen, dieses Mal nicht abtauchen zu dürfen, damit er sich ganz genau einprägte, was geschah, wenn man Eddie Gal nicht in seinen Wünschen und Vorstellungen nachkam.

Nur was hatte Gal eigentlich von ihr gewollt, bevor er sie umbrachte? Was er geäußert hatte, ergab für Marcus keinen Sinn.

»*Du weißt, dass du versagt hast. Kein Ei. Ah, ah.*«

Bedeutete das, Gal sah sie alle nicht als Menschen, sondern als Hühner? Warum? Gut, das Warum konnte er streichen, das war eher eine Frage für einen Psychiater. Wobei Marcus bezweifelte, dass auch nur irgendein Psychodoktor klug genug war, um aus Gal schlau zu werden. Er vermutete, der glückliche Arzt würde eine Konfrontation mit Gal nicht einmal überleben.

»Hallo, Herr Gal, wie geht es Ihnen?«

»Gut, danke. Und Ihnen, Herr Doktor? Haben Sie heute schon ein Ei gelegt?«

»Nein, warum fragen Sie?«

»Nur so.«

Schuss. Tot.

Das war eine Vorstellung, die irgendwie zum Lachen und noch vielmehr zum Heulen war. Sie zeigte ziemlich gut, wie schlecht man Gal einschätzen konnte. Alles, was Marcus bislang über den Mann wusste, war, dass er Menschen in Käfige sperrte, sich gern mit der Zunge über die Schneidezähne fuhr, in zwei verschiedenen Arten sprach – manchmal stockend und dümmlich, seltener geradeheraus und fast schon gebildet – und die Menschen (Frauen), die offenkundig nicht in der Lage waren, Eier zu legen, umbrachte. Und mit all dem konnte Marcus genauso wenig anfangen wie mit dem Handy, das in seiner Jackentasche irgendwo in Gals Haus steckte.

Bei dem Gedanken an sein Handy kam ihm in den Sinn, ob Tina wohl versucht hatte, ihn anzurufen. Das tat sie gelegentlich. Nicht auf Bitten oder Drängen ihrer Mutter hin, sie würde damit ihrem Vater einen Gefallen tun, sondern ganz von selbst. Sie vermisste ihn und ließ es ihn wissen. Nur würden ihre Anrufe jetzt keinen Widerhall finden. Das Telefon konnte klingeln und klingeln und niemand würde abnehmen. Kein »Hey, mein Herz, wie geht es dir?«. Kein »Was machst du so, Papa?«. Kein »Wann sehen wir uns wieder?«.

Das schmerzte ihn mehr, als es die Schussverletzung je tun könnte. Die Vorstellung, sie, Tina, nie wiederzusehen, konnte er gerade so ertragen. Weil sie eigennützig war. Sich jedoch vorzustellen, dass sie ihren Vater nie mehr wieder in die Arme nehmen konnte, weil er hier festsaß oder gar sterben würde, brach ihm das Herz. Er sah sie vor sich auf der Schaukel im Garten sitzen, ihren Plüschhasen Mr Flauschig fest in ihren Armen, und darüber grübeln, warum sich ihr Vater aus dem Staub gemacht hatte; weshalb er sich nicht wieder bei ihr meldete. Und er sah, wie sich sein kleines Mädchen selbst die Schuld dafür zuschrieb. Das wäre nicht herzzerreißend, das wäre grausam. Und es war etwas, was er nicht zulassen durfte. Irgendwie musste es doch einen Weg hier raus geben.

Dann fiel sein Blick wieder auf Christa Zürn, die ihn hohl und tot aus ihrem einen blauen Auge heraus anglotzte. Marcus meinte darin einen Vorwurf zu erkennen. Er wusste, dass er sich das nur einbildete, und doch konnte er sich des Eindrucks nicht erwehren, dass sie ihn für die wenige Zeit und das wenige Kümmern um Tina verurteilte.

Weil es dir wichtiger war, Drogen zu nehmen und Zeit mit deinen vermeintlichen Freunden zu verbringen, die ebenfalls Drogen nehmen. Und dann hast du dich sogar noch dazu verleiten lassen, mit Crack und Hasch und all dem anderen Zeug zu dealen. Hat das deine Tochter nur das eine Jahr gekostet, das du im Knast gesessen bist, oder mehr? Was meinst du, Marcus? Was meinst du?

Es hatte sie ihren Vater gekostet, dachte er.

Er starrte Christa an und fuhr zusammen, als sie ihm plötzlich zuzwinkerte. Das Lid über ihrem blauen Auge hatte sich bewegt. Ganz deutlich. Es geschah noch einmal.

Im Raum war es ganz still. Niemand sprach ein Wort. Da sah er, wie Christa, die definitiv tot war und nie wieder aus eigenen Kräften aufstehen würde, sich tatsächlich aufrichtete. Sie hob den Oberkörper ohne Mühe, als wöge er nichts.

Blut floss über ihre Schultern und ihren Bauch. Ihr Hinterkopf war das von einem Fuchs durchwühlte Nest eines Vogels. Mit ihrem guten Auge blickte sie umher, durchsuchte forschend den Raum und fand ihn. Als sie zu sprechen begann, durchfuhr Marcus ein eisiger Schauder. Ihre Stimme klang ruhig und gelassen und mahnend zugleich.

»*Schau, wo du gelandet bist, Marcus. Sieh dich ruhig um. Das ist dein Boxenstopp auf dem Weg zur Hölle. Du hast dir diesen Weg ausgesucht, bist deinen Zielen eifrig nachgejagt. Selbst nach dem Knast hast du den Kontakt zu deinen Leuten nicht abgebrochen, nein, du hast dich weiter mit ihnen getroffen, hast weiter dabei zugesehen, wie sie Crystal und Pepp und weiß Gott noch alles hergestellt haben, um es dann auf der Straße zu verticken, wo Teenager und Kids die Hauptabnehmergruppe sind. Stell dir nur mal vor, deine Tochter würde ...*«

»*Hör auf*«, sagte er in Gedanken.

Natürlich hörte sie nicht auf. Sie war die Stimme seines Gewissens in Menschengestalt – in Leichengestalt.

»*Stell dir nur mal vor, deine Tochter kommt aus der Schule, trifft sich mit Freunden auf dem Spielplatz auf der Bühn, wo sich alle Kids treffen, um zu schaukeln, zu wippen und Dope zu kaufen. Sie spielt vielleicht gerade mit einer Freundin im Sandkasten oder turnt auf einem der Klettergerüste herum, als eine kleine Gruppe von Jugendlichen eintrifft, mit Rucksäcken und jeder Menge ...*«

»Hör auf!«

»*... Stoff im Gepäck. Ihre beste Freundin sagt vielleicht ›Hey, da ist Jerome. Sieh doch mal, wie süß der ist. Komm, lass uns zu ihm gehen und ihn fragen, was er heute Abend vorhat‹. Und Tina will womöglich nicht, weil Jerome bekannt dafür ist, die Schule zu schwänzen und öfter mal Besuch von der Polizei zu bekommen, und sagt doch Ja, weil kein Teenager uncool sein möchte. Und dann gehen sie zu ihm, und Tinas beste Freundin sagt ›Hey, Jerome‹, und Jerome antwortet ›Was geht, Liz‹, und Tina sagt ›Cooler Rucksack. Hast du uns was mitge-*

bracht?‹, und Jerome meint ›Für euch zwei Süßen? Aber selbstverständlich!‹. Dann packt er einen Beutel mit Gras aus und verspricht ihnen den Himmel auf Erden. Und du weißt, wie das läuft, Marcus, nicht wahr? Du weißt, dass man beim ersten Mal Nein sagen muss. Wenn man es beim ersten Mal schafft, Nein zu sagen, schafft man es auch beim zweiten und beim dritten Mal. Wenn man es aber nicht tut ...«

Marcus spürte Tränen auf seinen Wangen. Christa Zürn war aufgestanden, hatte sich an seinen Käfig gesetzt, unterhielt sich mit ihm wie eine alte Freundin. In ihrem Hinterkopf klaffte ein Loch von der Größe einer Faust. Blut klebte an ihrem Hals und ihren Lippen. Er sah einen roten Tropfen im Schein der Deckenleuchten gelblich schimmern, während sie sie auf und zu bewegte. Sie sah ihn ganz nüchtern an.

»Nein«, schluchzte er.

»*Doch, genau so kann es ablaufen. Und wenn sie dein Erbgut hat, mein Lieber, dann – das weißt du – wird sie nicht Nein sagen können. Du konntest es damals nicht und sie wird es nicht können. Das ist der Lauf der Dinge. Man gibt, was man hat. Sie nimmt einen Zug, hustet und nimmt einen zweiten. Und dann folgen die heimlichen Treffen, die hinter dem Alles-ist-ganz-normal-Vorhang. Mama ahnt nichts, weil sie zu sehr mit der Arbeit beschäftigt ist, und Papa ist nicht da, um seine Kleine vor dem Zeug zu beschützen, das er selbst hergestellt hat.*«

»Sie ist erst vier!«, schrie er. »Sie ist erst vier! Mit vier tut man so was nicht!«

Er wusste, dass das nur ein vorübergehendes Argument war.

»*Sie wird älter, Marcus. Sie wird irgendwann sieben sein, dann zehn, dann zwölf. Wie alt warst du, als es bei dir angefangen hat? Wann hast du deinen ersten Zug genommen, Marcus?*«

Er schluchzte nun so heftig, dass er die Worte kaum mehr über die Lippen bekam.

»Dreizehn.«

Christa blickte ihn strahlend an, und als sie das tat, schrie Marcus. Verzweiflung, Schmerz und Sehnsucht bündelten sich zu einem langen donnernden Schrei.

Als er die Augen öffnete, lag Christa auf dem Boden. Natürlich tat sie das. Leichen bewegten sich nicht. Und sie sprachen nicht zu einem. In ihrem offenen Auge stand nichts als Leere. Ihr Mund war geschlossen.

Wilko und die meisten Frauen schwiegen. Manche von ihnen weinten. Niemand scherte sich einen Dreck um ihn.

7

Über Stunden hinweg blickte Marcus dem Tod sprichwörtlich direkt ins Auge. Eine Zeit lang hatte er sich abgewandt, sich in der hintersten Ecke seines Verstandes und seines Käfigs verkrochen, der einzige Ort, an dem er sich derzeit wenigstens halbwegs sicher fühlte. Ein Psychologe würde sicherlich mutmaßen, sein Tagtraum basierte auf nichts weiter als einem Schock. Vielleicht war es ja sogar gesund, sich solch einen irren Tagtraum zusammenzuspinnen. Damit sein Hirn das Erlebte irgendwie verarbeiten und verdauen konnte. Es würde Marcus nicht wundern, kämen noch mehr dieser schlechten Träume auf ihn zu. Soweit er sich an eine Dokumentation auf *Phoenix* richtig erinnerte, gab es sogar gestandene Soldaten, die nach schlimmen Ereignissen Traumata erlitten hatten. Posttraumatische Belastungsstörung nannte man so etwas. Im Fernsehbericht war hauptsächlich von Kämpfern im Ersten und Zweiten Weltkrieg die Rede gewesen. Aber ob damals oder heute, dass spielte keine Rolle. Solche Vorfälle gab es ständig. Zahlreiche Kinofilme handelten davon. Wie *American Sniper* oder *Leave No Trace* von Peter Rock. Zwar ging es in den meisten um Soldaten, die aus dem Vietnam-, dem Golf- oder dem Irakkrieg zurückkamen, doch war dies hier nicht irgendwie auch eine Art Krieg?

Marcus betrachtete den toten Körper, der einmal Christa Zürn gewesen war, und empfand Trauer um sie. Obwohl sie ihn nicht gekannt hatte, war sie sofort an seiner Verletzung interessiert gewesen, hatte ihm beigestanden, ihn dazu ermutigt, sich selbst die Kugel aus dem Bein zu operieren, wenn man das so nennen konnte. Und Scheiße noch eins, theoretisch hätte sie sich einen Dreck für ihn interessieren können, schließlich hatte sie selbst genug Probleme am Hals. Gehabt.

Nun war sie tot. Und das brachte ein noch größeres Problem mit sich, denn es bestätigte Wilkos Aussage, dass Eddie Gal vorm Morden nicht haltmachte. Christas Tod war lediglich ein Exempel dafür, dass Gal sie alle jederzeit ins Nirvana schicken konnte, wenn er nur wollte. *Dafür stehe ich mit meinem Namen.*

Marcus schmunzelte gepresst vor sich hin, als er daran dachte, wie dieser Babynahrungsspezialist durch den Stall getrottet kam und eben genau diesen Satz hier vor allen grinsend in eine Kamera trompetete.

Mich würde es nicht wundern, wenn dieser Kerl nach dem Dreh auf den Boden spuckte und sagte, dass er diesen Job hasse, stets den Grinsematz zu mimen.

Der Gedanke mochte irrational sein, hatte jedoch auch etwas unwillentlich Berechtigtes, denn ihn beschlich das Gefühl, dass Eddie Gal auch den Grinsematz spielte, wenn er durch die Stadt kurvte, um Lebensmittel oder Getränke oder Rattengift zu kaufen. Schließlich musste auch er sich ernähren. Und Marcus glaubte nicht, dass heutzutage auch nur irgendwer in der Gegend um eine Stadt wie Karlsruhe den Keller voller Kartoffeln, Rüben und Erbsen in Dosen hortete. Vielleicht ein bisschen von allem als Vorrat, doch allein das Gulasch, das er selbst zu essen bekommen hatte, sprach dafür, dass Gal ab und an Fleisch kaufen ging. Nur würde ein

Einsiedler wie Eddie Gal überhaupt in die Stadt fahren? Zu *Lidl* oder *Aldi*? Zur Werkstatt, um seine Landmaschinen, die er mit ziemlicher Sicherheit irgendwo versteckt hielt, reparieren zu lassen?

Das war nicht auszuschließen. Schließlich gab es hier draußen in der Einöde kein Fleisch zu kaufen. Die einzige Möglichkeit, außer in einen Supermarkt oder Discounter zu fahren, war, selbst welches zu schießen, und das würde früher oder später auffallen. Der Nachhall von Gewehrschüssen konnte schließlich ziemlich weite Strecken zurücklegen.

Ach, das waren alles Fragen, die Marcus sich mit einem Satz selbst beantworten konnte – es war einerlei. Wie Eddie Gal an sein Fleisch, sein Bargeld oder an neue Pantoffeln kam, es würde seine eigene Situation nicht beeinflussen. Selbst wenn der Postbote oder der Klempner an Gals Tür klingelte, änderte das nichts. Sie würden ihre Arbeit erledigen und sofort weiterfahren – vielleicht mit einem merkwürdigen Gefühl im Magen –, aber sie würden weiterfahren, ohne auch nur in die Nähe des Stalls zu kommen. Und Gal würde sie ziehen lassen. Natürlich würde er das. Er wäre dämlich, den Milchmann über den Haufen zu schießen, denn das würde tatsächlich Fragen aufwerfen. Und da nicht wenige geschäftliche Transporter oder Autos heutzutage über einen GPS-Sender verfügten – damit der Chef beäugen konnte, dass seine Angestellten nicht zufällig lieber in den Puff gingen, statt ihre Lieferungen abzugeben –, stünde in Windeseile die Polizei vor der Haustür.

»*Haben Sie Herrn Soundso gesehen, Herr Gal? Sein Wagen befindet sich in Ihrer Einfahrt, hat sich seit Stunden ... Tagen ... Monaten nicht vom Fleck gerührt.*«

Es wäre schlichte Unvernunft, anzunehmen, Gal würde nicht weiter als von der Tapete bis zur Wand denken. Der Mistkerl hatte dies alles aufgebaut, hatte Käfige zusammengeschweißt, Menschen gekidnappt, und obwohl sich hier mindestens zehn Personen aufhielten (*und offenbar viele ihr*

Leben ließen, vergiss das nicht!), war er bislang nicht aufgeflogen. Und das konnte nur ein ausgebuffter Scheißkerl hinbekommen, der jeden seiner Schritte genauestens durchdachte. Gal konnte wirken wie ein einfältiger Vollidiot, doch dahinter musste mehr stecken – weitaus mehr. Sie hatten es mit einem vom Stamm der Irren zu tun; einem vom Stamm der durchdachten, intelligenten Irren. Fragte sich nur, warum er das alles tat. Oder wofür. Oder für wen.

8

Während in Karlsruhe und den umliegenden Dörfern allmählich die Lichter in den Häusern gelöscht wurden, genehmigte sich Marcus einen Schluck seines eigenen Urins. Er hatte kläglichen Durst und schon seit einigen Stunden nichts mehr getrunken, und als er merkte, dass ihm nicht aufgrund irgendwelcher medikamentöser Nachwirkungen und auch nicht aufgrund des Anblicks von Christa Zürn schwindelig wurde, überwand er seinen Ekel, drehte sich gegen die Hinterseite des Käfigs, formte die Hände zu einer Mulde, tat, was er tun musste, und trank.

Es schmeckte salzig, intensiv und scheußlich, und es bedurfte einiger Anstrengung, sich nicht zu übergeben. Er durfte es nicht. Und wenn er schon sterben musste, dachte er sich, dann wenigstens nicht an eigenem Versagen. Also ignorierte er, was er da schluckte, und zwang seinen Magen in die Knie.

Da er weder ein Waschbecken noch ein Handtuch besaß, um sich die Hände abzuwischen, und sich auch nicht unnötig selbst schmutzig machen wollte – das konnte sich noch früh genug ereignen –, wedelte er mit den Händen, wobei er aussah, als hätte er sich die Finger an einer heißen Herdplatte verbrannt. Ein fast ulkiger Anblick.

Winzige Tropfen flogen von seinen großen Händen durch den Käfig und landeten auf dem Boden, den Stäben und dem Stroh, was ihn nicht weiter beschäftigte. Doch als er unwillentlich die Flugbahn einer dieser gelben Perlen verfolgte, fiel ihm etwas ins Auge, was ihn innehalten ließ. Er runzelte die Stirn, packte vorsichtig sein verletztes Bein, schob es aus seinem Weg, um sich durch die Drehung keine unnötigen Schmerzen zuzufügen, und betrachtete eine Stelle am Boden des Käfigs. Genau dort, wo einer der Gitterstäbe in die Bodenplatte überging, sah er etwas, was ihn überraschte. Zuerst glaubte er, dass er sich täuschte, dass er es sich nur einbildete. Doch als er das Stroh mit der flachen Hand beiseiteschob, erkannte er, dass er richtig gesehen hatte.

Eine Tür knallte und Marcus fuhr herum. Gal kam zum Tor herein und brachte eine eisige Windböe mit sich, die das Stroh am Ende der Halle aufwirbelte. Und einen großen Eimer. Er schloss das Tor nicht, wodurch die Wärme, die sich durch die Anwesenheit von elf Menschen (*Tieren. Wir sind nichts anderes als Tiere für ihn!*) und einer Toten angestaut hatte, sofort verflog.

Die meisten Frauen, die er sehen konnte, verkrochen sich schlagartig in die hinteren Ecken ihrer Käfige. Zwei von ihnen zogen die Beine so nah an ihre Körper, dass sich Knie und Kinn berührten. In vielen Augen entdeckte er Panik, und wieder einmal fragte Marcus sich, was Gal wohl mit ihnen angestellt haben mochte, dass sie so reagierten. In diesen Gesichtern sah Marcus das Entsetzen real gewordener Albträume.

Gal behandelte sie alle gleich. Mit einer Gleichgültigkeit, die an Katatonie grenzte, durchquerte er den Stall, blickte sich zu beiden Seiten um, als würde er überprüfen, ob noch alle da waren, und ließ dabei den Eimer schallend gegen die Gitterstäbe vereinzelter Käfige donnern, wodurch er gewiss sämtliche Aufmerksamkeit auf sich zog. Wie ein Gefangener, der seine Blechtasse gegen seine Gefängnisgitter schlägt, um so den Wärtern aufzufallen – eine irgendwie schrecklich ironische Imagination.

»Essenszeit, meine Lieben. Onkel Eddie hat euch was Gutes mitgebracht.«

Seine Stimme klang tonlos und von jener dumpfen Torheit befangen, die er gelegentlich mit sich herumschleppte. Was er jedoch sagte, ließ Marcus aufhorchen.

Essen, dachte er. *Endlich etwas zu essen!*

Allein der Gedanke brachte seinen Magen zum Knurren. In den letzten Stunden war sein Aufstand allmählich abgeflaut, als hätte er vergessen, was ihn wütend gestimmt hatte. Nun arbeitete die Maschinerie der Rebellion wieder auf vollen Touren. Sie stocherte mit Schildern, auf den Sätze wie *Wir sterben vor Hunger und Fasten war gestern, heute heißt's reinhauen* standen, Löcher in die Luft und brüllte aus vollem Halse nach Gerechtigkeit.

Auch in den anderen Käfigen löste die Aussicht auf Nahrung etwas aus. Verängstigte Blicke wurden zu gierigen. Zungen leckten über Lippen. Unterkiefer zitterten.

Dieser Anblick verringerte Marcus' Hunger zwar nicht, doch seine Habsucht. Er fragte sich, wie lange die anderen wohl schon nichts mehr zwischen den Zähnen gehabt hatten. Sie alle waren länger hier als er. Manche offensichtlich viel länger. Es war ihm nie so sehr aufgefallen wie jetzt.

Zwei der Frauen hatten so verfilztes Haar, dass sie wie natürlich gewachsene Dreadlocks wirkten. Da, in der oberen Reihe, der zweite Käfig von rechts – Sie war schlank, fast dürr. Ihre Haut an den Armen war bleich wie die eines Vampirs, ihre Fingernägel lang wie die Krallen eines vernachlässigten Tieres. Die Kleidung an ihrem Leib – eine dünne sandfarbene Stoffhose und eine grünliche Bluse – war nicht nur von Strohhalmen und Schmutz übersät, sondern regelrecht damit verkrustet. Zwei Knöpfe ihrer Bluse waren wie abgesprengt, wodurch Marcus einen unfreiwilligen, tief blickenden Eindruck ihrer üppigen Oberweite bekam, und er fragte sich, ob dafür wohl auch Gal verantwortlich war. Sie war jung, nicht älter als achtundzwanzig, was bedeutete, dass sie das, was Gal mit ihr angestellt hatte, noch viele Jahre mit sich herumschleppen würde. Insofern sie überhaupt je wieder rauskamen, verstand sich.

Eine andere Frau war eigentlich gar keine Frau. Er schätzte sie nicht älter als achtzehn. Da sie seinem Käfig näher lag – untere Reihe, dritter Käfig von beiden Seiten – fiel ihm sofort ihre asiatische Herkunft ins Auge. Möglicherweise auch nur die ihrer Eltern oder eines Elternteils. Sie wirkte auf ihn besonders bedrückend. Nicht bloß wegen ihres Alters, sondern weil sie auf ihn den Eindruck machte, nichts von allem begreifen zu können. Unentwegt verbarg sie die untere Hälfte ihres zarten Gesichts hinter ihren Knien. Die Augen darüber wirkten nicht verängstigt, sie zeigten eine fieberhafte Verwirrung äußersten Ausmaßes. Etwas wie Angst musste sie längst überwunden haben.

Verfilztes schwarzes Haar hing offen über ihre Schultern. Ihre Beine waren wie ihr ganzer Körper von Natur aus zierlich, doch Marcus sah die Knochen, die an den Gelenken und den Schultern durch den Stoff ihrer Klamotten hervortraten, und mutmaßte, dass sie seit ihrer Ankunft in diesem Gefängnis mehrere Kilo abgenommen haben musste.

Nicht mehr lange und sie wird zwischen den Gitterstäben hindurchpassen.

Bei diesem Gedanken erschauerte er. Großes Mitgefühl stahl sich seinen Weg bis in sein Herz. Das Mädchen weinte nicht, doch er konnte die Tränen in ihren Augen erkennen.

»Hab euch ordentliches Kraftfutter mitgebracht«, tönte Gal durch die Halle. »Meine Mama sagt, die Hühner müssen nur anständiges Futter bekommen, dann legen sie die besten Eier.«

»Und was ist mit Auslauf?« Die Stimme kam von der anderen Seite des Stalls. Marcus identifizierte sie sofort als die von Wilko. »Hühner brauchen Platz, damit sie sich nicht gegenseitig attackieren. Außerdem schmecken dann die Eier besser.«

Gal sah ihn mit einem fragenden Blick an, als wunderte er sich darüber, dass einer der *Hähne* sprechen konnte.

»Macht keinen Unterschied«, sagte Gal. »Ham die Hühner früher im Freien gehalten. Im Sommer war'n sie draußen. Die Eier ham genau gleich geschmeckt.«

Marcus verstand den Sinn dieser Unterhaltung nicht. Wovon zum Teufel redeten die beiden da? Eier ... Menschen ... Das passte nicht zusammen. Klar war jedoch, was Wilko zu bezwecken versuchte. Er sprach davon, sie alle ins Freie zu lassen. Damit sie irgendwie abhauen konnten. Doch Wilko konnte sich noch so sehr bemühen. Egal in welcher Welt Eddie Gal auch leben mochte, so bescheuert konnte er nicht sein, ihnen diese Chance zu geben.

»Wie wäre es dann mit Bodenhaltung, Herr Gal?«, sagte Wilko süffisant. Er lachte tatsächlich ein wenig und Marcus fragte sich, ob er nicht allmählich verrückt wurde. Wer konnte es ihm verübeln? In so einer beschissenen ...

Plötzlich begriff er, warum die beiden sich über Hühner unterhielten. Die ganze Zeit hatte er geglaubt, es gäbe einen zweiten Stall, in dem Hühner, tatsächliche Hühner, hausten und brüteten. Nun begriff er, die beiden sprachen von *ihnen*, ihnen allen, den Menschen hier drinnen. Sie waren die Hühner und Hähne. Sie waren das Vieh, das Eddie Gal versorgte. Und deshalb der Eimer. Darin war nichts anderes als ... *ihr* Futter.

»Bodenhaltung«, sagte Gal und lachte verächtlich, dabei wandte er sich von Wilko ab, als wäre das Gespräch für ihn beendet. Dann sagte er mehr zu sich selbst: »Damit wär Mami nich' einverstanden. Nein, damit wär Mami ganz und gar nich' einverstanden.«

Er verteilte das *Futter* auf dem Boden vor den Käfigen. Aus Marcus' Sicht handelte es sich dabei um mehrere ein bis drei Zentimeter große Brocken, die er aus der Entfernung nicht näher beschreiben konnte. Zuerst dachte er an Körner, doch dafür war das, was er am Rande der Käfige entlangstreute, zu groß. Dann dachte er an Trockenfutter. Doch auch diese Annahme verwarf er sofort wieder. Es dauerte nicht lange, da kam Gal auch an seinem Käfig vorbei. Noch bevor er sein selbst ernanntes *Kraftfutter* verstreute, gelang es Marcus, in den Eimer zu spähen. Furchtbares Entsetzen überkam ihn.

Er dachte: *Klar, Hühner picken nicht nur Schrot und Korn, sie sind Allesfresser.*

Er dachte: *Alles bedeutet alles.*

Er dachte: *Gott, hilf mir, ich kann das nicht essen!*

Er dachte: *Ich hab solchen Hunger!*

Sein Blick fiel auf die Leiche von Christa Zürn. Genauer gesagt, auf das, was aus ihrem Hinterkopf über den Boden und das Stroh gespritzt war. Und er dachte: *Der Teufel soll mich holen, wenn das nicht genauso aussieht.*

Dann erinnerte er sich – der Teufel hatte ihn längst geholt.

Er hob den Kopf. Die anderen aßen. Das Mädchen hatte sich nach vorn gebeugt, den Kopf keine fünf Zentimeter über dem Boden, die Stirn gegen die Gitterstäbe gepresst.

Sie würde einen schön gleichmäßigen Abdruck bekommen, dachte Marcus wie betäubt und sah ihr zu, wie sie den Fraß mit solcher Inbrunst sammelte, dass ihm schlecht wurde. Sie grapschte mit beiden Händen nach ... Nun, nach den Larven, den toten Fliegen, den zerhackten Würmern, den getrockneten Heuschrecken. Und nach dem rohen Fleisch, an dem stellenweise getrocknetes Blut klebte.

Frisch geschlachtet, dachte Marcus ironisch, doch das Lachen blieb aus. Wie heißt es doch gleich? In jedem Witz steckte auch ein Fünkchen Wahrheit. Das hier war nicht nur ein Fünkchen, das hier war die Wahrheit, die bitterste, schrecklichste, furchtbarste Wahrheit überhaupt.

Marcus betrachtete das asiatische Mädchen. Es hortete, häufte so viel, wie sie binnen kürzester Zeit schnappen konnte, in ihrem Käfig an. Sie tat einen guten Job. Das Häufchen wurde schnell zu einem Haufen. Mehrmals hob sie dabei den Kopf wie eine Hyäne, die befürchtete, der Löwe könnte angerannt kommen, um sich seinen Anteil zu krallen.

Es kam niemand. Aus dem Haufen wurde ein kleiner Berg aus Fressalien. Erst als sie nichts mehr fand, fing sie an zu essen. Das heißt, sie stopfte sich eine Larve und einen Wurm nach dem anderen in den Mund. Das rohe Fleisch hob sie sich offenkundig für den Schluss auf. Für schlechte Zeiten ... haha.

Ihre Blicke trafen sich kurz. Eine Sekunde, nicht länger. Dann wandte sie sich wieder von ihm ab und fraß. Es war in seiner eigenen Welt.

Marcus erinnerte sich daran, wie seine Mutter zu Tisch gepredigt hatte, es solle nicht gesprochen werden. Wieder ein *haha* seines Verstandes, denn es gab wirklich niemanden, der sprach. Alle waren mit ihrem Festschmaus beschäftigt. Alle, außer ihm.

Irgendwo in der Ferne begann Eddie Gal *Hush, little baby* zu summen.

9

Die angenehme Wärme war verloren gegangen. Überhaupt kam es ihm wie ein Wunder vor, dass sie hier drinnen nicht erfroren. Draußen musste es unter 0°C haben und niemand von ihnen war sonderlich dick angezogen. Gal – insofern er selbst dafür zuständig gewesen war – musste beim Bau dieses Stalls auf eine besondere Wärmeisolierung geachtet haben. Glücklicherweise. Hätten er oder die Handwerker dabei geschludert, so würden sie nun zu Eiszapfen gefrieren. Marcus kam der Gedanke, dass Gal nur vergessen musste, die Tür zu schließen. Das hätte denselben Effekt. Die Vorstellung, an welch seidenem Faden ihrer aller Leben hing, war erschreckend.

Marcus betrachtete seinen eigenen kleinen Haufen zwischen dem angewinkelten und dem ausgestreckten verletzten Bein. Er hatte sich dazu überwinden können, ein paar Heuschrecken und tote Larven aus Gals hochqualifiziertem Kraftfutter herauszupicken. (*Picken – wie ein Huhn, haha*). Die Fleischklumpen hatte er jedoch ausgelassen.

Gebraten oder gegrillt hätten sie sicherlich gut ausgesehen, und je nachdem, um was für Fleisch es sich dabei handelte, hätte es womöglich sogar gut schmecken können. Aber dieses Zeug sah dem hinter Christas geplatztem Schädel einfach zu ähnlich. Es war nicht ganz so hell, etwas dunkler, was daran liegen konnte, dass es sich bei Gals Kraftfutter eventuell tatsächlich um Rind- oder Wildfleisch handeln mochte, nur ...

»*Nur weißt du es nicht. Du weißt nicht, was er euch verfüttert, du weißt nicht, ob das vor deinen Füßen nicht eventuell von einem ehemaligen Käfiginsassen kommt, du weißt nicht, ob er oder sie eventuell Samuel, Gregor oder Isabel geheißen hat. Deshalb isst du nicht. Du weißt, es würde dir etwas von deiner alten Kraft zurückgeben, doch dein Misstrauen ist größer als dein Hunger*«, sagte die rauchige, von Totenstarre eingefrorene Stimme Christa Zürns. Sie saß wieder an seinem Käfig, lehnte mit dem Rücken an den Gitterstäben. Marcus konnte das Loch in ihrem Hinterkopf wahrhaftig sehen. Es reichte bis in die Hälfte ihres Schädels hinein, und an einer Stelle glaubte Marcus zu einem ihrer Augen hinausgucken zu können.

Sie blickte über ihre Schulter zu ihm, wodurch er ihre Schokoladenseite zu Gesicht bekam, diejenige, die nicht wie die Pappfigur am Ende eines Schießstandes aussah.

Zwischen ihren blauen Lippen klemmte eine Zigarette. Sie verstaute die Schachtel gerade in ihrer Hosentasche.

»*Hast du Feuer?*«

Marcus schüttelte den Kopf. Er wusste, dass er sie sich nur einbildete. Das bereitete ihm kein Unbehagen. *Dass* er sie sich einbildete – schon zum zweiten Mal –, machte ihm allerdings Sorgen.

»Nein.«

»*Macht nichts. Dann hole ich mir welches aus meiner Tasche. Warte kurz ...*« Beim Aufrichten wandte sie ihm das totenblasse Gesicht zu. Sie grinste.

Guter Witz.

Das Szenario vor seinen Augen war zutiefst irrational. Er beobachtete Christa dabei, wie sie auf Knien in den Hosentaschen ihres auf dem Boden liegenden Alter Egos kramte.

»*Irgendwo hatte ich eins ... Ah, da!*«

Beim Anzünden schob sie ihre Unterlippe nach vorn, worauf sich die Zigarette wie ein steif werdendes Glied aufrichtete. Dann kroch sie erneut zu ihm und nahm ihren Platz vor dem Käfig ein. Rauchfäden zogen sich über ihrer Zigarette in die Höhe. Auch aus dem Loch in ihrem Kopf züngelte ein Faden empor.

Marcus schauderte.

»*Die Kugel hat wohl irgendwie den Kanal zwischen Gaumen und Stirnhöhle durchdrungen*«, sagte sie und nahm schulterzuckend einen weiteren Zug. »*Du weißt nicht, warum ich hier bin, oder?*«

»Weil ich Angst habe, nehme ich an.«

»*Das trifft mit Sicherheit auch zu, aber nein, das meine ich nicht. Du erinnerst dich daran, wie du die Kugel aus deinem Bein operiert hast?*«

»Wie könnte ich das vergessen? Mein Bein schmerzt, als würden Tausende Ameisen gerade eine Natursekt-Party mit ihrer Königin veranstalten.«

»*Das ist widerlich.*« Sie nahm einen Zug. »*Du weißt, wer dir geholfen hat, als du deine Finger in dieses Loch da in deinem Bein gesteckt hast?*«

»Du, natürlich.«

»*Falsch.*« Sie sah ihn ernst an. »*Das war nicht ich. Das warst du selbst. Ich habe dir gut zugeredet, wohl wahr, geholfen hast du dir jedoch selbst. Ich konnte nur zusehen. Was ich damit sagen will: Du siehst mich, weil du glaubst, ich hätte dir geholfen. In Wahrheit redest du allerdings mit dir selbst. Um deinen Verstand zu beruhigen, um nicht durchzudrehen, wie du es auch nennen magst.*«

»Ich bin mir nicht sicher, ob mich das Führen von Selbstgesprächen davor bewahrt, meinen Verstand zu verlieren.«

»*Natürlich. Kinder reden ständig mit sich selbst. Sie stellen sich auch andere Personen, ja, sogar Freunde vor. Das ist nicht ausschließlich eine intuitive Schutzfunktion, sondern eine Art Spiel, um mit jemandem über das sprechen zu können, was sie erlebt haben. So verstehen sie es besser. Weil sie sich selbst gewissermaßen wiederholen und sich so vor Augen führen, wie manche Dinge in der Welt funktionieren, oder um ihre eigenen Tagträume zu visualisieren. Eine sehr funktionale Form der Selbstreflexion.*«

»Das mag ja alles stimmen, doch weshalb stelle ich mir dann ausgerechnet dich und nicht beispielsweise meine Tochter vor? Mit ihr fühle ich mich mehr verbunden, als mit jedem anderen Menschen auf der Welt. Nichts für ungut.«

»*Weil sie noch nicht viel vom Leben weiß, und das ist dir bewusst. Natürlich brauchst du einen Erwachsenen an deiner Seite, kein Kind. Jemand, der dir sagt, was gut und was schlecht für dich ist.*«

»Na, da bin ich mal gespannt, über welchen Einfallsreichtum die Leichenfrau verfügt, die sich mein Verstand erdacht hat. Schieß los! Ich bin ganz Ohr.«

Das Ganze war so abstrus, dass er beinahe schallend aufgelacht hätte. Er verlor den Verstand, ganz eindeutig. Was sonst war das hier? Ein seinem Kopf entsprungenes Spiel, um sich die Langeweile zu vertreiben? Komm schon! Er musste einfach nur einmal tief durchatmen und sich wieder auf die wesentlichen Dinge konzentrieren. Eines davon lag beispielsweise zwischen seinem linken Fuß und seinem rechten Knie. Marcus schluckte angewidert.

»*Du solltest es tun*«, sagte die Tote.

»Danke, vorher lass ich mich erschießen.«

»*Das ist keine besonders kluge Idee. Jedenfalls nicht, wenn du deine Tochter wiedersehen willst.*« Sie rauchte. Der Qualm entwich ihrem Mund in einem feinen Faden.

»*Selbst das Fleisch solltest du essen. Du weißt nicht, was es ist, und im Prinzip ist es egal. Denn du brauchst die Nährstoffe. Du brauchst jedes bisschen davon, wenn du überleben willst.*«

Marcus blickte auf den Haufen hinab und sagte sich: *Wenn ich so weit gehe, das da zu essen, bin ich auch so weit, einen Mord zu begehen.*

Er griff nach einer der Heuschrecken und hielt sie mit zwei Fingern an einem Bein vor sein Gesicht.

Christa sah ihn nur aus den Augenwinkeln an. Sie sagte nichts.

Es knackte zwischen seinen Zähnen, als er darauf biss. Ein würziger Geschmack erfüllte seine Mundhöhle, seine Zunge, seinen Verstand. Er kaute. Zuerst langsam, fast vorsichtig, als wollte er das Tier dabei nicht verletzen, dann schneller, und ehe er sich's versah, schluckte er den Bissen hinab. Er spürte, wie er in seiner Speiseröhre aneckte, wie sein Magen auf den Happen reagierte, wie er ihn sich gewissermaßen ein zweites Mal einverleibte. Dann war es um seine Gegenwehr geschehen.

In seinem Bauch schrie es: *Mehr! Mehr!* Und er gab ihm mehr. Er hatte keine Chance. Ehe es ihm gelang, nochmals darüber nachzudenken, was er da in sich hineinstopfte, war die Spitze des Berges verschwunden. Das Große Teufelshorn schwand zur Kreuzspitze, dann zu einem Hügel, dann lagen nur noch ein paar wenige Brocken Fleisch und eine tote Fliege auf dem Boden des Käfigs. Er sah sie mit Bedacht an und entschied: *Scheiß drauf!*

Er verschlang auch den Rest.

»*Gut. Gut gemacht*«, sagte Christa und zündete sich eine weitere Zigarette an. »*Geht es dir jetzt besser?*«

»Ich fühle mich elend. Was ist, wenn das wirklich Menschenfleisch ...«

Sie legte einen blutverkrusteten Finger auf seine Lippen. »*Ah, ah. Nicht weiter drüber nachdenken. Du willst beziehungsweise musst überleben. Dir bleibt schlicht keine andere Wahl.*«

Marcus öffnete den Mund, um doch etwas zu erwidern, ließ es dann aber. In seinem Magen arbeitete es grummelnd. Ein, zwei Stiche. Kurze Krämpfe. Dann beruhigte er sich wieder und ein schrecklich befriedigtes Gefühl stellte sich ein.

Christa schwieg eine Weile, wie um ihm seinen Triumph zu gönnen. Dann sagte sie: »*Ist dir aufgefallen, dass die anderen zumeist schweigen?*«

»Ja. Sicher.«

»*Das liegt daran, dass sie sich aufgegeben haben. Selbst Wilko da hinten hat sich aufgegeben. Er glaubt, er habe lange gelebt und zeitweilig ein erfülltes, wenn auch nicht prächtiges Leben geführt. Er glaubt nicht mehr daran, hier noch einmal rauszukommen. Deshalb reißt er auch die Klappe so weit auf. Er denkt, er könne nichts mehr verlieren. Und was das Mädchen dort drüben angeht ...*« Ein weiterer Zigarettenzug. »*Sie wird auch bald aufgeben. Sie weiß es nur noch nicht.*«

»Warum? Sie ist noch jung.«

»*Ich weiß es nicht. Genau wie du. Es gibt verschiedene Möglichkeiten. Zum einen könnte sie mit ihren Eltern zerstritten sein, oder zum anderen gar keine mehr haben. Es gibt zahllose Varianten, warum sie sich allmählich aufgibt. Am wahr-*

scheinlichsten ist jedoch, dass sie einfach schon zu lange in diesem Käfig hockt und das, was Gal mit ihr anstellt, psychisch kaum verkraftet. Wie du schon sagtest – sie ist jung. Ah, ich sehe da etwas in deinem Geist vorgehen. Dir ist etwas aufgefallen, nicht wahr? Du hast etwas entdeckt.«

Marcus sah zur Seite, richtete seinen Blick auf die Gitterstäbe neben ihm und im Speziellen auf die Schweißnaht, die den Übergang zwischen Bodenplatte und Seite bildete.

»Was meinst du, wie lange es dauern wird, bis der Rost sich durch die Schweißnaht gefressen hat?«

»Jetzt ist er nicht größer als ein Eineurostück. Und ich weiß nicht, wie lange der Käfig bereits hier steht. Ist er erst in den letzten Wochen gebaut worden, arbeitet sich der Rost relativ schnell durch das Eisen. Steht er hier jedoch schon mehrere Monate oder gar Jahre, dann ...«

»Dann brauchst du dich nicht einmal damit zu beschäftigen.«

»Nein, das würde ich nicht sagen. Es gibt eine Möglichkeit, wie sich die Korrosion beschleunigen lässt. Nicht extrem, aber ein wenig.«

»Und welche? Was brauchst du dazu?«

»Nun, das Einzige, was ich habe. Meinen Urin.«

Christa hob die Brauen. Dann lächelte sie und quetschte ihre Zigarette auf dem Beton aus. *»Das bringt wirklich was?«*

Marcus zuckte mit den Schultern. »Es sollte. Ich habe einmal David dabei erwischt, wie er im Labor in einen Becher pinkelte und dann den Urin in einen Erlenmeyerkolben füllte. Er meinte, er brauche die Salze darin. Was er herstellte, weiß ich nicht. Er erzählte mir nur, dass die Salze ihm als Elektrolyte dienen sollten. Das würde die Reaktion, die er hervorrufen wollte, begünstigen. Ich wusste zwar schon vorher, dass sich in Urin auch Salze befinden, doch dass sie auch zu etwas nütze sein könnten, darüber hatte ich weiß Gott nie nachgedacht. Bis heute. Eine Korrosion entsteht durch die Oxidation von Eisen in Anwesenheit von Wasser. Und Salze begünstigen diesen Vorgang.«

»*Na dann*«, sagte sie. »*Worauf wartest du noch? Raus mit deinem ...*«

Er ließ sie nicht zu Ende reden. Vor mehreren Stunden hatte Marcus noch geglaubt, es würde sich ohnehin nicht rentieren, in seinen Käfig zu pinkeln, nur um eventuell einen oder bestenfalls zwei der Gitterstäbe in ein paar Tagen oder gar Wochen mit blanken Händen herausbrechen zu können. Der Versuch kam ihm zu vage vor. Eine regelrechte Illusion. Aber hatte er eine andere Chance? Gab es sonst irgendetwas, was er tun konnte? Die Antwort war einfach. Nein! MacGyver hätte vielleicht eine Möglichkeit gefunden, auf irgendeine spektakuläre Weise eine Bombe zu basteln und den halben Schuppen in die Luft zu sprengen, ohne dabei irgendjemanden von den Guten auch nur zu verletzen. Allerdings war Marcus kein MacGyver. Er war lediglich ein verdammter ehemaliger Junkie, der ein paar wenige Kenntnisse über chemische Reaktionen besaß, weil David der Ansicht gewesen war, es könne nicht schaden, seinem besten Freund beizubringen, wie man Crystal kochte oder Piece herstellte.

Marcus öffnete seinen Hosenstall, sah sich um, und als er glaubte, nicht beobachtet zu werden, pinkelte er in die eine bestimmte Ecke seines Käfigs. Urintropfen trommelten leise auf das Blech.

»*Gut so*«, sagte Christas Stimme in seinem Kopf, als würde sie ihn wieder dabei beobachten, wie er sich eine Kugel aus seinem Bein operierte.

Daraufhin fiel ihm etwas ein. Die Kugel. Er konnte kaum glauben, dass er sie wie ein unnützes Stück Dreck behandelt und irgendwo liegen gelassen hatte. Wenn er sich nicht täuschte, dann war sie aus ...

Er sah sich um, suchte sie, wobei er mit den flachen Händen über die Bodenplatte des Käfigs strich. Stroh verfing sich zwischen seinen Fingern. Das meiste davon hatte er zu einem flachen Haufen zusammengehortet und sich unter den Hintern geschoben, doch es lag immer noch genug davon herum.

»Scheiße, wo hab ich das Ding liegen lassen?«

Da kaum Licht in den Käfig fiel, sah er nicht genau, wo er schon gesucht hatte und wo nicht, deshalb tastete er mit beiden Händen von links nach rechts und versuchte dabei keinen Zentimeter auszulassen. Sein Bein schrie bei der Verrenkung seines Oberkörpers auf, als hätte er es aus einem tiefen Schlaf geschreckt.

»Womöglich ist sie zwischen den Stäben hindurchgerollt«, sagte er zu sich und wusste, dass es in diesem Fall zu einem Problem kommen konnte. Er hatte es geschafft, mit weit ausgestreckten Armen an das Futter zu gelangen (*Kein Essen – Futter!*), doch das hatte ihn einiges an Schmerzen gekostet. Er wusste, dass er diese Qualen auch ein zweites und fünftes Mal auf sich nehmen würde, wenn ihm das half, bei Kräften zu bleiben. Doch was die Kugel anging – er wusste nicht, ob sie einen Beitrag zu seiner elektrochemischen Reaktion aus Urin und Eisen leisten konnte. Er war der Meinung, sich erinnern zu können, dass ein edles Metall die Elektronen unedler Metalle anziehen konnte, was bedeutete: Wenn die Kugel, wie er vermutete, aus Kupfer oder einem ähnlich edlen Metall bestand, so konnte sie zusammen in der Lösung dafür sorgen, dass das Eisen schneller rostete. Ob das stimmte? Keine Ahnung. Wie sein Mathelehrer auf dem Gymnasium schon vor dem Lösen einer Behauptung sagte: *Quod esset demonstrandum – was zu beweisen wäre.* Er musste es wenigstens versuchen. Nur herumzusitzen und abzuwarten, ob Gal nicht doch plötzlich auf die glorreiche Idee kommen würde, sie alle mit einem Jagdgewehr über den Haufen zu schießen oder ihre Einzelteile in einen Häcksler zu werfen, war nicht wirklich das Maß aller Dinge. Er musste wenigstens etwas unternehmen, und wenn es nur bedeutete, in die Ecke seines eigenen beschissenen Käfigs zu pissen!

Er wollte gerade einen Versuch starten, den Oberkörper weit genug herumzudrehen, um mit den Händen auch in die hinteren Ecken zu gelangen, da fühlte er etwas Hartes unter seinem Hintern, etwas, was eigentlich nicht sein konnte, weil er sie so bereits beim Zusammenraufen des Strohs gespürt haben müsste, aber ...

»Da ist sie! Christa, da ist sie, ich habe sie gefunden!«

Christa war nicht mehr da. Das heißt, sie war nur noch einmal da. Seine lebendige Einbildung war verschwunden, nicht jedoch ihr toter Körper. Er betrachtete die Leiche, seufzte, sah dabei zu, wie eine vom Winter geschwächte Fliege langsam über ihr Gesicht kroch und in der schmalen Öffnung ihres Mundes verschwand.

»So wird es uns allen ergehen, wenn wir nichts unternehmen.«

»Marcus?« Es war Wilko. »Ich höre dich schon eine ganze Weile Selbstgespräche führen. Geht es dir gut?«

»Alles so weit in Ordnung«, sagte Marcus. »Ich denke nur laut. Wie Kinder es manchmal tun, wenn sie allein sind. Das hilft ein wenig.«

»Dachte schon, du hättest den Verstand verloren. Glaubte, du würdest dich mit Christa unterhalten. Kam zumindest so rüber.«

Gegenüber regte sich das Mädchen. Es hatte geschlafen. Nun blickte es Marcus aus wachen Augen an.

Vielleicht hat sie dich reden gehört und hält dich für verrückt, dachte Marcus. Dann fiel sein Blick auf die Kugel zwischen seinen Fingern. Er lächelte und es war ihm egal, ob das Mädchen ihn für verrückt oder gar wahnsinnig hielt. Wenn es ihm gelang, sie alle hier rauszubringen, dann würde es ihr einerlei sein, ob er zum Frühstück Würmer aß oder beim Zubettgehen den Mond anbetete. Die Kugel war aus Kupfer.

Marcus legte sie in die Pfütze seines Urins, wo Rost langsam vor sich hin wütete.

10

Im Stall war es unmöglich, Tag und Nacht zu unterscheiden, da die Deckenlampen durchgehend ihr fahles gelbliches Licht verbreiteten. So wurde Schlaf zu einer Art Schwebezustand zwischen halb wachem Ruhen und vollem Wachsein.

Dazu kam, dass Marcus stets das dringliche Gefühl verspürte, er müsse die Augen offen halten, um reagieren zu können, falls etwas ... Nun, etwas Schlechtes geschehen sollte. Allein die Vorstellung, Gal könnte, während er vor sich hin träumte, in den Stall kommen und einem von ihnen – wenn nicht gar ihm selbst – etwas zuleide tun, brachte ihn um jede friedliche Minute. Hinzu kamen die Schmerzen in seinem Bein. Sie schrien häufig, vor allem, wenn er sich unbeabsichtigt ruckartig bewegte. Dann war an Schlaf ohnehin nicht zu denken. Dann dachte er nur an Antibiotika. Oder Jod. Oder irgendwas, was ihm helfen konnte, diese elende Scheiße rasch hinter sich zu bringen.

Auch an den Tod dachte er gelegentlich.

Manchmal, wenn er so wach lag und Wärme in seinem Bein kribbeln spürte, dachte er daran, dass sich die Wunde hier drinnen jederzeit schwer infizieren konnte. Und um zu wissen, was es für ihn bedeuten würde, wenn sich die Korrosion des Übergangs zwischen Bodenplatte und Gitterstäben zu lange hinzog und sein Plan somit scheiterte, brauchte man kein Mediziner zu sein. Wundbrand, Blutvergiftung, Fieber oder Tod. Es könnten sogar alle vier dieser Schreckensszenarien kurz hintereinander eintreten, und das wäre weit schlimmer, als Heuschrecken oder Maden zu essen. Es wäre endgültig.

Was das bedeutete, musste man nicht erst erklären. Das Leben ist kein Computerspiel, in dem man, auch nachdem *GAME OVER* rot leuchtend auf dem Bildschirm blinkte, von vorn beginnen konnte. Es gab keine zweite Chance. Keine Leben, die man unterwegs einsammelte, um sie im Falle des Falles für einen Neustart einzusetzen. Und selbst wenn manche Religionen ein Leben nach dem Tod prophezeiten, so wollte Marcus sich doch nicht darauf verlassen. Für ihn waren Himmel und Hölle derselbe Ort. Dieser Planet, diese Erde, diese Luft, dieses Wasser. Seine Überzeugung war, es käme nur darauf an, was man daraus macht. Wie Charles Bukowski – ein Poet ganz nach Marcus' Geschmack – in einem Gedicht geschrieben hatte: *What matters most is how you walk through the fire.*

Früher hatte er gedacht, die Drogen wären der Himmel. Dann hatte Tina das Licht der Welt erblickt, und für ihn nahm der Himmel die zierliche Form winziger Hände und das Leuchten ihrer grünen Augen an. Der Knast und die Drogen wurden zu seiner irdischen Hölle, vor allem, als er sich von Letzteren trennte.

Allerdings kannte er da Eddie Gal noch nicht. Eddie Gal und seinen Hühnerstall. Eddie Gal und seine Legebatterien voll lebendigem, durchblutetem Menschenfleisch.

Marcus fragte sich, ob das Mädchen schräg gegenüber tatsächlich schon aufgegeben haben mochte. Es war noch so jung. Dazu war sie bildhübsch. Er war sich ziemlich sicher, dass ihr das Leben liebend gern Tür und Tor öffnen würde, bekäme sie nur die Chance dazu. In diesem Alter gab es einfach nichts, was die eigene Daseinsberechtigung vom Thron stoßen durfte. Man beging Fehler, baute Scheiße, ließ sich die Ohren langziehen, machte wieder Mist und lernte daraus. So lief das nun mal ab. Und egal welchen Fehler sie auch begangen haben mochte, der sie in diese Situation gebracht hatte, es war nicht gerecht. Kein Kind der Welt sollte oder durfte solche Angst durchleiden. Keines! Auch nicht dieses Mädchen!

»Hey«, rief er leise. Was er damit bezwecken wollte, sie anzusprechen, wusste er selbst nicht. Dennoch versuchte er es, als sie nicht reagierte, erneut. »Hey.«

Sie lag auf der Seite. Ihr schwarzes, von Knötchen durchsetztes Haar bedeckte ihre Schultern und den größten Teil ihres Rückens. Die Knie hatte sie bis auf Brusthöhe herangezogen.

Zwei oder drei der anderen Frauen wandten sich ihm zu, doch als sie bemerkten, dass er nicht sie meinte, kehrten sie ihm wieder den Rücken zu. Sie alle taten ihm leid. Doch dieses Mädchen ...

Als er ein drittes Mal rief, reagierte sie.

Sie sprach nicht und ihr Gesicht war ausdruckslos. Sie drehte sich nur zu ihm herum.

Marcus dachte nicht nach, er redete geradeheraus. »Wie heißt du?«

Sie sagte nichts.

Kurz kam ihm der Gedanke, sie könne eine andere Sprache sprechen. Sie sah asiatisch aus. Chinesisch, Japanisch, irgendwie so was. Anhand von Gesichtern auf die Herkunft von Menschen zu schließen, war töricht. Solang die Leute okay waren, waren sie okay. Alles andere spielte für ihn keine Rolle.

»Ich bin Marcus«, sagte er und deutete auf seine Brust. Vielleicht konnte er sie so verstehen machen.

Sie nickte knapp.

Immerhin, dachte Marcus. *Fangen wir also ganz klein an.*

»Verstehst du mich, wenn ich mit dir spreche?«

Ein weiteres Nicken.

Gut.

»Kommst du hier aus der Gegend?«, fragte er.

Sie schüttelte den Kopf. In ihren Augen lag Kummer. Seicht, kaum wahrnehmbar. Er konnte ihn sehen, schwach und verschwommen wie eine Forelle am Grund eines Baches, und er begriff, sie litt eine ganz andere Sorte Schmerzen als er.

»Weißt du«, begann er, »ich habe eine Tochter. Sie ist wesentlich jünger als du, erst vier. Du erinnerst mich an sie. Eure Augen ... Betrachtet man nur sie, könntet ihr beide Schwestern sein. Wie du siehst, ist meine Hautfarbe wesentlich dunkler als deine, und die Mutter meiner Tochter kommt ursprünglich aus Somalia, was heißt, optisch habt ihr nicht besonders viele Ähnlichkeiten, doch eure dunklen Augen ...« Er lächelte unwissentlich, dann seufzte er. »Weißt du, in den meisten Hollywood-Blockbustern wäre ich der Held dieser Geschichte. Wilko da hinten ist zu alt. Nichts für ungut, Kumpel. Ansonsten gibt es hier keine Männer. Einem solchen Streifen zufolge wäre es an mir, den Schurken zu überwinden und alle zu befreien. Doch solche Geschichten sind dröge. Weißt du, welche Geschichten mir am besten gefallen? Die, in denen es ein Mädchen gibt, das zu Beginn sehr unscheinbar wirkt, unauffällig, geradezu unsichtbar. Zum Schluss ist sie es jedoch, die die Welt rettet. Justin Cronin schrieb mal ein Buch über ein solches Mädchen. *Der Übergang* heißt es, glaube ich. In diesem Buch geht es um ein Mädchen ohne Heimat – Amy von Nirgendwo –, dessen Mutter weggelaufen und dessen Vater mehr oder minder unbekannt ist. Sie durchstreift die Welt ohne Aussicht auf Besserung. Dann wird sie auch noch gekidnappt, weil Leute sie für ihre Experimente an Menschen benutzen wollen. Es gelingt ihnen auch. Sie spritzen ihr irgendwas, vielleicht bekam sie auch Pillen, das weiß ich nicht mehr, und sie wurde *anders*. Die gleichen Medikamente wurden auch anderen Personen, Schwerverbrechern, gegeben, und sie wurden auch anders. Böse anders. Ihnen gelang es, sich zu befreien, und die Welt wurde zu einem Ort der ... Nennen wir sie einmal – Vampire. Und das Mädchen? Es entkommt auch. Wird auch zum Vampir. Der wohl netteste und friedliebendste

Vampir, den es jemals gegeben hat. Das Problem ist jedoch, sie wird älter und älter, ohne wirklich zu altern. Während andere an Altersschwäche sterben, sieht sie noch aus wie acht oder zehn ...«

Der Blick des Mädchens blieb ausdruckslos. Marcus wusste nicht, ob es überhaupt verstand, was er ihr da erzählte. Aber sie hörte zu. Das sah er. Und deshalb redete er weiter. Er sprach von dem Mädchen, wie allein es auf der Welt war, wie es Freunde fand, die dann des Alters wegen starben, wie es neue Freunde fand, die dann auch starben, wie einsam sie war und wie vollkommen die böse Macht, die über die Welt herrschte.

Und wie sich das Blatt wendete.

»Amy weiß, dass sie anders ist, weiß, dass sie etwas in sich trägt. Und sie weiß, sie wird dieses Etwas in ihr zum Vorschein bringen müssen, wenn es so weit ist. Und als es so weit ist ... Nun, da haben die Bösen nichts mehr zu lachen. Sie besiegt ihren Feind. Pam! Pam!« Er schlug Luftlöcher mit den Fäusten. »Pam!« Er dachte, sie damit vielleicht zum Lachen bringen zu können.

Doch sie lächelte nicht einmal. Ihre Mimik blieb ausdruckslos.

Ein langer Moment des Schweigens verging zwischen Ihnen. Dann sagte sie: »Warum erzählen Sie mir das?«

Marcus dachte darüber nach, sie darauf hinzuweisen, dass in ihrer Situation Siezen überflüssig war, ließ es jedoch. Stattdessen sagte er: »Weil das Mädchen nicht aufgegeben hat. Es war ganz allein und das Böse allmächtig. Und doch gab sie nicht auf. Sie kämpfte, widerstand der Stille der Einsamkeit und der Trauer über den Tod der Menschheit. Und sie gewann.«

Wieder Schweigen.

»Sie glauben, ich wäre einsam?«, sagte sie.

»Ich weiß es nicht. Bist du es denn?«

Sie schüttelte den Kopf. »Nicht da draußen. Nicht wirklich.« Ihr Kinn fiel auf ihre Brust. »Meine Eltern und ich haben uns kurz vor ...«, sie blickte um sich, »kurz vor dem hier heftig gestritten. Ich sagte zu ihnen, ich wolle sie nie wiedersehen.«

»Das ist bitter«, sagte Marcus. Dann setzte er sofort hinzu: »Deine Eltern werden dich deshalb nicht aufgegeben haben. Egal wie heftig euer Streit gewesen sein mag, Eltern geben ihre Kinder nicht einfach auf. Du kannst zu ihnen sagen, dass sie die größten Kotzbrocken auf der Erde sind, dass sie sich ins Knie ficken und vor die Hunde gehen sollen, und dennoch ... es sind und bleiben deine Eltern. Deine Mutter hat dich geboren, hat dich monatelang in ihrem Körper getragen. Dein Vater wird sicher vor Freude Herzklopfen bekommen haben, als er dich das erste Mal auf dem Arm hielt. Und dann haben sie viele, viele Jahre erlebt, wie du groß geworden bist, wie du deinen eigenen Sinn im Leben entdeckt hast, wie du zu einer jungen Frau herangewachsen bist. Ich spreche als Vater zu dir. Klar, meine Tochter ist erst vier, aber ich weiß, was es heißt, sein Kind plötzlich nicht mehr sehen zu dürfen, und glaub mir, das ist das beschissenste Gefühl, das es gibt. Diese verfluchten Schmerzen in meinem Bein sind nichts dagegen.«

Ihre Unterlippe zitterte. »Ich habe viel falsch gemacht«, sagte sie. »In der Schule, daheim, überhaupt.«

»Das tut nichts zur Sache. Glaub einem Vollidioten wie mir, weil ich garantiert noch viel mehr beschissenes Zeug angerichtet habe als du.«

Mit einem Mal wirkte sie nicht mehr nur geknickt. Auf ihrem Gesicht lagen Bitterkeit und zorniger Trotz. »Ach ja?« Sie schrie beinahe. »*Hast du auch deinen kleinen Bruder umgebracht?*«

Marcus erstarrte. Es brauchte einen Moment, bis er antwortete. »Was sagtest du?«

Tränen rollten über ihre Wangen. Ein tiefes, seelisches Schluchzen hatte sie erfasst. So schnell, wie der Trotz gekommen war, so schnell brach er wieder in sich zusammen. »Mike, mein kleiner Bruder ... Er ist wegen mir ... gestorben.«

»Das kann ich nicht glauben.«

»Tu doch, was du willst!« Sie schüttelte den Kopf, weinte. Marcus befürchtete, sie würde nicht weitersprechen. Fast apathisch starrte sie auf ihre Füße. Und plötzlich bewegten sich ihre Lippen doch. Sie sprach monoton und ausdruckslos. In jedem ihrer Worte steckte tiefe Trauer.

»Ich kam gerade von einer Party mit Freunden nach Hause. Mikey wollte unbedingt zu seinem dämlichen Fußballspiel gefahren werden. Es war morgens und ich war total betrunken. Mikey bequatschte mich, redete pausenlos auf mich ein, er würde Mama und Papa erzählen, dass ich die ganze Nacht weg gewesen war und dass der Typ im Auto mich geküsst hat und ...« Sie schlug sich die Hände vors Gesicht. »Und ich sagte, er könne mich mal, er solle selbst zusehen, wie er zu seinem verblödeten Spiel kommt. Und dann sagte er, er würde Mama und Papa auch verraten, dass ich heimlich Drogen nehmen würde. Ich habe nie Drogen genommen! Nie! Aber weil ich schon allerhand Mist gebaut habe und Mikey immer der brave kleine Scheißer gewesen ist, wusste ich, sie würden ihm glauben. Sie würden meine Sachen durchwühlen, würden mir Ausgehverbot geben, würden mich nie mehr irgendwo mit meinen Freunden hinziehen lassen. Ich war im Arsch ... Und deshalb habe ich Mikey gefahren.«

»Was ist passiert?« Marcus hatte die Befürchtung, dass er sich den Ausgang der Geschichte bereits denken konnte. Dennoch ließ er sie weitersprechen.

»Mir wurde schlecht und ich musste mich übergeben.« Ihre Stimme wurde brüchig. »Dabei sind wir auf die Gegenfahrbahn geraten. Ein Lkw kam um die Ecke einer Kreuzung und der Fahrer sah uns zu spät. Er hupte noch. Gott, ich kann das Geräusch auch jetzt noch hören. Ich höre es ständig ... Mikey, er ... er ...« Sie verfiel in ein heftiges Schluchzen.

»Nur langsam«, flüsterte Marcus ihr beruhigend zu.

»Mich hat man ins Krankenhaus gebracht. Ich hatte nicht mehr als eine aufgeplatzte Unterlippe und ein geschwollenes Handgelenk, weil ich damit gegen das Armaturenbrett geprallt bin, als der Lastwagen in den Ford krachte ... Es war so schrecklich ... Mikey, er starb noch auf der Rückbank im Wagen.«

»Und deine Eltern haben dir die Schuld gegeben?«

Sie schüttelte den Kopf. »Das haben sie nie laut gesagt. Aber ich weiß, dass sie es getan haben. Mikey war zwölf. Ich hätte einfach Nein sagen sollen, obwohl er mich erpresst hat.«

Marcus überlegte kurz, dann sagte er: »Weißt du, ich glaube, deine Eltern machen sich selbst die größten Vorwürfe. Das sagen sie nicht offen, doch so wird es sein. Alle guten Eltern machen das. Sie geben nur selten ihren Kindern die Schuld. Deine Eltern sind doch gute Eltern, oder?«

Sie sah zu ihm auf, ohne etwas zu erwidern. Doch in ihrem Blick erkannte Marcus einen Funken Hoffnung aufkeimen; Hoffnung, er könnte recht haben.

»Ich denke, sie suchen nach dir und machen sich große Sorgen.«

»Sie werden sich ewig Sorgen machen können.«

»Wie meinst du das?«, fragte Marcus.

Sie schniefte. Das Weinen hatte aufgehört. »Das hier überlebt keiner von uns. Dieses behinderte Arschloch lässt uns ganz sicher nicht gehen. Und fliehen können wir auch nicht. Und ... Dann gibt es noch das ... dieses ...«

»Was denn?«

»Du weißt schon.« Ihre Stimme brach. »Dass er uns zum Eierlegen holt.«

»Ich verstehe nicht, was das bedeuten soll.«

Sie schwieg wieder, versank in ihren oberflächlichen katatonischen Zustand. »Das kann ich nicht sagen.« Ihre Stimme war nunmehr ein heiseres Krächzen.

»So schlimm?«

Sie nickte eindringlich. »Ja. Das Schlimmste auf der Welt.«

»Wie alt bist du? Und wie heißt du eigentlich? Meinen Namen kennst du ja schon.« Marcus wollte sie mit dieser Frage vom Thema ablenken. Er sah ihr Unbehagen, und wenn er auch nicht wusste, was sich beim *Eierlegen* zutrug, so wusste er doch, dass sie sich dafür schämte.

»Ich heiße Duong Kim Chi Linh. Die meisten nennen mich nur Kim. Ich bin siebzehn.«

Herrgott! Sie ist wirklich noch ein Kind. Sie hat auch noch keinen richtigen Führerschein, sondern darf nur mit einer Begleitperson fahren. Kein Wunder, dass sie sich Vorwürfe macht, was ihren Bruder betrifft, dachte er.

»Okay, Kim. Wenn du das möchtest, verspreche ich dir, ich unterhalte mich mit deinen Eltern, sobald wir hier rauskommen. Wir kennen uns nicht. Trotzdem bin ich mir absolut sicher, dass du deinem Bruder bestimmt nichts antun wolltest. Eine Mörderin bist du ganz sicher nicht. Stell dir mal vor, wir hätten zwei von der Sorte auf diesem Hof.« Er lächelte, in der Hoffnung, so die Stimmung etwas zu lockern. Es klappte offensichtlich nicht. Deshalb fügte er hinzu: »Ich sehe dir an, dass du deine Eltern vermisst. Und auch deinen Bruder.«

»Ich vermisse sie schrecklich.«

»Ja.«

»Das würdest du für mich tun? Warum?«, fragte sie.

»Vielleicht, weil du mich an mein kleines Mädchen erinnerst. Vielleicht auch nur, damit ich jemanden zum Unterhalten habe, solang wir hier drinnen festsitzen.«

Nun lächelte sie doch. »Du bist schon komisch, weißt du das?«

»Was meinst du?«

Sie deutete auf Christa Zürns Leiche.

»Du hast mit ihr gesprochen, oder? Gestern Abend.«

Marcus runzelte verwundert die Stirn. »Gestern Abend? Woher weißt du, wann es Abend ist?«

Sie deutete auf etwas über oder hinter ihm.

»Da oben hängt eine Uhr. Ich lese nur die Zeit ab. Und für jeden vergangenen Tag lege ich einen Halm Stroh zur Seite.«

»Das heißt, du weißt, wie lange du schon hier gefangen bist?« Er konnte es kaum fassen.

Sie nickte. »Fast drei Wochen.«

»Ach du Scheiße.« Er sprach laut, was ihm nicht bewusst war. »Weißt du auch, wie lange ich schon hier drinnen bin?«

»In diesem Käfig? Drei Tage. Wie viele es in dem anderen Raum waren, kann ich dir nicht sagen. Wenn du die gleichen Drogen bekommen hast wie wir alle, dann schätze ich, es waren auch zwei oder sogar drei Tage. Das Zeug macht ziemlich müde. Manchmal wünschte ich, ich hätte mehr davon. Nur um nicht die ganze Zeit wach zu sein.«

Das Gefühl kenne ich, dachte Marcus.

»Du hast meine Frage nicht beantwortet.«

»Welche denn?«

Sie lächelte. Trotz des Schmutzes auf ihren Wangen hatte sie ein wirklich hübsches Lächeln, das ihre Eltern ganz sicher fest vor Augen hatten, wenn sie an ihre vermisste Tochter dachten. Außerdem war es ein Lächeln, das Kims Tapferkeit zum Ausdruck brachte.

Fast drei Wochen gefangen und dennoch am Kämpfen. Das beeindruckte ihn schwer.

»Ob du mit der Frau gesprochen hast, obwohl sie schon tot war«, sagte Kim.

Er seufzte. »Das habe ich wohl. Ich habe eine ziemlich ausgeprägte Fantasie. Meine Mama sagte früher, ich sei ein Tagträumer.«

Sie lächelte wieder. »Das ist da, wo ich herkomme, ein Lob.«

»Wirklich?«

»Nein. Aber es klingt gut.«

Er lachte. »Du gefällst mir.«

Das tat sie wirklich. Er bewunderte sie sogar ein wenig. Die ganze Zeit, in der er sie beobachtet hatte, hatte sie sich in einem katatonischen Zustand befunden. Doch jetzt offenbarte sie ein ganz anderes Gesicht. Wie ein Clown, nur umgekehrt. Unter ihrer Maske steckte wahrhaft ansteckender Humor.

Ihre Wangen erröteten kurz. Dann ermatteten sie wieder und der ernste Ausdruck kam zurück.

»Hast du dich schon mal für extrem dumm gehalten?«

Er runzelte die Stirn. »Ich denke schon. Wieso fragst du?«

»Weil ich mir dumm vorkomme, hier gelandet zu sein. Dümmer als dumm.«

»Wie kommst du darauf?«

»Ich mache gerade meinen Abschluss am Richard-Wagner-Gymnasium in Baden-Baden. Außer in Chemie und Physik sind meine Noten ziemlich gut. Das waren sie schon immer. In der Siebten nannten mich die Jungs eine Streberin, weil ich als Klassenbeste eine Auszeichnung bekam. Nichts Besonderes, nur eine große Tafel Schokolade und eine Urkunde. Dennoch wollten die wenigsten etwas mit mir zu tun haben. Deshalb auch die Partys. Zumindest glaube ich, dass sie daher kommen. Mir war es zu blöd, nur die Streberin der Klasse zu sein, ich wollte auch dazugehören, wollte Spaß haben.«

Marcus überlegte, ob er ihr sagen sollte, dass er ihr Verhalten als ganz gewöhnlich empfand. Jugendliche in ihrem

Alter wollen dazugehören, und dafür sind viele bereit, ihren Erfolg für ein bisschen Spaß schleifen zu lassen.

Doch er sagte nichts. Sie machte den Eindruck, als täte ihr das Reden gut. Auf ihrem Gesicht bildete sich ein wenig mehr Farbe und sie wirkte nicht mehr so sehr in sich gekehrt.

»Nach der Sache mit meinem Bruder hörten die Partys nicht auf. Im Gegenteil. Ich bin bei einer Freundin untergekommen. Sandra. Sie ist die Coolste der Klasse, trägt die tollsten Klamotten und ist bei allen beliebt. Außerdem trinkt sie. Ständig.«

»War sie es, die dich dazu überredet hat zu trinken?«

»Überredet hat? Nein. Ich wollte es selbst. Nur um nicht an den Streit daheim denken zu müssen.«

Das kommt mir irgendwie bekannt vor, dachte Marcus.

»Ich hab's übertrieben ... an dem Abend, als dieser Mann mich schnappte. Ich vertrag eh nicht viel, und da ich nichts gegessen hatte, wirkten schon die ersten zwei Cocktails ziemlich heftig. Wir saßen in Sandras Gartenhaus. Es ist beheizt und man kann ziemlich gut darin feiern, weil mindestens zehn Leute reinpassen. Tilmann, einer aus unserer Stufe, legte gerade *Gangnam Style* von Psy auf und alle fingen an zu tanzen. Ich wollte nicht, weil ich nicht in der Stimmung war, aber Hannes kam auf mich zu und überredete mich. Ich schätze, er hatte an dem Abend ziemlich leichtes Spiel mit mir. Ich war traurig wegen meines Bruders, sauer auf meine Eltern und betrunken. Tolle Mischung. Jedenfalls zog er mich auf die Tanzfläche – eigentlich standen dort Tische und Stühle, aber die haben wir beiseitegeschoben – und versuchte mich zu animieren. Jedenfalls glaubte ich das. Letztlich stellte es sich aber heraus, dass ...«

Sie stoppte und Marcus erkannte, wie schwer es ihr fiel, ihre Geschichte zu erzählen. Um sie nicht zu beeinflussen, sagte er nichts, obwohl er sich bereits denken konnte, was geschehen würde, und er Kim am liebsten in den Arm genommen hätte. Eine typische Feier unter Jugendlichen, die ein wenig ausartet, dachte er sich. Wie viele von diesen Feiern hatte er zu seiner Schulzeit miterlebt?

»Er begrapschte mich«, sagte Kim mit einem Mal. »Ich trug einen kurzen Rock und ich spürte, wie er mit seinen Fingern die Rückseite meiner Oberschenkel entlang nach oben wanderte. Ich versuchte ihn von mir wegzustoßen, doch ... Er hielt mich fest. Sehr fest. Ich versuchte weiterhin, ihn von mir wegzustoßen, doch er machte einfach weiter. Es interessierte ihn nicht, was ich wollte. Er griff einfach zu. Es war so eklig.« Wieder lag Kummer in ihrer Stimme, doch es flossen keine Tränen. »Ich hoffte, die anderen würden mir helfen, doch als ich mich umsah, begriff ich, dass sie nichts tun würden. Ich wehrte mich gegen ihn, doch keiner, der uns zusah, tat etwas ... Bis Tilmann es mitbekam. Tilmann wusste, in welcher Lage ich mich befand, weil seine Eltern und meine miteinander befreundet sind. Er wusste auch von Mikes Tod. Er kam auf uns zu und fragte Hannes, was das solle. Hannes beschwor, dass ich es doch wolle, und griff mir wieder an den ... Die beiden begannen sich zu streiten und zu prügeln. Die anderen standen entweder nur herum oder feuerten die beiden sogar noch an. Ich konnte ihnen nicht zusehen. Ich war Tilmann dankbar, aber ich konnte nicht warten. Ich ging ins Nebenzimmer – so eine Art Gästezimmer, wo ich meine Klamotten hatte – und zog mir meine schwarze Hose und meinen weißen Pullover an ...«

Die Sachen, die sie jetzt noch am Leib trägt, stellte Marcus fest.

»... und ging. Ich bin einfach gegangen, ohne jemandem Bescheid zu sagen. Sandra wohnt in der Südstadt, doch die S-Bahn-Haltestelle ist ein ganz schönes Stück entfernt. Ich fror. Der Wind war so heftig, dass er mir ständig Schnee ins Gesicht und in den Kragen wehte. Dann hielt das Auto.«

»Es war Gal, nicht wahr?«

Kim nickte langsam und eindringlich. Als sie weitersprach, flüsterte sie nur mehr. »Ich hab das getan, was man nie machen sollte. Ich bin bei einem Fremden ins Auto gestiegen. Er hat gemerkt, dass ich ziemlich betrunken war. Wahrscheinlich bot er mir deshalb auch die Flasche an.«

»Die Flasche?«

»Nur Wasser. Ich dachte, dass das total nett von ihm sei. An dem ganzen Abend war außer Tilmann niemand nett zu mir gewesen. Außerdem war die Flasche zu. Nicht nur zu. Das schmale Band am Flaschenhals war sogar noch mit dem Deckel verbunden. Ich musste fest drehen, um es aufzubekommen.«

»Wahrscheinlich hat er die Drogen mit einer Nadel durch den Deckel getrieben«, mutmaßte Marcus. »So ein Aas!«

Kim zuckte mit den Schultern. »Wahrscheinlich, ja. Jedenfalls fühle ich mich deshalb total dumm. Wer steigt heutzutage schon bei einem Fremden ins Auto ein? Meine Eltern haben mich schon als kleines Kind davor gewarnt.«

Das ließ Marcus an Tina denken. Ihr würde er solche Dinge noch beibringen müssen. Vorausgesetzt, er kam hier raus.

»Mir erging es nicht viel anders«, bemerkte plötzlich eine neue Stimme. Es war die Frau neben Kim. Sie hatte schmutziges dunkelblondes Haar, das an mehreren Stellen so licht war, dass sie es sich nur ausgerissen haben konnte. Auf ihren kantigen Wangenknochen zeugten mehrere rote Striemen von ihren eigenen Fingernägeln. »Mich hat er auch eingesammelt. Saß ganz bequem mit meinem Merlin am Indianerbrunnen in der Südstadt, wo ich jeden Abend verbringe. Hab ein Bier getrunken und Merlin das Fell gestreichelt, als er plötzlich auftauchte. Er meinte, er habe eine kleine Spende für mein Hundchen und reichte mir eine Dose Nassfutter und eine Flasche Flensburger für mich. Ente mit Kürbis, stand auf der Futterdose. Absolut exquisit. Ich bedankte mich bei ihm und freute mich für Merlin, der so was nur an

Weihnachten bekommt, wenn ich durch die vielen kaufeifrigen Passanten etwas besser bei Kasse bin. Ich machte ihm die Dose direkt auf. Er schleckte sie bis auf den letzten Brocken aus. Keine zwei Minuten später fing er an zu jaulen. Vor Schmerzen, nicht weil er noch mehr von dem Zeugs wollte. Er krümmte sich, erbrach sich, zuckte mit den Pfoten. Ich wunderte mich, was nur los sei, und versuchte ihn zu beruhigen, da versuchte er mich zu beißen. Das hatte er noch nie getan. Merlin liebt Menschen, er würde keiner Fliege etwas zuleide tun.« Sie kratzte sich mit den Nägeln über die roten Wangen. »Kurz darauf war er tot, mein Merlin. Und ich merkte auch schon was. Natürlich hatte ich mir das Bier längst geöffnet und einen Teil getrunken. Flensburger ist für mich eigentlich zu teuer, und so was Gutes soll man ja nicht verkommen lassen. Als ich wieder zu mir kam, saß ich hier drinnen.«

Marcus schluckte schwer, als sich bereits die Nächste zu Wort meldete. Wie bei der Vorstellungsrunde einer Gruppentherapiesitzung, begann eine Frau nach der anderen zu reden und Marcus hörte sich Geschichte um Geschichte an. Es gab jedoch keine, die ihm so naheging wie die von Kim. Obwohl sie sich nicht kannten, war sie ihm bereits jetzt ans Herz gewachsen. Auch ihre Eltern. Er stellte sich vor, welchen Kummer und welche Sorgen sie erleiden mussten, und ihm wurde schwer ums Herz.

»Er kommt!«, rief plötzlich jemand.

Kim blickte über Marcus' Kopf hinweg zur Uhr. Ihre Augen wuchsen zu Billardkugeln an. Sofort versank sie wieder in ihrer Embryonalstellung.

»Was ist? Was ist los?«, rief Marcus.

»Es ist wieder so weit«, antwortete sie zitternd. »Das Eierlegen beginnt.«

11

»Es wird schrecklich für sie werden, nicht wahr?«, sagte er in den Raum, als die Frauen den Stall verlassen hatten.

Wilko hörte ihn. »Das nehme ich an. Wüsstest du gern, was er mit ihnen anstellt?«

»Ja. Und irgendwie auch nicht. Ich bin mir nicht sicher, ob ich nicht vor Wut ausrasten würde, wüsste ich es.«

»Ausrasten solltest du dann, wenn dieser Drecksack genau vor dir steht und kein Gitter euch trennt. Das wär der beste Zeitpunkt dafür, um uns alle aus dieser Scheiße rauszuholen.«

»Mein Bein würde mir im Weg stehen.«

»Ist es entzündet?«

»Ich glaube nicht. Solang ich es ruhig halte, spüre ich nur wenig. Mein Körper scheint sich allmählich an die Schmerzen zu gewöhnen. Wobei das auch die Ruhe vor dem Sturm sein kann, von dem ich noch nichts weiß.«

»Mhm. Bis zu einer richtigen Infektion kann es einige Tage dauern. Fünf bis zehn, soweit ich weiß. Wollen wir das Beste hoffen.«

»Das Beste wäre, wenn es irgendeiner von uns hier rausschaffen würde, um die Polizei zu alarmieren. Ich hatte ein Handy bei mir, als ich an Gals Tür klingelte. Es steckte in meiner Jackentasche. Wenn Gal sie nicht entsorgt oder das Handy zerstört hat, müsste es noch bei ihm im Haus sein. Ich traue ihm zu, dass er seinen eigenen Anschluss gekappt oder abgemeldet hat. Für was braucht jemand wie er schon ein Telefon?«

»Um nicht aufzufallen.«

»Wie meinst du das?«, wollte Marcus wissen.

»Nun, ich kannte Eddie Gal schon, bevor ich seine Bekanntschaft geschlossen habe.«

»Was?«

»Bin ihm öfter mal bei Raiffeisen oder in der Stadt in Bars begegnet. Dort hatte er mich auch aufgegabelt, nachdem ich mir Hirn und Verstand mit Bier und Schnaps betäubt hatte. Kennst du die Pinte in der Leopoldstraße?«

»Nein.«

»Na, macht nichts. Jedenfalls bin – war – ich Stammgast. Früher ging ich nach der Arbeit auf dem Bau dorthin. Der Wirt ist ein netter Kerl namens Ralph und die Gäste sind auch okay. Keine Raufbolde oder so was, eher die Arbeiterfraktion, die sich nach getanem Geschäft ein kaltes Bier gönnt. Jedenfalls war ich an jenem Tag auf dem Heimweg, überlegte in der Straßenbahn jedoch – ich fahr nie mit dem Auto ins Geschäft, viel zu viel Verkehr –, ob ich gleich nach Hause zu Crispy, meiner Katze, fahren oder nicht lieber doch in der Pinte vorbeischauen sollte. Da ich im Kühlschrank kein Bier mehr hatte, fiel mir die Entscheidung nicht sonderlich schwer. Ich fuhr also bis zum Mühlburger Tor, atmete ein paar Schritte frische Stadtluft, und als ich in der Pinte ankam, saß da auf meinem gewohnten Barhocker Eddie Gal. Er blickte mich verstohlen an, und es war fast so, als hätte er auf mich gewartet.

Ich fragte ihn nicht, ob er einen Platz weiterrutschen könne, damit ich meinen Barhocker bekäme, und setzte mich ans Ende des Tresens, und das aus einem ganz offensichtlichen Grund – er war mir nicht ganz geheuer. Gal, nicht der Barhocker. Der Ausdruck auf seinem Gesicht ...«

»Diese Nach-innen-Gekehrtheit?«

»So kann man es wohl beschreiben, ja. Wenn man in das Gesicht von jemandem blickt, erkennt man normalerweise irgendwelche Charakterzüge, manchmal erfährt man sogar eine ganze Geschichte. Aber in Eddie Gals Gesicht sah ich nichts. Seine Augen waren – sind so ... so ... Wie ein Abgrund, dessen Ende sich im Dunkel verbirgt.«

»Ich weiß, was du meinst. Wie kam es dazu, dass du hier gelandet bist?«

»Nun, er saß eine ganze Weile in meiner Nähe, sagte nichts, brütete über seinem Glas. Dabei bemerkte ich, wie er ständig zu mir herübersah. Als überprüfe er mich auf Tauglichkeit. Nicht viel anders, als würde man sich mehrmals ein Auto ansehen. Und dann stellte Ralph – der Barkeeper, weißt du noch? – ein Bier vor meine Nase. Er deutete auf den Fremden am anderen Ende des Tresens, denn bis dahin war Eddie Gal für mich nicht mehr als ein Fremder, der sich rein zufällig meinen Sitzplatz geschnappt hatte. Ich sah auf und Gal hob sein Glas, wie um jemandem zuzuprosten. Da außer uns niemand am Tresen saß, konnte er nur mich meinen. Ich erwiderte seinen Toast und ging zu ihm hinüber, um mich für das Bier zu bedanken und um zu fragen, womit ich seine Güte verdient hätte. Er sagte, es störe ihn schlicht, allein zu trinken; es mache keinen besonderen Spaß. Das war etwas, das ich verstand. Zwar konnte ich es auch genießen, ein Bier zu trinken und dabei kein Wort zu sagen, auch nicht zu Ralph, doch Gal gehörte offenbar zu der Sorte Mensch, die beim Trinken Gesellschaft brauchen.«

»Ihr habt euch unterhalten?«, fragte Marcus.

»Ja. Tatsächlich taten wir das. Es war ein sonderbares Gespräch. Unaufhörlich erwähnte er seine Mutter, bei der er angeblich lebt. Ich sah ihn mir an und sagte, dass seine Mutter schon in einem stolzen Alter sein müsse, weil ich ihn für über sechzig schätzte. Er meinte jedoch, er sei erst einundfünfzig, und obwohl ihn seine Mutter verhältnismäßig spät bekommen habe, sei sie noch gut in Schuss. Er meinte damit wohl, dass es ihr noch ganz gut gehe. Aber weißt du, was? Ich glaube, er hat gelogen. Ich glaube, entweder lebt seine Mama nicht mehr oder sie hat ihn, als sie begriff, was für ein Monster sich in ihrem Sohn verbirgt, sitzen lassen. Welche Mutter will schon mit so einem Arschloch unter einem Dach leben? Wäre ich wie er, würde meine Mama im Sarg vor Entsetzen einen Stepptanz aufführen, der den Marmorsockel über ihrem Grab zum Umstürzen brächte, das kannst du mir glauben!«

»Was ist passiert? Hat er dich abgefüllt?«

Wilkos Stimme wurde wieder sachlich und Marcus hörte leichte Resignation darin. »Nein. Ich war nie ein Berufstrinker, kann jedoch einiges vertragen. Vielleicht ist ihm das aufgefallen und er änderte seinen Plan, keine Ahnung. Ist im Endeffekt auch nicht von Belang.« Er seufzte tief. »Nein, nein. Wir redeten noch eine Weile. Er zumeist über seine Mutter, für die er offenkundig mehr empfand als für alle Frauen dieser Welt zusammen, und ich quatschte über dies und jenes, meine Katze, die zu Hause auf mich wartete, meine Arbeit, das Wetter – Small Talk eben. Es kam noch nicht einmal zu einem interessanten Gespräch über Politik oder Wirtschaft oder so was. Ich glaube, er hat davon keine Ahnung, und zu dem Zeitpunkt wollte ich ihn nicht auf die Probe stellen. Jedenfalls leerte er irgendwann sein drittes oder viertes Bier und meinte, er müsse nun gehen. Er könne seine Hühner genauso wenig lange unbeaufsichtigt lassen wie seine Mutter. Ich lachte, weil ich glaubte, es handelte sich dabei um einen Scherz. Er stand jedoch ungerührt da und sah mich finster, fast boshaft an. Ich entschuldigte mich für meinen Ausbruch, ich hatte ihn nicht kränken wollen, da schwirrte er ab.

Ralph kam auf mich zu und fragte mich, wer der komische Kauz gewesen sei, und ich antwortete: Keine Ahnung. Ich sagte, er heiße Eddie Gal und liebe seine Mama und seine Hühner mehr als ein Hund einen Knochen, an dem Fleisch hängt. Darauf lachte er und goss mir zum Dank ein frisches Bier ein.

Als ich es ausgetrunken hatte, wollte ich mich auf den Heimweg machen. Es war schon spät am Abend und draußen fielen die ersten Schneeflocken. Sie blieben noch nicht liegen. Allein dass es schneite, kam mir einem Wunder gleich. Karlsruhe zählt zu den wärmsten Orten in Deutschland, und sieh dir an, wie es da draußen aussieht. Von Klimaerwärmung keine Spur.

Jedenfalls knöpfte ich mir gerade meine Jacke bis zum Hals zu und ging los. Crispy wartete auf mich. Sie ist eine Hauskatze und von daher kann sie sich nicht selbst versorgen ... Sie wird längst gestorben sein, vermute ich. Arme Crispy. Hatte sie aus einem Tierheim gerettet, als sie noch ein Baby gewesen war und keinen Namen trug. Hätte ich mich damals nicht von ihrem traurigen Maunzen einlullen lassen, wäre sie heute womöglich noch am Leben. Irgendjemand hätte sie bestimmt aufgenommen, da bin ich mir ganz sicher. Ist ein liebes Tier.«

Der Kummer in seiner Stimme rührte Marcus. Man konnte ganz klar hören, wie viel ihm Crispy bedeutete – bedeutet hatte, insofern sie wirklich gestorben war.

In der Wohnung eingesperrt wie ihr Besitzer in diesem Käfig. Geteiltes Leid ist halbes Leid.

»Jedenfalls war ich fast zu Hause angekommen, als es passierte. Ich wohne in der Nähe vom Hauptbahnhof, wo immer was los ist. Vor dem Haupteingang gab es irgendeinen Vorfall. Von meiner Haustür aus konnte ich Blaulicht erkennen und eine Menschentraube, die sich um irgendwas auf dem Boden versammelt hatte. Ich wandte mich meiner Haustür zu, steckte gerade den Schlüssel ins Schloss, und da spürte ich, wie mir plötzlich schwindelig wurde. Heute glaube ich, er hat mir das Medikament, oder was es auch war, in mein Bier getan, als ich weggesehen oder aufs Klo gegangen war. Ich nehme an, der Alkohol hat die Wirkung verzögert. Anders kann ich mir nicht erklären, wie Gal es anstellte.«

»Er war bei dir, stimmt's?«

»Ja. Als ich mich am Geländer haltend herumdrehte, stand er da, fuhr sich mit der Zunge über die gottverdammten Schneidezähne, als lutschte er die Reste seines Abendessens aus den Spalten, dann packte er mich. Ich versuchte zu schreien, irgendeinen der Nachbarn wach zu rütteln, damit er die Polizei rufen konnte. Doch aus meiner Kehle kam nicht mehr als ein Luftzug. Ich spürte, wie es mir den Atem abschnürte, wie in meinem Hals ein Klumpen von ungeheurer Größe heranwuchs. Ich glaubte, ich müsse sterben, gleich auf den drei Stufen vor meiner Wohnung. Doch das geschah nicht, wie du sehen kannst. Irgendwie hat der Drecksack es geschafft, mich am Leben zu halten, um mich dann vielleicht doch umzubringen.« Er klang matt, abgehärmt. »Er schleifte mich zu seinem Auto und legte mich auf die Rückbank. Was für ein Schlitten es war, kann ich nicht sagen. Ich glaube, ein alter Opel, möglich wär's zumindest. Jedenfalls fuhr er mit mir hierher und steckte mich zuerst in den Nebenraum, dann in diesen verfluchten Käfig. Später schnitt er mir ...« Er hielt inne. »Nun, wenn wir uns irgendwann einmal zu Gesicht bekommen, wirst du sehen, was er mir abschnitt.«

Was er mir abschnitt, rezitierte Marcus in Gedanken und erschauderte. Automatisch fragte er sich, um was es sich dabei wohl handeln mochte. Glücklicherweise lenkte Wilko ihn sofort von verschiedenen schmerzhaften Vorstellungen ab.

»Wie bist du hier gelandet?«, fragte Wilko. »Du sagtest vorhin, du hättest tatsächlich an seiner Tür geklingelt. Wirklich? Dem beißwütigen Köter direkt vors Maul?«

»Ja«, gab Marcus zu. Dann begann er Wilko seine Geschichte zu erzählen. Er sprach auch über David und spürte dabei, wie sehr ihm sein Freund fehlte. Junkie oder nicht, David war ein guter Kerl gewesen.

Als er am Ende seiner Geschichte angelangte, kam er auf etwas ganz anderes zu sprechen. Er fragte Wilko, ob er Kenntnisse in Chemie habe. Wilko fragte verdutzt, weshalb das wichtig wäre, und dann erzählte Marcus ihm auch von seinem Plan. Er konnte nur hoffen, dass Gal sie nicht hören konnte. Doch ein Abhörsystem oder Kameras? Hier im Stall? Das klang zu sehr nach Hollywood.

»Dein Plan klingt interessant«, sagte Wilko nach einer Weile. »Hat nur einen Haken. Selbst wenn du es schaffst, aus deinem Käfig zu entkommen – du hast ein verletztes Bein. Wie willst du es bei diesem Scheißwetter bis zurück in die Stadt schaffen?«

»Ich brauche die Stadt nicht zu erreichen. Ich muss nur an ein Telefon oder mein Handy gelangen. Das wäre die halbe Miete. Gal zu überwältigen würde ich den Bullen überlassen. Das kommt mit meiner Verletzung nicht infrage.«

»Davon hätte ich dir auch abgeraten. Was meinst du, wie lange es dauert, bis der Rost den Käfig so weit angegriffen hat, dass du einen der Stäbe herausbrechen kannst?«

»Das weiß ich nicht. Ich hoffe, es geht schnell. Schnell genug jedenfalls.«

Das Tor ging krachend auf. Sofort schwiegen beide Männer. Mit einer blitzschnellen Bewegung schnappte sich Marcus das Projektil. Er ließ es in seiner Hosentasche verschwinden.

Wie am Tag zuvor, kamen die Frauen in einer Reihe zum Tor herein. Bei ihrem Anblick durchlief Marcus eine Welle der Wut. Zwei von ihnen hatten frische Schürfwunden im Gesicht; eine hatte eine geschwollene, blutige Unterlippe, eine humpelte und Kim ...

Kim war nicht unter ihnen.

12

»Was haben Sie mit ihr gemacht?«, schrie Marcus außer sich. »Was haben Sie mit dem armen Mädchen angestellt?«

Eddie Gal schloss den letzten von acht Käfigen und warf Marcus einen ausdruckslosen Blick über die Schulter zu.

»Der Hahn kräht heute mächtig laut, findest du nicht?«, sagte er zu der Frau im Käfig.

»Was hast du mit Kim gemacht, du Bastard? War sie dir nicht gut genug? Hat sie keine Eier gelegt wie Christa? Du mieses Schwein, wenn ich dich in die Finger kriege ...«

Gal drehte sich so plötzlich herum, dass Marcus zusammenfuhr. Über seiner Gürtelschnalle steckte der Revolver. Wie ein Cowboy schritt er auf Marcus zu, zückte die Waffe in einer geübten, flüssigen Bewegung und richtete den Lauf direkt auf den Mann im Käfig. Marcus starrte in das dunkle Loch und begriff sofort, dass sein Aufstand von kurzer, sehr kurzer Dauer sein konnte. Das hier konnte sein Ende bedeuten. Es brauchte nicht mehr als ein Zucken von Gals Zeigefinger, und eine 45er Kugel würde ein so großes Loch in seinen Schädel reißen, dass von seinem Gehirn nicht viel mehr als müsliflockengroße Brocken übrig bleiben würden.

Zitternd verzog er sich in die hinterste Ecke des Käfigs. Sein Knie heulte bei dem Versuch, es zu beugen und an seinen Körper zu ziehen.

Er hatte nicht nachgedacht. Zwei, drei Sekunden lang hatte er sein Gehirn auf Stand-by laufen lassen und alles, was ihm auf der Seele lag, hinausgeblasen. Und jetzt?

Es war zu spät, um etwas daran zu ändern.

Der Revolver in Gals Hand zitterte leicht. In seinen grünen, weit aufgerissenen Augen stand blanke Wut geschrieben. Er biss sich auf die Innenseite seiner Wangen und öffnete die Lippen, was sein Gesicht verrückterweise aussehen ließ, als wollte er einen Fisch imitieren.

O Jesus, warum konnte ich nicht die Klappe halten? Warum musste ich mein verdammtes Maul aufreißen?

Marcus befürchtete das Schlimmste.

Doch auf einmal entspannte sich Gals Ausdruck wieder. Seine Lider sanken auf die gewohnt träge Höhe herab. Die gestraffte Haut um seinen Mund erschlaffte. Zwei, drei Sekunden vergingen, nicht weniger Zeit, als Marcus' Vernunft ausgesetzt hatte, um dieses Arschloch anzupöbeln, dann lachte Gal schallend los.

»Hast geglaubt, ich würd dich erschieß'n, hä? Hast gedacht, ich würd's wirklich tun.« Eine weitere Lachsalve. Sein Brustkorb hüpfte, als hätte er einen Frosch verschluckt. »Aber ich sagt' dir doch schon – Eddie Gals Mama hat keinen Dummkopf nich' erzogen. Sie weiß genau, was zu tun is' und was nich'. Und es wär dumm von mir, den jüngeren Hahn von beiden zum Deifel zu jagen, wo's doch viel schwerer is', 'nen Hahn einzufangen als 'ne Henne. Brauchst dir also keine Sorgen nich' zu machen. Wollt dir nur zeigen, wer der wahre Hahn in diesem Korb is'.« Er lachte, als wäre das der beste Scherz, den er je gemacht hatte. Dann steckte er den Revolver zurück in den Bund seiner Hose. Es war eine Arbeiterhose in Grün, wie sie viele Landwirte trugen, solche Arbeitshosen, die beim Bücken rutschten und an manchen Stellen quetschten. Marcus hoffte, dass Eddie Gals Mama doch einen dummen Jungen erzogen hatte, der sich vielleicht die Schuhe binden musste, sich bückte, und ehe er eine Schlaufe binden konnte, die Eier weggepustet bekam.

»Kannst dich beruhigen«, sagte Gal und fuhr sich über die Schneidezähne. Sein Mund blieb dabei geschlossen, die Oberlippe wölbte sich. Und Marcus fiel wieder auf, dass er diese Angewohnheit auf zwei unterschiedliche Weisen tat. Mit geschlossenem Mund, wenn er der Eddie war, der aussah und sprach, als hätte er als Kind einen Vorschlaghammer auf den Scheitel bekommen, und mit offenem Mund, wenn er klar bei Sinnen – bei Verstand konnte man nicht sagen – und vor allem mordlüstern war. Unwillkürlich dachte Marcus an einen Ofen, dessen Feuer bei geschlossenem Luftschacht niedrig bis gar nicht brannte und bei geöffnetem Luftschacht heulend auflogerte.

Beide Male, als Gal abgedrückt hatte (ihm ins Bein und Christa in den Schädel), hatte er den Mund geöffnet gehabt. Es mochte sich dabei um einen Zufall handeln, doch das glaubte Marcus nicht. Er glaubte, dass er richtiglag. Viel brachte es ihm zwar nicht, das zu wissen, doch war es nicht gut, die Gewohnheiten seines Feindes zu beobachten und gegebenenfalls aus ihnen zu schöpfen? Recht ist es, vom Feind zu lernen, und lerne deinen Feind besser kennen als dich selbst, und so weiter und so weiter?

Marcus dachte: *Vielleicht hast du noch mehr Angewohnheiten, womöglich sogar ganze Rituale, die du gern wiederholst. Ich bin mir ziemlich sicher, dass du das tust. Jeden Tag, würde ich wetten. Vielleicht nur, dass du dir jeden Morgen um acht die Zähne putzt, vielleicht bloß das Mittagessen pünktlich um zwei, einerlei. Du bist ein Mann der Rituale, Eddie, stimmt's? Ein Mann, der zu dämlich ist, um unkoordiniert in den Tag zu starten. Von wem hast du das wohl? Von deiner lieben alten Mami, die dir als Kind den Arsch abgewischt hat, wenn du Kacka gemacht hast? War sie es? Oder war es Papa, der dir jeden Sonntag pünktlich nach der Kirche einen Einlauf verpasste, der sich gewaschen hat?*

Marcus spürte den Zorn in sich Funken schlagen wie in einem Hochofen. Er schwor sich, dass er es dem Bastard heimzahlen würde.

Schwer atmend fragte er: »Was hast du mit ihr gemacht?«

Gal grinste. »Nichts. Noch nich'. Sie hat gute Arbeit geleistet. War beim Eierlegen die Beste. Und ich dacht' mir, so was muss belohnt werden.«

»Belohnt? Was heißt das?« Der Zorn in ihm verwandelte sich abrupt in Entsetzen. Gals Blick gefiel ihm nicht. Er gefiel ihm überhaupt nicht. Was er auch mit *belohnt* meinte, es konnte nichts Gutes bedeuten.

»Hab sie ins Haus gebracht. Die besten Hennen wandern ins Haus. Dort kann ich mich ganz besonders um sie kümmern.«

Marcus schluckte schwer.

»Und sie können Mama Gesellschaft leisten. Mama liebt ihre gefiederten Freunde. Sie liebt sie so sehr wie ich mein Gulasch.« Er leckte sich über die Lippen. Und lachte.

Er wandte sich ab. Über die Schulter sagte er: »Sieh besser mal nach ihr. Und kümmer mich ein wenig um sie. Ist noch ein so junges Ding. Und soo ... talentiert.«

Er ging.

Neben sich stehend, betrachtete Marcus den leeren Käfig auf der gegenüberliegenden Seite des Stalls. In der hinteren Ecke sah er die Reihung Strohhalme, die die Tage abzählten wie ein Kalender. Die Frauen schwiegen. In der Stille ihres Leidens leckten sie ihre Wunden wie tierische Kriegerinnen nach einem Kampf.

Nicht zum ersten Mal dachte er darüber nach, was es bloß mit diesem Eierlegen auf sich hatte. Doch er fand keine Antwort – keine, die Eddie Gal entsprach. Es konnte sich dabei um alles Mögliche und nichts handeln. Wobei es offensichtlich war, dass es sich nicht um nichts handelte.

Zu Hause wäre er bei solchen Überlegungen im Kreis gelaufen. Eine *seiner* Angewohnheiten, die er sich schon als Kind angeeignet hatte, wie das Anziehen einer frischen Unterhose nach dem Aufwachen. Doch selbst wenn sein Bein in Ordnung gewesen wäre, hätte er nicht umherspazieren können. Der Käfig ermöglichte es ihm nicht. Der Käfig war schuld daran, dass er nicht handeln konnte. Der Käfig hinderte ihn daran, etwas zu unternehmen. Der Käfig ... der Käfig ... *der Käfig*.

Marcus betrachtete die Pfütze seines Urins in der hinteren Ecke. Winzige Brocken Dreck und Rost schwammen darin umher wie Kaulquappen in einem Teich. Auf der stillen Oberfläche spiegelten sich die Gitterstäbe und das von der Decke herabfallende Licht.

Wie komme ich hier raus?, fragte er sich. Und während er sich das fragte, begann er, mit einem Strohhalm auf dem Boden kleine Rillen in den Schmutz zu kratzen.

Wie komme ich hier raus? Das Schloss knacken? Ohne Bolzenschneider unmöglich! Und ich bezweifle, dass Herr Gal so nett wäre, mir einen zu borgen.

Er überlegte, ob er es wagen sollte, Gal bei der nächsten Gelegenheit zu überrumpeln, ihn, wenn er nahe seinem Käfig stand, an den Hosenbeinen zu packen, ihn wie in einer Slapstickkomödie zu Fall zu bringen und den Revolver an sich zu reißen.

Allein die Vorstellung war irrwitzig. Das würde niemals klappen. Gal konnte sich frei bewegen, während er sich noch nicht einmal aufrichten konnte. Und selbst wenn es ihm gelänge, Gal zu Fall zu bringen, müsste er schon auf den Hinterkopf krachen und das Bewusstsein verlieren. Andernfalls brauchte er nur seine Waffe aus dem für Marcus unerreichbaren Hosenbund ziehen und abdrücken.

Vielleicht würde er nicht Marcus' Kopf treffen, womit sich all seine Wut, seine Sorgen und seine Sehnsucht nach Tina mit einem Schlag (*Schuss*) auflösen würden, sondern seine Schulter oder seine Brust. Der Tod wäre unausweichlich, aber er würde auf sich warten lassen, o ja, das würde er, und Marcus würde den Verstand verlieren, während sich sein Blut aus seinem Körper stahl, er würde kreischen, vor Schmerzen wimmern und sich wieder und wieder ins Gedächtnis rufen, wie er nur hatte so dumm sein können, es auch nur zu versuchen.

»Du bist ein Feigling, weißt du das?«, sagte Christas Stimme. Sie lag auf dem Boden. Inzwischen wurde ihr ganzes Gesicht von mehreren Schmeißfliegenfamilien bewohnt. Der Geruch ihres verwesenden Fleisches breitete sich aus. Sie bewegte den Mund, was keine der Fliegen auch nur ansatzweise irritierte. Sie blieben auf ihr sitzen wie Felsen an einer von Gischt überschäumten Bucht.

»Wie willst hier rauskommen, wenn du dir schon, bevor du etwas unternimmst, in die Hosen machst?«

Marcus sagte nichts, dachte nichts. Er kannte die Antwort.

Gar nicht.

»Wäre es also nicht ratsam, etwas zu unternehmen? Wäre es nicht klug, zu versuchen, deinen Arsch aus dieser Legebatterie zu bekommen und zu verduften? Hast du bemerkt – das Stalltor ist nicht einmal abgeriegelt. Gal scheint auf seine selbst gebauten Käfige zu vertrauen. Auch auf die Schlösser und sein Erinnerungsvermögen. Er kontrolliert sie nicht einmal. Einmal geschlossen – für immer zu. Das denkt er sich. Und liegt er damit richtig? Was wäre, wenn ein Gesundheitsinspektor zufällig durch die Gegend fährt, das Bauernhaus sieht und sich denkt, ach, ich könnt doch mal eben kurz nachsehen gehen, ob auch alles den staatlichen Vorschriften entspricht? Und als er hier ankommt und bemerkt, dass der Stall nicht abgesperrt ist, denkt er, er könne doch mal eben einen kurzen Blick reinwerfen. Das würde genügen, um einen ersten Eindruck zu bekommen. Auf jeden Fall. Es würde genügen.«

»So etwas wird nicht geschehen«, sagte Marcus. »Das ist ebenso unreal, wie dass die Amerikaner eine Drohne über die Antarktis schicken und Bilder von Mammuts einfangen. Das wäre meiner Ansicht nach sogar das wahrscheinlichere Szenario.«

»Ist das dann nicht Grund genug, selbst etwas zu unternehmen?«

»Wie denn? Was soll ich denn tun? Ich habe nichts, womit ich diesen beschissenen Käfig aufbekomme!«

»Wirklich? Bist du dir sicher?«

»Ja, verdammt!«

»Ich an deiner Stelle wäre mir da ganz und gar nicht sicher. Hast du dir dein Gefängnis denn mal richtig angesehen?«

»Was soll ich mir da ansehen, es besteht aus massivem Eisen. Das Arschloch hat nicht einmal Stahl verwendet, sondern echtes, massives Eisen!« Er hörte Zorn aus seiner eigenen Stimme sprechen. Es kümmerte ihn nicht, dass die anderen seinen Wortwechsel mit der Toten hörten. Marcus war nun ganz in dieses Gespräch vertieft.

»*Ach wirklich?*«

»Ja, gottverdammt noch mal! Und jetzt lass mich in Ruhe!«

Doch sie ließ ihn nicht in Ruhe. Sie nörgelte, und das quälte ihn in diesem Moment weitaus mehr als der Schmerz seiner Schusswunde.

»*Ich lasse dich doch in Ruhe. Seit zwei Tagen lasse ich dich in Ruhe. Siehst du, ich rege mich nicht einmal. Ich liege mausetot auf diesem dreckigen, nach Urin und Scheiße stinkenden Stallboden. Und dir wird es auch so ergehen, mein Lieber ... Wenn du nicht etwas unternimmst.*«

»Was? Was soll ich unternehmen?«, schrie er. »Soll ich an den Gittern rütteln wie ein Affe an einer Palme, um Kokosnüsse herunterregnen zu lassen, mit denen ich diesen Wichser bombardieren kann? Was? Was soll ich tun? Wenn du deine Klappe unbedingt aufreißen musst, dann sag mir gefälligst auch, was ich tun soll!«

Sie sagte nichts mehr. Kein Ton entsprang ihrer toten Kehle. Sie lag nur da, starrte ihn aus einem matten Auge an und ließ die Fliegen leise kriechend ihre Arbeit tun. Der Anblick bereitete Marcus einen solchen Frust, dass sein Puls in die Höhe schnellte. Ohne über die Folgen für sein Bein nachzudenken, trat er gegen die Gittertür. Ein Donner krachte durch den Raum. Der ganze Käfig vibrierte. Ein jäher Schmerz durchfuhr sein rechtes Bein, wenngleich er mit dem linken zugetreten hatte.

Er hielt sich die Wunde. Der frische Schorf war sicherlich gerissen. Auf dem Stoff des provisorischen Verbandes erblühte ein kleiner Blutfleck.

»Scheiße!«

»Ist alles in Ordnung?«, fragte Wilko von der anderen Seite des Stalls.

Marcus wollte ihn anbrüllen und sagen, nichts sei in Ordnung, überhaupt nichts! Da entdeckte er etwas in der rechten unteren Ecke seines Sichtfeldes. Ungläubig starrte er darauf. Und plötzlich verstand er, was die Tote ihm versucht hatte mitzuteilen; was er sich selbst versucht hatte mitzuteilen. Er war blind vor Verzweiflung und Wut gewesen. Jetzt klärte sich sein Blick. Sein Herz schlug so kräftig in der Brust, als versuchte es die anderen Organe auszuknocken.

Zwischen Gittertür und dem Boden des Käfigs klaffte ein winziger Spalt. Marcus betrachtete die Scharniere. Eines von zweien war leicht verbogen.

Ach du Scheiße!, dachte er. *Die beschissenen Dinger sind aus Aluminium. Kein Eisen. Kein Stahl. Aluminium! Biegbar. Sogar ziemlich leicht biegbar.*

»Hast du mich gehört? Marcus? Ist alles in Ordnung? Hast du dich verletzt?«

»Alles in Ordnung«, antwortete er ruhig. Und dachte: *Besser als jemals zuvor.*

Kapitel IV

Das Kind Eddie

1

Otto Gal hörte einen Schrei. Jedenfalls glaubte er, er würde einen vernehmen.

Er stand gebeugt auf dem Dach des Stalls, hatte bis gerade eben Ziegel angebracht und ein Kinderlied gesummt; das Kinderlied, das er des Abends seinem Sohn vorsang, um ihn zum Einschlafen zu bringen. *Hush, little baby.* Doch jetzt verstummte er und lauschte in den Herbstwind hinein, der braun gefärbte Blätter von den Ästen der Bäume pflückte.

Nein. Da ist nichts, dachte er. Doch unter seinem Herz begann ein dumpfes Empfinden zu pochen.

Er hatte ihn allein gelassen, seinen Sohn, Eddie. Nein, nicht allein. Bei seiner Mutter. Zum ersten Mal seit zwei Monaten hatte er den Mut aufgebracht, sich ihr entgegenzustellen und ihr zu sagen, dass es so nicht weiterging, dass sie sich nicht den ganzen Tag im Bett verkriechen könne, während er die ganze Arbeit im Haushalt, den Aufbau des Stalls und das Kind übernahm, und das hatte ihn mit einer Mischung aus Stolz auf sich selbst und Erleichterung erfüllt. Wilma hatte eingesehen, wie hart seine Tage waren; hatte Verständnis geäußert.

Doch nun, da er so weit von seinem Sohn entfernt war und ihn dadurch nicht im Auge behalten konnte, fühlte er sich unwohl. Obwohl Eddie sich in der Obhut seiner *Mutter* befand, überkam ihn das leise Gefühl, einen Fehler begangen zu haben.

Das war Unsinn, Wilma würde doch nie ... Nein, nicht ihrem eigenen Sohn ...

Was, Otto? Was würde sie? Eddie ein Leid zufügen?

Eine Erinnerung kam ihm in den Sinn, die er längst vergessen zu haben glaubte. Wie Wilma morgens zu den Hühnern aufs Feld gegangen war und entdeckte, dass eines von ihnen auf die anderen losging. Dieses Verhalten kannte Otto Gal nur aus der Käfighaltung, von der er nichts hielt. Die Tiere hatten zu wenig Platz, traten sich gegenseitig auf die Krallenfüße und begannen früher oder später damit, sich gegenseitig das Gefieder auszureißen. Die Tiere pickten ihre Hälse und Körper wund. Krankheiten konnten auftreten, bei denen die meisten Landwirte, die Otto Gal kannte, mit Antibiotika gegensteuerten. Deshalb baute er einen Stall, der groß genug war, um den Tieren den nötigen Platz zu bieten, damit sie gegenseitige Angriffe unterließen. Doch dieses eine Huhn hatte andere Gründe gehabt, seine Artgenossen zu malträtieren. Welche, das konnte niemand sagen und es war auch einerlei. Viel wesentlicher war, wie Wilma auf das Huhn reagiert hatte.

Sie sah ihm eine ganze Weile zu, wie es mit flatternden Flügeln auf die anderen zustürzte und seinen Schnabel zwischen deren Federn hämmerte. Die Tiere gackerten aufgeregt und Otto, der wie auch Wilma vor dem Zaun stehen geblieben war, hatte geglaubt, ihren Schmerz hören zu können.

»Wir müssen irgendwas unternehmen«, sagte er und überlegte im gleichen Augenblick, was er unternehmen sollte. Das Huhn zu schlachten schien die einzige Option. Dann würden die anderen ihren Seelenfrieden zurückgewinnen und alles wäre beim Alten.

Noch bevor er äußern konnte, was er dachte, öffnete Wilma die mit Maschendraht versehene Tür. Sie stiefelte mit energischem Schritt hinein, und ehe er sich's versah, packte sie das bösartige Huhn und drehte ihm den Hals um.

Das Tier flatterte, zuckte noch etwas, dann schwiegen auch seine Nerven. Die anderen gackerten wild.

Wilma sah ihren Mann an und – das war etwas, was ihn zutiefst erschreckte – sie lächelte.

»Jetzt ist alles wieder gut. Störenfriede müssen nun mal aussortiert werden.«

Auf ihr Gesicht strahlte die Morgensonne. Doch in ihren Augen lag eine Finsternis, die Otto Gal nie zuvor an seiner Frau gesehen hatte. Er sah sie auch über Jahre nicht wieder.

Bis zu der Sache mit dem Fuchs. Und der Sache mit dem Reh, das ihnen vors Auto gelaufen war, und das Wilmas Meinung nach von seinem Leiden erlöst werden musste.

Und bis vorhin, als er Eddie mit ihr allein ...

Otto Gal spurtete die Leiter hinab auf die Wiese und rannte zum Haus. Eine schreckliche Vorahnung hatte ihn ergriffen.

2

Noch während er die Stufen hinauf in den ersten Stock hastete, kam ihm der Gedanke, dass seine Reaktion völlig überdimensioniert, ja, sogar völlig unvernünftig und falsch sein konnte. Eddie war ihr Kind, *ihr* Sohn, und kein Huhn oder Fuchs oder ein dummes Reh, das die Scheinwerfer eines Autos nicht von den Augen seiner eigenen Mutter unterscheiden konnte. Er konnte sich getäuscht haben, was ihren Gesichtsausdruck anging. Ganz bestimmt hatte er sich geirrt. Eddie würde friedlich in seinem Bettchen liegen und schlafen oder in Wilmas Armen liegen und an einem Fläschchen Babymilch nuckeln, und er würde die Tür aufreißen und dastehen wie der letzte Idiot vor dem Herrn. Genau so würde es ablaufen. Ja.

Aber ...

»Sieh ihn dir an, Wilma. Das ist dein Junge, dein Geschenk Gottes«, hatte er zu ihr gesagt und ihre Reaktion darauf war nur ein schlichtes »Ja« gewesen. Kein »Du hast recht«. Kein »Er ist wirklich niedlich«. Kein »Gott hat mir wirklich ein wunderbares Geschenk gemacht«. Nur »Ja«, trocken und ohne jeden Anklang von Empathie.

Mein Gott, wenn sie ihm tatsächlich etwas angetan ...

Er sah die Augen des Rehs vor sich, mit denen es dumpf zu ihm aufsah, um Hilfe schreiend und nicht verstehend, was es gerade von den Füßen gerissen hatte. Er sah die Unbehaglichkeit, die Angst darin. Er sah, wie es schwach den Kopf zu Wilma drehte und sie fragend anblickte. *Was ist das?*, hatten diese Augen stumm gefragt. Und dann – nichts mehr. Leblos wie Glasmurmeln starrten sie ins Leere, als sich die Kugel des 45ers brachial einen Weg durch den Schädel des Rehs und jeden Funken Hoffnung bahnte. Wilma hatte es erschossen, ohne jedweden Hauch der Reue.

Otto Gal riss schwer atmend die Tür auf.

Sie stand nach wie vor in ihr weißes Nachthemd gekleidet bewegungslos über das Kinderbett gebeugt. Ihr Dutt hatte sich gelöst. Rote Strähnen hingen ihr wirr ins Gesicht. Beide Arme ragten ausgestreckt und steif in den offenen Schlund des Bettes. Ihr Gesicht war ausdruckslos und fahl.

»Wilma, was hast du ...«

Schnellen Schrittes ging er auf sie zu. Dann sah er es. Sein Herz setzte für einen langen Moment aus.

»Er hat es nicht verdient zu leben!«, kreischte Wilma, fuhr herum und begann, mit geballten Fäusten auf ihn einzuhämmern.

»Ich wollte keinen Eddie! Ich wollte eine Dorothea«, keifte sie irrsinnig. Speichel sprühte aus ihrem Mund und klatschte Otto auf die Wangen. Ihre Fäuste trafen ihn auf Schultern und Brust.

Instinktiv ergriff er sie an ihren Unterarmen, doch sein Blick huschte sofort wieder zu dem Kissen, welches das kleine, glubschäugige Gesicht seines Sohnes verdeckte.

»Du hast unseren Sohn umgebracht«, sagte er, ohne es zu merken. Sein Geist, sein ganzes Wesen schwebte fern dieser Galaxie. Es fühlte sich an, als würde er von weit oben auf dies alles herabblicken wie ein Beobachter aus einer anderen Realität.

Aber das hier *war* die Realität. Das hier *war* wirklich. Und als diese Botschaft seinen Verstand erreichte, explodierte er innerlich. Die Wut stahl die Luft in seiner Lunge, nahm seinen Herzschlag und seine Fähigkeit, klar zu denken. Ohne es zu merken, versetzte er Wilma einen kräftigen Stoß, der sie zu Boden beförderte. Sie schrie und keifte. Er ignorierte sie. Statt sich diesem Teufel zu widmen, riss er das Kissen von Eddies Gesicht.

Sein Sohn sah ihn an. Doch in seinen Augen stand das Schweigen der Sonne bei Nacht. Sein Mund formte ein O, als wollte er sein Erstaunen darüber zum Ausdruck bringen, seinen Vater weinen zu sehen.

Otto ergriff das Baby sanft, zitternd, führte es an seine Brust. Tränen unbegreiflichen Entsetzens fielen auf das reglose Gesicht herab.

»O Eddie«, krächzte er. »O Eddie, o Eddie, oh, mein Sohn. Du hast ihn umgebracht. Du Schlampe hast dein eigenes Baby ermordet.«

Doch als er diese Worte aussprach, fiel ihm ein, was Falko Gärtner einmal zu ihm, zu ihnen allen gesagt hatte, als er am Tag der offenen Tür Gast bei der freiwilligen Feuerwehr gewesen war. »Niemand ist tot, solang er nicht von einem Arzt oder Bestatter für tot erklärt wird. Das ist unser Grundsatz, wenn wir an einen Unfallort kommen, verstanden?« Dann hatte sich Falko über den Körper einer Puppe gebeugt und sie ...

Otto legte das Baby auf den Holzboden und tat, was auch Falko Gärtner getan hatte. Er holte Luft und pustete sie sanft in den offen stehenden Mund seines Sohnes. Dann widmete er sich dem Brustkorb, der deutlich kleiner war als Ottos kräftige Hände. Aus reinem Instinkt heraus benutzte er nicht beide Hände, wie er es bei Falko gesehen hatte, sondern drei Finger seiner rechten Hand. In wiederkehrender Wiederholung übte er Druck auf Eddies Brust aus. Er wusste nicht, dass man die Herz-Lungen-Wiederbelebung erst acht Jahre zuvor entdeckt hatte und Falko Gärtner einer der ersten Feuerwehrmänner war, der diese Übung unter ihre Mannschaft brachte. Es wäre ihm auch egal gewesen, ob Gott persönlich drohend den Finger erhoben hätte, weil Otto in den vorherbestimmten Weg des Herrn eingriff. Er pumpte und pumpte Blut durch den Kreislauf seines Sohnes, schenkte ihm seinen Atem, pumpte, beatmete, pumpte, beatmete.

»*Was machst du?*«, fauchte Wilma aus der Ecke, in die er sie mit dem Stoß hinverfrachtet hatte. Blut rann ihr aus einer Platzwunde an der Schläfe, mit der sie gegen den Bettpfosten geprallt war.

Otto antwortete nicht.

Er pumpte.

Beatmete.

Pumpte.

Pumpte.

Pumpte ...

3

Eddie Gal überlebte. Nach knapp einer Minute der Wiederbelebungsmaßnahmen seines Vaters riss der Säugling den Mund auf, sog einen Strom Luft ein und begann zu quengeln.

Seine Mutter kreischte vor Entsetzen.

4

Natürlich brachte Otto Gal seinen Sohn ins Krankenhaus, wo man ihn mit Sauerstoff versorgte und dutzendfach untersuchte. Doktor Neureuther, der schon Eddies Geburt geleitet hatte, und ein langer, dürrer Neurologe mit Namen Doktor Friedhelm Wagner erklärten Otto, dass er stolz auf sich sein könne, eine Herz-Lungen-Massage angewandt zu haben. Er habe instinktiv perfekt gehandelt, auch als er direkt nach der Wiederbelebung ins Krankenhaus gefahren sei.

»Sie haben genau das Richtige getan«, verkündete Doktor Neureuther. »Und Sie brauchen sich bei Gott keine Vorwürfe zu machen. Leider passieren solche Kissenunfälle, wie ich sie nenne, immer wieder. Der Säugling dreht sich in seinem Bettchen um und schon ist es passiert und er bekommt keine Luft mehr. Eine tragische Sache, da sie nicht selten vorkommt. In den meisten Fällen, muss man sagen, haben die Eltern weniger Glück. Sie verlieren ihr Kind.«

Allerdings gab es auch weniger gute Nachrichten. Der Neurologe erklärte Gal, dass es schwierig sei, abzuschätzen, ob das Gehirn des Säuglings etwas abbekommen habe. So nannte er es. Kleinkinder reagierten auf Reanimation wesentlich anfälliger als Erwachsene, und da sie nicht wüssten, wie lange Eddies Gehirn mit Sauerstoff unterversorgt gewesen sei, würde sich erst noch zeigen, ob er durch den Vorfall eventuell eine Behinderung davontragen würde.

Sie machten alle möglichen Tests mit ihm, wovon Otto sich nicht einmal die Hälfte der Namen merken, geschweige denn sie aussprechen konnte. Er blieb stets an seiner Seite, verbrachte Tage, Wochen im Krankenhaus, um bei seinem kleinen Jungen zu sein, ihm die kleine Hand zu halten und ihm Geschichten vorzulesen, die schon er als Kind von seinem Vater vorgelesen bekommen hatte. Dornröschen, Schneewittchen und die sieben Zwerge, die Vogelhochzeit. Alles, was er in der Krankenhausbibliothek finden konnte oder was ihm die Diakonissen beschafften, las er dem kleinen Eddie vor.

Wenn Eddie wach war, gab er ihm Spielzeug, Rasseln und andere Dinge, mit denen er sich beschäftigen und an denen er nuckeln konnte. Die Ärzte meinten, so würde sich das Gehirn des Säuglings besser entwickeln. Er unterstützte seinen Sohn, wo er nur konnte. Und je mehr Zeit er im Krankenhaus verbrachte, desto mehr glaubte er zu fühlen, dass in ihnen beiden dasselbe Blut zirkulierte. Eddie war sein Sohn, sein Ein und Alles, und er würde ihn nie wieder, nie, nie wieder unbeaufsichtigt lassen.

Nach etwas mehr als drei Wochen entließen die Ärzte Eddie Gal und seinen Vater mit der vielversprechenden Prognose, nichts gefunden zu haben, was auf eine Abnormität hindeuten könnte. Das Herz des Babys schlug gleichmäßig und schnell wie bei allen Säuglingen. Seine Blutwerte waren in Ordnung und auch die Röntgenaufnahmen zeigten keine Auffälligkeiten.

»Danke, Herr Doktor«, sagte Otto Gal freudestrahlend und schüttelte dem Mann die Hand.

»Danken Sie nicht mir, sondern sich selbst. Und Gott, wenn Sie an ihn glauben. Nur Sie beide haben dieses Wunder bewirkt.«

Mit diesem wunderbaren Gefühl und Eddie auf dem Arm machte sich Otto auf den Weg nach Hause, wo Wilma sich wieder ins Schlafzimmer eingesperrt hatte und der Stall wie ein unfertiger Klotz aus der Wiese hinterm Haus in den Himmel ragte. Das zu sehen, trübte Ottos Stimmung ein wenig, aber nicht sehr. Für ihn zählte nur die Gesundheit seines Sohnes. Und was Wilma anging ... Nun, sie würde sich damit abfinden müssen, dass sie einen Sohn statt einer Tochter hatte, schließlich hatte er den Ärzten nicht die ganze Wahrheit erzählt und sie wider Willen und aus reiner Liebe in Schutz genommen. Dafür schuldete sie ihm was. Außerdem:

»Das Leben war und ist nun mal kein Wunschkonzert. Richtig, mein Sohn?«, sagte er zu dem Bündel in seinen Händen.

Das Baby, Eddie, glotzte ihn aus großen grünen Augen heraus an. Es lachte zahnlos, was Otto als klares Ja interpretierte. Er lachte ebenfalls.

Später, Jahre später, würde sich Otto fragen, ob dieses Lachen schon dazugehörte oder ob Eddie erst durch die Erziehung so merkwürdig geworden war. Was es auch gewesen sein mochte, auf dem Hof der Gals veränderte sich einiges. Und vieles davon war nicht nur seltsam, sondern auch unheimlich.

5

Mit der gütigen Hilfe seines Cousins Horst und seiner Schwester Susanne – die vornehmlich Eddie hütete, während er arbeitete – schaffte Otto es doch noch, den Stall vor dem Hereinbrechen des Winters fertigzustellen. Er brachte nicht nur Ziegel auf dem Dach an, sondern versah die Stallwände auch mit einer Isolierung aus Holzwollleichtbauplatten und den Dachboden mit dicken Glasfasermatten, damit die Hühner im Winter nicht zu sehr unter der Kälte leiden würden; etwas, was in einer anderen Zeit nicht nur den Hühnern zugutekommen würde.

Eddie war nun vier Monate alt und griff bereits nach allem, was er zu greifen bekam, erkundete die Welt mit wachen Augen und füllte zahlreiche Windeln am Tag. Er war wie jedes Baby und liebte es, seinem Vater am Bart zu ziehen, den Otto sich inzwischen stehen ließ.

Wilma beschwerte sich nicht darüber. Die einzige Aufmerksamkeit, die sie ihm zugestand, waren abschätzige Blicke, wenn er ihr das Mittag- oder Abendessen brachte, und die Wut darüber, dass er ihr das Glöckchen weggenommen hatte. »Ich bin nicht dein Dienstbote«, hatte er zu ihr gesagt, woraufhin sie heftig zu schluchzen anfing und behauptete, er würde sie nicht mehr lieben; nicht mehr, seit dieser Junge auf der Welt war, sein Herz würde nur noch für seinen verfluchten Sohn schlagen.

Seine Antwort darauf war rigoros, ehrlich und simpel: »Würde ich dich nicht mehr lieben, hätte ich dich der Polizei überlassen und würde dir nicht Suppe auf den Nachttisch stellen. Ich würde dich auch das verflixte Gemüse für deine Suppe selbst ernten und sie dich selbst kochen lassen.«

Allerdings musste er zugeben, dass das Gewicht seiner Hingabe inzwischen deutlich mehr auf Eddies Seite lagerte. Und das lag nicht an dem Baby, sondern an Wilma selbst, die sich ihm und ihrem Sohn auch dann noch entzog, als Eddie seinen ersten Geburtstag feierte.

Das war am 17. Oktober 1969 gewesen. Ein verregneter Tag, der sich zu einem Gewitter auswuchs. Die Wolken schwebten zum Schneiden dick über den Hof hinweg. Donner grollte und vereinzelte Blitze züngelten aus einem erbosten Himmel hinab auf Wiesen und Felder und erhellten in kurzen, arrhythmischen Stößen das Wohnzimmer des Bauernhauses. Im Ofen knackte Feuer und Eddie riss unter dem Gelächter aller Anwesenden Butterbrotpapier von den Gummistiefeln, die sein Vater ihm schenkte.

»Was will ein einjähriges Kind denn mit Gummistiefeln?«, fragte Horst bellend vor Lachen. Mit beiden Händen hielt er sich den wuchtigen Bauch.

Otto lächelte selbst ein wenig über das Geschenk. Allerdings war er der vollen Überzeugung, dass sein Sohn, sobald er einmal laufen konnte, gar nicht mehr genug von seinen Gummistiefeln bekommen würde. Er würde die Pfützen für sich entdecken, wie er es selbst als Kind getan hatte, er würde mit in den Stall zu den Hühnern kommen wollen, er würde all das erleben wollen, was sein Vater auch erlebte, und dafür brauchte er genau das – ein paar gute, robuste Gummistiefel.

Zugegeben, sie waren ein wenig groß. Größe Soundso. Otto konnte sich gar nicht daran erinnern, welche Größennummer die Verkäuferin ihm bei *Wertkauf* empfohlen hatte, so fasziniert hatte er diese winzigen Stiefelchen angeglotzt.

Jetzt faszinierten sie Eddie. Er nahm sie auf direktem Wege in den Mund und lutschte an ihnen wie am Nippel einer Mutter, die willens war, ihrem Sohn die Brust zu geben.

Otto blickte an Susanne vorbei zur Treppe und fuhr erschrocken zusammen. Gerade noch in seichter Wehmut versunken, sprang er plötzlich wie vom Donner gerührt auf. Sein Stuhl fiel um und krachte zu Boden. Einen kurzen, irrationalen Moment lang glaubte er, einen Geist auf den Stufen stehen zu sehen. Und in gewisser Hinsicht war Wilma Gal das auch. In ein hellbeiges Kleid gehüllt und so dunkel um die Augen wie ein Leichnam stand sie im Rücken aller am Fest Beteiligten, getaucht in fahles Blitzlichtgewitter.

Otto fragte sich, wie lange sie dort wohl gestanden hatte.

»Wilma«, sagte er mit belegter Stimme und fasste sich an die Brust. »Gott, du hast mich erschreckt.«

»Habe ich das?«, sagte sie. Ihr Blick schweifte einmal durch den Raum, traf Horst, Susanne, das Balg an ihrer Seite und heftete sich dann auf Eddie fest. »Das tut mir leid. Ich wollte nur zu ... meinem Jungen.«

Sie sprach die letzten Worte überdeutlich aus, als gäbe es dieser leeren Phrase eine sinngerechte Bedeutung.

Niemand traute sich etwas zu äußern. Auch Otto nicht. Er stand nur mit hohlem Ausdruck und einer Gänsehaut auf den Unterarmen da und beobachtete, wie sie näher kam und sich zu dem Jungen hinunterbeugte.

»Hallo, Eddie«, sagte sie. »Ich bin deine Mama.«

Alle schwiegen.

Otto spürte, wie sich Schweißperlen auf seiner Stirn bildeten. So nahe war Wilma ihrem Sohn seit seiner Geburt nicht mehr gekommen. Was ihn allerdings weitaus mehr beunruhigte, war, dass sie etwas hinter ihrem Rücken versteckt hielt. Von seiner Seite des Raumes konnte er es weder erkennen noch erahnen.

Eddie sah mit offenem Mund und großen Augen zu der Frau auf, die beinahe dafür gesorgt hätte, dass er diesen Tag nicht erlebt hätte, und begann plötzlich fröhlich zu glucksen. Mit einem Jahr sprach Eddie Gal, abgesehen von »Gugu« und »Dada«, kein Wort, aber dieses breite Grinsen sagte mehr, als es Worte je gekonnt hätten.

»Ich habe etwas für dich«, sagte Wilma. »Ich habe es selbst gemacht.« Sie holte es hinter ihrem Rücken hervor.

Unwillkürlich wollte Otto auf sie zustürmen, ihr das, was es auch sein mochte, entreißen, sodass sie Eddie ja nicht noch einmal wehtun konnte. Sie stand ihm so nahe, dass sie ihn ohne große Mühe mit einem Messer erstechen oder mit Ottos eigenem 45er Colt erschießen konnte. Auf diese kurze Distanz würde sie das kleine Bündel auf dem Boden nie und nimmer verfehlen. Sie würde den Lauf schlicht an die Brust des Winzlings pressen und seine Eingeweide würden sich bis nach Chile verteilen.

Nein!, schrie er in Gedanken und tat gerade einen großen Schritt vorwärts, als sie Eddie das Geschenk präsentierte.

Es ist zu spät! Ich bin zu spät!, dachte Otto Gal, da erkannte er den Revolver in ihrer Hand – der keiner war.

Wilma blickte aus den Augenwinkeln zu ihm auf, und auf ihrem Gesicht stand eine giftige Mixtur aus Hass und Schadenfreude.

Erwischt! Wusste ich doch, dass du glaubtest, ich würde ihm hier vor allen Augen etwas antun oder ihn gar umbringen. Ich sehe es dir an der Nasenspitze an, dass du genau das geglaubt hast, sagte dieser Blick.

Eddie griff nach dem, was seine Mutter ihm hinhielt, gluckste und richtete seine volle Aufmerksamkeit darauf, wobei er den Mund schloss und sich seine Augen erneut vergrößerten. Das Geschenk war fast ebenso groß wie er selbst. Als Otto erkannte, um was es sich handelte, verschlug es ihm die Sprache.

»Alles Gute zum Geburtstag, mein Sohn«, sagte Wilma. Es waren die trockensten Worte, die Otto jemals aus dem Munde eines Menschen gehört hatte. Keinerlei Emotion lag darin. Doch Eddie reagierte auf sie, als vernahm er nicht die Stimme einer Frau, die ihn zwölf Monate lang gemieden und ihn fast umgebracht hatte, sondern als drang sie direkt aus dem Himmel in seine winzigen Ohren. Er blickte zu ihr mit offenem Mund auf und schenkte ihr das schönste zahnlose Lächeln, das einem Menschen zuteilwerden konnte. Und er beschenkte sie noch weitaus mehr. Was jetzt geschah, brach Otto Gal das Herz.

»Mama.«

Es kam so klar und deutlich aus dem Mund seines Sohnes, dass keine Zweifel an seiner Bedeutung entstanden. Kein »Gaga« oder »Dudu« oder »Jamjam«. *Mama.* Das war es, was er ihr als Dank für das Geschenk und für ihre Anwesenheit gab. Und er lachte.

Sie tat es ihm gleich. Und wieder lagen Schadenfreude und kalte Befriedigung in ihren Augen.

Der Kleine gluckste kichernd. Dann umarmte er sein Geschenk mit einer Inbrunst, die Otto Gal ein zweites Mal an diesem Tag das Herz entzweibrach. Gleichzeitig schöpfte er einen Funken Hoffnung, es könnte doch noch alles gut werden. Würde er seine Ehefrau ernst nehmen können, bestünde tatsächlich die Chance, alles könnte sich zum Positiven wenden.

Was Eddie da mit den kleinen Armen umschlang, war nichts anderes als das Kissen, das ihn fast das Leben gekostet hatte. Darauf mit rotem Garn eingestickt standen die Worte »Herzlichen Glückwunsch«. Und darunter in Schwarz: »Sohn«.

6

Das Leben auf dem Hof veränderte sich. Wilma verbrachte nicht mehr nur den ganzen Tag in ihrem Zimmer, sondern oft und lange in dem Schaukelstuhl auf der Veranda, von wo aus sie in Richtung Stall und zum Freigehege der Hühner blicken konnte. Sie begann auch wieder zu kochen und sich um den Haushalt zu kümmern, was für Otto eine gehörige Entlastung bedeutete. Womit sie sich am meisten beschäftigte, waren jedoch die Hühner. Und Eddie.

Von außen betrachtet schien das Leben der Gals das einer gewöhnlichen bäuerlichen Familie zu sein. Der Vater kümmerte sich um das Land, säte Weizen und Mais und die Mutter widmete sich der Hausarbeit und dem einzigen Kind. Niemand, der in diesen Jahren zu Besuch kam, sah sie streiten oder auch nur den kleinsten Disput austragen. Weil es so etwas nicht gab. Allerdings sah auch niemand, dass Otto Gal in seiner Brotdose einen Flachmann voll *Weizenstolz* Doppelkorn mit sich führte, an dem er draußen auf dem Acker gelegentlich nippte, um seinen Frust über Eddies Zuneigung gegenüber seiner Mutter zu verschmerzen. Sie hatte ihren Sohn nicht akzeptieren können, hatte ihn gehasst, hatte ihn ersticken wollen und sich ein gottverdammtes Jahr lang einen Scheiß um ihn gekümmert, und nun, drei Jahre später, musste er mit ansehen, wie Eddie seiner Mutter jeden Tag nach dem Aufwachen in die Arme rannte und voller Enthusiasmus »Mama, Mama« brüllte. Das allein hätte Otto nicht zu schaffen gemacht. Es war die Kälte in ihren Augen, wenn sie ihn in die Arme nahm oder ihm das Essen servierte. Sie zeigte ihm überdeutlich, dass es ihr mit ihren Bemühungen nicht um eine Art Wiedergutmachung ging, sondern darum, es Otto heimzuzahlen. Sie rächte sich an ihm. Durch Eddie. Und verflucht noch mal, es gelang ihr. Der Kleine liebte sie so sehr, wie Otto ihn liebte. Natürlich zeigte Eddie auch ihm seine Zuneigung. Er mochte es, abends von ihm vorgelesen zu bekommen und mit ihm auf dem Traktor hinaus aufs Feld zu fahren. Aber der Junge sprang ihm nicht in die Arme, wenn er nach Hause kam. Er umarmte ihn auch nicht überschwänglich, um ihm zu zeigen, wie gern er ihn hatte. Es kam Otto vielmehr so vor, als würde sich ihr Verhältnis eher auf einer freundschaftlichen statt väterlichen Ebene bewegen – ein zweiter Grund für den Doppelkorn in seiner Brotdose.

Es gab auch noch einen dritten Grund, und der war der schlimmste von allen. Denn er bestand aus Sorge. Nicht aus Sorge, Eddie könnte sich mit der Zeit noch weiter von ihm abwenden, sondern aus der Sorge um Eddies Gesundheit, um seinen geistigen Zustand.

Otto wendete den Traktor um hundertachtzig Grad und pflügte das Feld in die entgegengesetzte Richtung, während er über diese Sorge sinnierte, den Flachmann mit Doppelkorn in seinem Schoß. Es war Anfang April 1973 und die Sonne strahlte durch vereinzelte Schleierwolken vom Himmel herab. Kein einziges Lüftchen wehte und die Winterkälte, die sich bis in den März gezogen hatte, machte endlich dem Frühlingsklima Platz. Dennoch hing über Ottos Gemüt ein dicker spätherbstlicher Nebel.

Er musste daran denken, was Doktor Neureuther kurz nach dem *Kissenunfall* gesagt hatte; dass es abzuwarten galt, ob Eddie irgendwelche Auffälligkeiten aufgrund des Sauerstoffmangels zeigen würde oder nicht.

Und da waren Auffälligkeiten. Nicht er selbst hatte sie entdeckt, sondern seine Schwester. Als sie vergangene Woche vorbeigekommen war, um sich ein paar frische Eier abzuholen, sprach sie ihn darauf an, ob er gemerkt habe, wie seltsam sich Eddie verhalten hatte, als er aus dem Hühnerstall gekommen war.

Er verstand nicht, was sie meinte, bekam aber sofort ein ungutes Gefühl.

»Wovon sprichst du?«, fragte er sie.

»Nun, vielleicht täusche ich mich ja und es ist gar nichts, nur ...«

Die kurze Pause, die sie nach diesem »nur« einlegte, ließ Otto frösteln.

»Na ja, als ich ihn begrüßte und ihm wie sonst auch alle fünfe geben wollte, hob er nicht die Hand. Er sagte auch nicht Hallo. Er stand nur da und glotzte Löcher in die Luft, als würde er vor sich hin träumen. Ich stand direkt vor ihm, aber er sah mich nicht. Stattdessen leckte er sich über die Zähne. Mit offenem Mund. Zuerst glaubte ich, er strecke mir die Zunge raus und wollte ihn schon ermahnen, damit aufzuhören, da erst erkannte ich, was wirklich los war. Ich wedelte mit der Hand vor seinen Augen, versuchte ihn auf mich aufmerksam zu machen. Nichts. Keine Reaktion. Er nahm mich nicht wahr. Wie in Trance stand er da. Ich schnippte mit den Fingern unmittelbar vor seiner Nase und endlich half es was. Er zuckte regelrecht zusammen. ›Tante‹, sagte er verwirrt. Ich fragte ihn, ob denn alles in Ordnung mit ihm sei. Und er antwortete – das fand ich am merkwürdigsten –, dass er gerade davon geträumt habe, wie lustig es sei, ein Huhn ohne Kopf durch den Stall flattern zu sehen. Ich fragte ihn fassungslos, ob er so etwas denn schon einmal beobachtet habe, und dachte dabei daran, dass du ihn vielleicht beim Schlachten dabeigehabt hast.«

»Nein. Nie«, warf Otto sofort ein. Es fröstelte ihn.

»Und Wilma? Hat sie ihn vielleicht ...?«

Otto schüttelte den Kopf. »Nicht dass ich wüsste. Für diese Arbeiten bin ich zuständig. Wilma begnügt sich damit, die Tiere zuzubereiten. Wir schlachten ohnehin nur dann, wenn es nötig ist.«

»Wie kommt Eddie dann darauf? Man träumt ja nicht einfach so von so etwas.«

»Hab keine Ahnung.« Das hatte Otto wirklich nicht. Er hatte Eddie auch nie über so etwas reden gehört. Der Junge sprach grundsätzlich nicht viel. Jedenfalls mit ihm nicht.

»Merkwürdig war zudem«, fuhr Susanne fort, »dass er dabei nicht so behäbig redete wie sonst. Nicht dass du mich falsch verstehst, ich will nicht kritisieren, wie schnell oder langsam euer Sohn sprechen lernt, ich meine nur, er redete nicht wie sonst, sondern ... flüssig, deutlich. Für einen Vierjährigen sogar außerordentlich fehlerfrei. Kein Genuschel oder so etwas. Sogar das Ich hat er richtig ausgesprochen, mit CH und nicht mit gelispeltem S wie sonst. Du darfst mich wirklich nicht falsch verstehen, Otto.«

»Das tue ich nicht. Ich versteh nur nicht, woher das kommen soll. Weder das mit dem Tagtraum noch das flüssige Sprechen.«

»Ich weiß es auch nicht. Und ich würde deshalb auch nicht gleich wieder zu einem Arzt rennen. Ich rate dir nur, es zu beobachten. Du weißt, ich arbeite im Kindergarten. Und so etwas habe ich in zweiundzwanzig Jahren nicht erlebt.«

Otto wendete den Traktor erneut auf dem Feld und fuhr die letzte Bahn mit dem Pflug ab. Er hatte am Vortag mit diesem Feld begonnen, es jedoch nicht bis zu Ende gebracht, weshalb er heute früher mit der Arbeit fertig sein würde, als er Wilma gegenüber prophezeit hatte.

Er hatte einen in der Krone. Nicht sonderlich, der Rückweg war nur etwas kurvenreicher als gewöhnlich. Er kicherte leise, während er den Traktor wieder in die richtige Spur brachte. Doch es war ein oberflächliches Kichern, das allein vom Alkohol herrührte. In Wahrheit dachte er an seine Verlustängste, seine Sorgen und an Wilmas Ich-will-was-haben-Glöckchen. Sie hatte es sich wiederbeschafft, was Otto schon schlimm genug fand. Viel schlimmer war jedoch, dass sie es nicht mehr für seine Dienstleistungen, sondern für Eddies einsetzte, der bei jedem Bimmeln seiner Mutter sofort gesprungen kam.

»Was gibt's denn, Mami?«, »Was möchtest du haben, Mami?«, »Soll ich dir was bringen, Mami?«.

Und sie saß dabei in ihrem Schaukelstuhl, ließ sich bedienen und bedankte sich nicht ein einziges Mal.

Wie hat's dieses Mistweib nur angestellt, ihn so einzunehmen?, dachte Otto, wobei sich seine Sätze selbst in seinen Gedanken verwaschen anhörten.

Der Traktor überquerte die lange einspurige Einfahrt zum Hof, schrammte mit den Rädern am Straßenrand entlang, fing sich wieder und kratzte die gegenüberliegende Straßenseite. Otto bog gerade in den Hof, als ihm etwas Merkwürdiges auffiel.

Die Stalltür stand offen. Nicht zum Freigehege hin, sondern auf der anderen Seite, wo es keinen Zaun gab, der die Tiere im Zaum halten konnte. Eine Art Wortspiel, das ihn zum Kichern brachte.

Allerdings endete seine gute Laune – sofern man von guter Laune sprechen konnte – abrupt, als er das Flattervieh über den ganzen Hof verteilt spazieren gehen sah. Drei Hühner saßen auf einem Strohballen, andere pickten zwischen den Rädern des Anhängers vor der Scheune. Eines konnte er sogar auf Wilmas Schaukelstuhl wippen sehen, ein Anblick, über den man in einer anderen Situation sicherlich einen guten Witz über Wilma hätte reißen können. Doch das hier war keine andere Situation. Diese Tiere waren für einen Teil ihres Umsatzes verantwortlich und irgendein Nichtsnutz hatte die Stalltür offen gelassen.

Einen kurzen Augenblick lang überlegte er, ob er es womöglich selbst gewesen sein konnte, bevor er aufs Feld gefahren war. Dann fiel ihm jedoch ein, dass nicht er die Tiere am Morgen gefüttert hatte, sondern seine Frau. Mit einem Mal war der Alkohol verflogen. Er war hellwach. Er musste schleunigst die Tiere zusammentreiben und in den Stall zurückbringen.

»Wilma«, rief er und stieg vom Traktor. Der Schotterboden knackte unter seinen Arbeitsstiefeln. »Wilma?«

Sie antwortete nicht. Er vermutete, sie hatte sich hingelegt. Wie jeden beschissenen Nachmittag. Und wenn das so war, dann konnte nur eine einzige Person für diesen Schlamassel verantwortlich sein – Eddie. Wahrscheinlich hatte er sich, während seine Mutter ein Nickerchen hielt, ein wenig die Zeit im Stall vertreiben wollen. Er hatte das Tor geöffnet, und als ihm das Spiel keine Freude mehr bereitet hatte, war er zurück ins Haus gegangen, wo er mit Matchbox-Autos, seiner Holzeisenbahn oder sonst was spielte. Womöglich hatte er sich auch hingelegt wie seine Mutter. Dafür benutzte er auch heute noch dieses beschissene Kissen mit der Stickerei. »Herzlichen Glückwunsch, Sohn«, stand darauf; so herzlos krakelig eingestickt, dass Otto allein beim Gedanken daran die Galle hochkam.

Ihm war bewusst, dass auch Neid in seinen Gefühlen eine große Rolle spielte, und auch darüber zerbrach er sich des Öfteren den Kopf (»*Du tust ihr unrecht, Otto«, »Nein, das tue ich nicht, sie ist selbst dran schuld, dass ich so denke«*), aber in diesem Moment kümmerte ihn das herzlich wenig. Er musste zusehen, dass er die Hühner einfing, bevor sie noch vom Hof flatterten und er sie gar nicht wieder zurück in ihren Stall treiben konnte. Ein Hofhund wäre jetzt angebracht, nur besaßen die Gals keinen. Jedenfalls noch nicht.

»Wilma«, rief er erneut, bekam jedoch keine Antwort.

Typisch. Wenn man sie braucht, ist sie nicht da!

Er begann damit, die Hühner einzufangen. Das erste, das auf Wilmas Schaukelstuhl saß, bekam er sofort zu greifen. Beim zweiten tat er sich schwerer. Es flatterte ihm ein paar Meter weit davon. Als er es endlich erwischte, ging er in Richtung Stalltür. Er würde die Tiere in ihren Käfigen einsperren müssen, damit sie nicht davonflatterten, während er sich um ihre restlichen gackernden Artgenossen kümmerte.

Als er den Stall betrat, verflogen diese Gedanken, als hätte jemand die Pause-Taste in seinem Gehirn gedrückt. Er blieb auf der Stelle stehen. Entsetzen und eine Spur Angst überfielen ihn wie aus dem Nichts.

Keine zehn Meter vor ihm stand sein vierjähriger Sohn, eine Hand gen Himmel gereckt, die andere auf einem Holzklotz auf Hüfthöhe. In beiden Händen steckte etwas. In der Hand auf dem Klotz ein kleiner, gelber, flauschiger Ball. In der anderen ein Beil.

»Stopp!«, brüllte Otto, doch zu spät. Das Beil sauste herab und Otto sah, wie die scharfe Klinge (die Klingen seiner Beile schärfte er regelmäßig) auf die kleine Hand seines Sohnes zuraste und knapp unterhalb des Daumens einschlug. Das Metall grub sich durch Haut, Sehnen, Knochen. Blut spritzte aus der offenen Wunde. Kleine Tropfen gruben sich in den weißen Stoff seines T-Shirts. Eddie schrie auf, und als er weinend den Arm hob, um das Ausmaß der Verletzung an seiner Hand anzusehen, war da keine Hand mehr. Nur ein schräg abgekappter Stumpf und ...

»Sieh mal, Papa«, sagte der Kleine. Mit ausgestrecktem, *intaktem* Arm präsentierte er, was er soeben geschaffen, oder besser *vernichtet,* hatte.

Otto starrte seinen Sohn an. Das Entsetzen in seiner Brust stahl ihm den Atem. Er hatte sich das alles nur eingebildet. Was er sich jedoch nicht einbildete, war das in zwei Hälften geteilte Küken auf der Hand seines Sohnes. Und das erregte und stolze Lächeln auf dessen Gesicht.

7

Wilma rollte die Augen, als sie die enthusiastischen, schnellen Stiefelschritte ihres Mannes auf der Treppe nach oben hörte. Als er dann auch noch die Tür zum Schlafzimmer aufriss, gab sie – willkürlich oder nicht – ein hörbares Stöhnen von sich, von dem sie wusste, dass er es hasste. *Nerv mich nicht*, sagte dieses Stöhnen, oder: *Lass mich in Frieden*.

Wenn er auch früher mit Schmollen reagiert hatte, heute tat er es nicht. Er war aufgebracht und hielt irgendetwas in Händen, das aussah wie ein gerupfter Tennisball. Sie lag im Bett, wie stets um diese Mittagszeit, und drehte sich nur widerwillig zu diesem Hohlkopf herum.

»Sie dir an, was er angerichtet hat!«, hörte sie ihn beinahe brüllen. Allein dafür verdiente er sich ein weiteres Stöhnen der speziellen Art.

»Wer?«, fragte sie mit gespieltem Interesse. In Wirklichkeit wusste sie genau, von wem er sprach. Und sie ahnte auch bereits, wegen was sich der alte Mann so aufregte. Sie hatte Eddie mit dem Schlachten des Kükens beauftragt.

»Wenn du deiner Mama zeigen willst, was für einen starken Jungen sie hat, gehst du in den Stall, schnappst dir eines dieser Fellknäuel und schlägst ihm den Kopf ab«, hatte sie zu Eddie gesagt. Dass der Junge so dumm war, diese Aufgabe tatsächlich auszuführen, schockierte sie nicht im Mindesten. Sie hatte längst gemerkt, dass Eddie keiner von der hellen Sorte war. Außer wenn man ihm gewisse Fantasien in den Kopf pflanzte. Dann konnte Eddie zu einem regelrechten Sprachgenie mutieren. Man konnte beobachten, wie sich seine Augen weiteten und die Müdigkeit in seinem Blick einer unfassbaren Aufmerksamkeit Platz machte. Ihr Sohn wurde vom Makabren angezogen, auch wenn er das selbst nicht wusste. Sie wusste es, und das genügte. Vorerst.

Sie glaubte, das habe irgendwas mit dem Sauerstoffverlust zu tun, als sie ihm das Kissen auf das Gesicht gepresst hatte. Nur war es ziemlich egal, woher Eddies Affinität zum Schlachten kam, Hauptsache, sie war da und *sie* – Wilma – konnte sie nutzen. Und wenn ihr Plan aufging ... Nun, dann gab es doch wenigstens einen Grund, dieses Kind zu mögen.

»Eddie, natürlich«, krakeelte Otto. »Ich kam vom Feld zurück und sah alle Hühner frei auf dem Hof spazieren. Ich wollte sie zurück in den Stall bringen, als ich sah, wie unser Sohn dabei war, ein Küken zu schlachten. Ein verdammtes wehrloses Küken, Wilma!«

»Du meine Güte!«, sagte sie und machte große Augen. In Ottos Mimik konnte sie lesen, dass er ihr gegenüber nicht den leisesten Zweifel erwog. Gut so. Das hieß, er ahnte nichts. »Wo ist Eddie jetzt? Wir müssen mit ihm reden!«

»Hab ihn auf sein Zimmer geschickt, wo er den Rest des Tages verbringen und darüber nachdenken soll, was er da eigentlich getan hat.«

»Gut. Aber wir können es nicht dabei bewenden lassen. Wir müssen ihn ...«, sie stockte, als wäre ihr dies zuwider, »wir müssen ihn bestrafen.«

»Ich weiß nicht, ob das so sinnvoll ist. Er ist erst vier. Ich glaube nicht, dass er die Strafe verstehen würde.«

»Selbstverständlich!«, sagte sie und machte ihre Empörung deutlich, indem sie sich aus dem Bett schwang. Sie stellte sich ihm gegenüber. So nahe war sie ihm schon lange nicht mehr gekommen. Das bemerkte auch er. Sie erkannte es in seinen Augen.

»Wenn wir ihn nicht spüren lassen, was er getan hat, wird er es womöglich wieder tun. Und wieder und wieder.« Sie wusste, welche Eindringlichkeit durch ihre Stimme auf ihn einwirkte. Nicht nur Eddie war zurückgeblieben, in gewisser Weise war auch ihr Mann das. Der Trottel vertraute ihr auch jetzt noch, selbst nach dem leider fehlgeschlagenen Versuch, ihr eigenes Baby zu töten. Es bedurfte nur ein bisschen Zuckerbrot und schon hing er ihr an den Lippen. Doch schon bald, ja, schon sehr bald, dachte sie, würde sie ihn die Peitsche spüren lassen.

»Schon möglich. An was denkst du?«, fragte er.

Sie kam ihm ganz nahe, stand jetzt direkt vor ihm und tat etwas, was sie anekelte, ihr aber eine Art manisches Pläsier verschaffte. Sie strich ihm das Haar hinters linke Ohr.

Sofort wurde sein Gesicht feuerrot. Nicht aus Wut – aus plötzlich auftretender Erregung. Um das zu wissen, brauchte sie sich nicht die Beule in seiner Arbeitshose anzusehen, sie hatte bereits vorab gewusst, dass das passieren würde. So hatte sie ihn auch in vergangenen Tagen an sich binden können. So hatte sie ihn sich gefügig gemacht, als sie zum ungünstigsten Zeitpunkt in ihrer Ehe plötzlich ein Baby haben wollte. Sie brauchte ihm nur in die Augen zu sehen und ihm wortlos ihre Hingabe zu versprechen, und schon regierte sie über seine Sinne. Und noch viel besser – über ihn selbst. Wie ein Esel, der einer an einer Angel befestigten Karotte nachtrottet, die stets über dem Horizont schwebt, die er jedoch nie erreicht. Sie blickte ihm tief in die weichen Augen, lächelte ein Mona-Lisa-Lächeln, strich ihm ein weiteres Mal das Haar hinters Ohr und dachte, dass sie ganz vergessen hatte, wie viel Spaß ihr dieses Spiel bereitete.

»Lass dir was einfallen«, sagte sie, stellte sich auf die Zehenspitzen und flüsterte direkt in sein Ohr: »Ein Küken zu schlachten ist kein Kinkerlitzchen.«

Sie spürte seine Sehnsucht an ihrem Schambein. Seine Pranke legte sich auf ihre Taille. Er zog sie näher an sich. Seine Begierde war unleugbar. Und da sie nun ganz bewusst den Alkohol in seinem Atem riechen konnte, fügte sie hinzu: »Jungs brauchen starke Väter.«

Dann wandte sie sich in einer fließenden, fast tänzerischen Bewegung von ihm ab und ließ ihn mit seiner Lust allein. Beabsichtigt.

Enttäuschung machte sich auf seinem sonnengebräunten Gesicht breit. Sie wusste, dass er sich die Erfüllung seiner Träume von ihr erhoffte. Er wünschte sie sich vielleicht sogar mehr als eine intakte Familie. Und genau deshalb würde er tun, was sie wollte. Und der Schnaps würde dafür sorgen, dass er es gut tat.

8

Was den Doppelkorn betraf, so war Otto anderer Meinung als seine Frau. Er glaubte nicht, dass ihm sein momentaner Pegel genügen würde, um Eddie so die Leviten zu lesen, wie Wilma sich das vorstellte.

Er stand vor Eddies Zimmertür, schweigend und starr wie ein Ölgötze, und überlegte, was er tun sollte, um Eddie klarzumachen, dass seine Tat absolut nicht in Ordnung gewesen war – und um Wilma zufriedenzustellen. Und natürlich auch seine eigenen Bedürfnisse.

Als Wilma sich zu ihm nach vorn gebeugt und auf ihre Zehenspitzen gestellt hatte, konnte er ihr Parfüm riechen. Ein herrlicher Duft, so edel und rein wie ein frisch gepflückter Rosenstrauß. Und dabei sah sie mindestens ebenso wunderbar aus. Das weiße Nachthemd, das sie auch zu ihren Nickerchen am Mittag trug, bot kaum genug Stoff, um ihren nackten Körper darunter zu verbergen. Das Hemd hatte keine eigene Form, doch die Rundungen ihres Busens und ihrer Taille sorgten dafür, dass genug sichtbar blieb, um vor Wollust fast zu platzen.

Zudem war Wilma kühl gewesen. Das hatte er an ihren Brustwarzen sehen können, die sich hart wie zwei Glasmurmeln durch das Nachthemd hindurch abzeichneten. Er hätte alles dafür getan, dass sie Eddie in diesem Moment vergessen und sich ihm hingegeben hätte. Fast fünf verfluchte Jahre lang hatten sie nun nicht mehr miteinander geschlafen, eine schiere Ewigkeit.

Er hatte auch nicht mehr daran geglaubt, dass es jemals wieder zu einem intimen Akt zwischen ihnen kommen könnte. Die Fronten, so glaubte er, waren einfach zu verhärtet. Und jetzt das. Ein Angebot. Eine Einladung. Das war es doch, nicht wahr?

Himmel, wenn es das nicht war, was denn dann? So nah war sie ihm seit ihrem letzten Mal im Bett nicht mehr gekommen. Die Sachlage hatte sich ganz klar verbessert. Otto konnte sich den Sinneswandel seiner Frau zwar nicht erklären, aber hey – Scheiß drauf! Vielleicht vermisste sie es, miteinander zu schlafen, ebenso wie er, schließlich war sie ja auch bloß ein Mensch.

Ihm wurde klar, dass er sich beeilen sollte, um rasch wieder nach oben zu ihr zu kommen. Selbst der Alkohol in seinem Atem schien sie nicht abgeschreckt zu haben. Das war mehr als verwunderlich. Doch es bestätigte auch ihre Lust auf ihn. Also, worauf wartete er eigentlich noch? Ran an die Arbeit und dann ans Vergnügen!

Doch natürlich wusste er, worauf er wartete. Darauf, seinen inneren Schweinehund zu überwinden. Denn wenn es etwas gab, was ihm selbst mehr wehtat, als von seiner Frau verstoßen zu werden, dann war es, seinem Sohn die Leviten zu lesen.

Teufel noch mal, ja, Eddie hatte einem Küken das Leben aus den Eingeweiden geschlagen, doch er war erst vier. Im Endeffekt müsste er sogar stolz auf ihn sein, dass er es geschafft hatte, das Beil zu schwingen, ohne sich dabei selbst die Hand abzuhacken. Es hätte dabei so viel schiefgehen können, Gott, sterben können hätte er.

Und genau darum musst du ihn bestrafen, sagte ihm eine innere Stimme. *Du bist verantwortlich, wenn er es wieder tut, wenn er sich wieder ein Beil schnappt und beim nächsten Mal vielleicht keinem Küken den Kopf, sondern sich selbst die Hand abschlägt!*

Das stimmte. Er hatte ihn dabei erwischt, nicht Wilma. Sie hatte mit der Sache nichts zu tun. Eine Bestrafung von ihrer Seite wäre für Eddie genauso missverständlich wie Hieroglyphen zu lesen. Nein, er musste es machen. Er musste seinem Sohn sagen (*zeigen!*), dass er sich so etwas nicht noch einmal erlauben durfte.

Otto blickte noch einmal die Treppe ins obere Stockwerk hinauf und dachte an seine Frau. Dann dachte er: *Wenn sie mein Atem bisher nicht abgeschreckt hat, dann wird er es auch nachher nicht tun.*

Er ging hinüber zum Esstisch, wo er seine Brotdose abgelegt hatte, öffnete sie, schraubte den Flachmann auf und nahm einen kräftigen Schluck. Der Alkohol brannte in seiner Kehle, doch die Wirkung, auf die er hoffte, blieb aus. Also setzte er den Flaschenhals noch einmal an, kippte sich das flüssige Feuer in den Rachen, saugte den gesamten Inhalt heraus und verstaute den Flachmann wieder in der Dose. Er würde ihn nachher verschwinden lassen müssen, bevor Wilma ihn entdeckte, dachte er, drehte sich herum und entdeckte etwas anderes, was er ebenfalls abgelegt hatte. Auf dem Holzofen lag ein gelbes, flauschiges Knäuel. Ein Teil der Federn war rot getränkt.

Otto schloss die Augen, atmete tief durch, versuchte sich vor Augen zu führen, was sein Sohn getan hatte, wie das Beil auf den Block zugesaust war und wie es beinahe, *nur ganz knapp* die kleine Kinderhand verfehlt hatte. Er spürte, wie es in seinem Bauch grollte. Nicht der Alkohol. Es war Zorn.

Er dachte: »Messer, Gabel, Scher' und Licht, ist für kleine Kinder nicht.«

Und irgendwie dachte er auch: »Nimm des Vaters Beil, und es droht dir großes Unheil.«

Kein schöner Reim. Er hakte an mehreren Stellen. Doch er bezweckte, was er bezwecken musste.

Zum ersten Mal in seinem Leben stürmte Otto Gal die Zimmertür seines Sohnes. Sie krachte so laut auf, dass der Junge, der gerade auf dem Teppich mit seiner Eisenbahn spielte, vor Schreck zusammenfuhr. Er starrte seinen Vater mit großen, verloren blickenden Augen an.

»*Mi ... Mess, Ga ..., Scher' un Lllicht spielt man nich!*«, brüllte er.

Dann fiel er über seinen Sohn her.

An den Rest konnte er sich nicht erinnern. Nur daran, wie Wilma eine Weile später die Treppe heruntergeeilt kam, wie Eddie schluchzend »Mama! Mama!« rief, wie Wilma ihren aus der Nase und den Ohren blutenden Sohn mit bloßem Entsetzen in den Augen in den Arm nahm, wie sie sagte: »Was hat dein böser, *böser* Papa nur angestellt!«, und wie sie über Eddies Schulter hinweg lächelte.

An *das* erinnerte er sich trotz der nebulösen Benommenheit.

Die Schläge, das Blut, das Kreischen seines Sohnes – das alles konnte bloß seiner Fantasie entsprungen sein. Natürlich. Schließlich hatte er viel zu viel getrunken. Da konnte man schon mal gewisse Dinge fantasieren. Nichts von alledem war geschehen.

Das hätte Otto Gal sich gern eingeredet.

Der nächste Tag zeugte von etwas anderem. Die blauen Flecke an den Armen und im Gesicht seines Sohnes und der Schorf unter Eddies kleiner Nase zeugten von der Wahrheit.

9

Auch sieben Jahre später konnte Otto Gal den Zwischenfall mit seinem Sohn nicht vergessen. Was mitunter daran lag, dass sich in der Zwischenzeit nicht allzu viel auf dem Hof veränderte. Die Arbeit auf dem Feld blieb die Arbeit auf dem Feld, die Arbeit im Stall blieb die Arbeit im Stall, und das Nachhausekommen nach der Arbeit blieb ein Akt des Schmerzes.

Nicht selten weinte Otto, wenn er den Traktor in die Hofeinfahrt steuerte. Er fühlte sich wie jemand, der aus einem Gefängnis flüchtet, nur um anschließend feststellen zu müssen, dass er sich auf einer gottverlassenen Insel irgendwo im Nirgendwo befand. Was dieses Gefühl in Otto Gal wachrief, war der Gedanke daran, was ihn in dem Haus, das er mit großer Mühe und viel Schweiß aufgebaut hatte, erwartete: Ein Bund zwischen Mutter und Sohn, ein Brief mit sieben Siegeln – unbegreiflich und allgegenwärtig. Beim Abendbrot, beim Zubettgehen, bei allem, was die beiden betraf, selbst beim Füttern der Tiere, waren Mutter und Sohn unzertrennlich.

Und er? *Er* war von diesem Bund ausgeschlossen. Natürlich. Das war etwas, was weder Wilma noch Eddie aussprechen mussten. Es stand ihnen auf die Stirn tätowiert.

Geschlossene Gesellschaft. Kein Zutritt für Väter, und erst recht nicht für Väter, die ihre Kinder misshandeln!

Es war nur ein einziges Mal geschehen, dass er die Beherrschung verloren hatte. Ein einziges gottverdammtes Mal! Und doch glaubte er, damit alles verloren zu haben, was ihm je etwas bedeutet hatte.

Man sagt, Kinder vergeben und vergessen schneller als Erwachsene, vor allem ihren Eltern. Weil sie sie brauchen. Sie suchen den Schutz bei Mama und Papa, einen sicheren Hafen, in dem sie ankern können, einen Ort, an dem sich ihr junges Gehirn zwischen der wohligen Wärme tiefer Zuwendung und dem Halt kühler, fester Regeln ausruhen kann.

Nur sein Sohn schien nicht zu dieser Sorte Kinder zu gehören. Sein Sohn war nachtragend, und obwohl Otto ihm nie wieder auch nur ein Haar gekrümmt hatte, suchte Eddie die Bindung zu ihm nicht wieder. Das entsprach keiner Regel, die er kannte. Er hatte Mütter auf der Straße gesehen, die ihre Kinder unentwegt und ohne offensichtlichen Grund anbrüllten; er kannte Väter, die nach jeder Kneipentour heimkamen und zuerst ihre Frau halb ins Koma schlugen, um sich anschließend ohne weitere Störungen mit gleicher Manie ihren Kindern zuzuwenden. Und trotzdem sah man genau diese Familien Hand in Hand durch die Kaiserpassage in der Stadt spazieren, in Schaufenster spicken und sich Träume ausmalen. Es war für ihn absolut unbegreiflich, weshalb ausgerechnet sein Sohn keinen solchen inneren Antrieb zur Insel Papa spürte. Und genau deshalb vergoss er auch am 25. Mai 1980 wieder Tränen überm Steuer des Lanz, als er widerstrebend die Hofeinfahrt hinter sich brachte.

Er schlurfte über den Schotterplatz, der Stall, Scheune und Haupthaus miteinander verband, in Richtung Freigehege. Er tat das unbedacht. Otto musste die Tiere weder füttern noch ausmisten. Das würde Eddie bereits auf Zutun seiner Mutter erledigt haben. Ihr gelang es irgendwie spielerisch, Eddie dazu anzuhalten, im Haushalt und bei der Stallarbeit mitzuhelfen. Wobei *Helfen* ein zu kleines Wort für das war, was Eddie alles leistete. Im Grunde genommen erledigte er alles, was die Hühner betraf. Er stand frühmorgens auf, richtete sich, klaubte die gelegten Eier aus den Käfigen, kümmerte sich um das Futter der Hühner, das Frühstück seiner Mutter, ging in die Schule, und wenn er zurückkam, mistete er den Stall mit einer Begeisterung aus, die andere Kinder für Fußball, Autorennen oder Schneeballschlachten empfinden mochten. Kurz: Er erledigte jede Arbeit ohne Wenn und Aber.

»Freunde«, grunzte Otto, als er am Freigehege angelangte, und ein weiterer Gedanke schloss sich an – Freunde hatte sein Sohn auch keine. Jedenfalls nicht dass er wüsste. Zu Besuch kam niemand, und Eddie fragte auch nicht, ob er zu jemandem gehen dürfe, um mit demjenigen zu spielen, Fahrrad zu fahren oder sonst irgendwas, und das war Ottos Ansicht nach mehr als verwunderlich. Es war besorgniserregend. Ein Kind ohne Freunde – wo gab es denn so was?

Otto bückte sich träge, wobei Wirbel in seinem Rücken knackten. Er hob eine Handvoll Schotter auf, lehnte sich gegen den Zaun des Geheges und begann damit, einen Stein nach dem anderen von sich zu schnippen. Dabei blickte er zum Haus hinüber, wo Eddie bestimmt dabei war, den Boden zu fegen oder Wäsche aufzuhängen, weil seine Mutter ihn darum gebeten hatte. Gott, sein Sohn war kein Bursche, sondern ein verdammtes Waschweib. Er tat wirklich alles für Wilma. Und sie thronte oben in ihrem Gemach oder auf der Veranda im Schaukelstuhl und würdigte ihren Sohn keines Blickes. Ihm war nie aufgefallen, dass sie sich bei Eddie bedankt oder ihn auch nur für seine Arbeit angelächelt hätte. Sie war und blieb ein Eisklotz, der nur dann auftaute, wenn er jemanden bezirzen wollte. Zumindest *das* hatte er, Otto, nach dem einen Mal, als sie ihm nahekam, kapiert. Wilma Gal wusste, wie man Sklaven hielt, ihnen Versprechungen machte und sie dann nicht einlöste. Ja, das war die Frau, die er geehelicht hatte, das war seine Wilma! Zuckerbrot und Peitsche.

Otto schnippte einen weiteren Stein. Er schnitt einen Bogen durch die Luft und klatschte leise gegen ein am Stall lehnendes Brett. *Plonk.*

»Das Leben ist doch Scheiße«, grummelte er vor sich hin. »Es gibt – abgesehen von dem einen – keinen einzigen Tag, an dem ich nicht versucht habe, ein guter Vater zu sein. Ich hab ihm gottverdammt noch mal das Leben gerettet! Okay, ich habe auch einen Fehler gemacht, und dadurch sind wir gewissermaßen quitt, aber, Herr, Jesus, es kann doch nicht so weitergehen!«

Ein weiterer Stein ans Brett. *Plonk.*

»Nein. Nein, das darf es einfach nicht. Ich will meinen Sohn wieder zurückhaben. Ich *muss* meinen Sohn wieder zurückhaben. Was ist ein Kind ohne seinen Vater!«

Er ließ die restlichen Steine fallen, streifte sich einen der hartnäckigeren von der Hand ab und marschierte los. In seiner Brust tobte ein Sturm aus Mut, Idealismus und Angst. Er musste mit Eddie reden, dachte er. Ja, das musste, *würde* er! Allerdings, ermahnte er sich, durfte er dabei nicht wieder versagen. Wenn er jetzt die falschen Worte in den Mund nahm oder auch die kleinste falsche Bewegung machte, könnte Eddie ihn völlig missverstehen. Er könnte denken, sein Vater, der Trunkenbold, sei zurück und wolle Stunk machen, wolle ihm wieder das Nasenbein brechen, wolle ihm erneut den Arm ausrenken und die Rippen quetschen. Das durfte nicht passieren! Das *durfte* es einfach nicht!

Er fand Eddie nicht im Haus und auch nicht im Stall. Auch Wilma nicht. Otto fragte sich, ob die beiden womöglich in die Stadt gefahren sein mochten. Mittwochs war Markttag, an dem sie einen Großteil der Eier verkauften.

Doch als Otto den goldgelben Opel Astra entdeckte, wusste er, dass die beiden nicht zum Markt gefahren sein konnten. Der Wagen stand unbewegt hinter der Scheune auf dem Kies. Die Schatten eines fruchtlosen Apfelbaums tanzten auf den Scheiben.

Wo steckten die beiden nur?

Er wollte sich gerade zum Haus aufmachen, um im Wohnzimmer und Eddies Kinderzimmer nachzusehen, da entdeckte Otto einen Spalt zwischen Tür und Scheunentor. Er versuchte sich daran zu erinnern, ob er es heute Morgen womöglich offen gelassen hatte, als er den Traktor für die Feldarbeit bereit gemacht hatte. Doch er kannte sich gut genug, um zu wissen, dass es eines seiner wichtigsten Anliegen war, Türen und Tore nach dem Verlassen zu schließen. Was Ordnung betraf, neigte Otto zur Pedanterie.

Dann erinnerte er sich doch an etwas. An damals, als die Hühner frei im Hof umhertrotteten. Und daran, wie er schon gemutmaßt hatte, ob er selbst das Freigehege nicht geschlossen hatte. Er zog stets zuerst sich selbst in Zweifel. Gewissermaßen eine Angewohnheit, die sich nicht so einfach abstellen ließ. Doch er wusste, er würde niemals das Tor offen stehen lassen.

Mit einem mulmigen Gefühl in der Brust ging er hinüber, blieb vor der Tür stehen und blickte zum Spalt hinein. Sein Gefühl hatte ihn nicht getäuscht. Da waren die beiden. Eddie, inzwischen so groß, dass er Otto bis zu den Schultern reichte, und so schlank wie in den besten Tagen seines Vaters, und sie, gekleidet in ein hellblaues, kurzes Kleid, das Otto noch nie an ihr gesehen hatte. Er wollte schon die Tür aufziehen, da entschied er sich, Mutter und Sohn noch ein kleines bisschen länger zu beobachten. Nicht allein um eventuell endlich zu begreifen, was die beiden miteinander verband, sondern weil dieses Bild dort in der Scheune sonderbar war. Diese Komposition bereitete Otto Unbehagen.

Wilma saß auf einem Hocker, auf ihrem Schoß ein Huhn. Es lag auf dem Rücken wie ein behütetes Baby. Doch Flügel, Krallenfüße und Schnabel waren mit einem dünnen Seil verschnürt. Das Tier war wehrlos. In seinen dümmlichen Augen glänzte Angst.

Otto verhielt sich ganz ruhig. Doch während er ihren Worten lauschte, spürte er sein Herz immer schneller schlagen.

10

»Du warst nicht ehrlich zu mir«, sagte Wilma in ernstem Ton. Doch ihre Hände sprachen eine ganz andere Sprache, fast ein Paradoxon. Sie streichelte über die Federn des geschnürten Huhns auf ihrem Schoß.

Eddie blickte schuldbewusst zu Boden und sagte nichts. Seine dunklen Haare hingen ihm unfrisiert in die Stirn. Er sah aus wie jemand, der einen Fehler begangen hatte und ganz genau um diesen Fehler wusste.

»Hast du etwas zu deiner Verteidigung zu sagen, Eddie?«
»Nein, Mama.«
»Bist du dir sicher?«, fragte sie. »Ich an deiner Stelle würde mir gut überlegen, ob ich nicht doch einen guten Grund hätte, weshalb ich meine Mama belogen habe.«

Eddie zögerte, dann schüttelte er den Kopf. »Ich wollte einfach …«

»Ja?«

»Ich hatte einfach keine Lust, den Stall auszumisten.«

Sie sah ihn mit hochgezogenen Brauen an. Dann lachte sie verächtlich. Ein Laut wie der einer Krähe. »Du hattest keine ... Lust?«

»Nein, Mama.«

»Nenn mich nicht so!«, fuhr sie ihn an.

Eddie blickte auf. In seinen Augen schwammen Tränen.

»Du hast nicht das Recht, mich so zu nennen.«

»Aber ...«

»Schweig! Wenn du glaubst, du dürftest mich Mama nennen, nur weil dich die Ärzte aus mir herausgeschnitten haben, irrst du dich gewaltig. Es gehört deutlich mehr dazu, Sohn zu sein. Dasselbe Blut in den Adern allein reicht nicht. Ein Sohn, ein *wahrer* Sohn, hört auf seine Mutter, Eddie. Ein wahrer Sohn tut das, was ihm seine Mutter aufträgt, und verbringt nicht den halben Tag in seinem Zimmer, um Comics zu lesen oder irgendeinen anderen Schund zu treiben. Wer weiß, welchen widerlichen Dingen du auf deinem Zimmer nachgehst. Allein der Gedanke ekelt mich an!«

Das war der Moment, in dem Ottos Herz so rasend schnell zu schlagen begann, dass er sich kaum im Zaum halten konnte, die Holztür aufzureißen und dieser irrsinnigen Szene ein Ende zu bereiten. Doch allein seine Neugierde darauf, was noch geschehen würde, was Wilma noch alles äußern würde, hielt ihn davon ab. Er fühlte sich dabei schmutzig wie ein Voyeur, der bei einer Freakshow zusah, und im Nachhinein, später, würde er es bereuen, nichts unternommen zu haben. Doch für den Moment schwieg, lauschte und beobachtete er.

Wilma hob die Hand vom Gefieder des Tiers und zitierte Eddie näher an sich heran. Der Junge gehorchte wider Willen.

Als sie weitersprach, entschärfte sich ihr Ton nicht, wenn sie auch leiser redete.

»Weißt du, warum ich dieses Huhn hier bei uns habe?«

Erneutes Kopfschütteln.

»Nun, wenn du heute Morgen dem nachgegangen wärst, was ich dir aufgetragen habe, dann wüsstest du es. Denn dieses Huhn ist seiner Arbeit ebenfalls nicht nachgegangen. Es hat keine Eier gelegt. Nicht bloß heute. Schon seit über einer Woche legt es keine Eier mehr. Es verbringt den Tag damit, den anderen Hühnern das Futter wegzufressen, Platz im Stall für sich in Anspruch zu nehmen, und doch zollt es seinen Tribut nicht.«

Sie sprach nun so leise, dass Otto die Ohren spitzen musste.

»Weißt du, was das heißt? Es heißt, es bezahlt nicht dafür, dass es durchgefüttert wird. Es ist ungehorsam. Es sollte Eier legen. Aber es hört nicht. Genau wie du. Und weißt du, was mit Ungehorsamen geschieht?«

Abermaliges Kopfschütteln.

»Das.«

RATSCH.

Sie grapschte nach einem Büschel Federn und riss kräftig daran. Das Huhn bäumte sich unter den plötzlich eintretenden Schmerzen auf. Es wollte mit den Flügeln schlagen, wollte davoneilen, wollte sich in Sicherheit bringen, und obwohl der Schnabel verschnürt war, sonderte es einen grellen, gequälten Ton ab, den Otto noch vor der Scheune vernahm.

Wilma betrachtete das Büschel Federn, als wäre sie verwundert darüber, dass ihr kleiner Zaubertrick funktioniert hatte. Dann sah sie Eddie an und sprach in so lieblichem Ton weiter, dass es an Blasphemie grenzte.

»Ungehorsam wird bestraft. Kannst du mir jetzt einen Grund nennen, weshalb du heute Morgen die Eier nicht geholt und den Stall nicht ausgemistet hast, obwohl ich es dir befohlen habe?« Sie ließ die Federn zu Boden fallen.

Kummerbäche strömten über Eddies Wangen. Seine Lippen bebten.

»Nein«, sagte er schluchzend.

»Oh, nicht weinen, Eddie. Du bist doch kein Schwächling, oder? Du bist doch keiner von diesen Schwulen, die sich heutzutage da draußen rumtreiben und Frauenkleider anziehen, oder?«

»Nein.«

»Also. Dann sei gefälligst ein Mann und nimm deine Strafe hin wie ein solcher. Du willst doch der Sohn deiner Mama sein, oder nicht? Also nimm dich zusammen, schluck deine Tränen runter und hör auf deine Mutter. Oder muss ich dich genau wie dieses Huhn ...«

RATSCH.

Ein neues Büschel Federn. Wieder dieser gequälte Laut aus dem Innern des Tieres.

»... bestrafen?«

»Nein«, krächzte Eddie. Er stand da wie ein Häufchen Elend. In seinem Gesicht spiegelten sich Kummer und Angst. Doch Otto, der die beiden mit trockener Kehle beobachtete, glaubte, dass es sich dabei nicht um die Angst vor seiner Mutter handelte, sondern um die Angst, seine Mutter würde ihn für einen Schwächling halten; für jemanden, der nicht würdig war, sie Mutter zu nennen.

Wieder drängte ihn alles dazu, einzugreifen. Ihm war klar, er sollte den Lauf der Gal'schen Geschichte ändern; sollte Wilma bei ihrem monströsen Folterakt unterbrechen; sollte seinen Sohn an seine Brust drücken und ihm Trost und Schutz vor diesem Ungeheuer spenden. Doch er konnte nicht. Seine Neugierde war verflogen. Etwas anderes hielt ihn auf. Schieres Entsetzen. Er beobachtete, wie Wilma die Hände unter den Rücken des Tieres schob und es Eddie wie ein Geschenk überreichte.

Der Junge nahm das Bündel entgegen, starrte sie verständnislos an.

»Es ist nun an dir, mir zu beweisen, dass du verstanden hast, Eddie. Sieh mich nicht so an. Du weißt genau, was jetzt kommt. Es ist ja nicht das erste Mal. Auf Ungehorsam folgt

Strafe. Das ist der Lauf der Dinge. Also, sei ein großer Junge und mach deine Mami glücklich, ja? Dieses Huhn lernt es nicht mehr, so oder so. Du kannst es noch lernen. Jetzt und hier. Zeig's mir. Zeig mir, dass du verstanden hast, was auf Ungehorsam folgt. Zeig mir, dass du nun weißt, was es heißt, der Sohn von Wilma Gal zu sein. *Zeig es mir.*«

Eddie wischte sich mit der Schulter die Tränen aus dem Gesicht. Seine Lippen zitterten. Dann nickte er stumm. Und in seinen Augen zeigte sich ungetrübtes Verständnis. Sein ganzes Gesicht offenbarte einen Ausdruck von stumpfem Gehorsam. Er öffnete die Hand, wie um etwas zu empfangen, und im nächsten Augenblick holte Wilma etwas von einer unersichtlichen Stelle neben dem Hocker, auf dem sie saß, hervor und übergab es dem Jungen. Otto konnte nicht sehen, um was es sich dabei handelte. Nur ein Gefühl von Beklemmung verriet ihm, dass da irgendetwas im Busch war – irgendetwas wirklich Schlimmes.

»Denk daran«, sagte Wilma. »Es hat lange keine Eier gelegt. Es war ...«

»Ungehorsam!«, schrie Eddie und hob das Ding, das sie ihm übergeben hatte.

Als Otto es erkannte, war es zu spät. Der Junge riss das Messer nach oben und rammte es in den Bauch des Huhns. Er rammte es bis zum Heft hinein. Dann hob er den Kopf, sah direkt in die Augen seiner Mutter.

Sie erwiderte seinen Blick, lächelte, nickte und sagte leise zwei Worte. »Mein Sohn.«

Von diesem liebevollen Gefühl bestätigt, riss Eddie das Messer aus dem Huhn heraus und rammte es erneut hinein. Wieder und wieder stach die Schneide in den blutenden Körper des Tiers. Wieder und wieder. Und wieder. Blutstropfen spritzten umher, landeten auf dem Gesicht des Elfjährigen, und er hörte nicht auf.

Binnen kürzester Zeit erstarb das gequälte Schreien des Huhns, der Körper voll rotem Gefieder, die Eingeweide wie durch den Fleischwolf gedreht. Dunkle Fäden rannen zwischen den Fingern des Jungen hindurch. Auf seinem Gesicht verzogen sich die Lippen zu einem Lächeln. Und als er endlich innehielt und »Mama« sagte, lächelte sie und nahm Eddie in die Arme.

»Mein Sohn«, sagte sie.

Es war das erste Mal, dass Otto in ihrer Stimme etwas wie Zuneigung erkannte, während sie ihn an sich drückte, das tote Tier zwischen ihnen wie ein Kissen mit der blutroten Stickerei *Alles Gute zum Geburtstag. Sohn.*

Geschockt, neben sich stehend und mit flatterndem Herz, wandte Otto sich vom Spalt in der Tür ab. Sein Unterkiefer bebte. Dort, wo eben noch frische Luft gewesen war, schien nun ein nicht atembares, eng verflochtenes Gemisch aus Fassungslosigkeit, Verzweiflung und Angst. Schwankend wie im Suff stolperte er über den Schotterpfad in Richtung Haus, das herabsausende Messer in der Hand seines Jungen vor seinem geistigen Auge.

Es war ein furchtbarer Anblick gewesen. Und das war nicht einmal das Schlimmste. Ein ungeheures Gefühl mahnte Otto, dass das erst der Anfang war.

Er dachte: *Das Huhn ... es hat doch nur keine Eier gelegt.*

Kapitel V

Eddie Gals Haus

1

Marcus zögerte, bedachte seine Optionen und kam letztlich zum selben Ergebnis wie zuvor. Wenn er es nicht jetzt riskierte, würde er es entweder niemals versuchen und so sein Leben voll und ganz in Eddie Gals Hände legen (*und das des Mädchens, vergiss sie nicht!*), oder Gal würde früher oder später der Spalt zwischen Bodenplatte und Gittertür auffallen, und auch so würde er scheitern. Sein einziger Ausweg blieb, es jetzt gleich zu versuchen. Und selbst dieses Unterfangen war so risikoreich, dass es an Irrsinn grenzte. Aus mehreren Gründen.

Erstens: Sein Bein schmerzte nach wie vor. Die Wunde war noch lange nicht verheilt. Selbst wenn er sich einen Weg aus diesem gottverdammten Käfig bahnen würde, konnte ihm sein Bein zum Verhängnis werden. Er würde weder rennen noch schnell laufen können. Selbst normales Gehen blieb einstweilen ein Mysterium. Er war seit mehreren Tagen nicht mehr auf seinen eigenen Füßen gestanden. Und im Hinblick darauf, dass er vor einem körperlich gesunden und geistig irren Mann flüchten musste, waren das nicht gerade die besten Voraussetzungen.

Dann gab es da noch zweitens: Angenommen, seine Beine trugen ihn, was war dann mit dem Schnee? Auf dem Hof musste er mindestens zehn Zentimeter hoch liegen. Marcus würde Spuren hinterlassen. Einen sauberen, tiefen Abdruck und eine Schleifspur. Er würde hinkend flüchten und wäre somit leicht zu finden. Ein gefundenes Fressen für einen Menschenjäger wie Eddie Gal.

Und drittens: Selbst wenn Eddie Gal seine Spürnase nicht auf die Spuren im Schnee richten sollte, bis in die Stadt waren es mindestens zwei, wenn nicht gar fünf Kilometer. Diese Entfernung konnte Marcus unmöglich überwinden. Ohne Jacke und Schuhe? Ein guter Witz. Er würde sich unterwegs Frostbeulen einfangen, seine Gliedmaßen würden taub werden, und ehe er sich's versah, würde er mit der eigenen Nase im Schnee liegen und die einzig wahre Freiheit am eigenen Leibe erfahren – den Tod.

Marcus dachte sogar daran, Gals Auto zu stehlen. Doch sofern der Irre eines besaß, wusste Marcus weder, wo es stand, noch wie man es kurzschloss. Er hatte in seinem Leben viel Mist gebaut, von diesem Haufen hatte er jedoch stets die Finger gelassen. Es gab nichts, durch das man schneller im Kittchen landete, als durch einen schiefgegangenen Diebstahl. Abgesehen von Mord, natürlich.

Nein, er musste sich einen anderen Plan ausdenken, einen, bei dem das Risiko minimal und die Erfolgschancen optimal waren. Und an dieser Stelle kam ihm sein Handy in den Sinn. Wenn Gal es nicht fortgeschafft oder zerstört hatte, musste es sich nach wie vor in dessen Stube befinden, in seiner Jacke, die er zum Essen an Eddie Gals Tisch ausgezogen und über eine Stuhllehne gehängt hatte.

Wenn (*Falls!*) es sich noch dort befand, konnte das seine Rettung sein. Und die von allen anderen.

Oder dein persönliches Tor zur Hölle, sagte ihm eine Stimme. Es war nicht die Christas, sondern seine eigene, innere Stimme; die Stimme seiner Zweifel und Bedenken. In seinen Ohren klang sie wie ein beschissener Quizmaster auf einem Rummelplatz.

Gal sagte, er habe das Mädchen ins Haus gebracht. Und er sagte, er wolle sich besonders um sie kümmern, um ihre ... Talente. Also. Dreimal dürfen Sie raten, wo sich Eddie Gal derzeit aufhält. Ich gebe Ihnen einen Tipp: Es ist nicht die Scheune.

Natürlich. Er hält sich im Haus auf. Bei Kim.

Bingo! Gewonnen! Hundert Punkte und so viele Waschmaschinen, wie Sie tragen können. Zweite Frage: Wer trägt eine geladene Waffe bei sich. Ist es A: Eddie Gal? Ist es B: Marcus Nolte? Oder ist es C: Chuck Norris?

Eddie.

Wieder richtig! Gratulation! Haha! Unser Kandidat hat ja einen richtigen Lauf. Bei Chuck Norris wäre ich mir der Antwort nicht sicher gewesen, ich habe ihn selten ohne ein Gewehr über die Kinoleinwand spazieren sehen. Doch Sie lagen goldrichtig, mein Bester! Und nun kommen wir zur letzten Frage, der Masterfrage: Wer, glauben Sie, würde eine Auseinandersetzung am wahrscheinlichsten lebend überstehen?

Marcus atmete tief durch. Er brauchte sich diese Frage nicht zu beantworten.

Ich kann es nur versuchen, dachte er und betrachtete das leicht gebogene Aluminiumscharnier. Beide Schrauben, die es mit dem Käfig verbanden, standen leicht heraus. Die untere etwas mehr als die obere. Das Scharnier am Deckenelement des Käfigs hatte sich noch keinen Millimeter gerührt.

Womöglich werde ich schon daran scheitern.

Doch obwohl sich sein Optimismus in Grenzen hielt, feuerte ihn der Gedanke an Kim an. Sie war blutjung und bildhübsch. Und was noch viel wichtiger war, sie war die Tochter von jemandem. Einer Familie, mit der sie sich vor ihrem Abschied gestritten hatte, der sie sagte, sie wolle sie nie mehr wiedersehen. Nur welche Eltern würden nicht dennoch ihr Möglichstes versuchen, um ihre Tochter wieder bei sich zu wissen? Er selbst würde jedenfalls alles in seiner Macht Stehende unternehmen. Und war es andersherum nicht genauso? Sollte er nicht auch alles Erdenkliche versuchen, um sich selbst aus dieser Lage zu befreien, damit er seine Tochter wieder in den Armen halten konnte? War das nicht irgendwie dasselbe?

Marcus beschloss, dass es so war. Er atmete tief durch, dehnte seine Rückenmuskulatur und die seines linken Beines, betete, dass Eddie Gal diesen Stall so gut gedämmt hatte, dass auch Lärm nur minimal nach außen drang, sagte: »Freunde, jetzt wird's laut« und trat gegen die Gittertür. Zu Anfang zögerlich und nur mit halber Kraft. Doch er konnte sehen, wie sich das Scharnier weiter bog und Hoffnung keimte in ihm auf. Er trat erneut gegen das Gitter. Der Raum wurde erfüllt von einem Donnerschlag nach dem anderen. Es dauerte eine Weile, da fiel eine der Schrauben lose zu Boden. Es klimperte leise im Stroh, als sie auf den Betonboden traf.

Dieses Geräusch packte ihn. Mit aller Kraft trat er gegen das Metall. Einmal. Zweimal. Fünfmal. Jeder Tritt donnerte durch den Stall wie der Zorn Zeus'.

Blicke wurden ihm zugeworfen. Angstvolle, Hilfe suchende, panische Gesichtsausdrücke regten sich in den Käfigen der Frauen. Aber auch hoffnungsvolle.

»Was zur Hölle tust du da?«, brüllte Wilko erschrocken. Und als er begriff, begann er in zweisilbiger Manier seinen Namen zu rufen. »Mar-cus! Mar-cus!« Eine nicht sehr intelligente Idee, bedachte man, dass Gal sich nicht zwangsweise weit von ihnen entfernt aufhielt. Doch darüber dachte Marcus nicht nach. Er hämmerte weiter mit seinem Fuß gegen das Gitter, und Wilkos Anfeuern beflügelte ihn. Als dann noch mehrere der Frauen mit in den Singsang einstimmten, lief er zu Höchstleistung auf.

Er trat. Und trat. Und trat. Und trat.

Seine Ferse begann zu schmerzen, unter der Wucht seiner Tritte zu pochen, doch er stoppte nicht. Er pausierte auch nicht.

Der Abstand zwischen Käfig und Gittertür vergrößerte sich. Zentimeter um Zentimeter glaubte Marcus, frischere Luft atmen zu können. Absoluter Irrsinn, natürlich. Doch allein die Vorstellung beflügelte ihn, die Schmerzen in seinem linken Fuß zu ignorieren und weiterzutreten, sich weiter seine Freiheit zurückzuerobern.

Es dauerte keine Minute, da brach das obere Scharnier. Die Gittertür knallte laut zu Boden. Der Chor verstummte. Absolute Stille herrschte vor. Nur das tieftonige Surren der Lüftungsanlage war noch zu hören. Alles schien zu warten. Und jeder von ihnen wusste auch worauf.

Hatte Eddie Gal sie gehört? Hatte er den Chor vernommen, die Tritte, den Knall des Gitters, als es auf den Boden geschlagen war? Wenn es so war, würde es nicht lange dauern, bis sich das Scheunentor öffnete und ein Mann in Bauernkleidung hereingestiefelt kam. Womöglich einen 45er Colt in den Händen, bereit, dem Aufstand ein Ende zu bereiten.

Doch Eddie Gal kam nicht. Eddie Gal war im Haus. Mit Kim. Und Marcus wusste, was das hieß. Er kümmerte sich um ...

ihr Talent.

2

Als er sich zum ersten Mal seit Tagen aufrichtete, glaubte Marcus nicht mehr so sehr daran, das Haus erreichen zu können. Als er sein Bein ausstreckte, knackte sein Kniegelenk hörbar und ein dumpfer Schmerz jagte ihm von den Fußzehen bis in die Achselhöhle hinauf. Sein Körper kam ihm vor wie eine stark eingerostete Maschine, die ohne Schmiermittel in Gang gebracht wurde und bei jeder Bewegung ächzte und stöhnte. Schweiß brach ihm aus. Sein linkes Bein zitterte unter der Belastung. Auch seine Hände zitterten.

Nur die Ruhe ... Ganz ruhig ... Du schaffst das ..., redete er sich ein. Der Chor blieb stumm. Stattdessen murmelten die Frauen untereinander. Sie fragten sich vermutlich genau dasselbe wie er – wie um Himmels willen er es schaffen sollte, diesen ganzen Schlamassel zu beenden.

Aber davon durfte er sich nun nicht beirren lassen. Er war schon zu weit gegangen, um umzukehren. Der Käfig war zerstört. Die Gittertür lag ebenso wie die verbogenen Scharniere auf dem Boden, was bedeutete, er konnte sich nicht wieder in dieses Gefängnis zurückziehen, ohne dass es Eddie Gal auffallen würde. Und was geschehen würde, sollte Gal diesen Umstand zu früh bemerken, wollte Marcus sich nicht ausmalen. Er bezweifelte stark, dass es bei einer Schusswunde bliebe. Um das bestätigt zu wissen, musste er nur in Christa Zürns totes Gesicht sehen.

Ausdruckslos und gleichgültig blickte sie zu dem nun leeren Käfig. Das Herabfallen der Gittertür hatte die schwarzen Fliegen aufgeschreckt. Jetzt, nachdem die vermeintliche Gefahr vorüber war, landeten sie wieder auf den bläulichen kalten Lippen und der bleichen Stirn. Wie von einer makabren Faszination gebannt, beobachtete Marcus, wie eine der Schmeißfliegen mit flinken Spinnenbeinbewegungen in die blutverkrustete Höhle neben der mit dunkelroten Sprenkeln übersäten Nase krabbelte. Die Reflexionen der Deckenlampen auf dem grünlich schwarzen Chitinpanzer des Tiers erregten den Eindruck, als bewegte Christa ihr linkes, nicht vorhandenes Auge. Als starrte sie ihn an, um zu begutachten, ob er ihren Rat befolgte, endlich etwas zu unternehmen.

Ein kalter Schauer überfiel ihn bei diesem Gedanken. Und doch war es genau das Richtige, um ihn aus der Starre zu locken.

Um sein rechtes Bein zu schonen, stützte er sich mit den Händen an den leeren Käfigen ab. Dann tat er die ersten

Schritte vorwärts in Richtung Stalltor. Und in Richtung Freiheit.

Von links beäugten ihn die Frauen. Verheißungsvolle Blicke trafen auf ihn. Eine von ihnen – eine weitaus fülligere Frau als Christa Zürn, um die vierzig – kaute nervös an den Nägeln ihrer schmutzverkrusteten Hände. Eine andere, jüngere Frau nickte unablässig in raschem Rhythmus, als wollte sie ihm bestätigen, dass er das Richtige tat. Eine dritte umklammerte mit beiden Händen die Gitterstäbe und presste ihren Kopf so sehr gegen das Metall, dass es aussah, als wollte sie sich zwischen den Stäben hindurchquetschen. So abgemagert, wie sie war, wirkte es, als könnte es ihr tatsächlich gelingen. Eine vierte Frau hatte die Knie bis ans Kinn gezogen, umfasste ihre Beine mit langen, dünnen Armen und wippte vor und zurück. Von ihrem Gesicht erkannte Marcus nicht viel. Nur ihre Augen ragten über den Horizont, den ihre Knie bildeten. In ihnen stand etwas geschrieben, was längst über Angst hinausging.

Er hatte etwas mehr als die Hälfte des Stalls durchquert, da entdeckte er zu seiner Rechten den einzigen verbliebenen Mann. Und als er ihn sah, setzte sein Herz einen Schlag aus. Seine Fassungslosigkeit ließ ihm nur zwei schwach artikulierte Worte entgleiten: »O Gott.«

»Du kannst mich ruhig Wilko nennen«, sagte der Alte mit einem stumpfen Lächeln auf dem von einem grauen, struppigen Bart umrahmten Gesicht. Seine Stimme klang heiser und verschnupft. Der schwarze Pullover und die Khakihose an seinem Leib waren von Schmutz und getrocknetem Blut übersät. »Tja, so sieht's aus.«

»Was ... Was hat er dir angetan?«

Wilko seufzte. »Damit brauchst du dich jetzt nicht zu befassen. Du hast Wichtigeres vor dir. Und die Zeit rennt. Wer weiß, wann dieses Arschloch zurückkommt.«

»Du brauchst einen Arzt. Du brauchst einen verdammten Krankenwagen!«

Wilko verbarg sein Gesicht weitestgehend im Schatten und Marcus dachte an seine Vermutung zurück, Gal habe ihm die Nase abgeschnitten. Nun, da Wilko sich ein Stück nach vorn lehnte, erkannte Marcus, dass das nicht stimmte. Die Nase saß dort, wo sie sitzen sollte. Sie war groß und von roten Äderchen übersät, doch es ging ihr gut. Etwas anderes entsetzte Marcus.

»Was ich brauch, spielt keine Rolle. Solang ich atme, leb ich. Aber die da drüben«, er deutete mit einem knotigen Zeigefinger auf die andere Seite des Stalls, »die brauchen was. Und zwar dich. Du bist ihre einzige Chance. Scheiße, es ist schön, dich zu sehen, aber jetzt mach, dass du verschwindest. Wenn Gal dich sieht ...« Er sah an sich herab, betrachtete seine Beine; die Beine, die ab den Knien fehlten. »Du willst doch nicht, dass dir das Gleiche passiert.«

Marcus wandte sich unwillkürlich den Frauen zu. Langsam schweifte sein Blick über die Käfige. Verharrend beäugte er den einzig leeren.

»Nutze deine Chance, Marcus. *Nutze sie!*«

Marcus nickte schwach und blendete die Gedanken an Kim aus.

»Lass dich nicht erwischen«, mahnte Wilko. Dann streckte er seine Hand durch die Gitter hindurch, knochig und dürr. »Viel Glück.«

Marcus ergriff die dargebotene Hand und schüttelte sie. »Ich kann es gebrauchen.«.

»So sieht's aus. Jetzt geh. Und bring diesen Bastard zur Strecke, wenn's sein muss.«

Marcus ging. Nach weiterem Humpeln, weiterem Schwanken und weiteren Schmerzen erreichte er das Stalltor. Es war aus Holz. Nichts Besonderes. Er spürte die von außen hereindringende Kälte.

Im Tor gab es eine Tür.

Er wird sie von außen verschlossen haben. Es ist unnötig, sich daran zu probieren. Ich werde hier nicht rauskommen, dachte er.

Es war, als würde er zusehen, wie sich seine Hand auf den Schiebriegel legte, ohne sie kontrollieren zu können. Seine Finger kamen ihm vor wie aus Gummi, schwach und kraftlos. Jetzt würde der Widerstand kommen. Jetzt würde er feststellen, dass sich der Riegel nicht zur Seite schieben lassen würde und alles, jede Anstrengung umsonst gewesen war. Wie hatte er auch nur so einfältig sein können?

Zu seinem Erstaunen öffnete sich die Tür. Winzige Schneeflocken stoben herein und prallten ihm ins Gesicht. Kalte Luft legte sich auf die nackten Stellen seiner Haut. Sie roch frisch und nach Freiheit. Er glaubte, noch nie in seinem Leben solch reine Luft geatmet zu haben. Sie kam ihm regelrecht göttlich vor.

Er staunte darüber, wie nahe er dem Entkommen war. Mit gesunden Beinen hätte er sich einfach in den Schatten dieser Nacht verkriechen und aus dem Staub machen können. Nur war sein rechtes Bein nicht gesund. Es war alles andere als das.

Marcus ließ die Kälte tief in seine Lunge dringen und nahm all seinen Mut zusammen. Entschlossen machte er einen Schritt vorwärts. Er schloss die Tür und dachte daran, wie sich die anderen jetzt wohl fühlen mussten. Erwachte Hoffnung in ihnen? Bestürzung? Angst, er könnte Eddie Gal durch seine Aktion zusätzlich in Rage bringen, wodurch dieses Arschloch sich nur umso intensiver um sie *kümmern* würde?

Es brachte nichts, sich darüber den Kopf zu zerbrechen. Er musste sich nun konzentrieren. Anders. Er musste seine ganze Konzentration auf den Feind richten.

Marcus wandte sich von der Scheune ab und sah in die Ferne. Im Haus Eddie Gals, keine dreißig Meter von ihm entfernt, brannte Licht.

3

Der Hof war als solcher kaum mehr zu erkennen. Hätte Marcus nicht gewusst, dass er am Tag seiner Ankunft über verschneiten Schotter gegangen war, so hätte es sich beim Boden unter seinen Füßen auch um Gras oder Glasscherben handeln können. Eine dicke Schneedecke überlagerte das Land und weiterer Schnee fiel. Er klatschte Marcus mit jeder Böe ins Gesicht. Binnen kürzester Zeit lagerte sich ein weißer Kranz auf dem Kragen seines zerschlissenen Hemdes ab, wodurch er unwissentlich wie ein Pastor aussah, der sich der Kälte aussetzte, um Buße zu tun. Die Stellen, an denen er Stoff abgerissen hatte, um sein Bein zu verbinden, nutzten den niedrigen Temperaturen als weitere Angriffsfläche. Marcus spürte, wie die Gegend um seine Nieren erkaltete.

Kaum dass sein Verstand begriff, was er vorhatte, wehrte er sich vehement. Er kreischte und schrie, er solle kehrtmachen, solle zusehen, dass er wieder ins Warme komme, er solle auf einen anderen, geeigneteren Zeitpunkt warten, wenn wenigstens der Wind abgeklungen sei. Es kostete ihn einige Mühe, dieses Verlangen zu unterbinden. Er wusste, es gab nur diese eine Chance. Nur diese eine. Denn dass Schnee fiel, bedeutete nicht bloß, Kälte auf der Haut zu ertragen. Es bedeutete außerdem – wie ihm jetzt klar wurde –, dass tatsächlich die Möglichkeit für ihn bestand, nicht entdeckt zu werden. Die weißen Flocken würden (*O bitte, lieber Gott, lass es schneien, lass es schneien, so heftig es nur geht*) seine Fußspuren verdecken. Ein absoluter Glücksfall! Marcus würde sich ohnehin schwer genug tun, das Haus zu erreichen, da konnte er sich nicht auch noch auf das Vermeiden oder Beseitigen seiner Spuren konzentrieren.

Er wagte einen ersten vorsichtigen Schritt in den Schnee. Unter dem Vordach hatte keiner gelegen, doch jetzt versumpfte sein linker nackter Fuß bis zur Unkenntlichkeit darin, und sofort griff die Kälte ungeschützte Haut an. Marcus dachte an seine Socken und seine Schuhe, die er in Gals Hausflur ausgezogen hatte, und schimpfte sich einen Idioten, sie nicht anbehalten zu haben. Als er nach unten blickte, sah es aus, als würde sein Bein unterhalb seines Schienbeins enden. Unwillkürlich musste er dabei an Wilko denken. Ein Schauder ergriff ihn.

Er schüttelte diesen Gedanken ab. An so etwas durfte er jetzt nicht denken. Er durfte auch nicht an Kim denken, die irgendwo im Haupthaus sein musste und ihre Talente von Eddie Gal erforschen ließ. Er musste sich ganz auf das Vorankommen konzentrieren, und darauf, den Finger aus dem Arsch zu nehmen. Ansonsten ...

Ansonsten wird dieser Mistkerl Gulasch aus dir machen und dich an deine Leidensgenossen verfüttern.

(Die Zeit, sie t-t-t-t-tickt, Alice).

Er zog das verletzte Bein nach. Solang er sich hatte festhalten können, war er gut vorangekommen. Wie ein Hinkender, nicht wie ein Verkrüppelter. Nun sah die Sache anders aus. Er musste sein rechtes Bein belasten, anders würde er es nicht schaffen. Also verlagerte er sein Gewicht. Kaum tat er das, spürte er einen jähen Schmerz durch sein Bein fahren. Wie ein Blitz schoss er ihm durch die gesamte rechte Körperseite. Selbst seine Hoden schrien auf, als hätte ihm jemand mit einem Arbeitsstiefel einen Tritt verpasst. Sein Magen verkrampfte sich.

»Ganz ruhig ... ruhig ... tief durchatmen«, keuchte er und übte mit der Hand leichten Druck auf seinen Bauch aus. Eine ganz instinktive Geste. Wider Erwarten half sie. Nicht viel, doch wenigstens klang das dumpfe Gefühl in der Magengegend etwas ab. Der Schmerz in seinem Bein blieb bestehen.

Ein weiterer Schritt folgte. Und noch einer. Und noch einer. Marcus merkte, dass es ihm leichterfiel, rasch zu gehen. Nicht weil sein Bein dadurch weniger schmerzte; sein Verstand wurde lediglich in dem Glauben gelassen, es würde sich lohnen.

Hoffen wir, dass es sich lohnt! So eine Scheiße stehe ich nicht noch einmal durch.

Er hatte etwa ein Drittel des Weges hinter sich gebracht, da blieb er abrupt stehen. Er sah zum Haus. Dort passierte etwas.

Hinter dem erleuchteten Fenster im zweiten und somit obersten Stockwerk bewegte sich eine Schattengestalt. Die Silhouette einer Person.

Marcus' Herz schlug so heftig, als würde es jeden Augenblick die Knochen seines Brustkorbs zum Brechen bringen. Der Wind war eisig, doch ihm wurde plötzlich heiß.

Er wird mich sehen! Er wird mich mitten auf diesem beschissenen Hof entdecken, und um sich zu vergewissern, dass er auch tatsächlich das sieht, was er glaubt, wird er rauskommen. Und er wird recht behalten. Weil ich nicht wegkann. Weil ich so lahm wie eine verfluchte Schnecke bin, während er beide Beine einsetzen kann, um mich zum Teufel zu jagen.

Kurz fragte er sich, ob Eddie Gal ihn vielleicht aufsammeln würde wie ein Stück Fallobst und ihn anschließend wieder in einen der Käfige sperren würde. Natürlich einen, der keine Aluminiumscharniere besaß.

Doch die Stimme in Marcus' Kopf sagte etwas anderes. Und ihre Argumentation klang deutlich plausibler.

Er wird sich einen anderen Hahn suchen, einen schwächeren Hahn, und dich einfach mitten auf dem Hof umbringen. Warum sollte er zögern? Hier draußen bekommt es niemand mit, wenn du abnippelst. Hier auf Eddie Gals Hof würde es niemand mitbekommen, wenn er dich mit einer Kettensäge in Stücke zerteilt. Und das würde er! Um Gulasch aus dir zu machen, Marcus, mein Freund. Er wird aus dir das beste Gulasch zubereiten, das seine Hühner je zu fressen bekamen.

Die Schattengestalt bewegte sich, drehte sich und plötzlich hob sie eine Hand.

Ein irrsinniger, unlogischer Gedanke schoss ihm durch den Kopf. *Er winkt mir.* Doch dann begriff Marcus die wahre Ursache und die wirkliche Schrecklichkeit hinter dieser Geste. Gal hob die Hand nicht, um ihm zuzuwinken und ihn in den letzten Sekunden seines Lebens zu verspotten, er schirmte seine Augen vor dem Licht im Inneren des Zimmers ab, in dem er sich befand. Eddie Gal sah durch das Fenster in die Dunkelheit hinaus, betrachtete seinen Hof, überprüfte womöglich, ob die Bewegung, die er im Augenwinkel wahrgenommen hatte, seiner Einbildung oder der Realität entsprang.

Marcus rührte sich nicht. Er atmete nicht. Stumm und reglos wie ein Baum blieb er an Ort und Stelle stehen und hoffte, bangte, zitterte.

Ansonsten: Stille. Nur das Brausen des Windes und das leise Klatschen des Schnees gegen die Wände des Stalls. Und das Schlagen seines Herzens in seiner Brust.

Die Schattengestalt regte sich, beugte sich nach vorn gegen die Scheibe, wodurch Kopf und Hals mehr und mehr hinter der Silhouette des Körpers verschwanden.

Gal versuchte sein Überblicken des Hofs zu verbessern. Ganz eindeutig. Und ... er musste ihn sehen. Wie ein schwarzer Pfosten musste er aus dem Weiß emporragen. Hier gab es keine Bäume oder Sträucher. Hier gab es nur einen rund fünf Meter von ihm entfernten Anhänger, der sich genauso wenig regte wie ein schlafendes Tier. Und *ihn* gab es natürlich. Genau deshalb musste Gal ihn entdecken. Das war eine unumstößliche Tatsache. Gleich würde sich die Schattengestalt aufrichten, sich rasch in Bewegung setzen und herausstürmen, um ihm den Garaus zu machen. Genau so würde es geschehen ... Genau ...

Und wenn er dich nicht entdeckt? Wenn er nur den Himmel und den Mond betrachtet? Was ist, wenn er dich nicht sehen kann, weil deine eigene Silhouette sich nicht von der des Stalls abhebt?

Der Kopf der Schattengestalt zeigte sich wieder. Das gelbliche Licht im Zimmer dahinter umrahmte wieder den ganzen Oberkörper Gals, als er den Kopf von der Scheibe entfernte. Nicht rasch. Nicht wie überrascht. Nicht wie in Eile. Sondern als ob Gal nichts entdeckt und sich schlicht wieder vom Fenster abgewandt hatte.

Hoffnung keimte in Marcus auf. Die Gefahr war nicht gebannt, doch er glaubte, dass Gal sein Interesse am Ausblick durch das Fenster verloren haben konnte. Er durfte sich nicht rühren, nicht solang Gal am Fenster stand. Sollte er jedoch recht behalten, dann konnte er seinen Weg in nur wenigen Augenblicken fortfü...

Ein Wadenkrampf. Er kam so plötzlich, dass Marcus ihn nicht erahnte. Mit einem Schlag verließ ihn die Kraft im linken, guten Bein. Sein Knie gab nach. Und ehe er vor Schreck und Schmerz aufschreien konnte, lag er mit dem Gesicht im Schnee.

Das Pulver drang ihm in Nase und Mund. Seine Augen brannten. Mit beiden Händen massierte er wie automatisch die Stelle, an der sich seine Muskeln sträubten. Rotz lief ihm aus der Nase, als er die Kälte aus nächster Nähe einatmete. Er fluchte lautlos, keuchte, rang mit sich und seinem Körper. Er musste aufstehen, musste verschwinden, musste weg, eilig wie der Wind, der ihm durchs Haar peitschte. Gal konnte jeden Augenblick auftauchen und ihn wie ein angefahrenes Reh am Straßenrand auf der Stelle erschießen. Wenn er ihn tatsächlich vom Fenster aus gesehen hatte, blieb Marcus eventuell eine Minute, vielleicht weniger, bis Gal ...

Da hörte er bereits das Donnern einer mit Gewalt aufgestoßenen Tür.

Er wusste, jetzt war es um ihn geschehen.

4

Der Wind versuchte es zu übertönen. Marcus hörte es dennoch – das Stapfen von harten Sohlen in weichem, pulvrigem Schnee. Kaum hörbar, und doch laut genug, um ihm das Blut in den Adern gefrieren zu lassen.

Mit jedem weiteren Schritt Eddie Gals, so spielte es sich in seinem Geist ab, kamen sich zwei Streitmächte in seinem Innern näher. Auf der einen Seite mit trockenen, sachlichen Gesichtern, die Streitmacht der Vernunft. Sie hielt ihn dazu an, liegen zu bleiben, ja nicht aufzufallen, weil Gal ihn bei der leisesten Bewegung auf alle Fälle entdecken würde. Wie er bereits feststellen musste, drang das Knistern des Schnees unter dem Gewicht eines Menschen auch durch das Brausen des Windes hindurch. Auch Eddie Gal würde das nicht entgehen.

Du hast nur diese eine Chance! Es ist an dir, dich wie ein Hase oder wie ein Tiger zu benehmen. Der Hase läuft panisch davon und schlägt Haken, der Tiger jedoch duckt sich, schleicht sich an, wartet auf den geeigneten Zeitpunkt, um zuzuschlagen. Und wenn du es dir genau überlegst, trifft das Hakenschlagen nur auf ein gesundes Kaninchen zu.

So sprach die Vernunft. Leise, flüsternd.

Die Soldaten der zweiten Streitmacht jedoch blickten ängstlich drein. In ihren Gesichtern stand nur eines geschrieben – Flucht.

Lauf! Lauf so schnell du kannst! Renn vor diesem Dreckskerl davon, bevor er dich im Schnee liegen sieht wie ein eingefrorenes Wiesel und Gulasch aus dir macht! Wenn Gal dich bisher nicht entdeckt hat, oder sich nicht sicher ist, es getan zu haben, wird er kommen und nachsehen, also lauf! Nimm dein verkrüppeltes Bein in die Hände und lauf! Lauf!

Diesem Drang zu widerstehen kam einem Ding der Unmöglichkeit gleich. Vernunft hin oder her, der Hase in ihm schrie lauter als der Tiger.

Außerdem ...

Wir wissen, wer der wahre Tiger in diesem Spiel ist, nicht wahr?

CHRRR-SCH. CHRRR-SCH.

Gal konnte nicht mehr weit entfernt sein. Marcus sah ihn nicht, doch das Knistern des Schnees schaffte es nun, das Brausen des Windes und sogar das Knacken mancher Äste in der Ferne zu übertönen.

CHRRR-SCH. CHRRR-SCH. CHRRR-SCH.

Wenn er doch nur wenigstens bis hinter den Anhänger gelangen könnte. Im Schein des Mondes sah er die schwarze Masse des blechernen Ungetüms auf Rädern nur wenige Meter vor sich aus dem Boden ragen. Die hintere Seite mit der Kupplung stand vom Wohnhaus abgewandt. Dahinter würde Gal ihn nur entdecken, wenn er einen Schlenker darum machte. Und warum sollte er das tun? Offenbar hatte er tatsächlich nur die Vermutung, dass sich im Schneetreiben etwas geregt hatte. Wäre er sich dessen sicher, so würde er nicht zögern. Er wäre längst auf den Verletzten zugestürmt, um ihm den Garaus zu machen, nicht wahr?

Oder er zögert, damit du dich verrätst. Der Tiger wartet stets, bis sein Opfer sich in Sicherheit wiegt. Das Gnu, das aus dem Wasserloch trinkt, das Zebra, das heil dem Krokodil im Fluss entkommt, das Erdmännchen, das sich in der Nähe des Eingangs seines Baus aufhält – sie alle denken, sie befänden sich in Sicherheit, nur um gleich darauf festzustellen, dass die Zähne eines Tigers verdammt schmerzen können, wenn sie sich in das eigene Fleisch bohren.

Hilfe!, schrie Marcus in Gedanken und wusste nicht, ob sein Rufen ihm selbst oder Gott galt, der das Spektakel womöglich durch eines seiner tausend Augen verfolgte, eine Tüte Popcorn auf seinem Schoß und ein Bier in der Hand.

CHRRR-SCH. CHRRR-SCH.

(Die Zeit, sie t-t-t-t-tickt wieder).

Bitte, lieber Gott ...

(I'm dreaming of a white Christmas)
Hilf mir!
CHRRR-SCH.
Eine Stimme. Schrill und hoch. »Eddie. Eddie. Hast du die Hühner gefüttert?«

Marcus erstarrte. Nicht Eddie Gal. Eine Frau. Eine Frau, die nach Eddie Gal rief. Eine Frau, die wissen wollte, ob er die Hühner gefüttert hatte.
CHRRR-SCH.
Seine Mutter.
»Eddie?«
Sie war nahe. Sehr nahe.

Marcus hob leicht den Kopf. Keinen Zentimeter hob er ihn vom Boden, aber es genügte, um über den Horizont der Schneedecke hinwegzuspähen.

Und da stand sie, acht oder zehn Schritte von ihm entfernt. Sie trug ein Kleid. In der Nacht war es grau (*bei Nacht sind alle Katzen grau*), der fahle Schein des Mondes verriet ihm jedoch, dass es eigentlich eine andere Farbe haben musste.

»Eddie? Komm rein, mein Junge. Sei ein braves Kind und hilf deiner Mutter. Sei nicht *ungehorsam*.«

Ihre Haare – ein lockiges Etwas, das auf ihrem Kopf saß wie ein struppiges totes Tier. Sie standen weit von ihren Ohren ab, umrahmten ihren Schädel wie ein dunkler Heiligenschein, der an den äußeren Rändern leicht rötlich schimmerte.

Konnte das wahr sein? Eddie Gals Mama?
CHRRR-SCH. CHRRR-SCH.

Der Klang ihrer Stimme wurde harsch, fast aggressiv. Und doch sprach sie leise.

»Eddie Gal, du nichtsnutziger kleiner Widerling. Du sollst dich nicht vor mir verstecken. Du weißt, was auf dich wartet, wenn ich dich erwische. Mach keine Dummheiten und zeig dich. Denk an den Fuchs, der sich als Erstes die feigen Hühner schnappt. *Komm raus!*«

Sie schrie in die Nacht hinein. Ein barsches, kratziges Wutgeheul folgte ihrem Schrei. Und wieder mutierte ihre Stimme. Alle Lieblichkeit war daraus verschwunden. Dieses in ein Kleid gepacktes Etwas klang nunmehr nicht wie eine Frau – es klang wie der Teufel in Person.

»*Mach, dass du rauskommst, du kleiner Scheißer, und geh die Eier holen! Geh sie holen! Hol sie! Hol die Eier!*«

Und plötzlich eine Veränderung. Ihr Gesicht lag in tiefe Schwärze gehüllt, doch Marcus glaubte sehen zu können, wie sich der Ausdruck darauf veränderte, wie er jämmerlich und kläglich wurde, wie die Frau fast zu weinen begann, zu winseln wie ein Hund, dem man das Fell mit Kerosin ansengte.

»Nicht. Tu mir das nicht an. *Tu mir das nicht an.*«

Zitternd vor Kälte, Nässe und Entsetzen versuchte Marcus zu begreifen, was sich da vor seinen Augen abspielte. Er konnte nicht anders, als weiter hinzusehen. Den Schutz des Anhängers hatte er vollkommen vergessen. Die Schmerzen in seinem Bein spürte er kaum mehr. Was ging hier vor?

CHRRR-SCH. CHRRR-SCH.

Weitere Schritte. Und plötzlich: »Da bist du ja.«

Mit einem Mal wurde es Marcus sonnenklar. Nicht Eddie Gal würde ihn entdecken. Seine Mutter hatte es bereits getan. Sie stand nur noch wenige Schritte von ihm entfernt, sah in seine Richtung, und jetzt hatte sie ihn im Schnee liegen sehen. Seine Zeit war vorüber. Sie hatte aufgehört zu ticken. Denn wenn es eine Sache gab, die Marcus in dieser Situation absolut und mit tiefster Gewissheit begriffen hatte, war es, dass Mama Gal genauso irrsinnig sein musste wie ihr Sohn. Oder ihr Sohn wie sie. Keine Mutter auf der Welt duldete solch bestialische Verbrechen wie die, die Eddie Gal verübte, wenn sie nicht involviert war.

Sie würde die letzten Meter zwischen ihr und dem Mann im Schnee überwinden, ihren Sohn herbeizitieren und ...

GULASCH, dröhnte es in Marcus' Schädel. Genau das würden sie aus ihm machen. Futter für die Hühner, die keine Hühner waren. Eddie Gal ist krank, seine Mutter ist krank und er ... *er* war ein toter Mann.

Doch Eddie Gals Mama kam nicht weiter auf ihn zu. Sie verharrte. Der Wind ließ ihre Locken wabern wie Dünengras, ihr Kleid flattern wie ein Bettlaken auf einer Wäscheleine. Der Mond schien auf sie herab. Und Marcus erkannte, dass ihr Kleid blau war. Hellblau.

Er ließ den Kopf in den Schnee sinken, spürte, wie das weiße Pulver bis in seine Gehörgänge drang, und fühlte es doch nicht. Seine Zeit war vorüber. Das wusste er so sicher wie den Vornamen seiner eigenen Mutter. Sie würden ihn holen. Jetzt. Es würde keine halbe Minute mehr dauern, bis Eddie Gal höchstpersönlich wie aus dem Nichts auf der Bühne seines Lebensendes erschien und ...

CHR-SCH, CHR-SCH, CHR-SCH, CHR-SCH ...

Sie kam.

Kam näher.

Und ...

CHR-SCH, CHR-SCH, ...

Vorsichtig hob Marcus den Kopf über den Schneerand. Er traute seinen Augen nicht, denn was er sah, konnte unmöglich wahr sein. Es war, als blickte er in eine Traumwelt, die sich sein ängstlicher Verstand ausdachte, um ihn vor einem unangenehmen Aspekt zu schützen, vor der Infanterie, die unweigerlich auf ihn zugekommen sein musste. Ein Trugbild, so musste es sein.

Es war keine Halluzination. Es war keine Fata Morgana. Es war real. So real wie der Schnee auf seinen Lippen und das Pochen seines Herzens.

Die Frau hatte abgedreht, lief mit raschen, großen Schritten auf die Scheune neben dem Stall zu.

Dorthin, wo ich zum ersten Mal zu mir kam.

Unter dem Wehen ihres Kleides und dem geräuschvollen Brausen des Windes über den Dächern öffnete sie eine Tür, die ihm bislang nicht aufgefallen war, und verschwand darin.

Die Tür schloss sich hinter ihr. Und obwohl ihm dies alles zu viel war, zu groß, zu mächtig für seinen geschundenen Verstand, meldete sich der Hase in ihm.

(*Ticktack – Ticktack.*)

Die Zeit schlug wieder.

Marcus hob den Kopf, wandte sich dem Haus zu, und als er sich unter Schmerzen auf ein Knie wuchtete, sah er, dass eine ganz andere Tür nicht ins Schloss gefallen war.

Eddie Gals Wohnhaus stand offen.

Vielleicht, dachte Marcus hoffnungsvoll, *sieht Gott doch nicht nur zu, trinkt Bier und isst Popcorn.*

Irgendwie schaffte er es auf die Füße, blickte sich noch einmal um. Als er weder Eddie Gal noch seine Mama ausmachen konnte, marschierte er los. Die Schmerzen in seinem Bein ignorierte er.

5

Die Stufen der Treppe, die zur Eingangstür hinaufführten, knarrten wie morsche Schiffsplanken und waren so rutschig, als wären sie mit dickem Moos überzogen. Marcus musste sich am Geländer festhalten, um nicht zu fallen. Es waren nur drei Stufen, auf denen durch das Vordach kein Schnee lag, doch das Holz war gefroren und bereitete ihm fast so viel Mühe, als müsste er einen Berg erklimmen. Mit dem verletzten Bein angewinkelt, hüpfte er eine Stufe nach der anderen nach oben, wo die offene Wohnungstür wie ein gefräßiges Maul auf ihn wartete.

Im schmalen Flur dahinter brannte Licht. Und als Marcus die schmutzigen, zu einer Pyramide aufgestapelten Schuhe und den Spiegel an der Wand nun zum zweiten Mal in seinem Leben in Augenschein nahm, glühte in ihm ein Gefühl der Wut und der Abstoßung auf. All diese Habseligkeiten, so belanglos sie auch sein mochten, gehörten einem widerlichen Ungeheuer von Mensch. An ihnen klebten seine Haare, seine Hautschuppen, seine Partikel. Und es roch. Nicht eigentlich widerwärtig, nicht ekelerregend – es roch nach Mord.

Welches dieser Paar Stiefel zieht Eddie Gal an, wenn er in den Stall kommt, um seine Hühnerbrigade mit Würmern, Maden und Menschenfleisch zu füttern? Sind es die braunen oder doch eher die grünen?

Wirklich erinnern konnte Marcus sich nicht. Es war auch einerlei. Wichtig war, warum seine Schuhe hier drinnen standen, wenn seine Mutter ihn doch draußen in der Scheune vermutete. War Eddie Gal überhaupt hinausgegangen? Oder war er noch hier? Stand er womöglich gerade unter der Dusche? Oder bereitete er *das* Gulasch zu?

Langsam und vorsichtig schlich Marcus durch den schmalen Gang auf die offen stehende Tür zu, hinter der die *gute* Stube lag, wo ...

Wo du Gulasch gegessen hast.

Wo er dich in den Schlaf gewiegt hat.

Wo ...

... Wo er, Marcus, seine Jacke zurückgelassen hatte.

Die Jacke, in der sich sein Handy befand; befinden sollte.

Es muss einfach noch da sein! Es muss!

Nur was, wenn es eben nicht so war – wenn Eddie Gal sich Marcus' Jacke längst entledigt hatte? Was war dann? Gab es noch eine andere Möglichkeit, die Polizei oder irgendjemanden über all das Schreckliche zu informieren, was sich in diesem Haus abspielte? Gab es noch einen anderen Ausweg?

Den gab es. Doch er bedeutete Frostbeulen, bedeutete, sich den Bissen des eisigen Windes auszusetzen, wie ein Stück rohes Fleisch einem gefräßigen Hund bei der Fütterung ausgesetzt wird, und das wiederum bedeutete womöglich sogar den Tod.

Nur würde er nicht auch hier sterben, wenn Eddie Gal herausbekäme, dass er seinem Gefängnis entflohen war?

Er wird es herausbekommen, das kannst du mir glauben! Das ist so sicher wie ...

Ein Poltern. Marcus fuhr zusammen.

Wo war es hergekommen? Aus der *guten* Stube oder ... Nein, ganz bestimmt nicht. Es war aus einem der oberen Stockwerke gekommen, jedenfalls ganz sicher nicht aus diesem.

Sein Herz raste wie das eines Kaninchens in der Schlinge.

Und wenn es doch aus diesem gekommen war? Was, wenn Eddie Gal nicht aus dem Haus gegangen war und sich irgendwo in der Düsternis seiner Stube versteckt hielt, lauerte, *ihm* auflauerte?

Er kann nicht wissen, dass ich hier bin.

Auch das wusste Marcus nicht gewiss. Eddie Gal war schließlich alles zuzutrauen.

Wieder ein Poltern. Krachend. Wie Holz, das auf Holz geschlagen wird.

Gal musste hier im Haus sein. Nicht in diesem Stockwerk, das wusste Marcus jetzt, aber doch hier.

Ein Bild erreichte ihn wie eine Eilsendung aus der Hölle. Er sah Kim, wie sie auf den Dielen des Fußbodens lag, gekrümmt und vor Angst halb ohnmächtig, gerade wach genug, um die Qualen zu begreifen, die Gal ihr bereitete. Der Mann schlurfte gebeugt im Kreis um sie wie ein Löwe, der den Moment abpasste, sein Opfer zu attackieren. In seiner Hand hielt er einen langen, kantigen Prügel, und nur um ihr Angst zu bereiten, ließ er ihn in unregelmäßigen Abständen zu Boden krachen, während Kim sich wimmernd auf den Dielen wand und um ihr Leben bettelte.

Dann ein erneutes Poltern, lauter als zuvor. Es riss Marcus aus seiner Starre, die schon viel zu lange andauerte.

»O seht, o seht, ich komme viel zu spät«, sang das weiße Kaninchen in Marcus' Geist und rannte über den Hügel davon. Marcus rannte nicht. Er konnte nicht. Sein verletztes Bein ... Seine Angst ...

»Eddie.« Die hohe Stimme von Eddie Gals Mutter. Sie musste sich in der Nähe der Haustür befinden.

»Eddie, du musst die Hühner versorgen. Sie legen keine Eier. Sei ein gehorsamer kleiner Bastard und *kümmere dich!*«

Sie klang wie das irre Ebenbild ihres Sohnes. Sie nuschelte nicht, sprach deutlicher als er. Und doch glaubte Marcus, Eddie Gal selbst zu hören. Der gleiche Wahnsinn. Die gleiche Boshaftigkeit. Marcus bezweifelte nicht, dass sie beide menschliche Mordwerkzeuge waren.

»Wo versteckst du dich, Eddie?«-Gesäusel, gefolgt von »*Komm raus!*«-Kanonenschüssen. Wenn er nicht schleunigst das Handy fand, dann ...

So schnell ihn seine Beine trugen, hinkte er in die Stube. Der Raum war düster. Nur der mit einer feuerfesten Scheibe verglaste Ofen ließ ein paar matte Lichtflecken über den Holzboden und das Mobiliar tanzen – über den Sessel neben der Kommode mit dem darauf stehenden alten Radioempfänger, die Eckbank mit dem davorgestellten Tisch, den Stühlen und der über die Lehne hängenden ...

Da war sie. Heiland, da war sie! Noch in ebenjener schlaffen Haltung, wie er sie (unfreiwillig) zurückgelassen hatte. Eddie Gal hatte sich nicht um sie bemüht. Er hätte sie längst entsorgt haben können, sie einfach in den Müll schmeißen oder mit den Scheiten zusammen im Ofen verbrennen können, den Inhalt der Taschen dabei natürlich nicht auslassend.

Marcus stürzte regelrecht auf sie zu. Sein rechter, fast schlaffer Fuß verhakte sich in einer in der Dunkelheit nicht erkennbaren Bodenfuge. Er stolperte, fiel und rettete sich in letzter Sekunde vor einem Nasenbruch. Wie ein Kraulschwimmer ließ er die Arme nach vorn schnellen. Seine Hände fanden die Sitzfläche eines Stuhls. Und als sein volles Gewicht gegen ebendiesen drückte, geschah, was nicht hätte geschehen dürfen. Die Füße des Stuhls schabten trocken kreischend über den Fußboden. Ein Laut wie Fingernägel auf einer Schiefertafel durchschnitt den Raum. Nicht lange. Höchstens eine Sekunde, vielleicht weniger. Und doch lange genug, um die Aufmerksamkeit der Hausdame auf sich zu ziehen.

Marcus verharrte in dieser Position, hielt den Atem an, lauschte.

Er vernahm keine Schritte. Keine Stimme. Vielleicht hatte sie ihn doch nicht gehört. Womöglich (hoffentlich!) auch Eddie Gal nicht, der sich irgendwo oberhalb von ihm befinden musste.

Er war so kurz davor, Hilfe zu organisieren. Er durfte jetzt auf keinen Fall, auf *gar* keinen Fall scheitern!

Nichts geschah. Marcus atmete tief ein, entspannte sich ein winziges bisschen, wobei ihm auch dieses Geräusch enorm laut vorkam.

Seltsamerweise schmerzte sein Bein nicht mehr als zuvor. Schock und Adrenalin gewährten ihm eine Gnadenfrist. Dieses Überdehnen würde Schmerzen nach sich ziehen, heftige Schmerzen. Und genau daran durfte er jetzt nicht denken. Er musste handeln.

Er beugte die Beine, ließ sich zu Boden gleiten und griff sofort nach der Jacke. Er erwischte einen Zipfel, der beinahe den Boden berührte, und zog daran. Einen Moment befürchtete er, sie würde sich verhaken, nicht von der Lehne rutschen. Er würde sich aufrichten müssen, was definitiv bittere Schreie in seinem Knie mit sich bringen würde. Doch leise raschelnd entwand sie sich der Lehne und fiel vor ihm zu Boden.

Sofort betastete er den Stoff mit beiden Händen, erfühlte den Inhalt und den Aufenthaltsort des Handys. Und da! Er bekam etwas zu fassen. Es war klein und garantiert kein Smartphone, doch Marcus wusste sofort, um was es sich stattdessen handelte. Etwas, was er längst vergessen hatte. Es würde ihm noch von großem Nutzen sein können. Hastig suchte er die Öffnung der Tasche, fand sie, zog das Ding heraus und ließ es in seiner Hosentasche verschwinden. Es klackte leicht, als es mit der zerbeulten Kupferkugel aneinanderstieß.

Jetzt das Handy! Wo versteckte es sich? Wo nur? *Wo nur?*

Ein neuerliches Bild trat mit solch düsterer Vehemenz in sein Bewusstsein, dass ihm angst und bange wurde. Nicht dass Eddie Gal es seiner Jacke entwendet hatte, sondern dass der Akku des Geräts leer war. Wenn er sein Handy gebrauchte, ein- oder zweimal am Tag telefonierte und die eine oder andere Nachricht tippte, hielt der Akku maximal bis zu zwei Tagen. Nur wie würde er sich verhalten, wenn er nicht beansprucht wurde? Das hatte Marcus nie ausprobiert. Er wusste es nicht. Alles, was er nun tun konnte, war, zu hoffen, dass der Bildschirm aufleuchtete, wenn er auf den kleinen Knopf an der Seite drückte, immer vorausgesetzt, dass er es überhaupt ...

»Ed-ieee«, rief die Frau draußen gedehnt.

Das Heulen des Windes brach ihren Ruf. Doch sie war nahe. Sie musste genau vor der Haustür stehen. Nur der Hausflur trennte die beiden noch voneinander. Und würde sie so rasch und wild ins Haus treten, wie sie hinausgestürmt war, so ...

Ein fester Klotz, direkt unter seiner Hand. Er hatte es gefunden!

Mit schweißnassen Fingern suchte er nach der Öffnung im Stoff der Jacke. Er glaubte sie gefunden zu haben, griff hinein, bekam aber statt Kunststoff und bruchsicherem Glas nur Fussel zu fassen. Die falsche Tasche.

»*Eddie!*«, kreischte die Frau. »Du böser kleiner Junge. Komm aus deinem Versteck und sei ein Mann!«

(Wie lange ist eine Ewigkeit?)

(Manchmal nur eine Sekunde.)

Marcus fand den richtigen Weg. Rasch zog er das Mobiltelefon aus der Jackentasche, tippte auf den kleinen Knopf an der Seite, und in ebenjenem Moment, in dem ihm klar wurde, dass er seinen Anruf unmöglich von diesem Raum aus tätigen konnte (*Sie wird dich hören und finden und leichtes Spiel mit dir haben*), tat das Telefon nichts. Das Display blieb dunkel.

An der Vorderseite des Hauses schloss sich eine Tür. Der Wind verstummte. Das Klappern von festem Schuhwerk auf Holz war zu hören.

6

»Eddie«, raunte die Frau. Die Sohlen ihrer Schuhe schlurften über den Holzboden. Das kratzende Geräusch, das dabei entstand, kam stetig näher.

»Eddie, wo bist du? Komm raus, du kleiner Hosenscheißer, damit ich dir zeigen kann, was mit Jungen passiert, die ungehorsam sind. Dir hat deine letzte Abreibung wohl nicht genügt. Wo versteckst du dich?«

Wie ein kleiner Schuljunge beim Versteckspiel (möglicherweise wie der kleine Junge Eddie selbst) lag Marcus rücklings unter dem Esstisch in der Stube und hielt den Atem an. In seiner rechten Hand hielt er das nutzlose Scheißding von einem Handy, weswegen er diesen wagemutigen, und aus neuester Sicht überaus nutzlosen, Hindernislauf überhaupt erst auf sich genommen hatte. Er hatte sein

Leben dafür aufs Spiel gesetzt, und wozu? Um festzustellen, dass der verfluchte Akku abgekackt war?

»Eddie«, sagte die Frau und mit Entsetzen sah Marcus, dass sie inzwischen die Stube erreicht hatte. Die Schuhspitzen ihrer Halbschuhe ragten zur Tür herein, erhellt vom Schein der Deckenlampe im Flur – schwarzes Leder, niedrige Absätze.

Dreh um, dachte Marcus. *Die beschissene Missgeburt, die du Eddie nennst, ist nicht hier. Sie ist oben. Ja, oben. Da, wo das Poltern herkommt.*

Nur polterte es in diesem Moment der nervenaufreibenden Stille nicht. Es herrschte absolute Ruhe, die nur vom unregelmäßigen Knacken des verbrennenden Holzes im Ofen unterbrochen wurde.

»Bist du da, Eddie? Bist du hier?«

Nein!

»Hast du dich irgendwo vor mir versteckt?«

Sie kam herein. Mit winzigen, leisen Schritten trat sie in die Stube. Eine der Holzdielen wölbte sich leicht unter dem Gewicht ihres rechten Fußes. Ein jähes Knarren vibrierte bis in Marcus' Knie.

Er spürte einen dumpfen Schmerz in seiner linken Hand. Seine Fingernägel grub er sich vor Anspannung in das weiche Fleisch seiner Handfläche. Ein schmaler Blutfaden troff zwischen seinen verkrampften Fingerspitzen hervor. Sein Herz pochte so heftig, dass er glaubte, sie könne es unmöglich überhören. Was er nicht bemerkte – seine rechte Hand tat dasselbe. Auch sie krampfte. Nur lag zwischen diesen inzwischen viel zu langen Nägeln und seiner Handfläche ein schwarzer Gegenstand, der nun mit offenkundig intriganter Boshaftigkeit zu leuchten begann.

Marcus riss die Augen auf, glaubte nicht, was er da sah, und begriff sofort, dass dieses verdammte Scheißding nun niemandem mehr helfen würde – außer Eddie Gals Mama.

Hastig drückte er das Telefon gegen seinen Bauch, schirmte den hellen Bildschirm so gut er konnte ab und wusste doch, dass es zwecklos war. Jeden Augenblick würde eine Melodie verkünden, dass der Akku ganz und gar nicht leer, sondern das Handy nur ausgeschaltet war und sich nun wieder hochfuhr. Und noch viel schlimmer – die Melodie würde sein Versteck preisgeben.

Er presste die Buchse des Lautsprechers so fest wie möglich an sich und betete zu Gott, Jehova, Mohammed und allen großen Jungs heiliger Schriften gleichzeitig.

Bitte, winselte er in Gedanken.

»Ed...«, rief Mama Gal und brach ab, als die Melodie freudig die Bereitschaft des Telefons preisgab. Sie verharrte in ihrer Position, und obwohl Marcus die Drehungen ihres Kopfes nicht sehen konnte, wusste er, dass sie sich ganz wach umblickte. Mit ihren Augen suchte sie das Zimmer ab. Wo mochte dieses Geräusch nur hergekommen sein?

Und griff sie gerade nach etwas?

Marcus war sich nicht ganz sicher. Doch er hörte, wie Metall über Stein gezogen wurde. Ein kurzes Schleifen, dann verschwand es wieder. Er biss die Zähne zusammen. Sie hatte jede mögliche Chance, ihn zu überwältigen. Und er – er lag auf dem Boden im Dunkeln unter dem Tisch, die Füße bis ins hinterste Eck der Eckbank gestreckt, und hatte ihr nichts weiter entgegenzusetzen als ein Mobiltelefon, das ausgerechnet dann zu ertönen begann, wenn es das nicht sollte.

»Du bist hier, Eddie«, sagte Mama Gal. »Spielst du etwa wieder mit einem dieser elektronischen Geräte herum? Ich bin mir sehr sicher, dass ich etwas dergleichen gehört habe.«

Eddie ist nicht hier!

»Mach's dir doch nicht so schwer, Junge. Komm raus, damit ich dir zeigen kann, wie lieb deine Mama dich hat. Na los doch, komm schon.«

PIN-Eingabe, zeigte das Handy an. Drei Versuche übrig.

Ich muss es versuchen. Und wenn ich auch nicht mit ihnen sprechen kann, sie werden mein Telefon orten.

Aber würden *sie* auch kommen?

Wählte er die Nummer der Polizei, würde im Film die Dame am Notrufapparat sofort alles Nötige in die Wege leiten und eine Polizeistreife vorbeischicken. Die Beamten würden die Gegend überprüfen und – *hoppla* – einiges vorfinden, womit sie nicht rechneten. Sie würden Verstärkung rufen, es würde zum Höhepunkt des Streifens kommen, mit einer Schlacht um Leben und Tod, und zum Schluss würde man den Bösewicht fassen, wenn er sich nicht sogar selbst das Leben nahm.

Nur *war* das hier kein Fernsehfilm, und Marcus war sich sehr gewiss, dass es nicht so kommen würde. Vielmehr befürchtete er, dass Mama Gal die Stimme der Person am anderen Ende der Leitung hören und sofort reagieren würde. Und dann war es einerlei, ob die Polizei hier aufkreuzte oder nicht. Jedenfalls für ihn.

Wieder dieses metallische Geräusch auf Stein. Ein kurzes *Plink*, dann war es verschwunden.

Und plötzlich wurde Marcus klar, wessen sich Mama Gal bedient hatte. Zwei Sekunden später bestätigte sich seine Vermutung.

Er sah das metallische Etwas, lang und dünn und schwarz, neben ihrem Bein herabhängen. Der Kopf dieses Dings beschrieb eine Neunzig-Grad-Kurve und endete in einer schlangenkopfähnlichen Spitze. Mama Gal führte einen Schürhaken mit sich, den sie von der Halterung über den Fliesen vor dem Ofen genommen hatte.

»Eddie.«

Sie kam näher, stand nun keine zwei Schritte vom Tisch entfernt, unter dem er sich verbarg. Sie brauchte sich nur zu bücken und sie würde feststellen, dass sich nicht Eddie, sondern jemand ganz anderes vor ihr versteckte. Womöglich sogar aus demselben Grund.

(Komm raus und hol dir deine Abreibung ab.)

Marcus tippte 0206. Das Geburtsdatum seiner Tochter. Er biss die Zähne zusammen und presste den Daumen gegen den Lautsprecher des Geräts, als es erneut ein leises *Ding-dong-dang* von sich gab.

Mama Gal wandte sich in seine Richtung.

Sie weiß, wo ich bin!

Nun blieben ihm noch genau zwei Möglichkeiten. Entweder er wartete auf seine Entdeckung oder er ging zum Angriff über. Er könnte ihr die Beine wegziehen, sodass sie das Gleichgewicht verlor und nach hinten umkippte, so wie er es sich auch schon im Stall gedacht hatte. Wer weiß, vielleicht schlug sie sich den Schädel am Kessel des Ofens an und starb daran. Selb wenn sie nur bewusstlos würde, würde ihm das genügen. Es wäre *die* Gelegenheit, zu entkommen.

Und wenn das nicht passierte? Was, wenn sie zwar aus dem Gleichgewicht geriet, sich aber sofort wieder fing und ihm den Schürhaken so tief in den Arsch rammte, dass er die Asche am vorderen Ende schmecken konnte?

Das Resultat dieser Überlegung blieb dasselbe wie schon das zuvor. Die Füße wegzuziehen war keine Option. Viel zu unsicher.

Es gab noch eine weitere, fiel es ihm wie Schuppen von den Augen. Dazu musste er nur in seine Tasche greifen. Allerdings wusste er, dass das verfluchte Ding so stumpf war wie Stangenspargel. Er hatte das Taschenmesser, das er aus seiner Jacke gezogen hatte, nicht vergessen. Im Gegenteil, er musste unentwegt daran denken. Und befände er sich mit Mama Gal auf Augenhöhe und hätte kein verfluchtes Loch im Bein, könnte er sich vorstellen, die Frau im Nullkommanichts zu überwältigen. Nur befand er sich nicht mit ihr auf Augenhöhe. Und die verschorfte Wunde über seinem Knie machte es ihm unmöglich, sich flink zu bewegen.

»Du bist hier, Eddie. Ich weiß es. Ich weiß es ganz genau.« Sie sang die Worte fast, was ihrer kratzigen Stimme einen so boshaften Unterton gab, dass es Marcus eine Gänsehaut bescherte.

Hopp oder Top?

Langsam ließ er die linke Hand an sich hinab und die Fingerspitzen in die Öffnung seiner Jeanstasche gleiten. Das Rascheln seiner Bewegung war kaum zu hören und doch kam es Marcus ungeheuer laut vor. Er war sich sicher, sie würde sich jederzeit bücken, unter den Tisch spähen und ihm den Schürhaken ins Fleisch rammen. Womöglich würde sie auch auf die beiden ersten Dinge verzichten und gleich mit dem Haken beginnen. *Scheiß auf die Vorspeise, lasst uns zum Hauptgang kommen.* So oder so, er war im Arsch.

Das Metall war kalt. Vorsichtig zog er es heraus. Es war ein Schweizer Taschenmesser. Nichts Besonderes. Kein Korkenzieher oder ähnlicher Firlefanz. Nur ein Messer. Und dieses war stumpf und abgenutzt von der Arbeit im Labor. Wie viele Tüten voll Schnee hatte er damit geöffnet? Wie viele Klebebänder durchgeschnitten?

Er ließ das Handy los und öffnete mit beiden Händen die Klinge. Auch das verursachte leise Geräusche.

In der Dunkelheit sah er die Klinge nicht, wusste jedoch nur allzu gut, in welch schlechtem Zustand sie sich befand. Wenn er sie einsetzte, blieb ihm nicht mehr als ein einzelner Versuch. Ein gerader Stich, die Spitze voraus. Misslang dies, so wäre das zweifellos sein Untergang.

»Eddie«, sang Mama Gal.

Marcus schloss für eine Sekunde, die er nicht hatte, die Augen und nahm all seinen Mut zusammen. Wenn er jetzt nichts unternahm, dann würde er womöglich nie wieder die Gelegenheit dazu bekommen.

Ganz ruhig, Brauner. Du hast noch nie jemanden mit Absicht verletzt. Nur ist das hier etwas anderes. Das ist nicht irgendjemand, das ist Eddie Gals Mama – die Mutter des Teufels.

Er dachte an Kim, die – sofern sie überhaupt noch lebte – irgendwo in diesem Gebäude sein musste. Er dachte an Tina, seine Tochter. Daran, wie sie befangen von seinem Gehen auf der Schaukel saß und ihrem Plüschhasen das Fell streichelte. Er dachte auch an die anderen in den Käfigen. Wilko, die Frauen. Und natürlich dachte er an Christa Zürn – wie sie tot vor sich hin starrend auf dem Boden des Stalls lag und die Fliegen in der tiefschwarzen Augenhöhle duldete.

Der Gedanke an sie gab ihm den nötigen Antrieb. Er riss die Augen auf, fixierte die Waden, die unter dem blauen Kleid herausragten.

Links, dachte er. *Mit links erreichst du sie besser.*

Das alles geschah in Sekundenbruchteilen. Er biss die Zähne zusammen und ließ das Messer in seiner Hand nach vorn schnellen.

Der Schürhaken erwischte seinen Unterarm mit der brachialen Gewalt eines Golfschlägers, noch ehe die Klingenspitze ihr Ziel erreichte. Etwas brach mit einem lauten Knacken. Ein immenser Schmerz fuhr ihm von den Fingerspitzen bis hinauf in die Schultern. Ungeachtet jeder Vernunft schrie Marcus auf. Das Messer flog und schlitterte über den Boden davon.

»Hab ich dich!«, krächzte Mama Gal triumphierend. »Du böser, böser kleiner Junge. Wusste ich doch, dass du dich unter dem Tisch verkrochen hast wie ein räudiger Köter. Und jetzt komm raus!«

Sie packte ihn am Kragen und zog. Ungewöhnlich stark zerrte sie ihn unter dem Tisch hervor. Seine Beine schleiften hinter ihm her. Mit der Rechten krallte er sich an ihrem Unterarm fest, der sehnig und stahlhart war. Seine Hand reichte nicht um ihn herum. Das Handy, das mit erhelltem Display auf seiner Brust geruht hatte, fiel klappernd zu Boden.

»Komm her, du ungezogener kleiner Bengel!«, fauchte sie ihn an.

Er versuchte sich ihr zu entwinden, wehrte sich so gut er konnte. In seinem linken Arm fühlte er überhaupt nichts mehr. Sein rechtes Bein war nicht weniger hilfebringend. Er war ihr ausgeliefert, dachte er. Dann hob er den Blick und sein Denken reduzierte sich auf nur einen einzelnen Begriff.
Sie.
Sie – Mama Gal.
Das Entsetzen überrannte ihn so ungestüm und unaufhaltsam wie ein Rudel wild gewordener Wasserbüffel. Es war so groß, dass ein Schrei nicht genügte, um es in Worte zu fassen. Es brach mit allem Vorstellbarem, mit allem, was er je gesehen oder erträumt hatte, hervor. Wie ein Geysir wollte es aus seiner Kehle quellen. Doch an seine Ohren drang nur ein gutturales Röcheln, das er kaum als seine eigene Stimme wiedererkannte.
Sie, dröhnte es in seinem Kopf. Und doch war das, was er sah, nicht mit diesem *Sie* vereinbar. Das da vor ihm war eine Frau, und auch wieder nicht. Es waren dieselben hellgrünen Augen wie die Eddie Gals. Starrer Irrsinn quoll aus ihnen hervor. Nur saßen diese Augen nicht in den dafür vorgesehenen Höhlen, sondern in den Höhlen hinter den Höhlen. Die Nase war ein schlaff herabhängendes Ding, das im Takt des Kampfes hin und her zappelte wie ein Fisch auf Land. Ebenso das Kinn. Die Wangen glichen einem aus der Form gelaufenen Teig. Grauer Teig. Das in der Nacht dunkle und jetzt eindeutig rote Haar stand wirr vom Kopf ab. Silberne Ohrringe zuckten wild in alle Richtungen. Das da vor ihm war ein Gesicht und es war keines – kein lebendiges. Sämtliche Vitalität, die Wut, der Wahnsinn, jede Mimik lagen darunter verborgen. Das da war Eddie Gal unter der ledrigen Gesichtshaut einer toten Frau.
Marcus erkannte dies und übersah dabei den Schürhaken in Gals erhobener Faust. Seine Kraft, sein Überlebenswillen, sein Verstand – all das setzte aus, als er das unter den toten blauen Lippen der Menschenmaske liegende strahlende

Grinsen anblickte. Dann sauste der Schürhaken hinab und katapultierte ihn in eine tiefe, verdammt tiefe Dunkelheit.

7

Ihr Blick war zornig. Nein, Halt, nicht zornig und auch nicht wütend. Hasserfüllt. In ihren dunklen Augen loderten Höllenfeuer. Die Hände hatte sie in die Hüften gestemmt, den Oberkörper angriffslustig nach vorn gebeugt. Ihr Mund bewegte sich auf und zu wie der eines Karpfens, und was daraus auf ihn zupreschte, schien ganz eigene Zähne zu besitzen. Michelle schrie ihn an. Und Marcus, der, wie er feststellte, auf der Couch im Wohnzimmer lag, fühlte sich ungeheuer erleichtert.

»Du bist das Letzte, ein Nichtsnutz, genau wie es meine Mutter prophezeit hat. Schon als sie dich das erste Mal gesehen hat, wusste sie es, sie wusste, dass du zu nichts zu gebrauchen bist, dass du nur dein eigenes Ding durchziehst. Sogar das mit den Drogen ahnte sie. Ein schöner Vater bist du! Selbst jetzt hast du nicht einmal den Anstand, dich zu schämen, und grinst mich blöde an. Darf ich vielleicht erfahren, was bitte so verdammt komisch sein soll?«

Er grinste tatsächlich, und die Röte in Michelles Gesicht verschlimmerte die Lage noch. Er brach in schallendes Gelächter aus.

Michelle deutete seinen Anfall falsch. Natürlich tat sie das. Von ihrem Gesichtspunkt aus gab es nichts zu lachen, nicht einmal zu schmunzeln.

»*Was ist so verdammt komisch?*«, brüllte sie ihn an, und wieder nötigte ihn sein Körper dazu, eher lauter statt leiser zu werden. Er versuchte sich unter Kontrolle zu bringen, doch es gelang ihm nicht. Jedenfalls nicht, bis er realisierte, dass seine Freundin drauf und dran war, das Zimmer zu verlassen, um vielleicht ihren Versuch, ihn vor die Tür zu setzen, noch mal von vorn zu beginnen. Klein beigeben würde sie ganz sicher nicht. Sie hatte die Nase gestrichen voll von ihm.

»Bleib hier«, sagte er, sich die Hand vor den Mund haltend, um nicht wieder loszubrüllen.

Sie blieb, wo sie war, und schüttelte eindringlich den Kopf. Die Wut in ihrem Gesicht war markerschütternd. Und süß. Ihre vollen Lippen zitterten wie ihr dunkler lockiger Schopf, den sie ihrer gemeinsamen Tochter vererbt hatte.

»Du spottest über mich. Und unterschätzt die Situation.«

Er setzte sich auf und blickte ihr tief in die Augen. Nun war er dran, den Kopf zu schütteln. Er tat es langsam, weil er selbst nicht glauben konnte, was sich ihm gerade offenbart hatte.

Ein Albtraum – mehr nicht, dachte er.

»Wärst du in der Situation gewesen wie ich gerade, würdest du ebenfalls lachen.«

»Wovon sprichst du?«

»Das wäre zu irre, um es dir zu erzählen.«

»Dann schweig und halt mich nicht zum Narren. Du hast deinen Schabernack lange genug mit uns getrieben.«

Er hob die Hände. Nicht um ihre Worte abzuwehren, sondern um Vergebung zu bitten. »Es tut mir leid«, sagte er. »Ich wollte nicht, dass du glaubst, ich würde über dich lachen. Es ist nur …«

»Was?« Die Gereiztheit in ihrer Stimme war nicht verflogen. Und wer mochte es ihr verübeln. Er hatte wirklich viel Mist gebaut und den meisten davon in der Zeit, in der er mit ihr zusammen gewesen war. Seine Pläne von einem Studium der Philosophie hatte er für nichts und wieder nichts geopfert. Den unbefriedigenden und doch ernährenden Job als Verkäufer in einem Baumarkt hatte er verloren. Er hatte ein Jahr seines eigenen Lebens und des Lebens mit seiner Familie in die Tonne getreten. Gesiebte Luft statt familiäre Zuneigung. Und dann war da noch die Sache mit dem Job, die er einfach nicht auf die Reihe bekam. Nicht, weil er nicht wollte, sondern weil ein Abitur nichts mehr wert war, wenn es einmal den Knaststempel aufgedrückt bekommen hatte.

Doch das alles kam ihm jetzt belanglos vor. Nach dem, was er in diesem Traum erlebt beziehungsweise durchlebt hatte (so lebendig hatte er schon eine Ewigkeit nicht mehr geträumt), wusste er, es war an der Zeit, etwas an seinem Leben zu ändern. Jetzt. Das mochte kitschig und klischeehaft klingen, doch so empfand er. Dieser Traum war die Hölle gewesen. Und wie es aussah, war es genau das, was er gebraucht hatte, um klar sehen zu können.

»Was?«, wiederholte Michelle.

»Ah, du würdest mir ja doch nicht glauben«, winkte er ab.

Plötzlich regte sich etwas in ihrem Gesicht. Die Wut ging in Argwohn über. Michelle klang vorsichtig interessiert, als sie sagte: »Vielleicht würde ich es ja doch.«

Er sog tief Luft ein. »Also gut. Ich hatte gerade den schlimmsten Albtraum meines Lebens. Ich dachte, ich müsste sterben. Das dachte ich wirklich. Und dann mache ich meine Augen auf und ein Engel steht vor mir. Der Engel ist wütend, aber auch ein wütender Engel ist ein ...«

»Spar dir die schlechten Versuche, irgendwas richten zu wollen, was du nicht richten kannst. Du hast keine Ahnung, wie verletzt ich bin.«

»Weißt du, was ich gerade eben sagte, meine ich ernst. Ich glaubte wirklich, ich müsse sterben. Und nicht nur ich. Auch andere. Jetzt stellt sich heraus, dass alles nur ein Traum war. Und ich bin heilfroh darüber.« Er sprach nun sachlich und ernst. Das Lachen war aus seiner Stimme verschwunden. »Wäre das, was ich träumte, real, so hätte ich dich und Tina vermutlich nie wiedergesehen. Und mit nie wieder meine ich *nie wieder.*«

»Seit wann bist du so melodramatisch?«

»Ich meine jedes Wort todernst, Michelle.«

»Das ändert nichts an unserer Situation.«

»Doch, das tut es.« Seine Stimme klang nun alles andere als stetig. Er spürte die Tränen, die kommen wollten, und hielt sie nicht auf.

Sie sah ihn verunsichert an. »Warum?«

»Weil ich auch davon träumte, dass du mit mir Schluss gemacht hast. Du bist vor mir aufgetaucht, als ich ein Nickerchen auf der Couch machte. Wie heute. Und dann hast du mich von jetzt auf gleich vor die Tür gesetzt. Du wolltest mir noch nicht einmal mehr die Möglichkeit geben, Tina Lebwohl zu sagen. Ich habe es zwar trotzdem getan, aber ...« Nun waren die Tränen da. Sie liefen ihm in schmalen Bächen über die Wangen. Er unternahm nicht einmal den Versuch, sie wegzuwischen. »Es tat so verflucht weh. Du kannst dir nicht vorstellen, wie weh es tat, Tina zu sagen, dass ihr Vater nun nicht mehr für sie da sein würde, dass ihr Papi ihr keine Gutenachtgeschichten mehr beim Zubettgehen vorlesen würde. Sie ist erst vier und versteht es womöglich noch nicht genau, was es heißt, einen Elternteil von nun an nur noch alle zwei Wochen an den Wochenenden zu sehen, doch in meinem Traum verstand sie ganz genau. Und ich konnte ihren Schmerz fühlen, Michelle. Das ist keine Entschuldigung für mein Verhalten in der Vergangenheit, und ich weiß nicht, wie ich all das, was ich getan habe, je entschuldigen könnte. Die Drogen, die falschen Freunde, der Knast, die Arbeitslosigkeit.« Seine Stimme zitterte. »Ich weiß nicht, ob mein Traum so etwas wie eine Vorahnung war. Deinem Ausdruck zufolge willst du mich wirklich vor die Tür setzen. Und ich verstehe das. Das tue ich wirklich. Und ich kann dich nur darum bitten, es nicht zu tun. Ich weiß nicht, was der Rest meines Traums bedeuten könnte, ich habe an so etwas wie Traumdeutung nie geglaubt. Ich weiß nur, wenn du mit mir Schluss machst, kann nichts Gutes folgen. Das, ja, das ist mir klar geworden. Und ... Halt, lass mich bitte zu Ende reden ... Und ich habe verstanden, dass es nicht so weitergehen kann. Und darf. Ich muss mein

Leben verändern, muss die Füße wieder auf den Boden bekommen, meinem Kind ein Vorbild sein. Wenn du diese Möglichkeit noch für uns siehst, dass ich mich für uns alle verändern kann, dann bitte ich dich, wirf sie bitte nicht weg. Es ist deine Entscheidung, was du tust. Ich kann dich nur um eine weitere Chance bitten.«

Sie sagte nichts, und ihr Schweigen zog sich eine ganze Weile. Dann folgte ein kaum merkliches Nicken. Sie sagte: »Ich weiß nicht, was du geträumt hast, aber es muss grauenvoll belehrend gewesen sein. Ich erkenne dich kaum wieder.« Wieder eine Pause. »Ich weiß auch nicht, ob ich dir glauben kann.«

»Das kannst ...«

Sie unterbrach ihn mit erhobener Hand. »Sag nichts. Bitte. Sonst denke ich ein zweites Mal über meine Entscheidung nach, und das könnte schlecht für dich enden.«

»Heißt das ...« Er bremste sich selbst.

»Unter drei Bedingungen. Eine davon wird dir nicht leichtfallen, das weiß ich, dennoch verlange ich sie.« Sie zählte an den eigenen Fingern auf, wie sie es schon tat, seit er sie kannte. Dabei wirkte sie wie eine Mischung aus einem Schulmädchen, das zählen lernt, und einer alten Frau, die Gottes Gebote predigt. In diesem Fall waren es ihre eigenen.

»Erstens. Du suchst dir einen Job. Wenn du nicht zu wählerisch bist, und ich rate dir davon ab, wirst du schnell einen finden. Louis Herrmann hat eventuell einen für dich in seiner Werkstatt, da bin ich mir ziemlich sicher. Wenn du nicht bei ihm arbeiten möchtest, weil er dir zu ausländerfeindlich ist, kann ich das verstehen, dennoch solltest du ihn in Erwägung ziehen.

Zweitens. Keine falschen Freunde. Du weißt, was das heißt. Mag sein, dass du David schon seit deiner Schulzeit kennst, nur hat er, wie wir alle wissen, nicht gerade den besten Einfluss auf dich.

Und drittens, das ist mir am allerwichtigsten: Sei für deine Familie da. Ich weiß, dass du jemand bist, den man als Freigeist bezeichnet, und ich möchte dir dieses Talent auch nicht abspenstig machen. Nur dass wir uns verstehen: Es ist mir egal, was du über die Gesellschaft, die Politik oder meinetwegen Homer Simpson denkst, denk vor allem an deine Familie. Und da du Tina nie außer Acht gelassen hast, meine ich damit, denk vor allem auch mal an mich.«

Nun war sie selbst den Tränen nahe.

Marcus glotzte sie mit offenem Mund an. Erstens und zweitens konnte er ohne Weiteres nachvollziehen, aber drittens? Er hätte erwartet, dass sie ihm sagte, er solle nie wieder Hasch rauchen, sich nie wieder einen Schuss setzen, nie wieder mit kleinen Wunden in den Armbeugen aufkreuzen, nie wieder zur Wohnungstür hereinwanken, niemals einen gottverdammten Köter bumsen. Aber das?

Denk vor allem auch mal an mich, wiederholte er in Gedanken. Wie zur Hölle kam sie darauf, dass er nicht an sie dachte? Natürlich dachte er an sie, er hatte sie immer in seinem Kopf, immer bei sich, er ...

Er brauchte sich nichts vorzumachen. Es stimmte, was sie sagte. Vor vier Jahren hatte er ein ihm bis dahin unbekanntes, unbeschreiblich wohles Gefühl entdeckt. Es war aus dem Nichts gekommen und tauchte so urplötzlich in sein Herz ein wie ein hitziger Turmspringer in ein kaltes Wasserbecken. Es erfüllte ihn mit einer Wärme, die nicht einmal Goethe oder Schiller hätten beschreiben können.

Das war, als Tina auf die Welt gekommen war. Sie war dem Körper ihrer Mutter entschlüpft, von Hebammen und Krankenschwestern umsorgt, mit einem Handtuch von Blut und Schmiere befreit und ihm in die Arme gelegt worden. Genau das war der Moment gewesen, in dem er sein Herz herschenkte.

Natürlich hatte er Michelle nicht vergessen. Zu Beginn ihrer Dreisamkeit ging es zwischen ihm und ihr sogar noch weiter bergauf. Es kam ihm fast so vor, als stürmten sie als Dreiergespann den Mount Everest hinauf, wo die ultimative Erfüllung auf sie wartete.

Sie kamen nie bis zum Gipfel. Und das hatte nichts mit Michelle oder Tina oder dem nächtlichen Summen von Schlafliedern zu tun, sondern allein mit ihm. Er war es gewesen, der sich mehr und mehr seiner Tochter zu- und von seiner Frau abgewandt hatte. Die kleinen Geschenke wie Blumen oder Pralinen blieben aus. Die Umarmungen und Stirnküsse beim Betreten des Hauses verkamen zur Routine. Und ihm, der geglaubt hatte, alles zu haben, was ein Mann sich nur wünschen konnte, war es entgangen, wie unglücklich er seine Frau machte. Er hatte nur sein eigenes Glück gesehen – eine liebreizende, schöne Frau, ein gesundes Kind und Freunde, mit denen man einen draufmachen konnte.

Er stand von der Couch auf, ging schuldbewusst auf sie zu. Vorsichtig umfasste er ihren Ellenbogen.

»Es tut mir leid«, sagte er. »Es war mir nicht aufgefallen, wie sehr ich dich vernachlässigt habe. Und dass ich dich so wenig unterstützt habe. Du bist diejenige, die alles am Laufen hält. Das hier verdanken wir alles nur dir.«

Mit flatternden Lidern sah sie zu ihm auf, wollte etwas sagen, doch er legte ihr den Finger auf die Lippen.

»Bist du bereit, uns noch eine Chance zu geben? Wenn nicht ... Ich glaube, ich würde es verstehen«, sagte er.

Nun war es an ihr, ihm einen Finger auf die Lippen zu legen. »Wenn du noch einmal um eine Chance bettelst wie ein Junkie um einen kleinen Schuss, werde ich dich wie einen behandeln. Und jetzt küss mich, bevor ich es mir anders überlege.«

Er tat es. Und als ihre Lippen sich berührten, schmeckte er das köstliche Salz ihrer Tränen. Und der seinen.

»Ich liebe dich«, sagte er und umfasste sie. Ihr schlanker Körper fühlte sich fest an, nur die freien zwei Zentimeter

Haut über ihrer Jeans waren weich. Und ihr Busen, der sich in ihrer Umarmung gegen seine Brust drückte.

»Und ich liebe dich«, sagte sie und küsste ihn erneut. Sanft und fest zugleich. Und als sie ihre Zunge einsetzte, ließ auch er sich darauf ein. Es war der intimste Moment, den sie seit Jahren erlebten, und es war schön.

Er ließ seine Hände über ihren kleinen Hintern gleiten, und als sie genussvoll leise aufstöhnte, intensivierte er seinen Griff. Ein heiseres Keuchen entschwand Michelles küssenden Lippen. Und auch ihre Hände gingen auf Entdeckungstour über seinen harten Bauch hinab zu seinem niemals verwundet gewesenen Knie und wieder hinauf. Auf Leistenhöhe hielt sie mit flacher Hand inne. Er spürte, wie sie an Fahrt gewann. Ihr Herz schlug so rasch, dass ihre Brüste leicht vibrierten. Auch er hielt es kaum mehr aus, ihr die Kleider vom Leib zu reißen. Er ermahnte sich, geduldig zu sein. In ihrer ganzen Beziehungszeit war es selten vorgekommen, dass Michelle den Anfang gemacht hatte. Und nun begann sie sogar mit einer Predigt. Sie sank auf die Knie. Mit einem kurzen *Ratsch* öffnete sie den Reißverschluss seiner Jeans. Dann griff sie ihm in die Hose.

»Wo ist er?«, stöhnte sie.

Marcus wusste, dass es sich dabei um eine Art Spiel handelte. Sie wusste genau, wo *er* war. Sie hatte ihn längst zu fassen bekommen, erigiert und hart, und musste ihn nur aus seinem gewobenen Gefängnis befreien.

»Wo bist du, Liebling? Wo bist du, kleiner Scheißkerl?«, stöhnte sie.

Marcus, der die Augen geschlossen hatte und mit vor Erregung offenem Mund den Kopf in den Nacken legte, wunderte sich über Michelles böses Mundwerk. Er kannte sie als Anhängerin des verschwiegenen Genusses. Doch dieses Schmutzige begann ihm mehr und mehr zu gefallen. Vielleicht brauchte es ein wenig dieses Schmierfettes, um alles wieder so richtig ins Rollen zu bringen.

»O ja, rede weiter so mit mir, Babe. Ich bin ganz heiß darauf.«

Er spürte, wie sie sein Glied packte. Ihre Finger umfassten es mit solcher Kraft, dass Marcus für einen Moment die Luft wegblieb. Es fühlte sich ganz ... ganz ...

»Nicht so fest«, keuchte er, als sie begann, *ihn* zu reiben, seine Vorhaut wie die Ladeschiene einer Flinte vor und zurück zu ziehen und zu schieben. Es schmerzte ein wenig.

»Bist du dir sicher? Ich fange doch gerade erst an. Meinst du nicht auch, dass der kleine Lümmel lange genug auf seine Abreibung gewartet hat?«

Die Stimme. Die Worte. Marcus riss die Augen auf.

»Oh, das hat er, *das* hat er. Und jetzt bekommt er sie mit allen Schikanen, mit allem, was dazugehört, weil er ein böser Junge war, ein ganz böser kleiner Scheißer, der besser hätte hören sollen, als Mama zu ihm sagte, er solle die Hühner füttern gehen, weil sie sonst keine Eier legen. Ungehorsam, *Ungehorsam* nenne ich das!«

Beinahe ohnmächtig vor Entsetzen starrte Marcus auf die Hand, die schob und zog; auf das rote, krause, spröde Haar, das dicht vor seinem schwächsten Körperareal zuckte; auf die schwarzen langen Härchen auf dem männlichen Unterarm. Er wollte schreien. Und in diesem Augenblick der Schande und der Scham wollte er sogar sterben.

Langsam wie eine fallende Schneeflocke präsentierte sich ihm das ledrige Gesicht mit der zu langen Menschennase, dem wabbeligen menschlichen Kinn und den grünen dämonischen Augen.

»*Hab dich gefunden!*«, frohlockte Eddie Gal unter der Maske. Er lachte wild wie ein verrückt gewordener Clown. »Aber, aber ... Du willst mich jetzt doch nicht im Stich lassen, Marcus. Oder? Lass mich nicht hängen ... Das heißt, lass *ihn* nicht hängen, haha. Wie wäre es, wenn ich damit anfange?«

Eine Hand schoss Marcus zwischen die Beine. Er schrie auf.

»Du weißt doch, dass ich darauf ganz besonders abfahre. Du weißt doch, wie sehr ich auf Eier stehe!«

Marcus spürte mehr, als dass er sah, wie Gal den Druck auf seine Hoden erhöhte. Ein flüssiger Schmerz schoss durch seine Eingeweide, und als er dies spürte, reagierte sein Körper wie automatisch. Marcus holte aus und schlug zu. Der Stich, der in seinem Unterarm entstand, als seine Faust auf die Maske traf, war nicht von dieser Welt. Er war real. So real wie ...

8

... Wie der undeutliche Schemen vor seinen Augen.

Es war, als tauchte Marcus aus einem Schwimmbecken auf, die Augen von Chlor gereizt, die Sicht verschwommen. Ein grelles Kreischen flutete seinen Schädel, als Licht in seine Augen traf. Er heulte auf, wollte sich instinktiv an den Kopf fassen, und als ihn etwas davon abhielt, schrie auch sein linker Arm auf. Der Schmerz rannte von seinem Ellenbogen hinauf bis in den Hals, wo er sich mit erneuten Kopfschmerzen zu einem einzigen Ballen vereinte.

Dieses Empfinden hätte ihn verschlucken und erneut in die Dunkelheit reißen können. Doch Marcus' Entsetzen über den Schmerz und die plötzlich eintretende Erinnerung an Eddie Gal, der das alles im Kostüm einer Horrorgestalt verursacht hatte, rissen Marcus in die Realität zurück, wo der langsam deutlicher werdende Schemen eines Menschen auf ihn wartete. Angst flutete seinen Körper.

Er ist es. Er ist es! O Himmel ... O verfluchte Scheiße!

Aber es war nicht Eddie Gal. Die Haare zeugten von einer anderen Gestalt. Sie waren weder kurz noch standen sie wirr vom Kopf ab. Sie waren lang und dunkel und hingen bis über die schmalen Schultern einer jungen ...

»Kim«, sagte er. »O mein Gott, Kim! Was hat er dir ...«

Sie konnte ihm nicht antworten. Zwischen ihren Lippen hätten keine Worte entrinnen können, selbst wenn sie es gewollt hätte. Ein fleckenübersätes Tuch war um ihren Mund gestrafft. Die dunklen Augen darüber blickten ihn müde, fast apathisch an. In ihnen stand die niederschmetternde Eindrücklichkeit tiefster verlorener Hoffnung geschrieben, und der Grund dafür war nicht zu übersehen. Um ihren Hals schloss sich ein dicker Eisenring. Auch ihre Hände waren von solchen umschlossen. An ihnen hingen massive Ketten. Sie führten zur Wand hinter ihrem ausgezehrten, schmalen Körper, wo einzementierte Ösen das Ende ihrer Bewegungsfreiheit darlegten. Ein Holzschnittabdruck aus einem Buch, das er irgendwann einmal durchstöbert hatte, kam ihm in den Sinn. Sie sah aus wie eine Gefangene im 15. Jahrhundert, die auf ihre Verbrennung wartete.

Marcus nahm das alles wahr und begann zu hoffen, dass er sich doch wieder nur in einem irrsinnigen Traum befände. Doch diese Hoffnung war vergebens, das wusste er. Die Schmerzen in seinem Kopf waren zu immens, zu prägnant, um erdacht zu sein. Sie waren real, genau wie der ganze andere Mist um ihn herum; genau wie die Handschellen und das Halsband, die auch seinen Körper festhielten. Nur saß er nicht an derselben Wand wie Kim, sondern an der Wand zu ihrer Rechten. Ihre und seine ausgestreckten Beine bildeten zusammen mit den Wänden gewissermaßen ein Rechteck. Hätte er seine Fußspitzen ausgestreckt, hätte er die ihren berühren können, so nah waren sie sich. Das war gut. Es fühlte sich besser an als zuvor in den Käfigen, wo sie sich nicht einmal die Hände hätten reichen können.

Das brachte eine Frage auf. Weshalb hatte Gal sie oder zumindest ihn nicht wieder zurück in einen der Käfige gesteckt? Befürchtete er, Marcus könnte auch ein zweites Mal entkommen, oder hatte er noch etwas mit ihm vor?

Dieser Gedanke ließ ihn erschauern. Wenn Gal etwas mit ihm vorhatte, dann war es nichts Gutes, und dass er etwas mit ihm vorhatte – so wurde ihm nun bewusst –, musste tatsächlich der Fall sein. Denn dieser Bastard hätte ihn auch direkt und unmittelbar mit dem Schürhaken erschlagen oder mit dem Colt erschießen können, um sich weitere Mühen zu ersparen.

Nur was will er von mir?, fragte sich Marcus.

Auf diese Frage fand er keine Antwort. Nicht hier. Nicht jetzt. Außerdem glaubte er zu wissen, dass auch Gal selbst nicht unbedingt wissen musste, was er mit Marcus vorhatte. In Marcus' Augen war Gals Handeln vollkommen unzusammenhängend. Was auch immer den Wahnsinn in ihm ausgelöst hatte, was auch immer die Schuld daran trug, dass dieser gottverdammte Landwirt nicht nur ein Gesicht, sondern zwei hatte, es machte ihn zu einer Lebensgefahr für andere. Und das war alles, worauf es ankam.

Zwei Gesichter, überlegte Marcus zweifelnd und dachte daran, wie Eddie Gal sich beim Sprechen über die Schneidezähne leckte. Mal mit geschlossenem, mal mit offenem Mund. Marcus dachte auch darüber nach, dass Gal im Falle, dass er die Lippen geschlossen hielt, eher dümmlich und zurückhaltend wirkte, ganz im Gegenteil zu den Momenten, in denen er sich bei geöffnetem Mund über die Zähne ...

Nein, nicht zwei. Drei. Er hat drei Gesichter. Drei Geister, die sein Hirn regieren – drei Charaktere. Er hat eine Persönlichkeitsstörung.

Aber das Wort kam ihm nicht ganz richtig vor. Er suchte einen anderen Begriff. Nicht Persönlichkeitsstörung, sondern ... Die Kopfschmerzen erschwerten sein Denken. Unter seiner linken Gesichtshälfte schien ein zweites Herz zu schlagen. Die Haut über seiner Schläfe fühlte sich an, als würde sie sich dehnen und wieder zusammenziehen, so sehr pochte es in seinem Schädel. Dennoch versuchte er sich zu konzentrieren.

Nicht Persönlichkeitsstörung. Es gibt viele davon. Narzissmus, Borderline, Bipolarität – das sind alles Persönlichkeitsstörungen ...

Erinnerungen an Filme stimmten in sein Denken ein wie Instrumente in eine Sinfonie; Filme, in denen die Hauptpersonen von Stimmen eingeholt wurden und Taten begannen, die ihr vorderes Bewusstsein gar nicht vollbringen wollte. Aber auch das traf bei Gal nicht hundertprozentig zu. Zwar wusste Marcus nicht, ob Eddie Gal von Stimmen heimgesucht wurde, doch es kam ihm unwahrscheinlich vor, denn solch eine Störung nannte man seines Wissens nach Schizophrenie, und mit ebendieser Krankheit wurde Gals Störung – insofern Marcus richtiglag – oft verwechselt.

Nein, nein, es heißt anders. Er tritt als mehrere Personen auf. Eine davon ist seine eigene gottverdammte Mutter, meine Güte, streng dich an, Marcus, streng dich an!

Dann war der Begriff da. Er kam ihm ganz plötzlich zugeflogen.

»Dissoziative Identitätsstörung«, sagte er, den Blick wie durch ein Fenster ins Freie geradeaus gerichtet.

Kim wandte den Kopf. In ihrem matten Blick blitzte eine Frage auf.

»Ich glaube, unser Freund hat eine dissoziative Identitätsstörung. Multiple Persönlichkeiten«, sagte er, als würde es all das Grauen und die Qualen erklären.

Sie runzelte die Stirn, auf der mehrere Grinde und ein eingetrockneter Blutsfaden von ebenjenen Qualen zeugten.

»Kennst du den Film *Split*?«

Sie schüttelte den Kopf. Die Kette, die das Halsband mit der Wand verband, rasselte.

»Darin geht es um einen Mann, der mehrere junge Frauen in seinem Keller gefangen hält. Sie finden heraus, dass er mehrere Persönlichkeiten in sich birgt. Wenn ich mich recht erinnere, waren es über zwanzig. Jede von ihnen hatte ihren eigenen Charakter. Eine Diabetikerin, ein Kind von neun Jahren, unterschiedliche Männertypen. Und Etwas, das er die Bestie nennt. Ihr sollten seine Gefangenen zum Opfer fallen.« Er seufzte. »Nur ein Film, nichts weiter. Aber diese Störung gibt es tatsächlich. Und ich glaube, unser Eddie ... Als ich fliehen wollte, begegnete mir eine Frau. Zumindest dachte ich, es wäre eine. Ich hatte geglaubt, ich könne sie überrumpeln, ihr entkommen. Doch es war keine Frau. Es war Eddie selbst. Er trug eine Maske und ein Kleid. Die Maske war, denke ich, die tote Haut eines Menschen.« Er erschauerte. »Ich denke, er trägt ebenfalls multiple Persönlichkeiten in sich, genau wie der Kerl im Film.«

Sie konnte ihm nicht antworten. Doch ihr Starren offenbarte, dass sie genau verstand, worauf er anspielte. Angst loderte in ihren Augen. Und Erkenntnis. Marcus meinte außerdem zu erkennen, dass sie wusste, worüber er sprach, und nun die Umstände begriff. Womöglich, nein, wahrscheinlich war auch sie diesem maskierten Monster begegnet.

»Wo sind wir hier?« Er sprach mehr zu sich selbst. Auf eine Antwort von Kim brauchte er nicht warten. Es war offensichtlich.

Sie befanden sich in der hinteren Ecke eines L-förmigen Raums. Ein großer Teil lag unersichtlich zu Marcus' Rechten verborgen. Eine massive hölzerne Kommode versperrte ihm die Sicht. Vom Boden aus konnte er sie nur bedingt überblicken, erkannte jedoch einen großen Spiegel und einen Styroporkopf, auf dem eine Perücke lag. Die Perücke sah aus wie ...

Marcus krampfte sich der Magen zusammen. Sofort als er das dunkelrote Ding entdeckte, schossen ihm Erinnerungen an *Mama* Gal durch den Kopf. Das da war *ihre* Haarpracht. Ein zottiges Etwas, ausgefranst und starr wie die künstliche Perücke eines Clowns. Haarnadeln stachen daraus empor, die sie und den Perückenkopf darunter miteinander verbanden.

(*Als hätte er sich ein totes Tier auf die Glatze genagelt.*)

Der Perückenkopf selbst wirkte auf den ersten Blick unscheinbar. Nur die dunkle, ölig glänzende Schicht auf dem weißen Gesicht ließ erahnen, dass er zu mehr als bloßer Zierde diente.

Darauf..., überlegte Marcus. *Darauf legt er seine Maske ab.*

Allein die Vorstellung bereitete ihm solches Unbehagen, dass sich ihm die Nackenhaare aufstellten.

Was Marcus noch auffiel, war der Geruch im Raum. Er war keinesfalls so heftig wie der Gestank im Stall. Es roch auch nicht nach Exkrementen oder Blut. Eher nach etwas Chemischem. Assoziationen an ein Krankenhaus machten sich Raum. Dennoch glaubte er, damit nicht ganz richtigzuliegen.

Er wollte den Kopf nach vorn bewegen, um an der Kommode vorbei in tiefere Gefilde des Raums spähen zu können, da durchzuckte ihn ein eisiger Schmerz in seinem linken Arm bis hinauf in die Schulter. Er starrte auf das Resultat von Gals Schürhaken-Golfspiel.

Sein Unterarm war an der Grenze zu seinem Handgelenk so stark angeschwollen, dass der Eisenring kaum Bewegungsfreiheit zuließ.

»Scheiße!«

Mit der Rechten betastete er die Schwellung, übte leichten Druck auf sie aus, fühlte, ob der Knochen gebrochen war.

Er glaubte es nicht. Die Muskeln an seinem Unterarm waren verhärtet und aufgedunsen. Ein dunkler Fleck färbte seine Haut an der Stelle, an der der Haken ihn erwischt hatte. Aber der Knochen selbst kam ihm weitestgehend intakt vor. *Womöglich angebrochen*, dachte er und erinnerte sich an das Knacken und den plötzlich auftretenden stechenden Schmerz; und er erinnerte sich an das teigige Gesicht –

die Maske. Sollte er das hier überstehen, würde er es wohl nie vergessen können.

»Wir müssen hier raus«, sagte er, und wusste, das war nicht bloß eine schlichte Tatsache, es war ein Aufruf an ihn selbst. Er musste etwas unternehmen.

Nur was?

Er überlegte, sah sich um, blickte Kim an.

»Nicht erschrecken, wenn ich jetzt nach dir greife. Ich möchte nur wissen, wie weit mein Bewegungsspielraum reicht.«

Nicht besonders weit, wie er sogleich feststellen musste. Die Kette an seinem Arm straffte sich, noch bevor es ihm auch nur ansatzweise gelang, Kims Schulter zu berühren.

»Kannst du dich zu mir herüberbeugen? Ich will versuchen, dir diesen Knebel um deinen Mund abzunehmen. Wenn wir schon gemeinsam in diesem gottverdammten Zimmer festsitzen, dann möchte ich mich doch wenigstens mit dir unterhalten können ... Beug dich zu mir rüber, Kim. So weit es irgend geht.«

Sie zögerte einen Moment, als prüfte sie, ob sie dem Unbekannten in dieser Sache trauen konnte. Dann begriff sie offenbar, dass sie dieser Situation nur gemeinsam entfliehen konnten, und streckte den Kopf zu ihm herüber.

Die Ketten schepperten und ächzten, als sträubten sie sich gegen den Zug, der auf sie ausgeübt wurde. Sie waren schwer und ließen es das Mädchen spüren. Ihre Augen weiteten sich vor Anstrengung. Gleichzeitig streckte Marcus seine linke Hand so weit aus, wie er konnte. Auch an seinem Arm zog das Gewicht der Ketten und Schmerz durchflutete seinen ganzen Arm. Doch er musste es mit dieser Seite versuchen. Mit rechts wäre er nie und nimmer an sie herangekommen.

Geschwächt von der Tortur der letzten Tage, musste er alle Kraft aufwenden. Mit gestreckten Fingern versuchte er sie zu erreichen.

Zehn Zentimeter. Mehr trennte sie beide nicht voneinander. Doch es war genug. Knapp vorbei ist eben auch daneben.

Auch Kim begriff dies. Er sah, wie sie sich zusammennahm. Es musste sie unwahrscheinliche Anstrengungen kosten. Sie beugte sich zu ihm herüber. Der Metallring schnitt in die Haut ihres Halses. Sie kämpfte darum, in Marcus' Reichweite zu gelangen. Jede Sekunde dieser Tortur schnürte ihr den Atem ab. Marcus gab sein Bestes, und doch musste er mit ansehen, wie ihr Gesicht die Farbe eines Warnsignals annahm. Vom Kinn bis zum Haaransatz war sie grellrot. Ihre Augen schienen aus ihren Höhlen hervorzutreten.

Stopp!, schrie dieses Starren. *Stopp! Bekomme keine Luft!*

Mit einem Mal verließen sie alle Kräfte. Kim sackte in sich zusammen wie eine Marionette, deren Spieler aufgab. Ihr Kopf hing schlaff in der Schlinge, das knallrote Gesicht von ihrem ebenholzfarbigen Haar verdeckt.

Marcus fuhr innerlich zusammen.

Sie ist tot, dachte er sofort. Und dieser Gedanke säte neues Grauen. *Was hab ich getan? Was habe ich diesem Kind angetan, indem ich es retten wollte?*

Er erschrak, als er den tiefen Atemzug hörte; als ihr Kopf wie zu neuem Leben erwacht nach hinten schoss, das verfilzte schmutzige Haar über ihre schmalen Schultern beförderte; als er ihre weit geöffneten Augen und den Schmerz darin erblickte.

Es tat ihm schrecklich weh, das zu sehen. Sie war noch so jung.

»Alles okay?«, fragte er und wusste natürlich, dass nichts okay war. »Ich dachte einen Augenblick, du wärst ...« Er sprach es nicht aus. Der Tod herrschte über diesen Ort. Er und das Grauen teilten sich gemeinsam einen Thron.

Sie keuchte, schnappte noch eine ganze Weile nach Luft. Das Tuch vor ihrem Mund erschwerte offenkundig jeden Atemzug.

Marcus versuchte sich wieder zu sammeln. »Es muss einen Weg hier heraus geben. Irgendwie muss es doch eine Möglichkeit ...«

Sein Blick überflog wild den Raum, als er nach einer Lösung suchte. Dann verharrte er. *Der Perückenkopf.* Wie die Glorifizierung allen Übels stand er da oben, die leeren Augen desinteressiert auf die gegenüberliegende Wand gerichtet. Dieses Ding interessierte sich nicht für Menschen. Es lebte in seiner eigenen stummen und toten Welt. Doch Marcus interessierte sich mit einem Mal sehr für dieses leblose Etwas. Das heißt, für das, was wie ein Diadem aus den roten Haaren ragte.

Die Haarnadeln.

Der Gedanke flammte so plötzlich in seinem Kopf auf, dass er beinahe schmerzte. Er glühte so hell wie eine Leuchtkugel bei Nacht. Das war die Lösung.

Ganz instinktiv überprüfte er seinen Einfall, indem er sich noch einmal die Handschellen ansah. Er betrachtete sie ausgiebig. Der Reif um seine und Kims Handgelenke mündete an einer verschließbaren Stelle – einem Schloss. Einem sehr altertümlichen Schloss, wie man es vor sehr langer Zeit in Kerkern oder bei Sklaven verwendet haben musste. Allein Gott mochte wissen, wo Eddie Gal diese Dinger aufgetrieben hatte. Vielleicht auf einem Flohmarkt. Oder bei einem Antikhändler. Womöglich hatte er sie sogar selbst zusammengeschweißt ...

Es war einerlei. Diese Schlösser waren nicht neu; für diese Schlösser brauchte man einen sehr breiten Schlüssel.

Und noch viel wichtiger.

Diese Schlösser konnte man knacken!

»Wir brauchen diese Haarnadeln«, sagte er zu Kim.

Leiden, Erschöpfung und Nichtverstehen teilten sich den Ausdruck auf ihrem Gesicht. Mühevoll wandte sie ihren Blick der Kommode zu. Es dauerte einen Moment, bis ihre Augen vor Erkenntnis aufleuchteten. Doch beinahe im selben Augenblick ermatteten sie wieder. Er konnte die Frage in ihrem Gesicht lesen.

»*Schön, dass du eine Lösung für unser Problem gefunden hast, aber hey, ich habe ein ganz neues für dich – wie zur Hölle willst du an die dämlichen Nadeln gelangen?*«

»Und vielleicht weiß ich auch wie«, sagte er.

Er erzählte es ihr. Und als sie begriff, worauf er hinauswollte, weiteten sich ihre Augen vor Entsetzen.

9

Er konnte selbst kaum glauben, was er da von ihr forderte. Die Vorstellung war einfach absurd, verrückt, ja, gewissermaßen irrsinnig. Doch wie sollte man dem Irrsinn sonst entfliehen, wenn nicht durch Übermut und Waghalsigkeit? Und Risiko. Falls es eine andere Option gab, sah er sie nicht.

»Du musst es tun«, redete er auf sie ein. Inzwischen das vierte oder fünfte Mal in den letzten zehn Minuten. »Denk daran, was geschehen wird, wenn dieser Schweinehund wieder auftaucht. Halt dir das vor Augen.« Er flehte beinahe.

Sie schenkte ihm ein von Zorn erfülltes Starren aus den Augenwinkeln.

»Ich weiß nicht, was er mit den anderen Frauen und dir angestellt hat, doch ich weiß so viel – Er wird es wieder tun. Solang ihn keiner stoppt, wird er es wieder und wieder tun. Das ist eine Tatsache, Kim! Und nicht nur das. Als ich ihn danach ausfragte, was er mit dir angestellt hat, antwortete dieser Bastard, er würde dich ins Haus bringen – deiner Talente wegen. Ich habe nicht den blassesten Schimmer, was er damit meinte. Toll kann es jedoch nicht sein!«

Sie wandte sich von ihm ab, beäugte mit leeren Blicken die Wand.

Plötzlich überfiel Marcus eine schreckliche Ahnung. »Hat er denn schon etwas mit dir gemacht?«

Sie rührte sich nicht.

»Sag schon. Hat er etwas mit dir angestellt?«

Ihm war klar, dass sie ihm nicht mit der Stimme antworten konnte, doch ein Nicken oder Kopfschütteln hätte ihm genügt. Die Frage, welches von beidem ihm lieber gewesen wäre, stellte sich nicht.

Sie senkte den Blick, starrte auf das Ende ihrer angeketteten Beine. Beschuht, im Gegensatz zu seinen Füßen. Seine Sneaker standen im Hausflur, wo er sie, ebenso wie seine Socken, von Nässe durchsickert ausgezogen hatte, nachdem Gal ihn vor einer gefühlten Ewigkeit in sein Haus eingelassen hatte.

In der Zwischenzeit müssen sie trocken sein, dachte er voll Ironie. *Jedenfalls wenn dieser Irre sie nicht längst entsorgt hat. Mein Handy wird er sich inzwischen längst vom Hals geschafft haben.*

Dem Gedanken an sein Telefon schloss sich ein zweiter an. Das Taschenmesser! Wie vom Donner gerührt griff er in seine Hosentasche, so tief, wie es die dicke Schelle um sein Handgelenk zuließ. Als er nur Luft zu fassen bekam, erinnerte er sich daran, wie er vorgehabt hatte, die stumpfe Klinge in Gals Wade zu rammen. Ein kläglicher Versuch – dabei war es geblieben. Ihm fiel wieder ein, wo es liegen musste. Auf dem Fußboden in der Stube. Er konnte sich vage an das Klappern erinnern, das es verursacht hatte, als es über die Dielen davon wirbelte, nachdem Gal ihm mit dem Schürhaken den Unterarm angebrochen hatte.

Er seufzte. Ihnen blieb wirklich nur die eine Möglichkeit. Da Kim sich jedoch weigerte, konnten sie nur abwarten, bis Eddie Gal wiederkam und … Nun, was wollte er mit ihnen tun? Das hieß, mit ihm. Was Kim anbelangte, schien er etwas an ihr entdeckt zu haben, was er *Talent* nannte. Dafür war sie, statt zurück in den Stall, ins Haus gebracht worden. Was aber hatte dieser Mistkerl mit ihm vor?

Töten wollte er ihn nicht. Jedenfalls im Moment nicht. Andernfalls säße er nun nicht hier, angekettet wie ein Schwerverbrecher. Wäre simpler Mord Eddie Gals Absicht, so hätte er es längst tun können. Nein, auch Marcus' Leben musste in Gals Welt irgendeinen Sinn ergeben. Allerdings war es schwierig, wenn nicht gar unmöglich, diesen Zweck in den eigenen vier Wänden seines Schaltkreises zu entdecken. Genauso gut hätte er Koalas in der Sahara suchen können. Es war zwecklos. Der Geist eines Wahnsinnigen mochte für Psychiater zu öffnen sein, nicht jedoch für einen ehemaligen Junkie wie ihn.

Bezeichne dich nicht ständig so, ermahnte ihn eine innere Stimme. Sie klang nicht wie seine eigene und auch nicht wie Christas. Es war die Stimme seiner Mutter, der Frau, die die meiste Zeit ihres Lebens mit Arbeiten verbracht hatte, um ihn zu ernähren. Sie war eine strenge und gute Mutter gewesen. Und wäre die Biene nicht auf ihrem Arm gelandet, als er sechzehn und sie neununddreißig gewesen war, so wäre er vielleicht nie in die Falle getreten, die sein ganzes Leben auf den Kopf stellte.

Er konnte sich noch gut an den Tag erinnern, an dem Noemi Noltes Lippen blau anliefen und sich ihre Haut in die einer Leiche verwandelte. Es war ein warmer und schöner Sommertag gewesen, sie hatten in dem kleinen Garten hinterm Haus gesessen und Limonade getrunken. Niemand, einschließlich Noemi selbst, wusste von der Allergie. Die Biene kam, setzte sich auf ihren Oberarm, und als Noemi instinktiv nach ihr schlug, stach sie zu. Binnen Minuten bekam Noemi keine Luft mehr. Und als sie auf dem Boden lag und mit leerem Blick in den Himmel starrte, stand Marcus über ihr, unfähig, sich auch nur zu bewegen

Ja, du hast Drogen genommen, sagte sie nun in seinen Gedanken. *Weil du nicht anders mit meinem Tod umzugehen wusstest. Sie ließen dich den Schmerz verkraften. Du warst jung.*

Das stimmte. Er war jung gewesen. Und er hatte nach einem Ausweg gesucht. Seine Tante Mara, bei der er untergekommen war, kümmerte es nicht. Sie war fett und saß den ganzen Tag vor dem Fernseher, um *Bärbel Schäfer* oder *Oliver Geissen* dabei zuzusehen, wie sie irgendwelche Dummköpfe in die Mangel nahmen. Womöglich hätte Marcus ihr sogar die Schuld an seiner Sucht zuschreiben können. Konnte man einen Heranwachsenden allein dafür verantwortlich machen, Scheiße zu bauen?

Es war einerlei. Marcus konnte seine Vergangenheit nicht ändern. Er hatte sich die Drogen besorgt, injiziert und sie später sogar hergestellt. Jedenfalls so lange, bis man ihn erwischte und einsperrte.

Aber was fand davor statt?, fragte die Stimme seiner Mutter. *Hast du nicht schon vor dem Gefängnis versucht, davon loszukommen?*

Natürlich hatte er das. Das war, als Michelle mit Tina schwanger wurde.

Genau. Und wenn man deinen Lebenslauf genauer unter die Lupe nimmt, hast du sogar schon davor dein Bestes gegeben. Denk nur an die Stelle im Baumarkt. Du hast sie dir von ganz allein beschafft. Es war nicht Michelle, die dir drohen musste, du warst es, der die Bewerbung zusammenschusterte und sich dort vorstellte, um dir und deiner Freundin ein besseres Leben bieten zu können. Und das hast du auch eine ganze Zeit lang geschafft. Erinnerst du dich? Euch ging es gut. Sehr gut sogar. Und als Michelle schwanger wurde, warst es da nicht auch du, der jedes Buch über Schwangerschaften, die Geburt oder den Umgang mit Babys las? Du wolltest alles richtig machen, Marcus. Und du hast alles richtig gemacht.

Bis das Geschrei kam. Das Babygeschrei, dachte er und fühlte sich augenblicklich schlecht.

Er hatte es nicht ausgehalten. Konnte es nicht. Jede Nacht weckte Tina sie beide. Und da Michelle bereits den ganzen Tag das Baby umsorgte, während er Etiketten anbrachte oder Regale einräumte, fühlte er sich gezwungen, die Nachtschichten zu übernehmen. Er lief mit Tina auf dem Arm durchs Wohnzimmer, sang ihr vor, redete sanft und beruhigend auf sie ein, und doch hörte sie nicht auf. Sie schrie und schrie, Stunde um Stunde. Es kostete ihn jeden Nerv. Und irgendwann hielt er es einfach nicht mehr aus. Er brauchte etwas. Stoff. Zur Entspannung. Er wusste, dass es ein Fehler sein würde, und doch konnte er nicht widerstehen, als er eines Tages im Park auf David traf. Sie hatten den Kontakt zueinander nie richtig verloren, auch als Marcus sich für die Familie und gegen das Labor entschieden hatte. Und dann war es plötzlich so, als wäre er nie weggewesen. Während Tina im Kinderwagen vor ihm am Daumen nuckelte, bezahlte er die Ware. Es war nicht viel. Nur ein wenig Gras; ein bisschen Entspannung in der Tüte.

Es hatte genügt, ihn binnen Tagen um Monate zurückzuwerfen. Er verlor den Job bei *Obi* und alles nahm seinen Lauf.

Und jetzt bin ich hier. Angekettet wie ein Tier. Tolles Leben, Marcus. Gut gemacht!

Er mochte sich vielleicht keinen typischen Junkie nennen können, der sich nie auch nur das kleinste bisschen Mühe gab, dem Drogensumpf zu entkommen, doch das änderte nichts. Dieser Bastard hatte irgendetwas mit ihm vor, und wenn Kim ihre Meinung nicht änderte, würde er noch früh genug erfahren, worum es sich dabei handelte.

Sie weigerte sich, obwohl es ihr selbst nicht schaden würde. Womöglich dachte sie noch nicht einmal über die Möglichkeit nach, die er – wenn auch nur widerstrebend – in Betracht zog, sie beide hier rauszuholen. Um seinen Plan durchzuziehen, würde er Höllenqualen erleiden, das wusste er. Aber musste nicht auch der Jenseitsbesucher in Dante Alighieris *Comedia* – der Göttlichen Komödie – sich erst durch das Inferno kämpfen, bevor er ins ewige Paradies erhoben wurde? Wenn Kim ihren Standpunkt beibehielt, würde es kein Licht für sie beide geben. Keine Flucht. Keine Rettung. Und für ihn gäbe es so auch keine Tina mehr.

Tina ...

Er konnte kaum glauben, wie wenig er in den vergangenen Stunden seiner vermeintlichen Flucht an sie gedacht hatte. Es war, als wäre sie seinem Sinn fast völlig entschwunden. Zumindest bis jetzt. Die Vorstellung, er könnte sie durch seine eigene Pein vergessen, schmerzte ihn noch weitaus mehr als die Ketten, die Schusswunde und der geschwollene Unterarm zusammen. Sie nie mehr wiederzusehen wäre das wahre Inferno. Ihr nicht noch einmal sagen zu können, dass ihr Vater sie zu jeder Tages- und Nachtzeit vermisste; dass er sich danach sehnte, sie lachen zu sehen; dass er es nicht ertragen konnte, ihr ein so schlechter Vater gewesen zu sein. Und dass er alles wieder ins Lot bringen, es diesmal *gut* machen wollte ... könnte er nur endlich entkommen.

Er spürte die Tränen erst, als sie bereits seine Wangen hinabliefen. Er wischte sie nicht beiseite. Hinter der Leblosigkeit auf seinem Gesicht leuchtete eine Botschaft so rot und so grell auf wie das Schild einer Reklametafel an einem unbefahrenen Highway bei Nacht.

Auf ihr stand: *Beeil dich.*

Auf ihr stand: *Tu es selbst.*

Auf ihr stand: *Mach es, so fest du kannst.*

Auf ihr stand: *Tue es.*

Tu es.

Tu es!

Du schaffst das!

Marcus schloss die Augen und dachte: *Ich kann nicht. Wie soll ich es hinkriegen? Ich kann mir vorstellen, dass Kim es für mich übernimmt, aber ich selbst? Das ist wider die Natur!*

Irgendwo unter ihnen im Haus begann eine Uhr zu schlagen. Dem Geräusch nach eine große Standuhr. Es musste die sein, die er im Wohnzimmer stehen gesehen hatte.

»*Tu es!*«, kreischte sein Verstand. »*Jetzt oder nie!*«

(*Fuchs oder Kaninchen?*)

(*Jäger oder Gejagter?*)

Ein Bild vor seinem geistigen Auge – ein Gebissabdruck in seinem Unterarm, tief, blau verfärbt, ein Blutsfaden, der aus einer kleinen Wunde sickert. Der Arm zitterte, bebte.

Marcus wusste, dass er da seinen eigenen Arm sah. Auch die Gebissspuren waren seine eigenen. Das Bild hatte sich ihm eingeprägt, als er an kein weiteres braunes Pulver mehr gekommen war, damals im Gefängnis. Seine Adern, sein ganzer Körper hatte nach einem Schuss geschrien, die Sucht hatte ihn innerlich verzehrt, hatte nach jeder Zelle seines Körpers gebissen. Doch er hatte die Attacken des unter seinesgleichen sehr bekannten Dämonen *Cold Turkey* überstanden. Er hatte den verdammten Entzug überlebt. Und warum? Weil er an Tina gedacht hatte. Weil er daran gedacht hatte, dass sie an ihn glaubte. Doch das war nicht alles. Vage konnte er sich daran erinnern, dass auch damals dieses rote Warnsignal in seinem Kopf aufgeleuchtet war.

Du schaffst das, dachte er abermals. Ein weiterer Glockenschlag tönte aus dem Erdgeschoss zu ihnen herauf. Noch einer.

(*Die Zeit sie t-t-t-tickt*)

Marcus winkelte sein linkes, intaktes Bein an, holte mit dem Fuß aus, atmete tief durch und ließ die Ferse herniederkrachen.

Kapitel VI

Die Hühner legen keine Eier

1

Wilma Gal verließ die Scheune mit einem für ihre Verhältnisse breiten Lächeln auf den Lippen. Eddie hatte sich als tüchtig erwiesen, als *gehorsam*. Das gefiel ihr. Der kleine Bengel sehnte sich so sehr nach ihrer Zuneigung, dass er übersah, welch schwierige Tat er bereits in seinen jungen Jahren vollbracht hatte. Wo selbst Erwachsene ins Zögern und Mit-sich-Ringen gerieten, hatte er kurzen Prozess gemacht und dem Huhn das Messer bis zum Heft in den Leib gerammt, wieder und wieder. Dabei hatte er sie jedoch keine Sekunde aus den Augen gelassen. Anerkennung – das war es, worauf Eddie es abzielte. Anerkennung und Liebe, ein Wort, bei dessen Klang sich ihr bereits der Magen verkrampfte. *Liebe.*

Vor wenigen Jahren, konnte sie sich erinnern, ja, da hatte sie so etwas wie Liebe empfunden gehabt. Doch dieses Gefühl war erloschen wie eine Kerze im Wind, als der Doktor ihr das Ding gezeigt hatte, das da in ihrem Unterleib herangewachsen war – das Ding, das zwischen den Beinen des Babys hing wie ein zusätzlicher Finger. Er schien regelrecht auf sie zu deuten, ihr aufzeigen zu wollen, wie unfähig sie gewesen war, ein Mädchen zu gebären. Genauso unfähig, wie ihre eigene Mutter es gewesen war – jedenfalls bis sie im stolzen Alter von einundfünfzig Jahren statt ihrer Wechseljahre sie bekam – Wilma. Wilma Frederike Seidel. Der zweite Vorname war ein Erbe ihrer Mutter. Kein besonders schönes Erbe, wie sie fand, aber lange nicht so hässlich wie die Narben. Sie waren Zeugnis der Bitterkeit und des Schmerzes ihrer Jugend; einer Jugend, die hätte schön sein können, hätte es da nicht drei Brüder gegeben. Und ihren Vater, der ihre Brüder vergötterte. Sie – das einzige Mädchen unter den vier Geschwistern – war für ihn nicht mehr als der Rückstand einer Fliege, nachdem man sie mit der Klatsche zerschmettert hat.

»Wieso?«, hatte sie sich als Teenager gefragt. »Wieso hassen sie mich?«

Doch sie wusste es.

Weil sie keinen Pimmelmann zwischen ihren Beinen hatte. Das war der Grund, der einzige und wahrhaftigste. Ein Pimmelmann befähigte einen dazu, zur Armee zu gehen, ins Heer einzutreten und seinem Land zu dienen. Außerdem durfte man sich mit einem Pimmelmann verhalten, wie es einem gerade in den Kram passte. Man durfte beispielsweise seine Frau oder aber auch seine kleine Schwester verprügeln, ihr Zigarettenasche in den Pudding zum Nachtisch streuen, ihr zwischen die Beine fassen, sie »kleine Fotze« nennen und dann – auch wenn sie erst sieben Jahre alt war – den Finger in sie hinein ...

Das war das Schlimmste von allem gewesen. Zu fühlen, wie sich etwas in ihr breitmachte. Zu spüren, wie sie sie nacheinander betasteten, sie erkundeten, ihr mit dem Atem ungewaschener Zähne ins Ohr keuchten, während sie sich selbst dorthin packten, was ihnen all dies Schreckliche gestattete.

Zu mehr als ihre schmutzigen, dicken Soldatenfinger hatten sie nicht getraut. Jedenfalls nicht, bis der Krieg zu Ende war und Joshua als Einziger zurückkam. Da war sie gerade dreizehn geworden. Ihr nachträgliches Geburtstagsgeschenk war Hass.

Er erlosch auch dann nicht, als sie mit dreiundzwanzig Otto Gal, einen fast unglaubwürdig liebevollen jungen Mann, kennenlernte, der stets fleißig auf dem Hof seiner Eltern half und nie auch nur ein schlechtes Wort zu ihr sagte. Die Ausdrucksstärke dieser Empfindung ließ mit der Zeit jedoch nach, als legte sich ein schwarzes Tuch darüber. Nach ihrer Hochzeit ließ Wilma sogar zu, dass Otto sie anfasste, dass er mehr berühren durfte als nur das strumpfbedeckte Fleisch ihrer Schenkel. Dass es ihr gefiel, wäre gelogen, doch was ihr gefiel, war die Hingebung, die Otto ihr schenkte. Wilma entdeckte, dass, sobald sich das Ding zwischen seinen Beinen aufrichtete, sich sein Kopf ausschaltete. Wie man einen Radioempfänger ausschaltete. Sein Körper strahlte die Wildheit eines ungebändigten Tigers aus, und umso wilder er wurde, desto weniger hell leuchtete die Kerze hinter seiner Stirn. Das war eine interessante Tatsache, wie sie fand. Und sie lernte sie schnell für ihre Zwecke zu nutzen. Wenn sie etwas haben oder erledigt haben wollte, brauchte sie nur ihre langen Beine und ihr Dekolleté einzusetzen, und schon war Otto ihr treu ergeben. So einfach ging das.

Mit den Jahren kam jedoch etwas, was sie sich nie erträumt hätte. Ein Verlangen machte sich in ihrem Unterleib breit. Zuerst glaubte sie, es handle sich um etwas Temporäres wie die Idee, zum Mittag Kartoffelpuffer zuzubereiten, woraufhin man feststellen musste, dass es keine Kartoffeln im Hause gab. Allerdings war es nicht so. Das Verlangen blieb bestehen, wuchs sogar noch, und mit fünfunddreißig Jahren hielt sie es schließlich nicht mehr aus. Ein Kind wollte in ihrem Mutterschoß heranwachsen, ein ganz bestimmtes Kind – ein Mädchen. Eine Dorothea.

Dieser Gedanke ließ Wilma innehalten. Sie erinnerte sich an ihre Vorfreude auf den Moment der Geburt. Und an ihr traumatisches Erwachen nach dem Kaiserschnitt. Sie glaubte noch jetzt den Schnitt an ihrem Unterleib spüren zu können – die Narbe, die sich zu den anderen reihte, die ihr ihre Brüder zugefügt hatten.

Statt einer Dorothea war Eddie gekommen. Eddie, dessen Augen ausgerechnet die ihren waren und dennoch die Einfältigkeit seines Vaters spiegelten; Eddie, der nicht die feinen Finger eines Mädchens bekommen würde, sondern wulstige wie Otto, mit denen er Dinge anstellen würde, schlimme Dinge!

Das hatte Wilma jedenfalls geglaubt. Heute wusste sie es besser. Heute wusste sie, dass auch Kinder mit Pimmelmann formbar waren. Wie Knete. Es kam nur darauf an, wie hart man zupackte.

Wilma sah den Traktor in der Einfahrt des Hofes stehen. Die Tür des Fahrzeugs stand offen und schaukelte leicht in der Brise dieses warmen Tages. Als habe sich der Fahrer beeilt, aus dem Wagen zu steigen; der Fahrer, der ihr Mann war.

Das war nicht alles, was Wilma sah. Denn auf dem Schotter vor dem roten Traktor lag etwas. Es glänzte in der Sonne wie eine gläserne Figur. Sie brauchte nicht näher heranzutreten, um zu wissen, um was es sich dabei handelte. Den Geruch der auf dem Boden ausgelaufenen Flüssigkeit konnte sie auch noch auf ihre Entfernung wahrnehmen. Otto hatte wieder einmal heimlich getrunken. Und das hieß, dass Zunder im Ofen steckte.

Hat er Eddie und mich dabei gesehen, als Eddie das Huhn ...

Sie brauchte den Gedanken nicht zu Ende zu führen. Otto tauchte auf der Veranda vor dem Haus auf. Sein Gesicht war dunkel vor Erregung.

»Wilma! Wir müssen miteinander reden. Jetzt!«, rief er zu ihr herüber.

Sie betrachtete noch einen Augenblick den Flachmann vor dem Traktor. Dann sah sie zum geschlossenen Scheunentor, wohinter Eddie wie angeordnet die Federn und den toten Körper des Huhns entsorgte. Und das Blut vom Boden schrubbte. Sie wusste, dass er nach ihr suchen würde, wenn er mit der Arbeit fertig war. Und das war gut so. Das war vielleicht von Nutzen. Wahrscheinlich sogar.

Wilma Gal lächelte ihr breitestes Lächeln, als sie gemächlich die Stufen zur Veranda hinaufging.

Otto wartete bereits im Haus.

2

Auf dem Tisch standen zwei Bierflaschen. Eine leer, die andere fast. Sie konnte den hefigen Dunst in der Luft riechen. Ein ekelerregender Geruch. Alkohol war ihr das Leben lang so fern geblieben wie der Grund der Tiefsee. Sie hatte sich nie viel daraus gemacht. Weder schmeckte er ihr, noch benötigte sie ihn als Kompensator von Stress; im Gegensatz zu ihrem Mann, der breitbeinig auf dem Stuhl neben der Eckbank saß, unter der sich Jahre später ein Ex-Junkie vor ihrem wahnsinnigen Sohn versuchen würde zu verstecken.

Noch bevor Otto zu sprechen begann, ergriff er die Flasche und zog auch den letzten Rest des Pils tief in seine Eingeweide.

»Wir müssen reden«, sagte er, rülpste und wischte sich mit dem Handrücken über den Mund. Seine Augen waren rot unterlaufen und von Blutäderchen durchzogen. Seine Gesichtshaut war rot vor Zorn, doch darunter meinte Wilma die Blässe eines Schreckens zu entdecken.

»Worüber?«, fragte sie mit beabsichtigt sanfter Stimme. Egal, worauf das hier hinauslief, sie würde nicht laut werden. Das schwor sie sich.

»Über Eddie. Und dich.« Otto klang bereits leicht verwaschen. Schuld daran waren ganz sicher der leere Flachmann, den sie draußen auf dem Hof entdeckt hatte, und natürlich die Biere, die er sich binnen kürzester Zeit hier am Tisch genehmigt haben musste. Sie vermutete allerdings, dass die ganze Wirkung sich erst im Laufe des Gesprächs vollkommen entfalten würde.

»Was ist mit Eddie und mir?«

Otto biss deutlich sichtbar die Zähne zusammen. »Als ob du das nicht wüsstest! Ich kam gerade vom Feld, als ich euch beide in der Scheune entdeckt habe und ...« Er lehnte sich nach vorn, stützte sich mit den Händen auf die Knie. Sein Blick war bitterernst. »Und gesehen habe, was ihr mit dem Huhn gemacht habt.«

»Was glaubst du denn, was wir getan haben?«

Fragen, nichts sagen, dachte sie. Das war der sicherere Weg. Und vorerst derjenige, der ihr ein bisschen Zeit einräumen würde. Sie blickte sich nach dem Fenster um. Auf dem Hof war noch niemand zu sehen. Aber lange würde es sicher nicht mehr dauern.

»Das möchte ich von dir wissen, Wilma. Was zur Hölle sollte das? Hast du nun völlig den Verstand verloren? Was hat dir das arme Federvieh denn getan?«

»Es hat keine Eier mehr gelegt«, sagte sie, und nun klang sie nicht mehr nur ruhig. Allerdings galt der Zorn in ihrer Stimme nicht Otto, sondern dem Huhn. Es war *ungehorsam* gewesen.

»Keine Eier mehr? Das ist der Grund? Deshalb nötigst du unseren elfjährigen Sohn dazu, dass er es abschlachtet, als hätte es gerade den Dritten Weltkrieg ausgelöst?«

»Ich habe ihn nicht genötigt, ich habe ihm lediglich klargemacht, dass man bei Ungehorsam nicht ungestraft davonkommt. Es soll ihm eine Lehre fürs Leben sein. Und würdest du mich unterstützen, statt diesem dämlichen Geflügel nachzutrauern, würde aus ihm *eventuell* keine solch verdammte Heulsuse werden, wie sein Vater eine ist! Jahrelang hast du ihn verhätschelt, ihn behandelt, als wäre er ein rohes Ei, das bei der geringsten Erschütterung zerbrechen könnte. Aber einen richtigen Mann aus ihm zu machen, diese Aufgabe hast du mir überlassen.«

»Was?« Er hob die Brauen. Ein Vorgang, der ihm offensichtlich nicht mehr ganz so leicht wie noch vor zwei Minuten fiel. Der Alkohol wirkte. Das erkannte sie auch an seiner Gesichtshaut. Sein Zorn färbte sie nun puterrot.

»Was sagst du da?«, fragte er. Es klang wie: »Was sag'su da?«

Wilma blickte abermals zum Fenster und erkannte, jetzt konnte die Show beginnen.

»Du hast eine Memme aus ihm werden lassen, mein Lieber! Ein richtiges Weichei, genau wie du eins bist! *Mein Sohn, mein Herz, mein Ein und Alles*«, äffte sie ihn nach. »*Dir darf bloß nichts geschehen. Dein Papi kümmert sich um dich. Dein Papi beschützt dich vor allen Untiefen des Lebens. Dein Papi wischt dir auch den Allerwertesten, wenn du es möchtest.*«

Mit einem Mal stand Otto auf beiden Beinen. Der Stuhl, auf dem er gerade noch gesessen hatte, kippte nach hinten um, landete polternd auf dem Holzboden. Ottos Teint glich der Farbe von starkem Rotwein. Seine Augen wirkten so gespannt, als drohten sie jede Sekunde zu explodieren.

»Ich hab nie – niemals hab ich gewollt, dass der kleine Bengel mich Papiii nennt. Nein, nein, nein. Ich hab mi' um ihn 'kümmert, als duuu ihn nich ha'en woll'est.«

»Sieh dich doch an«, sagte Wilma, nun wieder ganz ruhig, fast sanft. »Sieh doch in den Spiegel, was aus dir geworden ist. Ein alter Säufer bist du, Otto Gal. Ein Nichtsnutz. Und genau dazu hättest du deinen Sohn werden lassen, hätte ich nicht rechtzeitig eingegriffen.«

Etwas knackte hinter ihr. Bodendielen, dachte sie, sah jedoch nicht nach. Sie wusste, es war so weit. Sie ging einen guten Schritt auf ihren Mann zu, der vor Wut wie festgewachsen breitbeinig vor dem umgekippten Stuhl stand. Es war ihr bewusst, was gleich kommen würde. Es war ihr sogar sehr bewusst. Und sie wollte es so, forderte es heraus.

»Ich bin seine Mutter, Otto«, sagte sie mit Engelszungen, leise und doch im ganzen Raum gut verständlich. »Ich bin seine Mutter. Und ich *liebe* Eddie.«

Sie sah den Kurzschluss, der sich hinter Ottos Stirn abspielte, in seinen Augen. Sie konnte sehen, wie er zündete, wie er den Motor in seinem Schädel gleich zum Explodieren bringen würde. Sie lächelte breit und hämisch und voll diesem Wissen, was jetzt geschehen würde. Und es geschah. Seine Rückhand donnerte gegen ihre Wange, riss sie von den Füßen und beförderte sie in einem etwas zu hohen Bogen auf die Dielen. Das Geräusch des Stuhls war nichts im Vergleich zu dem Krach, den Wilma verursachte, als ihre linke Schulter auf dem Holz aufschlug. Sie schrie auf, wand sich, hielt sich eine Hand vors Gesicht. Ihre Wange fühlte sich an, als stünde sie unter Feuer. Etwas Warmes strömte aus ihrer Nase – perfekt. Angstvoll sah sie zu dem Mistkerl auf, der sich ihr Ehemann schimpfte. Ihre Unterlippe bebte. Tränen standen ihr in den Augen, und sie ließ sie gewähren. Besser hätte es kaum laufen können.

Otto, der sie von oben herab auf dem Fußboden liegen sah, fletschte die Zähne, die Hand erhoben wie einen Tennisschläger, bereit, noch einmal zuzuschlagen.

»Du Miststück! Glaubs'u, ich lass' mich soo von dir vorführ'n? Has' wohl gedacht, ich würd nich' schnallen, was'u beabsich'igst. Die ganzen Jahre hab ich mir den Buckel krumm geackert für diese Fff-amilie. Sogar Wäsche gewasch'n hab ich, jawohl! Un' du, *du* bis' in dei'm Zimmer gelegen, has' dich bedienen lassen, has' sogar versucht, Eddie umzu...«

»Eddie«, ging Wilma dazwischen. »*Eddie.*« Sie schluchzte vor Tränen und dachte dabei beiläufig: *Ich hätte Schauspielerin werden sollen. Vielleicht bin ich nicht so gut wie* Grace Kelly, *aber ich gebe eine ganz gute* Janet Leigh *ab*.

»Dein Eddieee kann dir nun auch nich' helf'n, du gott'slästerliche Hure. Hätt' ich gewusst, was für ein Miststück du bist, dann hätt' ich dich schon vor Jahr'n ...« Er holte abermals aus. Diesmal nicht mit der flachen Hand. Der Alkohol in seinem Blut trieb ihn diesmal dazu, sich nicht nur mit einer Ohrfeige zufriedenzugeben. Otto Gal ballte die Faust und ließ sie nach vorn schnellen.

Der Schlag ging daneben. Und das war besser als die ganze bisherige Show. Denn er traf nicht die kreischende Frau auf dem Boden, sondern den Jungen, der wie aus dem Nichts aufgetaucht war. Er stand urplötzlich mit erhobenen Armen zwischen ihnen, das kleine Gesicht zu einer Mischung aus Wut und Furcht verzerrt.

»*Papa!*«, schrie er noch, dann traf ein aus dem All herabstürzender Komet seine Schläfe. *POCK.* Wie ein Fußball prallte die Faust geräuschvoll von seinem Kopf ab. Doch die Kraft reichte aus, um den Elfjährigen von den Füßen zu holen. Mit offenem Mund kippte Eddie nach hinten um, direkt in die Arme seiner Mutter.

Ein Augenblick der Stille verging. Ein langer Augenblick. Otto starrte ungläubig auf das, was er angerichtet hatte, die Hand von sich gestreckt. Diesmal nicht mehr schlagbereit. Diesmal hing sein Arm schlaff in der Luft wie eine in der Sonne weich gewordene Gummischlange. Sein Mund stand offen. Entsetzen schimmerte in seinen Augen.

»Sieh, was du angestellt hast!«, fauchte Wilma. »Dein eigener Sohn! Niedergeschlagen!«

Otto sagte nichts. Seine Lippen bewegten sich starr, doch aus seinem Mund drang kein einziger Ton.

»Mein armer kleiner Junge! *Mein armer kleiner Junge!*« Wilma wiegte ihn in ihren Armen. Eddie keuchte leise. Er war noch bei Bewusstsein, was einem Wunder gleichkam. Obwohl der Schlag ihn nicht mit voller Kraft getroffen hatte, war er doch stark gewesen.

»Das ... Das hab ich nich' gewollt«, brachte Otto mühsam hervor. In seinen Augen breiteten sich Tränen aus. Die Haut in seinem Gesicht hatte jegliche Röte verloren. Bleich wie ein Gespenst starrte er den in den Armen seiner Mutter liegenden reglosen Jungen an. Er wiederholte sich, nun energischer, als würde es etwas ändern. »Das hab ich nich' gewollt!«

»Du hast es aber getan«, sagte Wilma. Nun klang sie fast nüchtern. Sie war es auch. Nüchtern und zufrieden. »Du hast deinen eigenen Sohn geschlagen. Schämst du dich denn gar nicht? Was für ein Vater tut so etwas nur?«

»Du hätt'st ihn damals fast umgebracht.«

Wilma, die befürchtet hatte, dass diese Worte doch noch kommen würden, lächelte. Ihre Hand streichelte über das rechte Ohr ihres Sohnes. Das linke drückte der Junge vor Kummer und Schmerz gegen ihren Unterarm. Er würde seinen Vater nur dann hören, wenn sie es wollte.

»Du sagst es – fast. Doch ich habe es nicht. Er ist hier. Größer und älter als damals. Kein Säugling mehr, sondern ein stattlicher Junge.« Sie bewegte die Hand von Eddies Ohr weg. »Ein so guter Junge!«

Otto, dem das Entsetzen jeden Funken Wut genommen hatte, schloss den Mund. Zwei Tränenbäche rannen über sein Gesicht. Er wirkte auf sie fast wie ein Kind, vor dessen Augen gerade sein Lieblingshaustier von einem Auto überfahren worden war.

»Geh jetzt besser«, sagte Wilma und streichelte ihrem Sohn über den Kopf. »Lass uns allein.«

Otto sah sie an. Die Muskeln um seinen Mund zitterten, bebten regelrecht. Einzelne Perlen des Kummers stürzten sich von seinem Kinn in die Tiefe.

Wilma dachte: *Würde er es ihnen nur gleichtun, gäbe es eine Sorge weniger.*

Otto Gal verließ die Stube gebrochen und mit schlurfendem Schritt, dann das Haus. Die Tür ließ er offen hinter sich zurück. Von draußen hörte Wilma das langsame und dann schneller werdende Brummen des Traktors und wie er sich vom Hof entfernte.

Eine Wolke schob sich vor die Sonne. Wilma betrachtete Eddie. Er lag auf ihr, die Wange an ihren Busen gepresst. Sie dachte daran, wie sie behauptet hatte, sie würde diesen Jungen lieben. Und sie stellte fest, in gewisser Weise tat sie das auch. Sie liebte jedenfalls etwas an ihm – seine Formbarkeit. Wo bei Erwachsenen ein freier Wille hauste, wohnte bei Kindern etwas Veränderliches. Diese Tatsache war Wilma zwar nicht neu, doch erst jetzt brannte sich dieses Verständnis in ihren Verstand. Eddie, so dachte sie, war ihre Knete, ihre menschliche und fügsame Modelliermasse. Und was ließ sich besser formen als ... Ja ... Ja, genau ... Nichts ließ sich besser zurechtbiegen als ein

(*Jawohl, Sir!*)

Soldat.

Ihr Soldat.

Sie streichelte ihm durchs Haar, blickte aus dem Fenster und lächelte, als die Sonne ihren stillen Kampf gegen die Wolken aufgab. Eine düstere Gewitterfront war aufgekommen. Der Himmel über dem Hof färbte sich schwarz.

3

Einen Tag später – draußen stürmte es, wenn die Windgeschwindigkeit im Vergleich zur Nacht auch etwas abgenommen hatte – geschah etwas, womit Wilma nicht gerechnet hatte.

Sie bereitete gerade eine Tasse Hagebuttentee vor, den sie sich jeden Tag vor dem notwendigen Gang zu den Hühnern genehmigte, während klein Eddie bereits das Freigehege vom Unrat des Geflügels säuberte und frisches Stroh in den überdachten Ecken des Geheges verteilte. Der Junge war schon eine ganze Weile da draußen beschäftigt, mindestens zwei Stunden. Normalerweise brauchte er nicht so lange, überlegte sie und blickte zum Fenster auf den von dunklen

Schatten bedeckten Hof hinaus. Dann zuckte sie mit den Schultern. In der Schule hatte sie ihn für heute krankgemeldet. Zum einen, weil sie ohnehin fand, dass das Lernen von Mathematik, Rechtschreibung oder irgendwelchen Schwachsinn über das Wirtschaftssystem von Amerika nichts für ihren Eddie war. Zum anderen, weil Eddie in ihren Augen nur das lernen musste, was sie ihm beibrachte. Dabei stand Gehorsam an oberster Stelle. Sollte er doch so lange dort draußen im Stall verweilen, wie er wollte. Solang er auf sie hörte und kam, wenn sie ihn rief, war für sie alles in bester Ordnung.

Sie erinnerte sich an den vorangegangenen Abend – Eddie, der sich an sie presste, Schutz suchend vor seinem von Schnaps und Bier tobenden Vater. Dieser Gedanke ließ ein Lächeln auf ihren Lippen aufblühen. Nicht das Gefühl, wie der Junge sich an sie drückte, war es, das ihr gefiel, sondern der Grund, weshalb er das getan hatte. Sie sah es noch genau vor sich, wie Otto ausgeholt, zugeschlagen und statt ihr seinen eigenen Sohn getroffen hatte, den er über alles liebte.

Liebe – wozu sie doch gut sein konnte, wenn man sie mit kühler Klarheit von außen betrachtete.

Sie fragte sich, ob dieser gestrige Moment ausschlaggebend für die Zukunft auf dem Hof sein würde – ob er *genügte*. Zwar war Wilma sich ganz sicher, dass Eddie momentan eher den Abstand als die Nähe zu seinem Vater pflegte, aber das konnte sich als temporär erweisen. Sie vermutete, dass nur etwas Zeit vergehen musste, bis Eddie das Kopfweh, mit dem er heute Morgen aufgestanden war, vergessen oder zumindest verdrängt haben würde. Kinder waren sehr gut im Verdrängen von schlimmen Ereignissen, hatte sie festgestellt. Je jünger, desto erfolgreicher. In den jüngsten Jahren nahmen sie die Dinge, die mit ihnen angestellt wurden, sogar einfach nur hin. Sie begriffen schlicht nicht, was um sie herum geschah. Das beste Beispiel dafür war die Sache mit dem Kissen. Hätte sie sich nur ein klein wenig eher dazu entschlossen, dem Kind in seinem Bettchen nahe zu kommen, hätten auch die größten Bemühungen Ottos nichts mehr genutzt. Das Baby hätte seine eigene Ermordung hingenommen, als hätte sie nie stattgefunden. Und das Beste daran war – Eddie hielt ihr ihren gescheiterten Versuch nicht vor. Er konnte sich schlicht nicht daran erinnern.

Nach all den Jahren fragte Wilma sich nun, ob es womöglich sogar besser war, dass dieses Balg bis heute atmete. Dabei blickte sie auch weiterhin zum Fenster auf den im Schatten der Wolken liegenden Hofs hinaus, eine dampfende Tasse mit blutrotem Tee wärmend in ihren Händen. Konnte sie froh sein, dass Eddie überlebt hatte? Das ließ sich nicht genau sagen. Jedenfalls noch nicht. Eddie war ihr zwar hörig und erledigte all die Arbeiten, die sie von ihm verlangte, ohne auch nur den kleinsten Einspruch zu erheben, doch wusste sie nicht, ob sie auch in schwierigeren, endgültigeren Situationen auf ihn zählen konnte. Er sehnte sich nach ihrer Zuneigung und am vergangenen Abend hatte sie ihm viel davon gegeben. Das hieß, sie hatte vorgegeben, ihm viel davon zu geben. Zum einen, um Otto den Moment unerträglich zu gestalten, und zum anderen, um Eddie noch stärker an sich zu binden. In Wirklichkeit hatte sie in diesem Augenblick nichts gefühlt, nichts außer dem Hass auf die Ungerechtigkeit des Schicksals, das ihr das wahre Glück in Form einer rothaarigen Dorothea vorenthalten hatte.

Sie würde keine Tochter mehr bekommen, das wusste sie. Nicht weil sie zu alt gewesen wäre, um noch einmal schwanger zu werden, sondern weil sie es niemals zulassen würde, dass Otto auch nur ein einziges Mal noch sein Ding in sie hineinstecken würde. Allein der Gedanke widerte sie so sehr an, dass sie erschauerte.

Nein, sie würde mit der Situation, wie sie heute war, klarkommen müssen, würde das Beste daraus machen müssen, würde auf irgendeine Art und Weise überprüfen müssen, wie sehr dieser kleine Scheißer an ihr hing. Und noch viel wichtiger, wie weit Eddie bereit war, für sie zu gehen.

»Wilma.« Die Stimme Ottos riss sie aus ihren Überlegungen. Sie verdrehte die Augen. Immer dann, wenn man gerade einen Plan schmiedete, kam jemand, der ihn schon im Ansatz zu vereiteln versuchte, dachte sie. Allerdings dachte sie auch, dass Otto es diesmal nicht gelingen würde.

Sie drehte sich zu ihm herum und wollte schon fragen, was er von ihr wollte, da sah sie ihn. Und sie begriff sofort.

Obwohl es mitten in der Woche war, trug Otto sein Sonntagsoutfit – ein weißes Hemd, eine schwarze Bundfaltenhose und sogar eine dazu passende Krawatte. Hätte sie es nicht besser gewusst, hätte sie die Vermutung anstellen können, dass er sich auf dem Weg zu einer Beerdigung befand. Allerdings sprach der Koffer in seiner rechten Hand dagegen.

»Ich werde vorläufig zu meiner Schwester ziehen«, sagte er. Dabei klang er, als steckte ihm ein Kloß im Hals.

Einen Augenblick lang wusste sie nichts zu erwidern. Otto, der Mann, der in all den Jahren, in denen sie sich kannten, stets alles getan hatte, um sie glücklich und zufrieden zu machen, und der sich bisher nie zu großen Entscheidungen hatte durchringen können, stand nun vor ihr und meinte doch tatsächlich genügend Eier in der Hose zu haben, um so etwas Großes durchziehen zu können. Ein lächerliches Schauspiel.

»So?«

»Ich möchte über das nachdenken, was gestern und auch in letzter Zeit passiert ist. Mit dir. Mit Eddie.«

»Okay.«

»Okay? Ist das alles, was du dazu zu sagen hast?«

»Gedenkst du lange fortzubleiben?«

»Wäre dir das recht?«

Sie schwieg. Natürlich wäre ihr das recht. Es käme ihr sogar äußerst gelegen. Schon jetzt wusste sie, dass Ottos Abwesenheit ihr nur zum Vorteil gereichen würde. Je länger er fortblieb, desto mehr Zeit konnte sie in Eddie investieren.

Er schien ihrem Ausdruck abzulesen, in welche Richtung sich ihr Denken bewegte.

»Mindestens ein paar Tage. Allerdings würde ich Eddie gern mit...«

»Nein«, unterbrach sie ihn scharf. »Eddie bleibt hier. Ohne ihn bin ich aufgeschmissen. Die Tiere müssen versorgt werden.«

»Als ob es dir allein darum gehen würde. Du suchst doch nur einen Grund, um dir unseren Sohn gefügig zu machen. Dein eigener kleiner Sklave, den du kommandieren und schikanieren kannst, wie es dir gerade passt. Ich mag vielleicht nicht der Klügste sein, aber ich bin nicht blind. Was du da mit unserem Sohn machst, ist abscheulich. Ich schäme mich dafür.«

Unserem Sohn. Es widerte sie an, wie oft und wie deutlich er diese Formulierung benutzte. Als versuchte er sie zur Raison zu bringen und Eddie endlich als den anzuerkennen, der er war – die Frucht ihres Leibes. Allein darüber nachzudenken stellte ihr die Nackenhaare auf.

»Ich habe einen Fehler gemacht, einen großen Fehler«, fuhr Otto fort. »Darüber werde ich nachdenken, und über alles andere. Auch über unsere Ehe. Wenn ich dir eine Empfehlung geben darf – du solltest das auch tun. So kann es nicht mehr weitergehen, Wilma.«

Er rückte seinen Koffer in der Hand zurecht, wie um zu verdeutlichen, dass er drauf und dran war, das Haus zu verlassen. Womöglich sogar, damit sie ihn davon abhielt.

Einen Teufel würde sie tun! Für sie war sein Abgang ein Geschenk. Das hatte sie in den wenigen Sekunden, nachdem er ihn angekündigt hatte, begriffen. Er würde gehen und sie wäre frei in ihrem Tun. Jedenfalls eine Weile lang.

Frei. Das Wort gefiel ihr. Sie wiederholte es mehrfach in ihrem Kopf, ohne es auszusprechen. Ein kleines Liedchen hätte daraus entstehen können, wäre Otto stehen geblieben. Stattdessen kam er auf sie zu. Ein eisiger Schauer überlief sie, als sie feststellte, dass er sie zum Abschied küssen wollte. Doch dann dachte sie, dass sie den Kuss über sich ergehen lassen musste. Nicht weil er ihr Ehemann war und nach all den Jahren der Ehe einen Kuss verdient hatte – schlechte Phasen gab es schließlich in jeder Beziehung –, sondern weil sie dadurch fast sichergehen konnte, dass Otto wiederkam. Er würde gehen, ja, das war auch gut so. Doch eine positive Voraussicht auf ihre gemeinsame Zukunft würde ihn auch wieder zurückkehren lassen. Und jetzt, da sie ein Bild von dem vor Augen hatte, was für ihre Familie, nein, für *sie* das Beste war, wäre es nicht gut, wenn Otto fortbliebe. Es wäre sogar wirklich schade.

Sie beugte sich vor und hauchte ihm widerstrebend einen Kuss auf die Wange. Auch heute roch er wieder nach Alkohol. Allerdings nicht nach Korn, sondern nach Rasierwasser. In vergangenen Tagen ein guter Duft. Heute empfand Wilma Ekel und Abstoßung. Doch das ließ sie sich nicht ansehen.

Sie lächelte. »Komm bald wieder, wenn du nachgedacht hast«, sagte sie mit sanfter Stimme und rückte mit beiden Händen die Krawatte um seinen Hals gerade. Wie gern sie sie noch fester zugezogen hätte.

Alles zu seiner Zeit, dachte sie.

Alles zu seiner Zeit.

4

Nachdem Otto mit dem einzigen Auto – einem alten, von Korrosion heimgesuchten Opel Astra – vom Hof gefahren war, trank Wilma ihren Tee aus, dachte dabei noch einen ruhigen Augenblick nach und machte sich dann auf den Weg in den Hühnerstall. Sie musste nachsehen, ob Eddie gehorsam gewesen war und sich bereits um das Ausmisten des Federviehs gekümmert hatte. Andernfalls ... Nun, nicht nur sie wusste, was mit Ungehorsamen geschah.

Die Arbeit war bereits verrichtet. Frisches Stroh und Heu lagen über den gesamten Stallboden verteilt, und auch die Käfige hatte Eddie zuvor mit Wasser ausgebürstet. Die Hühner gackerten und pickten Mais und Sonnenblumenkerne vom Boden. Der Geruch getrockneter Wiesengräser lag in der Luft. Und der feuchter Erde. Draußen regnete es in Strömen, weshalb Wilma nicht zu lange hier draußen verweilen wollte. Eddie würde ihre Hilfe im Freigehege schon nicht benötigen. Und wenn er vor Nässe und Kälte durchweicht fror ... Nun, dann war das eben so. Ein bisschen Abhärtung hatte noch keinem geschadet, wie ihr Vater gesagt hätte, bevor er eine weitere Anekdote seiner Tage an der Front von sich gegeben hätte.

Wilma wollte gerade die Tür schließen, als etwas an ihren Gummistiefeln vorbeihuschte. Zuerst glaubte sie, es habe sich dabei nur um einen Schatten gehandelt, doch im nächsten Augenblick musste sie feststellen, dass sich ein Tier seinen Weg an ihr vorbei mitten unter die Hühner gebahnt hatte.

Wildes Gackern brach los. Weiße und braune Federn flogen. Viele der Hühner schlugen mit den Flügeln, versuchten davonzueilen, sich in Sicherheit zu bringen. Manche von ihnen stürzten sich kopfüber in die offen stehenden Käfige. Panik erfüllte den Stall. Mitten im Gedränge der Vögel stand ein roter Fuchs.

Panik war es nicht, die Wilma überkam. Eher eine Art Schockstarre. Sie konnte kaum glauben, dass sich ein Fuchs mitten am Tag an ihr vorbei in den Hühnerstall gedrängt hatte. Wie alle Hühnerwirte wussten, gingen Füchse vorwiegend nachts oder in der Dämmerung auf die Jagd oder brachen in Ställe ein. Dabei gingen sie so geschickt vor, dass man sie nur selten zu Gesicht bekam. Dieser Fuchs jedoch gab sich keine Mühe, nicht unentdeckt zu bleiben. Mit hochgezogenen Lefzen und dahinter zum Vorschein tretenden spitzen Zähnen bellte er die Hühner an. Dann sprang er los und schnappte zu.

»Eddie!«, schrie Wilma in Richtung des Freigeheges. »Eddie, komm her! Schnell!«

Es dauerte einen langen, einen viel zu langen Moment, bis sie ihn erspähte. Eddie rannte. Doch in ihren Augen trottete er nur gemächlich vor sich hin.

»Schau!«

Voll Verwunderung sah Eddie zum Tor hinein in den Stall. Seine Verblüffung wuchs, als er den Fuchs entdeckte.

»Dieses Mistvieh greift die Hühner an. Unsere Hühner! Unternimm was!«, kreischte seine Mutter. Sie wandte sich wieder dem Durcheinander im Innern zu, trat einen Schritt hinein, versuchte nach dem Fuchs zu treten. »Verschwinde, du scheiß Drecksvieh! Mach, dass du hier rauskommst!«

Doch der Fuchs ließ sich von ihr nicht stören. Unbeeindruckt schnappte er nach den wild umherflatternden Hühnern, biss zu. Ein hochtoniger Schrei, den Eddie durchaus kannte, erklang. Der Fuchs hatte eines der weißen Hühner am Hals erwischt. Mit voller Kraft und dem Trieb eines freudigen Spiels schüttelte er das Huhn im Maul hin und her. Federn flogen durch die Luft – weiße, blutverschmierte Federn.

Was Eddie noch sah, war die Wut im Gesicht seiner Mutter. Ihre roten Haare lösten sich bei jedem Lufttritt mehr aus ihrem engen Dutt. Wie Spinnweben waberten sie um ihren Kopf.

»Du schlecht erzogenes Biest!«, kreischte sie. »Hör auf! *Hör auf! Verschwinde!*«

Doch der Fuchs hörte nicht auf sie. Ungestört widmete er sich weiter seiner Bluttat, als wäre die Frau in der braunen Jacke und den dunkelgrünen Gummistiefeln überhaupt nicht vorhanden. Das brachte Eddie wiederum auf folgenden Gedanken: Der Fuchs hörte nicht. Nein, nicht nur das. Er verweigerte sogar seine Aufmerksamkeit, er war ... *ungehorsam*.

(*Was macht man mit Ungehorsamen, Eddie? Sag's mir. Was macht man mit denen, die nicht hören? Du weißt es, du weißt es ganz genau!*)

Irgendwo in seinem Hinterkopf griffen Zahnräder ineinander, als er begriff, was nun zu tun war. Es war, als würde ein heller Strom Energie durch seinen Körper fließen. Es war dasselbe Gefühl wie vor Kurzem, als er dem Huhn, das keine Eier legen wollte, den Garaus gemacht hatte. Und es war ganz offensichtlich, ja, so klar wie Quellwasser, was er auch jetzt wieder machen musste. Aus Gehorsam, natürlich. Aus dem simplen Grund, dass seine Mutter es von ihm verlangte. Sie hatte es noch nicht ausgesprochen, doch sie forderte es. Und hätte Eddie mit seinen elf Jahren bereits das Wort Loyalität gekannt, hätte sein Verstand es jetzt benutzt. Denn genau das war, was er seiner Mutter gegenüber fühlte. Loyalität, strikter Gehorsam und die Bereitschaft, alles für sie zu tun – Alles!

Er trat in den Stall und sprach wie ein wahrer Mann: »Ich kümmere mich darum.«

Seine Mutter begriff erst nicht, dann stoppte sie ihre Attacken auf den Fuchs und trat ans Scheunentor. Sie stellte sich genau in den Eingang, und damit es für das Tier kein Entkommen geben würde, zog sie das Tor hinter sich zu. Mit vor der Brust überkreuzten Armen und starrem Stand blickte sie Eddie erwartungsvoll an. Und er begann damit, sie zufriedenzustellen. Denn Eddie hörte.

Er *gehörte*.

Ihr.

5

Sein Zimmer befand sich nicht im obersten Stockwerk wie das seiner Mutter, sondern in der ersten Etage, was bedeutete, dass sie jeden Abend an seiner Zimmertür vorbei in ihre privaten vier Wände hinaufging. Das konnte er ohne Mühe aus seinem Bett heraus beobachten. Die Tür ließ er stets einen großen Spaltbreit offen. Nicht weil er sich in der Dunkelheit seines Zimmers geängstigt hätte – zur Finsternis empfand er mehr Zu- als Abneigung –, sondern weil er *sie* sehen wollte. Jeden Abend putzte er sich die Zähne, zog sich seinen Pyjama an und wartete in seine Bettdecke gehüllt, bis sie vorbeikam. Manchmal schlief er beim Warten ein, doch des Öfteren sah er sie, gekleidet in ein weißes Nachthemd, die Haare zu einem strengen Dutt zusammengeknotet. Sie kam nie herein. Sie wünschte ihm auch nie eine gute Nacht. Aber das störte ihn nicht. Denn für ihn war sie dessen erhaben. Wilma Gal schwebte gewissermaßen über den Dingen wie eine Gottheit.

An diesem Abend verlief es zuerst genauso, und dann ganz anders.

Eddie lag in seinem Bett, blickte durch die Öffnung zwischen Tür und Rahmen in den Flur und wartete, bis seine Mutter als dunkle Silhouette den Treppenaufgang hinaufgehen würde. Dabei musste er unentwegt an den Fuchs denken. An die bernsteinbraunen Augen, die ihn angefleht hatten, aufzuhören. Oder schnell zu machen. Was von beidem, wusste er nicht.

Er war tiefer in den Stall getreten. Seine Mutter im Rücken, hatte er mit seiner Jagd auf den Fuchs begonnen. Das Tier attackierte unentwegt die Hühner. Hatte er eines zu Tode gebissen, wandte er sich direkt dem nächsten Tier zu, schnappte danach, biss zu, schüttelte, tötete es. Bis er kam, Eddie.

Mit ausgestreckten Händen versuchte er den Fuchs zu greifen. Nur war der Vierbeiner deutlich gewitzter, als Eddie vermutet hatte. Selbst als er ihn nach mehreren unglücklichen Versuchen zu packen bekam, entschlüpfte er seinem Griff, den Kopf dabei hin und her reißend. Dann spurtete er davon und auf das flatternde Federvieh zu.

Eddie konnte in diesem Augenblick seinen Herzschlag klopfen spüren. In seiner Brust trommelte es wie zum Takt des *Peppermint Twist* von Caterina und Silvio – einem Schlager, der in letzter Zeit ständig im Radio lief. Ein Song, den seine Mutter verabscheute, genau wie er den Fuchs zu verabscheuen begann. Wobei Abscheu nicht das richtige Wort war. Hass traf es besser. Er hasste dieses rote Scheißvieh. Und dass es auch weiterhin die Hühner angriff, steigerte Eddies Hass noch, so sehr, dass sein Verstand ausschaltete, er auf den Fuchs zurannte und blindlings zutrat.

Mit voller Wucht traf er ihn an den Hinterläufen. Der ganze Körper verbog sich. Das Tier jaulte auf wie eine Katze, der man auf den Schwanz trat – etwas, womit Eddie heimlich bereits Bekanntschaft geschlossen hatte. Allerdings war Auf-den-Schwanz-Treten nicht das Einzige, was man mit einer Katze anstellen konnte, um sie vor Schmerz zum Jaulen zu bringen. Und das traf auch auf einen Fuchs zu, wusste Eddie.

Wie ein Stürmer bei einem Fußballspiel holte Eddie erneut aus und ließ die Spitze seiner Gummistiefel in das weiche Fleisch an der Flanke des Tiers krachen. Erneut schrie es auf, und endlich wandte es sich von den Hühnern ab. Stattdessen fixierte es nun Eddie, die Lefzen nach oben gezogen, als stünde es vor einem potenziellen Festschmaus. Oder als spottete es über die Kraft seiner Tritte. Wäre Eddie älter gewesen – nur sieben Jahre –, so hätte der Fuchs schon jetzt mindestens einen gebrochenen Knochen gehabt. Aber Eddie war nicht achtzehn, er war elf. Und deshalb stand der Fuchs noch. Er bellte ihn aus voller Kehle an.

»Ja, weiter so, Eddie«, jubelte seine Mutter irgendwo hinter ihm. »Mach das Mistvieh fertig!«

Eddie blickte in die braunen Augen des Tiers. Er keuchte vor Erregung. Er schrie: »Ja, ich mach dich fertig! Ich ... Ich ...«

Der Fuchs ging in die Knie und sprang. Wie ein Flughund auf den Ast eines entfernten Baumes zustürzt, so preschte der Fuchs auf Eddies Brust zu. Instinktiv hob der Junge einen Arm. Er schrie, als sich die kleinen, messerscharfen Zähne in seinen Unterarm bohrten. Blut rann zwischen den steifen Kiefern des Tiers in dünnen Bächen über seine Haut. Beide fielen sie zu Boden. Das Stroh dämpfte den Sturz, nicht jedoch den Schmerz, der in Eddies Arm aufflammte. Elf Jahre war er, ein Alter, in dem andere Kinder schluchzend nach der Rettung durch ihre Eltern zu kreischen begonnen hätten. Doch Eddie Gal war mehr als nur elf Jahre alt – Eddie war Wilma Gals Sohn, und Schluchzen hätte sie nur enttäuscht.

Deshalb rang Eddie mit sich, versuchte das Tier abzuschütteln. Doch der Fuchs blieb hartnäckig. Je mehr Eddie sich wehrte, desto tiefer krallten sich seine Zähne in die blutige Wunde an seinem Unterarm. Und als er mit den Vorderläufen den Boden unter sich zu fassen bekam, zerrte er an ihm. Dieses Tier war ausgewachsen, es besaß eine spürbare Kraft. Und es war nicht einfach bloß Kraft, es war die Kraft des Zorns.

Nur wusste der Fuchs nicht, dass auch Eddie etwas in sich hatte, das enorme Körperkräfte freisetzen konnte. Dieses Etwas war Liebe. Eine ganz eigenwillige Form. Und in dem Augenblick, in dem der Fuchs seinen Biss verstärkte, zündete der Motor dieser Liebe von Eddie Gal zu seiner Mutter, sprang an und lief sofort auf Vollgas. Er wollte sie nicht enttäuschen, wollte ihr sogar beweisen, dass er ein guter Junge war, der keinen Ungehorsam – und schon gar nicht den eines Tiers – duldete. Das hier war seine Chance, ihr zu zeigen, was für ein *guter* Junge er war, ein sehr, sehr *guter* Junge.

Mit der freien Hand packte er den Fuchs am Kragen, umschlang mit den Fingern den Hals, und so fest er konnte, drückte er zu.

Er spürte, wie die Muskeln unter dem Fell arbeiteten; wie sie sich wanden wie Schlangen. Und er fühlte den raschen Puls, der Blut durch jede Arterie des schlanken Körpers pumpte. Er verstärkte seinen Griff, gravierte die Haut des Biests mit seinen Fingernägeln.

»Ja! Ja! Du schaffst das!«, tönte seine Mutter. »Reiß ihm den Kopf ab! *Reiß ihm den Kopf ab! Töte ihn!*«

Es beflügelte ihn, sie zu hören. Nie zuvor in seinem Leben hatte er seine Mutter derart aufgebracht erlebt. Selbst gestern nicht, als sein Vater auf sie einschlagen wollte und statt ihr ihn ausgeknockt hatte. Die Erinnerung an ihn – wie er vor ihm stand, die Faust geballt, der Blick leer vor Erschütterung – erhöhte die Temperatur des Kessels, der in Eddies Innerem Wut kochte. Die Fingernägel erreichten das Fleisch.

Der Fuchs ließ nicht nach. Er zog und zerrte. Und Eddie drückte fester zu. Er legte all seine Kraft in seine Hand um die Kehle des Tiers, presste zu. Die Augen des Fuchses weiteten sich. Eddie erkannte die Atemnot des Tiers. Seine Atemzüge wurden immer kürzer, und Eddie drückte noch fester zu. Der Fuchs hielt den Schmerz nicht länger aus. Mit einem Mal lockerte sich sein Biss und er jaulte auf, strampelte, wollte sich aus dem Nahkampf lösen. Doch Eddie krallte nach ihm. Ungeachtet seines eigenen schmerzenden Unterarms, packte er das Tier wieder am Hals. Diesmal mit beiden Händen. Und er presste. Er presste, was seine Muskeln hergaben.

Der Fuchs keuchte, jaulte, japste nach Luft. Eddie gab sie ihm nicht. Er empfand kein Mitleid.

Ungehorsam muss bestraft werden!

Tief blickte er in die Augen des Tiers. Und er sah, wie zuerst die Kraft aus ihnen wich und dann das Leben. Eddie ließ nicht locker. Er würgte das Vieh über den Tod hinaus.

Erst als er etwas auf seiner Schulter spürte, kam er wieder zu sich. Die Wut und der Hass ließen von ihm ab. Und endlich gab er den toten und schlaffen Fuchs aus seinen Händen frei.

Es war die Hand seiner Mutter, die er spürte. Eine Geste, fast so schön wie das Streicheln, das ihn nach dem Fausthieb seines Vaters beruhigen sollte. Und dann folgte etwas noch viel Schöneres: Sie küsste ihn. Nicht irgendwohin, sondern auf den Scheitel. Dieses Geschenk kam einem Ritterschlag gleich. Der Schmerz in seinem Arm, das Keuchen seiner angestrengten Lunge, die Bisswunde, die sich womöglich infizieren würde – all das spielte keine Rolle. Ihr Kuss war das Herrlichste, was Eddie Gal in seinem Leben je erlebt hatte.

Er lag in seinem Bett, blickte hinaus in den Flur, dachte an den Kuss, und dann tat er etwas, das ihm in seinen elf Jahren nur sehr selten passiert war – er lächelte. Und als wäre dieses Lächeln ein Ruf nach seiner Mutter, kam sie an seiner Tür vorbei. Nur ging sie nicht vorbei, sie kam herein. Noch etwas, das neu und schön war.

»Hallo, Eddie«, sagte sie vor seinem Bett stehend. »Du schläfst noch nicht?«

»Ich warte. Ich warte jeden Tag.«

»Worauf denn?«

»Auf dich«, sagte er. »Ich warte, bis du nach oben gehst.«

»Wundersamer Junge.« Sie sagte das in einem Ton, der nicht viel über ihre Gedanken preisgab. Doch Eddie nahm es wie ein Kompliment.

»Was du heute getan hast, Eddie ...«

»Ja?« Er richtete sich im Bett auf, hellhörig und gespannt darauf, was sie zu sagen hatte. Nach dem Ereignis im Stall hatten sie nur wenig miteinander gesprochen. Es beschränkte sich lediglich darauf, dass er zusehen solle, das

Blut vom Boden wegzubekommen und seine Wunde mit Mull oder wenigstens einem Tuch zu verbinden, damit er die Möbel nicht versehentlich vollblutete. Der Alltag war eingekehrt, konnte man sagen.

»Was wolltest du, als du den Fuchs angegriffen hast? Mich beschützen oder ...«

»Ich wollte ihn töten!«, sagte er mit eiserner Bestimmtheit.

Sie hob die Brauen. »Soso. Ihn töten. Warum?«

»Weil er ungehorsam war. Du sagtest, er solle verschwinden. Das hat er nicht getan. Er war ungehorsam!«

Sie stutzte kurz, dann breitete sich ein Lächeln auf ihrem Gesicht aus. Ein wunderschöner Ausdruck, dachte Eddie. Dass ihre Augen dabei kalt blieben, nahm er nicht wahr.

»Du hast es also verstanden«, sagte sie. »Guter Junge. Behalte das, was du heute gelernt hast, immer im Kopf. Ungehorsam gehört bestraft. Und es gibt nur eine Strafe dafür.«

»Sterben«, vollendete Eddie und spürte Stolz, diese Tatsache erkannt zu haben.

Sie nickte und legte ihre Hand sanft auf die Binde an seinem Arm.

»Morgen«, sagte sie, »gehen wir zu einem Arzt, der dir eine Impfung geben und die Wunde desinfizieren soll. Wir wollen ja nicht, dass sie sich entzündet oder du die Tollwut bekommst. Kann sein, dass er den Wundrand wegschneiden muss.« Ihr Lächeln wuchs sich zu einem Grinsen aus. »Aber das sehen wir morgen. Gute Nacht, Eddie.«

»Gute Nacht, Mama.«

Sie verließ Eddies Zimmer und klopfte sich dabei geistig auf die Schulter.

Alles verlief ganz ausgezeichnet.

Warte nur, Otto, wenn du wiederkommst, dachte sie. *Warte nur, Otto!*

Wie in Wilmas Inneren, tobte auch draußen ein Sturm.

6

Otto kam wieder. Es dauerte ganze vier Tage, bis es so weit war. Er trat auf den Hof, überblickte die wenigen Schäden, die der Sturm hinterlassen hatte – ein paar über dem Gelände verteilte Latten und ein durch einen Ast zerstörtes Fenster am Stall, mehr nicht –, und sah Licht im zweiten Stock des Hauses brennen; Wilmas Zimmer. Es war gut, sie dort oben zu wissen. Er wollte nicht mit ihr sprechen. Nicht sofort. Es war noch früh am Morgen und der Sturm, der andernorts über Nacht Bäume entwurzelt und Ziegel von Dächern gefegt hatte, nahm allmählich wieder ab. Sogar die dicke Wolkendecke brach an manchen Stellen auf. Scheue Sonnenstrahlen zeigten sich vereinzelt am Horizont.

Es hätte ein schöner Morgen für einen Vater und seinen Sohn werden können; einer, an dem man sich zum Frühstück ein gekochtes Ei oder gar Spiegeleier mit Speck macht, Kakao und Kaffee trinkt und dann alles stehen und liegen lässt, um dicke windfeste Kleidung anzuziehen und nach draußen zu gehen, dem Laub beim Davonsegeln zuzusehen oder sogar einen Drachen steigen zu lassen. Eine schöne Vorstellung; so schön, dass sie Otto zugleich lächeln und weinen ließ. Er war nie ein Kind von großer Traurigkeit gewesen. Doch was ihm nun bevorstand, trieb ihm bereits jetzt – gute dreißig Meter vom Stall hinterm Haus entfernt – Tränen in die Augen. Allerdings blieb ihm keine andere Wahl, das wusste er. Um heil aus dieser Familientragödie rauszukommen, musste er es einfach tun. Nachdem er beobachtet hatte, was während seiner vermeintlichen Abwesenheit in der Scheune geschehen war – wozu Wilma ihren eigenen Sohn getrieben und mit welcher Inbrunst Eddie ihren Befehl ausgeführt hatte –, da war ihm klar geworden, was seiner Frau im Sinne lag. Zuerst konnte er es nicht glauben, *wollte* es nicht glauben. Doch in den vier Tagen, in denen er im Gästezimmer seiner Schwester gehaust und viel, sehr viel über sich, Wilma und Eddie gegrübelt hatte, da hatte er erkannt, was seine Frau im Schilde führte – seinen Tod. Oder besser gesagt: den Mord an ihm.

Und warum? Auch darüber hatte er lange nachgedacht. Dann war ihm wieder eingefallen, wie Wilma reagiert hatte, als er ihr ihren Sohn kurz nach der Entbindung präsentieren wollte. Das Desinteresse ihrer Haltung und der Zorn in ihren Augen. Erstes galt dem Winzling auf seinen Armen. Doch Letzteres hatte ihm gegolten. Seine eigene Ehefrau hatte ihn dafür gehasst, dass er ihr einen Sohn statt einer Tochter – einer Dorothea – beschert hatte. Und sie hasste ihn noch heute dafür. Schon seit Jahren – das war ihm nun klar – ließ sie ihn für sein Scheitern büßen. Zuerst indem sie Eddie ignorierte, ihn nicht akzeptierte. Dann, nach Eddies erstem Geburtstag, indem sie ihm seinen Sohn streitig machte. Und er? Er hatte den Wald vor lauter Bäumen nicht gesehen, hatte sie machen lassen, wie sie wollte, hatte sie sogar noch unterstützt, indem er sie wie eine Göttin bedient hatte. Mit welchem Resultat? Eddie wurde zu ihrem kleinen Schoßhündchen; ein Schoßhündchen mit bissigen Zähnen und dem Willen, einem Huhn auf Befehl den Kopf abzuschlagen. Einfach so, als wäre das Leben eines Tieres nichts wert. Jedenfalls nicht so viel wie ein Lächeln der eigenen Mutter. Es war nicht auszudenken, wozu der Junge noch imstande war. Das heißt ... Doch ... Das war es! Otto wusste inzwischen ganz genau, zu was sein Sohn in ein paar Jahren fähig sein würde, wenn seine Mutter auch weiterhin in dieser Art auf ihn einwirkte. Wilma hatte es auf ihn, Otto, abgesehen, und eben genau deshalb musste er handeln.

Schnell.

Jetzt.

Mit zitternden Fingern umklammerte er das Ding in seiner Hand fester. Er hatte es sich von seiner Schwester zurückgeholt, ohne dass sie davon wusste. Es wog nicht allzu schwer in seinen großen Händen. Doch auf Eddie würde es eine große Wirkung haben. Jedenfalls dann, wenn Otto es nicht vermasselte.

Er trat auf das Stalltor zu und atmete tief durch. Dann öffnete er es, bereit, seinem Sohn das Geschenk zu überreichen.

7

Eddie verteilte gerade Körner aus einem Eimer auf dem strohübersäten Boden. Um ihn herum pickten Hühner nach ihnen, so gierig, als gäbe es morgen nichts mehr zu futtern. Selbst zwischen seinen Beinen versammelten sie sich und grapschten mit ihren Schnäbeln nach den Körnern, die ihm aus der Hand rutschten. Ihr stetiges Gackern glich einem unharmonischen Chor.

Es war eine Arbeit, die er mehrmals am Tag zu den gleichen Zeiten verrichtete. Als er noch kleiner gewesen war, hatte ihm seine Mutter dabei geholfen, dann hatte sie ihn bei seinem Tun beobachtet und schließlich ließ sie ihn alles allein machen. Ihn störte das nicht weiter. *Sie vertraue ihm*, hatte sie gesagt, und das machte ihn stolz.

Sein Vater hatte so etwas nie von sich gegeben. Überhaupt fiel es Eddie schwer, sich an schöne Momente mit ihm zu erinnern. Soweit Eddie wusste, verbrachte er die meiste Zeit auf dem Feld, wo er nicht bloß das Heu mähte und Mais erntete, sondern – das wusste er von Mama – auch *tief in die Flasche blickte*, was wohl bedeuten musste, dass sein alter Herr heimlich trank. Was das wiederum hieß, konnte er sich ziemlich gut erklären. Man brauchte nicht zur Schule zu gehen, um den alkoholhaltigen Atem aus dem Mund des eigenen Vaters zu riechen oder den wutentbrannten Ausdruck auf seinem Gesicht zu deuten oder ... Oder seine stahlharte Faust auf dem eigenen Gesicht spüren zu können.

Vier Tage war sein Vater nun schon fort, und es störte Eddie Gal nicht im Mindesten. Von ihm aus konnte er bleiben, wo der Pfeffer wächst.

Ebendas dachte Eddie, als sich die Tür zum Stall öffnete und eine Böe einige Strohhalme aufwirbelte. *Mama*, ging es ihm durch seinen Kopf. Da erkannte er, dass seine Hoffnung ihn trog.

Wie ein Berg von Mensch stand der Alte da. Die an der Stalldecke baumelnden Strahler erhellten sein fahles Gesicht. Sein Bart schien in den wenigen Tagen noch stärker ergraut zu sein. Seine Tränensäcke waren geschwollen und tiefdunkel. Und er zitterte, als wäre er nur in einem T-Shirt bekleidet durch den tiefsten Winter gelaufen.

»Hallo, Eddie«, sagte er. Seine Stimme klang rostig und belegt.

Sofort kam dem Jungen eine grausame Erkenntnis. *Er hat wieder getrunken. Und jetzt ist er hier, um wieder seine Fäuste sprechen zu lassen!* Tatsächlich formte sein Geist jedoch keinen vollständigen Satz, sondern lediglich ein Gefühl der Beklemmung. Keine Angst – Beklemmung. Genauso wie er sie gespürt hatte, bevor er sich dazu entschlossen hatte, dem Fuchs das Leben aus den Augen zu würgen.

Es donnerte matt, als der Eimer aus seiner Hand auf den Boden fiel. Sein Vater kam näher. Instinktiv wich Eddie einen Schritt zurück. Ein Huhn hinter ihm schlug wild mit den Flügeln, als er es mit dem Fuß streifte.

»Du hast Angst vor mir, nicht wahr?«, sagte sein Vater mit bedrückter Stimme. »Ich sehe, dass du Angst hast. Das brauchst du nicht. Ich bin hier, um dir ein Geschenk zu machen.«

Eddies Blick fiel auf die Kiste in Ottos Hand. Zwischen seinen von der Arbeit auf dem Feld kraftvollen Fingern wirkte sie nicht größer als die Packung eines Brettspiels – wie die, die oben auf dem Speicher lagen, verkrustet vom

Staub einer ganzen Generation; die Spiele, die nie jemand mit ihm gespielt hatte.

Eddie erkannte die Kiste. Er wusste, was sich darin befand. Und plötzlich verspürte er tatsächlich Angst. Regelrechte Panik stieg in ihm auf, als er begriff, was sein Vater da in Händen hielt.

Otto kam noch näher.

»Beruhige dich«, sagte er, und die Worte aus seinem Mund klangen ganz und gar nicht schwammig. Im Gegenteil. Otto Gal wirkte mit einem Mal stocknüchtern auf seinen Sohn, was die Sache gewissermaßen sogar noch schlimmer machte, *bedrohlicher*. Wenn der Alte wirklich das vorhatte, was Eddie glaubte, und dabei noch nüchtern war, dann gäbe es keine Chance für ihn. Der Hühnerstall war zwar groß und Eddie könnte versuchen, über den Nebenraum und durch die Hintertür davonzukommen, doch seine Beine waren deutlich kürzer als die seines Vaters. Er käme nicht einmal bis zur Hintertür, da würde der Alte ihn bereits am Kragen gepackt und ihn mit der Waffe ...

Ottos Blick fiel auf das Kästchen. »Machst du dir etwa deswegen Sorgen?«

Er nahm es in beide Hände, sah zu Eddie und hob den tannengrünen Deckel vom gleichfarbigen Boden. Selbst im schwachen Licht der Strahler glänzte der Revolver. Eddie schluckte schwer. Seine Knie wurden weich, als sein Vater den Colt.45 aus dem Kistchen holte.

Eddie wollte wegrennen, wollte wenigstens versuchen, sich aus dem Staub zu machen, wollte diesem großen bösen Mann entkommen. Doch seine Füße rührten sich nicht. Obwohl er sich nach der Sache mit dem Fuchs für stark, äußerst stark gehalten hatte, kam er sich nun wie ein mickriger Käfer vor, der einer nahenden Schuhsohle über ihm nichts entgegenzusetzen wusste.

»Pa-pa.« Was da aus seinem Mund kam, hörte sich nicht wie seine eigene Stimme an. Als hätte er seine gesamte

Puste für den Fuchs ausgestoßen und über Tage vergessen einzuatmen. »Pa-pa.«

Ottos Blick richtete sich wieder auf ihn, den Revolver in der Hand. »Machst du dir vor mir in die Hose, Sohn? Vor deinem eigenen Vater? Dem Mann, der dich aufgezogen hat, als deine Mutter es nicht konnte, weil sie lieber eine gottverdammte Tochter gehabt hätte? Weißt du eigentlich, dass ich es war, der dir im Alter von wenigen Monaten das Leben rettete? Das weißt du nicht, stimmt's? Du weißt so vieles nicht, Junge. Über mich. Über deine Mutter.«

Eddie konnte nichts sagen. Seine Lippen zitterten.

»Sie war es, die dir ein Kissen aufs Gesicht drückte, um dich loszuwerden. Wäre ich nicht in letzter Sekunde dazugekommen, weil es mir merkwürdig vorkam, wie Wilma sich verhalten hatte, dann stündest du heute nicht hier, Eddie.« Er gluckste. »Der Arzt im Krankenhaus – ein Dr. Neureuther, wenn ich mich richtig erinnere – meinte sogar, ich hätte eine Wiederbelebungstechnik angewandt, die noch kaum bekannt gewesen sei. Das war gewissermaßen dein Glück. Viel zu lange hast du keine Luft geatmet. Als ich sah, wie dein Gesichtchen blass wurde und deine Lippen blau anliefen, dachte ich schon, ich würde den Kampf verlieren. Aber du hast nach dem Leben gegriffen, mein Sohn. Du hast es dir wiedergeholt.« Er hielt inne, wie um sich den Moment noch einmal auf der Zunge zergehen zu lassen. Tränen standen in seinen Augenwinkeln. »Danach ... Danach ging alles irgendwie schief. Ich habe mir sehr viele Gedanken darum gemacht, wann ich den größten Fehler begangen habe, und ich kam darauf, dass es der Tag gewesen sein musste, an dem deine Mutter sich in dein Leben schlich. Monatelang ignorierte sie dich, und plötzlich, ja, da schätzte sie dich, wollte dich jeden Tag bei sich haben, wollte dir alles beibringen, was sie weiß. Ich glaube, das hat sie auch. Doch was sie dich vor allem anderen lehrte, war ihre Art des Hasses. Habe ich bereits erwähnt, dass sie ursprünglich eine Tochter wollte? Dorothea sollte sie heißen. Und weil sie diese Tochter nicht bekam, projizierte sie all ihren Hass auf mich. Das tut sie noch heute, schätze ich. Und genau deshalb sorgt sie dafür, dass du dich immer weiter von mir entfernst, verstehst du?«

Eddie wusste nichts zu sagen. Er hörte, was sein Vater da sprach, er lauschte sogar sehr genau. Doch es war, als würden all seine Aussagen – der Wunsch, eine Tochter statt ihn zu bekommen, oder der Mordversuch an ihm – an einer unsichtbaren Barriere abprallen, noch bevor sie seinen Verstand erreichten. Es war einfach undenkbar, was sein Vater über seine Mutter sagte, die, solang er sich erinnern konnte, gut zu ihm gewesen war, ihm sogar manchmal mit der Hand durchs Haar strich und ihm erst vor wenigen Tagen gesagt hatte, dass er ein *guter* Junge sei. Ausgerechnet sie sollte die Böse in dieser Geschichte sein, wo doch jeder ganz genau wusste, dass es sein Vater war, der viel zu oft viel zu tief ins Glas schaute? Das konnte einfach nicht wahr sein!

Erst jetzt bemerkte Eddie, dass sein Vater inzwischen wesentlich näher bei ihm stand. Otto brauchte nur noch die Hand auszustrecken, dann würde er ihn zu fassen bekommen.

Solche Zeitsprünge passierten ihm in letzter Zeit öfter. Er dachte nach, und sobald er damit aufhörte, musste er feststellen, dass sich die Welt um ihn ein großes Stück weitergedreht hatte. Er konnte es sich nicht erklären, und Zeit dazu war jetzt ohnehin nicht. Er spürte, wie sich die große Hand seines Vaters auf seine Schulter legte. Gleich würde er zupacken, ihn nicht mehr loslassen. Und war es nicht sogar wahrscheinlich, dass er den Revolver benutzte? Eddie hatte ihn schon mehrere Male dabei beobachtet, wie er draußen in der Nähe des alten heruntergekommenen Hofguts südlich der Stadt Schießübungen gemacht hatte. Dosen, leere Flaschen und auch Papierschablonen mit aufgemalten Zielscheiben waren ihm dabei zum Opfer gefallen. An Otto Gals

Trefferquote wollte Eddie erst gar nicht denken. Er kniff die Augen zusammen und erwartete das leise Klacken des Schlagbolzens zu hören. In seiner Hose machte sich eine warme Flüssigkeit breit.

»Wir müssen dem ein Ende bereiten, Eddie«, sagte sein Vater. »Deine Mutter will dich gegen mich aufhetzen, und womöglich will sie dich sogar dazu treiben, mir etwas anzutun. Das kann ich nicht zulassen.«

Eddies ganzer Körper zitterte, als würde die Erde unter ihm von einem Erdbeben erschüttert. Alles, was sein Vater sagte, deutete sichtlich nur auf eine einzige Sache hin. Er war erst elf Jahre alt, und seitdem ihm damals von seiner eigenen Mutter die Luft abgeschnitten worden war, dachte er nur sehr langsam, doch diese Tatsache entging ihm nicht. Sein Vater würde ihn jetzt und hier hinrichten – um all dem ein Ende zu bereiten; um sich selbst vor seiner eigenen Frau zu schützen.

»Du kannst die Augen wieder aufmachen, Eddie. Ich werde dir nichts tun und ich werde dich schon zweimal nicht erschießen, falls du das dachtest.«

Eddie zögerte. Er wollte dem Mann vor sich, der sich *sein Vater* nannte, Glauben schenken. Nur war da eine Stimme in seinem Hinterkopf. Sie war höher und sanfter und eindringlicher als die seines Vaters.

Er will dir wehtun, Eddie. Alles, was er dir erzählt, ist eine Lüge, eine unendlich gemeine Lüge. Verstehst du denn nicht, was er macht? Er will dich gegen mich aufbringen, er möchte, dass du deiner eigenen Mutter misstraust, der Frau, die dich in den letzten Jahren alles über die Hühner, ihre Verpflegung, ihre Züchtung, ihre Schlachtung lehrte. Der Frau, die dir zeigte, was mit Ungehorsamen geschehen muss. Wer hätte dir das sonst beibringen sollen, Eddie? Dein Vater? War er nicht ständig nur auf dem Feld unterwegs, wo er sich betrank, damit er uns hinterher in seinem Wahn bedrohen und dich schlagen konnte? Wem schenkst du also mehr Glauben? Dem Mann, der nie für dich da ist, oder mir, deiner Mutter? Du weißt doch, was du für mich bist, oder? Du bist mein Sohn, Eddie. Mein kleiner Sohn. Und was verbindet eine Mutter und ihr Kind? Genau. Richtig. Liebe. Reichlich Liebe. Willst du meine Liebe, Eddie? Dann komm rüber ins Haus. Ich habe Hagebuttentee gemacht, den ich gern mit dir teile, wenn du nur das bisschen tust, was ich dir sage. Stell dir vor, ich stünde jetzt bei dir und diesem missratenen Mann von einem Gatten. Stell dir vor, es wäre meine Hand, die da auf deiner Schulter liegt. Was würde ich wohl zu dir sagen, Eddie? Was würde deine dich liebende Mutter wohl von dir fordern, wenn du weiter ihre Fürsorge haben willst?

»Die Hühner legen keine Eier.« Es war das Einzige, was Eddie zwischen den Lippen herausbekam.

»Was sagst du?«

Eddie öffnete die Lider, blickte seinem Vater tief in die Augen. »Die Hühner legen keine Eier.«

Otto runzelte die Stirn. »Was soll das bedeuten?«

»Dass du ... ungehorsam bist. Du tust nicht, was Mama dir sagt.«

Ein Lächeln der Verwunderung zog sich über Ottos Lippen, verschwand aber sogleich wieder. »Ich tue nicht, was Mama mir sagt? Wie kommst du darauf, dass sie mir zu sagen hat, was ich zu tun habe?«

»Weil sie ...« Eddie hielt inne. Er wusste nicht, was er sagen sollte.

»Weil sie es dir genau so beigebracht hat«, schloss Otto. »Sie besteht drauf, dass du das tust, was sie sagt. Und sie hat dir eingetrichtert, dass auch ich auf sie hören müsste, nicht wahr? Jetzt sage ich dir mal was, Eddie – deine Mutter ist das, was man einen Diktator nennt. Sie glaubt, sie habe das Recht, über all die Menschen, die sie umgeben, zu herrschen, wohingegen sie selbst kaum mehr leistet als eine etwas bessere Haushälterin. Wobei es mich nicht sonderlich wundern würde, wenn sie von dir inzwischen sogar verlangt, die Wäsche zu waschen. Verlangt sie von dir, die Wäsche zu waschen, Eddie?«

Der Junge schüttelte den Kopf.

»Dann wird sie es noch. Hör zu. Ich möchte, nein, ich verlange von dir, dass du mir jetzt ganz genau zuhörst. Tust du das?«

Eddie nickte. Und er hörte auch zu. Allerdings fiel es ihm schwer, die Dinge, die sein Vater sagte, nahe an sich ranzulassen. Noch immer blockierte etwas in seinem Kopf den Weg der Worte zu seinem Verstand. Womöglich war es die Stimme seiner Mutter. Denn er hörte sie flüstern. Einen Satz. Sie wiederholte ihn immer und immer wieder.

Glaub ihm nicht.

Glaub ihm nicht.

Glaub ihm nicht.

»Ich bin hier, Eddie, weil ich dir Lebewohl sagen möchte.« Otto seufzte. »Ich habe reichlich darüber nachgedacht, was geschehen würde, bliebe ich hier, und dabei kam ich auf keine einzige positive Wendung. Deine Mutter wird bis zu ihrem Tod versuchen, die Menschen um sie herum zu manipulieren. Mir würde sie bis ins hohe Alter schöne Augen machen, um von mir das zu bekommen, was sie möchte. Genau wie sie es bei dir macht. Im Endeffekt verspricht sie uns beiden das Gleiche – Zuwendung. Oder Liebe. Ein Versprechen, das sie nie hält. Man tut, was sie verlangt, und bekommt zum Dank die kalte Schulter gezeigt. Ich habe lange, viel zu lange gebraucht, bis ich das erkannt habe, und um ehrlich zu sein, musste mir deine Tante Susanne diese Erkenntnis eintrichtern, weil ich uneinsichtig war. Über Jahre mache ich mir schon vor, Wilma würde sich ändern, und wenn es mal danach aussieht, dass sie es tatsächlich täte, grinst sie mich an und zeigt mir den Stinkefinger. Du verstehst schon, was ich meine. Deshalb ...«

Otto ging auf ein Knie, griff den Revolver am Lauf und hielt ihn Eddie mit dem Griff voraus hin. Der Junge blickte ihn verblüfft an.

»Nimm ihn. Es wird das Letzte sein, was du von mir bekommen wirst, bevor ich gehe. Womöglich wird irgendwann ein Notar oder Anwalt auf dich zukommen, wenn du erwachsen bist, dir verkünden, dass ich gestorben bin, und dir den Hof überschreiben. Bis dahin wird es jedoch noch einige Zeit dauern. Hoffentlich.« Er grinste. »Vorerst erbst du diesen Fünfundvierziger von mir. Er gehörte schon meinem Vater und ich möchte, dass du ihn genauso zu schätzen und handhaben lernst, wie ich es tat. Gehst du den Ackerpfad in Richtung Norden, kommst du an ein Hofgut, das seit der Nazizeit leer steht. Dort kannst du üben. Schieß auf Dosen oder Flaschen oder male dir ein paar Zielscheiben. Schieß bloß auf nichts Lebendiges, hörst du? Diese Waffe soll dir in deinem Leben zum Schutz dienen, sie ist nicht gedacht, um andere Personen mit Absicht zu verletzen!«

Eddie sah von der Waffe auf. Er konnte sich nicht erklären, was sein Vater von ihm wollte. Alles war so kompliziert. So viele Worte, so viele Aussagen, so viele Hinweise. Es überforderte ihn, über all dies nachzudenken.

Was ihn allerdings weniger überforderte, war die Waffe in seiner Hand. Sie war schwer und glänzte im Licht. Und irgendwie übte sie eine fast magische Faszination auf ihn aus.

»Patronen findest du im Schrank im Keller, gleich unter der Treppe. Tu nichts Dummes damit, Eddie. Ich übergebe ihn dir, weil er mir viel bedeutet. Und weil ich möchte, dass du dir noch eine Sache ganz genau einprägst – Wenn dich in deinem Leben irgendwer bedroht, dir zu nahe kommt oder du dich von ihm angegriffen fühlst, dann habe ihn bei dir und drohe demjenigen mit ihm. Schieß nicht sofort! Das darfst du nicht! Bedrohe ihn lediglich. Nur wenn du ihm nicht aus dem Weg gehen kannst, weil er selbst eine Waffe besitzt oder weil er dich nicht ernst nimmt, dann darfst du schießen. Das ist vielleicht nicht die beste Lektion, die ein Vater seinem Sohn geben kann, aber es ist so ziemlich die einzige, die mich das Gefühl haben lässt, dass du mich nicht vergisst.«

Er legte Eddie die Hand an die Wange, blickte ihm tief in die Augen. Er weinte. Etwas, was Eddie sonderbar vorkam. Männer weinten nicht, hatte er geglaubt. Die einzige Ausnahme, die die Regel bestätigte, war, wenn diese Männer getrunken hatten und nicht wussten, wie sie mit ihrem Frust und ihrem Zorn anders umgehen sollten.

»Ich habe dir das schon viel zu lange nicht mehr gesagt, Eddie. Ich hab dich lieb. Ich liebe dich schon dein ganzes Leben lang. Und dazu musstest du nichts weiter tun, als auf die Welt zu kommen.«

Irgendetwas veränderte sich. Eddie spürte es. In seiner Brust. Er glaubte fühlen zu können, wie eine Blume unterhalb seines Brustbeins aufblühte und eine Böe die Blütenblätter bis in die hinterste Ecke seines gesamten Körpers verteilte. Es war ein gutes Gefühl, ein warmes. Und doch wusste er nicht, was er sagen sollte. Sein Vater hatte sich inzwischen von seinem Knie erhoben, blickte ihn traurig an, streichelte ihm mit dem Daumen die Wange, und er selbst konnte nur schweigen. Zu mehr schien er nicht imstande zu sein.

Mit großen Augen sah er zu seinem Vater auf und langsam, als traute er sich nicht, öffnete Eddie den Mund, um eine Erwiderung zu äußern. Vielleicht etwas wie »Danke, Papa« oder »Ich hab dich auch lieb«, als plötzlich eine weitere Stimme den Raum erfüllte. Abrupt schloss Eddie den Mund. Er fuhr zusammen. Seinem Vater erging es genau gleich. Mit einem Mal richtete er sein Augenmerk auf den Eingang des Stalls. Denn diesmal entstammte die Stimme nicht Eddies Geist. Diesmal hörten sie sie beide. Und sie war laut, von Empörung und Rage geschwängert.

»*Was ist hier los?*«, lärmte Wilma Gal. »*Was hat das zu bedeuten?*«

Vater und Sohn schenkten sich einen Blick, und irgendwie begriff Eddie, dass es das letzte Mal sein würde, dass sie sich einander in die Augen sahen; für eine lange Zeit.

Oder auf ewig.

8

Er hatte gehofft, ihr nicht noch einmal begegnen zu müssen. Dass es passierte, war jedoch abzusehen gewesen. Wilma schien einen Riecher für die Dinge zu haben, die sich hinter ihrem Rücken abspielten, so wie sie garantiert auch darüber Bescheid wusste, dass er sich während seiner Abwesenheit ausgiebig mit seiner Schwester unterhalten hatte. Und was Susanne über Wilma zu sagen hatte, war seiner Frau ganz gewiss nicht neu. Die beiden konnten sich nicht ausstehen.

Er musste zugeben, Susanne hatte tatsächlich stark auf ihn eingewirkt, hatte ihn vier Tage lang bequatscht, als würde sie sich mit einem Dummen unterhalten, der es einfach nicht verstehen wollte, dass seine Frau ihren gemeinsamen Sohn gegen ihn aufhetzte. Letztlich hatte er es begriffen, weshalb er zum Entschluss gekommen war, Wilma ein für alle Mal zu verlassen, dieses Leben hinter sich zu lassen und ein neues, irgendwo anders, anzufangen. Jedenfalls war das der Plan – wenn er denn vom Hof gelassen wurde.

»Ich verabschiede mich«, sagte Otto so nüchtern er konnte. Er verspürte keine Wut gegenüber Wilma, doch große Enttäuschung. Von ihrem gemeinsamen Leben hatte er sich deutlich mehr erhofft, und nun ging alles in die Brüche.

Genau das war eine der Fragen gewesen, die ihm gegenüber Susanne als Argument gedient hatten, die Familie nicht zu verlassen – *Wenn ich gehe, lasse ich meinen Sohn dann nicht im Stich?*

»Deine Familie, so wie du sie dir wünschst, ist bereits verloren, Otto«, hatte Susanne erwidert. »Seit über zwanzig Jahren hältst du den Kopf für diese Frau hin, und wozu? Damit sie dir einen Einlauf nach dem anderen verpasst. Du musst mal wieder an dich selbst denken, an deine Ziele im Leben. Und wenn du außer der Familie kein Ziel hast, dann erschaff dir eines. Es gibt so viele schöne Dinge, die man erreichen kann. Und diese Frau zur Vernunft zu bringen ist ganz sicher keines davon.«

Darüber hatte Otto nachgedacht, vor allem nachts, wenn er wach im Bett lag. Ein Ziel. Was für Ziele konnte er denn überhaupt erreichen? Weder hatte er einen hohen Bildungsgrad noch verfügte er über große Erfahrungen in Tätigkeiten, die nichts mit Landwirtschaft zu tun hatten. Es dauerte eine ganze Weile, bis ihm klar wurde, dass man als Ziel nicht nur einen bestimmten Job oder das Aufblühen der eigenen Familie sehen konnte, sondern auch das eigene Selbst. *Sich selbst wohlzufühlen*, konnte das nicht ein Lebensziel sein? Oder reichte das nicht aus? Jetzt, da er vor Wilma stand, die ihm den Weg hinaus auf den Hof mit ihrer schlanken Gestalt zu versperren versuchte, wusste er, dass es genau das war. Sie war der Magnet, der die Nadel seines Kompasses in die falsche Richtung gedreht hatte. Und wie sie so dastand, kapierte er auch, dass sie genau das bis zu seinem Tod auch weiterhin so handhaben würde. In Wilmas Augen gab es keinen anderen Mittelpunkt der Welt als sie selbst. Alles drehte sich um sie. Und ebendeshalb musste er handeln. Jetzt und keine Sekunde später.

Mit zusammengekniffenen Augen stierte sie ihn zornig an, die Hände in die Hüften gestemmt, das rote Haar wie meist zu einem festen Dutt zusammengepresst. *Dieses Ding auf ihrem Kopf*, dachte er, das ist ihr Charaktersymbol – ein Knoten. Ein enger Knoten, der den Haaren in der Mitte keine Chance zum Atmen ließ. Sie hatte sie eingekerkert wie ihr eigenes Herz.

»Ich gehe«, sagte er.

»So? Und wohin, wenn man fragen darf?«

»Fort. Wohin genau, weiß ich nicht. Vielleicht ziehe ich in die Stadt. Womöglich auch weiter weg.« Dann betonte er etwas, was ihm vor vier Tagen noch niemals über die Lippen gekommen wäre. »Hier habe ich nichts mehr verloren.«

Sie lachte finster. »Das ist ein Scherz. Ein schlechter Scherz, wohlgemerkt.«

»Ist es nicht. Ich habe mich gerade von Eddie verabschiedet und werde es jetzt auch von dir tun. Lass mich bitte durch.«

»Das werde ich nicht!« Sie hob einen Arm, stemmte ihn gegen das Tor, was ihm ein Durchkommen unmöglich machen sollte.

Otto betrachtete sie einen Augenblick nüchtern. In seiner Brust pochte es in gemächlichem Tempo. Vor seinem Eintreffen auf dem Hof hatte er sich selbst versprochen, sich nicht aufzuregen, und er würde schon gar nicht handgreiflich werden. Wie eine Gebetsformel hatte er sich das wieder und wieder vorgesagt. Und es funktionierte.

»Du wirst mich nicht aufhalten, Wilma. Diesmal nicht.«

Was ihm früher entgangen war, fiel ihm jetzt mit deutlicher Klarheit auf. Der Ausdruck auf ihrem Gesicht veränderte sich mit einem Mal. Sie begriff, dass Befehle bei ihm nichts nutzten, woraufhin sie ihre Strategie änderte. Aus Zorn wurde Kummer. Die Muskeln um ihre Mundwinkel zuckten. Tränen traten in ihre Augen. »Das bist nicht du«, klagte sie mit zittriger, kleiner Stimme. »Das bist nicht du.«

Die Hand, die gerade noch wie eine Durchgangssperre fungiert hatte, streichelte nun seine Wange. Sie fühlte sich zart an. Und kalt. Sein Barthaar raschelte unter der Bewegung.

»Wo ist mein Otto geblieben, den ich geheiratet habe? *Wo hast du ihn versteckt?* Das hier ist er nicht. Mein Otto war sanft und stets gut zu mir und unserem Sohn. Er wäre nie auf die Idee gekommen, uns sitzen zu lassen. Nie.« Sie weinte nun. »Denk darüber nach, was das mit uns machen würde. Mit mir. Mit deinem einzigen Kind. Du würdest ihm das Herz brechen. Das weißt du. Du würdest ...«

Otto ergriff ihre Hand. »Lass es gut sein, Wilma. Mach es nicht noch schlimmer, als es ist.«

»Schlimmer? Wie kann es denn noch schlimmer werden. Du willst gehen, willst diese Familie auseinanderbrechen, uns im Stich lassen. Was wird aus dem, was wir uns gemeinsam aufgebaut haben? Was wird aus dem Hof? Denk darüber nach.«

»Ich habe darüber nachgedacht. Ich habe sogar sehr ausführlich darüber nachgedacht. Und mein Entschluss steht fest. Da bringen dir auch deine falschen Tränen nichts. Und deinen Charme spielen zu lassen, kannst du dir auch sparen. Deine Tricks ziehen bei mir nicht mehr.«

Wieder veränderte sich ihr Gesichtsausdruck. Allerdings veränderte er sich nicht zu einer ihrer Masken. In diesem Augenblick trat die wahre Wilma zum Vorschein. Ein Schreck machte sich auf ihrem Gesicht breit, gefolgt von einer Wut, die alles bisher Bekannte überstieg. Es kam ihm fast so vor, als würden sich ihre Augen schwarz färben; als würden ihre Zähne wachsen und sich zuspitzen wie die Zähne eines Vampirs aus einem Horrorstreifen im Kino. Wilma wurde zur weiblichen Version von Bram Strokers *Dracula*. Und auch sie gelüstete es nach Blut – seinem Blut.

»*Du bleibst hier!*«, kreischte sie schrill und erregt. »Du bleibst hier, hörst du!«

Jetzt erhöhte sich Ottos Herzfrequenz doch. Und er wusste, was das hieß. Er musste hier verschwinden. Schleunigst! Andernfalls ...

»Lass nicht zu, dass sie dich in Rage bringt, wenn du ihr gegenüberstehst. Krümm ihr auch nur ein Haar und sie wird es auf ewig gegen dich verwenden. Es wäre ihr sogar zuzutrauen, dass sie zur Polizei geht und dich wegen häuslicher Gewalt anzeigt. Ein gut gemeinter Rat deiner Schwester – lass die Finger von ihr!«

Otto schloss für einen kurzen Augenblick die Augen, atmete tief durch. Dann fiel sein Blick auf Eddie, der hinter ihm zwischen den Hühnern stand, den Colt ungläubig in den Händen haltend. Er fragte sich, was wohl geschehen würde, hätte er getrunken und den Revolver selbst in Händen. Dann schüttelte er den Gedanken ab, und mit Schwung drückte er sich zwischen dem Stalltor und Wilma durch auf den Schotterhof.

»*Bleib hier!*«, schrie Wilma, doch Otto hörte nicht auf sie. Tatsächlich bemühte er sich, sie komplett auszublenden. Er würde schweigend bis zu seinem Wagen laufen, sich hineinsetzen und ohne ein einziges weiteres Wort davonfahren. Auf ewig. So sah sein Plan aus. Bis er ein metallisches Klicken hinter sich vernahm. Er kannte dieses Geräusch sehr gut. Es war der Hammer des Colts. Entgegen seinem Vorhaben drehte sich Otto Gal noch einmal in Richtung Stall.

Da stand er – sein Sohn. Mit ausgestreckten Armen richtete er den Revolver auf seinen Vater. Der Lauf zielte unmittelbar auf Ottos Bauch.

»Eddie ... bitte. Du darfst nicht auf sie hören. Sie ist wahnsinnig. Wenn du mich gehen lässt, verspreche ich, dich aus dieser Hölle zu befreien. Ich werde dich holen kommen, sobald ich kann. Ich ... ich ... liebe dich.«

Eddies Hände zitterten leicht. Für einen Elfjährigen stand er jedoch unglaublich souverän da, die Beine breit zu einem sicheren Stand gespreizt, beide Hände am Griff der Waffe, den Lauf konkret auf sein Ziel gerichtet.

»Ja. Ja! Erschieß ihn, Eddie! Erschieß den dämlichen Bastard!«, keifte Wilma hinter ihrem Sohn. »Du machst das genau richtig. Drück den Abzug!«

»Eddie ...«, sagte Otto. Seine Stimme klang schwach und wie verloren in einer Böe. Der Wind hatte erneut zugenommen. Blätter rasten Geschossen gleich über den Hof. Die kargen Baumkronen bogen sich knarrend. Grelle Blitze züngelten über die Dächer von Haus, Scheune und Stall. Beinahe zeitgleich krachte Donner und ließ Otto zusammenfahren. Regen trommelte aus einem Guss auf seine Schädeldecke.

Das ist das Ende, dachte er, als sein Sohn endlich einen Laut von sich gab. Es war nur ein Satz. Doch Otto verstand sofort, was er bedeutete.

Fast tonlos sagte Eddie: »Die Hühner legen keine Eier, Papa.«

Der nächste Donner war spürbar.

Kapitel VII

Wilma Gal

1

Der Schmerz glich dem Biss einer Anakonda, die zuerst ihre Giftzähne in seinen Unterarm rammte, den breiten Kopf in die Wunde steckte und sich dann in rasendem Tempo unter seiner Haut den Arm hinauf bis in seinen Kopf schlängelte. Mit anderen Worten – der Schmerz war nicht von dieser Welt. Sein ganzer Körper bäumte sich darunter auf. Sein Mund öffnete sich, ohne dass er ihm den Befehl dazu gab. Er wollte schreien, *o Gott!*, alles an ihm wollte schreien, die Wand gegenüber anheulen wie ein Kojote den Mond. Nur mit allergrößter Mühe gelang es ihm, es nicht zu tun. Stattdessen entrann seiner Kehle ein heiseres Keuchen. Und gerade als er glaubte, die Schlange würde den Rückwärtsgang einlegen, biss sie erneut zu. In seiner Hand entzündete ein Feuer.

Sie waren verloren. Jetzt womöglich mehr denn je. Selbst wenn Gal ihn aus diesen Handschellen befreien und ihn frei herumlaufen lassen würde wie ein Huhn, würde er die Chance kaum nutzen können. Der Schmerz in seinem linken Arm war kaum in Worte zu fassen. Doch es war seine linke Hand, die ihm jetzt Sorgen bereitete. Er hatte sie brechen wollen. Ihm war die Idee gekommen, sie mit der Ferse zu malträtieren, um sie aus der Schelle ziehen zu können. Und er *hatte* zugetreten. Er hatte die Zähne zusammengebissen und zugetreten. Einmal. Fest. Doch das Knacken blieb aus. Kein Bruch. Und er wusste auch warum. In letzter Sekunde, bevor seine Ferse den Handrücken kurz unter seinem Handgelenk getroffen hatte, war Panik in ihm aufgekommen. Er hatte den Tritt abgebremst, ohne es recht zu beabsichtigen. Jetzt würde die Stelle anschwellen und ihm, sollte es zu einer Auseinandersetzung mit Gal kommen, einen Scheiß nutzen. Genau wie sein rechtes Bein. Wie konnte er nur so dumm gewesen sein?

Über einen weiteren Tritt, um seine jetzt geschundene linke Hand vollends zu brechen, brauchte er gar nicht erst nachzudenken. Der Schmerz vereitelte jeden weiteren Versuch. Es dauerte mindestens zwei Minuten (zwei Minuten, in denen Eddie ihnen einen kurzen und womöglich letzten Besuch hätte abstatten können), wenn nicht sogar noch länger, bis Marcus sich wieder in der Gewalt hatte.

Kim starrte ihn mit vor Entsetzen und Ungläubigkeit geweiteten Augen an. *Was hast du getan?* Zugleich eine Frage und ein Urteil.

»Hättest du mir die dämliche Hand gebrochen, damit ich aus den Fesseln schlüpfen kann, hätte ich es nicht tun müssen. Besser gesagt, versuchen. Ich bin gescheitert. Und jetzt sitzen wir noch tiefer in der Scheiße als eh schon. Meine Hand wird binnen der nächsten Minuten anschwellen, und die Schwellung wird jeden weiteren Versuch unterbinden, weil ich schon allein die Schmerzen nicht aushalten ...«

Er schrie auf, als ihre Ferse seine Hand traf. Die Schlange bahnte sich wieder ihren Weg hinauf zum Hals. Doch ehe sie dort ankam, trat Kim noch mal und noch mal zu. Der Schmerz war überwältigend. Er konnte kaum atmen. Irgendwo unter ihm schlug die Uhr. So oft, wie sie schlug, musste es Mitternacht oder kurz davor sein, nur bekam Marcus nichts davon mit. Bei jedem Uhrenschlag donnerte Kim ihren Fuß mitsamt Schuh auf seinen Handrücken.

Es knackte. Es knackte zweimal.

Ein schier unüberwindbarer Impuls riet ihm tunlichst, die Hand wegzuziehen, und beinahe hätte Marcus ihm nachgegeben. Doch er widerstand, er versuchte zu atmen, den Schmerz zu verdrängen. Dabei erschuf er vor seinem geistigen Auge das Bild eines kleinen dunkelhäutigen Mädchens in einem blauen Kleid, das auf einer Schaukel saß und weinte, weil sein Vater mit einer Sporttasche bepackt das Grün des Grundstücks verließ – womöglich auf ewig verließ.

Es sagte: »Komm zurück, Papi. Bitte! Komm zurück!«
RUMMMS!
Beiß die Zähne zusammen, du hast es gleich geschafft!
RUMMMS!
KNACK!
DAS IST IRRSINN, ZIEH DIE HAND WEG!
RUMMMS!
Weiter ... Ja, gut so.
RUMMMS!
MACH, DASS ES AUFHÖRT! BRING DIE KLEINE UM, EHE SIE DICH UMBRINGT!
RUMMMS!
KNACK!
RUMMMS!!!
KNAACK!!!
Das Brechen seiner Knochen brachte Dunkelheit mit sich.

2

Die Ohnmacht währte nur kurz, und das war gut so. Überhaupt endete sie wohl nur, weil Marcus beim Erwachen feststellen musste, dass ihn etwas am Bein rüttelte.

Es war Kim, die ihn mit ihrem Fuß – einem schmutzigen Converse-Schuh mit seltsam roten Flecken darauf – anstieß.

»Was ...« Er machte gerade den Mund auf, als er an sich herabblickte und abrupt verstummte.

Wo am Ende seines Hemdsärmels zuvor eine intakte Hand gewesen war, hing nun ein mit roter Schmiere benetzter Klumpen. Auf der Rückseite dieses Klumpens prangte das Schuhsohlenmuster samt dunkelrotem Converse-Stern wie ein Abziehbild. Es erinnerte Marcus sofort an Leute, die aus einem Rausch erwachten und fortan mit einem aufgemalten Symbol, einem Schriftzug wie *Fuck You All* oder *DORTMUND* und einem auf den Schritt deutenden Pfeil herumlaufen mussten, weil jemand auf die glorreiche Idee gekommen war, seine volle Kreativität während des Schlafs an ihnen auszuleben.

Auch die Schelle um sein Handgelenk war mit diesem roten Zeug beschmutzt. Es dauerte einen Moment der Benommenheit, dann wurde ihm klar, dass dieses Ding seine Hand sein musste. Zumindest war es einmal seine Hand gewesen. Unglaublicherweise schmerzte sie nicht so stark, wie sie müsste. Stattdessen kribbelte sie, als wäre auch sie in tiefen Schlaf versunken. *Als wäre ich in einer ungünstigen Lage eingeschlummert*, dachte er. Die Worte in seinem Kopf formten sich dabei nur langsam, als stünde er unter Drogen.

Kann nicht auch Schmerz eine Droge sein?

Wieder rüttelte etwas an seinem Bein, wieder der Fuß. Langsam glitt sein Blick an dem Schuh übers Bein bis hinauf zum Gesicht einer dunkelhaarigen Schönheit, die er als siebzehnjähriges Mädchen identifizierte. Ihm fiel auch der Name des Mädchens ein. Kim. Und sie war hier, weil ...

Der Tritt auf einen seiner Finger machte ihn abrupt hellwach. Er schrie auf.

»Ist genug!«, keuchte er.

Sie gab ein Stöhnen von sich. Und als er ihr nun vollkommen nüchtern ins Gesicht sah, erkannte er Panik in ihren Augen. Sie wippte mit dem Kinn rasch vor und zurück, als deutete sie auf irgendetwas. Sein Verstand arbeitete nur langsam. Vermutlich, weil er viel, sehr viel seiner Konzentration darauf verwendete, den Schmerz auszublenden. Klar, Adrenalin spielte auch eine Rolle, eine gewichtige sogar. Und ebenso der Schockzustand, in dem er sich momentan definitiv befand, aber ...

Wieder ein Tritt. Wieder aufflammender Schmerz. Marcus riss die Augen auf. Und dann kapierte er endlich, was sie von ihm wollte. Es war seine linke Hand; das Etwas, das seine Hand gewesen war und jetzt nur noch ein undefinierbarer Haufen Blut und Knochen darstellte, der offenbar nur noch von seiner an manchen Stellen aufgerissenen Haut zusammengehalten wurde. Sie wollte, dass er die Hand endlich aus der Schelle zog, bevor die Schwellung das unmöglich machen würde. Bereits jetzt wies sie fast die doppelte Größe auf.

Mit der rechten griff Marcus nach dem Eisenring, der sein linkes Handgelenk umschloss. Dann wagte er einen ersten Versuch. Er schob den Ring nach vorn, während er gleichzeitig probierte, den linken Ellenbogen nach hinten zu ziehen. Zwei Zentimeter weit gelang es ihm, dann blieb seine geschundene Hand am Eisenring hängen. Und als hätte jemand einen Stopfen in seine Synapsen gesteckt, blieb mit einem Mal die Ausschüttung des schmerzlindernden Adrenalins aus. Marcus biss sich hart auf die Unterlippe und schmeckte Blut, als hätte er einen der Tropfen von Kims Schuh geleckt.

Er hielt inne, atmete so rasch wie nach einem Marathon. Dabei dachte er: *Ich kann es nicht. Ich kann es nicht. Es war alles umsonst. Die Tritte ... Die Schmerzen ... Ich kann ...*

»Du schaffst das.«

Diese Stimme ... Marcus kannte sie.

»Du schaffst das, Papa. Du bist so weit gekommen. Lass dich jetzt nicht hängen. Denk an den Käfig zurück. Denk an die Würmer und Maden, die du vom Boden gesammelt und dir in den Mund gesteckt hast. Denk an die Frau, die dir geholfen

hat. Du bist es ihr schuldig, dass du hier rauskommst. Sie ist für dich gestorben.«

Das ist sie nicht, dachte Marcus, weitere tiefe Atemzüge nehmend.

»Doch. Sie ist für dich gestorben, um wieder von den Toten aufzuerstehen, damit du jemanden zum Reden und zum Denken und zum Nicht-Verzweifeln hast. Mich wolltest du dir in dem Stall nicht einbilden, weil du die Vorstellung zu grausam fandst. Deshalb hat dein Verstand die Tierärztin an deinen Käfig gesetzt. Wäre sie nicht erschossen worden, wärst du jetzt nicht hier. Und Papa, neben dir sitzt auch eine Tochter von jemandem. Ein junges Mädchen. Glaubst du nicht, sie fänden es nicht noch grausamer, sie tot im Leichenschauhaus wiederzusehen? Oder zerhäckselt als Futter für die Hühner; die Hühner, die Menschen sind?«

Ein Schauer lief ihm den Rücken hinunter. Der Gedanke, was auf diesem Hof bereits alles geschehen war, und was womöglich (*Nein, wahrscheinlich! Mit ziemlicher Sicherheit!*) noch geschehen würde, ließ sein Herz gefrieren.

Er sah zu Kim, erkannte, dass sie weinte, die Knie an den Bauch gezogen wie ein Kleinkind, das seit Tagen im Wald saß und den Nachhauseweg nicht mehr fand.

»Du schaffst das, Papa«, erklang noch einmal die Stimme von Tina in seinem Geist.

Marcus biss die Zähne zusammen und ...

3

... Zog nicht mehr als einmal. Es war ein langsames Ziehen mit großem physischem und psychischem Widerstand. Blut quoll aus den offenen Stellen seiner Knöchel. Hautfetzen rissen ihm vom Fleisch. Zwei Fingernägel landeten wie Spielchips auf dem Boden. Ein zurückgehaltener Schrei schien seine Lunge gleichzeitig zu zerquetschen und bersten zu lassen. Dann fiel die Handschelle klappernd zu Boden. Sie landete auf der Seite, schaukelte wie ein Kreisel in den letzten Sekunden und ergab sich dann surrend der Schwerkraft.

Marcus starrte auf das, was früher einmal eines seiner Körperteile gewesen war. Schlaff wie ein enthaupteter Kopf, der nur durch einen Fetzen Haut am Leib gehalten wurde, neigte sie sich dem Erdboden zu.

»Mhmm! Mmm-mmmh!«

Marcus sah verwundert zu Kim, die wieder auf etwas deutete. Dieselbe Bewegung wie zuvor, doch blickte sie diesmal nicht nach unten auf seine Hand, sondern auf irgendetwas oberhalb seines Scheitels. Er kapierte nicht gleich, doch dann verstand er. Sie machte ihn auf das aufmerksam, worum es schon die ganze Zeit ging. Seine Hand freizubekommen, war gelungen. Nun musste er sie einsetzen.

»Die Haarnadeln, ich weiß«, sagte er mit matter Stimme. Er klang, als hätte er keine Lust dazu, doch natürlich scheute er sich nur vor weiteren Schmerzen. Sie waren bereits jetzt kaum aushaltbar. Und wenn der Schockzustand, der, wie jedermann wusste, nicht ewig anhielt, vorüber war, dann würde gewiss die Ohnmacht wiederkehren. Schmerz hält der Körper nur bis zu einem bestimmten Grad aus. Dahinter befindet sich Dunkelheit. Und die würde jede weitere Flucht verhindern. Vielleicht würde sie ihn sogar umbringen – ihn, oder sie beide.

Der Perückenkopf stand zu seiner Rechten, gut eineinhalb Meter von ihm entfernt auf der Frisierkommode. Die Haarnadeln stachen teils sichtbar aus der Perücke empor wie die feinen Stacheln einer Raupe. Es mussten mindestens sieben oder acht Stück sein. Allerdings benötigte er für sein Vorhaben nur eine einzige. Die würde hoffentlich genügen, um sie hier endlich loszumachen, wo auch immer ihr Weg sie dann hinführen mochte. Die Hauptsache war – nicht in die Arme von Eddie Gal.

Trotz der Schmerzen nahm Marcus sich zusammen so gut er konnte. Indem er seinen Oberkörper nach rechts verdrehte, führte er seine mehrfach gebrochene Hand in Richtung der Frisierkommode. Es gelang ihm, sie so weit zu strecken, dass der kraftlose Klumpen über die Kante der Kommode ragte. Doch der Perückenkopf war mindestens weitere vierzig Zentimeter von ihm entfernt.

Im Sitzen würde er es nicht schaffen. Er musste versuchen sich aufzurichten. Das verletzte Bein konnte er dafür kaum benutzen. Es zu beugen würde sich kontraproduktiv auswirken. Die Schmerzen wären garantiert so immens, dass er schneller wieder auf dem Hosenboden säße, als er »Scheiße!« sagen konnte. *Na, schön. Dann eben mit links.*

Er winkelte das Bein an, atmete zweimal tief durch, und mit aller Kraft, den Rücken an die Wand gepresst, schob er sich hoch. Zentimeter um Zentimeter schrammte der kahle Putz seinen Rücken entlang. Jede Erhöhung fühlte sich an wie ein Dorn, der ihm langsam das Fleisch von der Wirbelsäule reißen wollte. Der Stoff seines Hemdes riss hörbar, wodurch er den Putz ganz unmittelbar zu spüren bekam, als kratzte er sich mit 3er Sandpapier die Schuppen von der Haut.

Nach und nach gelang es ihm, sich aufzurichten. Bis die Kette zu der Schelle an seinem Hals seinen Aufstieg jäh beendete. Bewegte er sich auch nur einen Millimeter weiter, drückte ihm das dicke Eisen die Kehle zu.

Er konzentrierte sich wieder auf seinen Arm. Abermals streckte er ihn, ertrug den Stich, der ihm bis ins Mark fuhr, und legte den Klumpen Hand flach auf die Kommode. Seine Sehnen dehnten sich wie Seile, an deren Enden zwei Lastkraftwagen zogen. Einem Tänzer gleich stand er da. Ein Bein ausgestreckt, das andere angewinkelt, eine Hand auf der Kommode. Unglücklicherweise ereilte ihn genau das, womit die meisten Amateure zu Beginn ihrer Tanzkarriere zu kämpfen hatten. In seiner linken Wade kündigte sich ein Krampf an.

»Fuck!«, keuchte er. »Nur noch ein kleines Stück.«

Das stimmte. Es war nur noch ein kleines Stück, das ihn und die Nadeln trennte. Zehn Zentimeter, vielleicht acht. Aber knapp daneben ist auch vorbei, und Marcus wusste, er würde sich kein weiteres Mal aufraffen können, säße er wieder auch nur eine Sekunde.

»Mmh-Mmh-Mmmmh«, gab Kim von sich, womit er genauso viel anfangen konnte wie mit seiner gebrochenen Hand.

»Sehr nützlich, danke, meine Teure. Als Nächstes erklärst du mir die Relativitätstheorie. Bitte schön deutlich, damit ich sie auch verstehe«, sagte er voll zornigem Sarkasmus. Gleichzeitig versuchte er sich mit den Zehen vorzuarbeiten. Stünde er auch nur ein paar wenige Zentimeter weiter an der Kommode, so ...

Die Kette spannte. Marcus verlor das Gleichgewicht. Wie eine betrunkene Marionette kippte er nach vorn, hing nun vielmehr in den Ketten, als dass er stand. Der Metallring um seinen Hals schnürte ihm die Luft ab. Seine Wade ergab sich dem Krampf. Seine verletzte Linke rieb über die Kante der Kommode. Alles auf einmal. Marcus sah den Tod kommen.

Doch der Tod kam nicht. Noch nicht jedenfalls. In seiner Not sprang eine Maschine in ihm an; ein Gerät, das sämtliche Energie darauf auslegte, ihn aus dieser misslichen Lage zu befreien. *Hirn aus, Spot an.* Und die Maschine arbeitete außerordentlich effektiv. Ohne über den Krampf nachzudenken, suchte er nach Halt auf dem Boden. Dabei stützte er die Zehen seines verletzten und den ganzen Fuß seines gesunden Beins auf. Sofort gab der Druck auf seinen Hals nach. Luft strömte über seine Lippen in die Lunge. Er stöhnte auf, atmete tief, dann noch einmal, verharrte in der Position, bis sein Herz nicht mehr raste.

Kaum war das der Fall, schaltete sich auch sein Verstand wieder ein. Marcus sah zum Perückenkopf hinüber. »Du Scheißding«, sagte er.

»Ich krieg dich, und wenn es das Letzte ist, was ich ...«

Noch bevor er den Satz zu Ende gesprochen hatte, stemmte er sich gegen die Ketten und riss den linken Arm nach vorn. Sein Klumpen (in Gedanken nannte er ihn nur noch so) rutschte über die Tischplatte. Staub vieler Jahre sammelte sich vor seinen blutverkrusteten Fingerkuppen. Wie ein Schneepflug schob er den Wulst aus Dreck, Hautschuppen und dem weißen Gesichtspuder eines Irren beiseite. Er blieb seitlich des Perückenkopfes. Ihn zu greifen wollte er erst gar nicht versuchen. Mit seiner Hand konnte er derzeit nicht einmal seinen eigenen Penis beim Pinkeln heben, und wenn sie hier nicht bald rauskamen und ein Chirurg sich um dieses verkrüppelte Etwas kümmerte, würde man sie ihm womöglich sogar amputieren müssen. Allerdings war nun nicht der richtige Zeitpunkt, um darüber nachzudenken. Jetzt war der Moment gekommen, dem Ganzen ein Ende zu bereiten.

Marcus sammelte seine Kraft in der Schulter, und wie ein linkshändiger Tennisspieler schlug er den Perückenkopf mit der Rückhand vom Rand der Kommode. Ein jäher Schmerz kreischte in seinem Unterarm auf, dennoch wich sein Blick nicht von dem Kopf.

Sowie er dem rothaarigen Ding beim einzigen Flug seines Daseins zusah, zweifelte er an seinem Handeln. Der Schwung des Stoßes war zu groß, zu brachial. Gerade überflog es Kims rechten Schuh, dann ihren linken. Noch einen Meter weiter und sie würden es nicht wieder erreichen können, und somit würden sie es auch niemals schaffen, sich aus diesen Ketten zu ...

In diesem Augenblick hob Kim ihren linken Fuß. Wie ein Fußballspieler bei einem Seitfallzieher trat sie dem Perückenkopf mitten ins Gesicht. Die Perücke löste sich, nahm eine andere wirre Laufbahn ein. Haarnadeln flogen umher wie Metallspäne in einer Schmiede, Staubpartikel stoben durch die Luft. Das Ding ohne Gesicht kam direkt auf Marcus zu, und zumindest dieses eine Mal hatte er Glück. Styropor, kein harter Kunststoff, traf ihn genau zwischen den Beinen.

Lass mich nicht im Stich, Marcus«, sagte der tote Kopf in seinen Gedanken, und sofort musste Marcus an seinen Traum zurückdenken. Das Bild einer fälschlichen Frau kam ihm in den Sinn; einer Frau, die sich über den Reißverschluss seiner Hose hermachte.

Dann prallte das Ding von ihm ab und Marcus sank zu Boden, keuchend und froh, sein Ziel erreicht zu haben. Plötzlicher Tatendrang überkam ihn. Mit der intakten Hand schnellte er nach vorn, um eine der Haarnadeln vom Boden zu fischen, da kam ihm Kim zuvor. Zwischen ausgestreckten zierlichen Fingern steckte ein dünner, drahtähnlicher Spieß aus Metall. Marcus wollte ihn ihr abnehmen, da machten sich erneut Schmerzen bemerkbar.

»Ich kann nicht. Du musst es tun.«

Die Augen über dem Stofffetzen weiteten sich ungläubig.

»Du hast mich schon richtig verstanden. Bieg die Spitze der Nadel, sodass etwa ein Neunzig-Grad-Winkel entsteht, führe sie in den Zylinder des Schlosses an deinem Arm und versuch damit den Stift, oder wie das heißt, zu drehen. Wenn der Mistkerl die Dinger selbst gebaut hat, und so sehen sie aus, dann wird es nicht allzu schwer sein. Na los doch!«

Sie versuchte es, befolgte seine Anleitung.

»Ja, ganz vorsichtig. Bricht die Haarnadel, könnte sie verklemmen, also ...«

Sie mahnte ihn mit einem strengen Blick, der wohl so etwas wie »Ich weiß schon« oder »Halt die Klappe!« bedeuten sollte. Auch wenn alles in ihm dagegensprach, hörte er auf sie – er hielt die Klappe. Als sie jedoch auch nach einer ganzen Minute, die Marcus wesentlich länger vorkam, nicht das gewünschte Ziel erreichte, sagte er: »Zeig mir die Haarnadel.«

Kim zog sie aus dem Zylinder und zum Vorschein kam, was er befürchtet hatte. Die Nadel hatte sich verbogen.

»Okay, Scheiße. Das Metall ist zu weich. Kommst du an noch mehr von denen? Am besten wären zwei oder drei. Du biegst sie alle gleich zurecht, dann führst du sie gemeinsam in das Loch am Schloss. Vielleicht ...«, er keuchte vor Schmerzen auf, »... vielleicht haben wir Glück und sie halten.«

Er wollte sie nicht noch mehr unter Druck setzen, weshalb er ganz ruhig mit ihr sprach. Doch in seinem Innern hielt er es kaum noch aus, nicht selbst zur Nadel zu greifen. Er hätte es auch getan, wären da nicht Problem eins zu seiner Linken und Problem zwei zu seiner Rechten – die Hand, die immer noch in der Schelle steckte. Beide Probleme konnten als ein einziges zusammengefasst werden: Er konnte nichts tun. Würde dieser Verrückte jetzt hereintreten, bräuchte er sich erst gar nicht gegen ihn aufbäumen. Seine Chancen wären nicht größer als die einer Bisamratte gegen ein Flusspferd.

»Genau so, Kim. Jetzt dreh sie leicht nach links. Irgendwo findest du einen Widerstand, der sich jedoch mit etwas Druck bewegen lässt. Es gibt keine simplere Variante als dieses Schloss. Schon im Mittelalter gab es sicherere.«

Er sah die Anstrengung und die Konzentration auf ihrem Gesicht. Er sah den Schweiß, der sich auf ihrer Stirn sammelte. Er sah die Verzweiflung, die jede weitere Sekunde des Scheiterns mit sich brachte. Und dann, ganz plötzlich, sah er Erleichterung. Ein leises *Klack* ertönte. Die Schelle um ihr Handgelenk öffnete sich.

»Sehr gut!«, sagte er, fast etwas zu laut. »Jetzt musst du wie ein Linkshänder arbeiten. Das wird etwas schwieriger, aber es wird ...«

Sie riss sich den Stoff vom Mund. »Kannst du bitte endlich die Klappe halten!«

Verblüfft blickte er von ihren Händen zu ihrem Gesicht. Ein Lächeln machte sich auf seinem Gesicht breit.

»Werde ich. Schön, deine Stimme zu hören.«

4

Kim brachte einige weitere Minuten damit zu, erst das Schloss um ihren rechten Arm und dann das um ihren Hals zu knacken. Da sie es nicht sehen konnte, musste sie sich auf ihr Gespür verlassen. Es gelang ihr. Das hohle Geräusch, das entstand, als sie es auf den Boden legte, erleichterte sie sichtlich, und als sie die Schellen um Marcus' Hals und seine Hand gelöst hatte, ging es auch ihm deutlich besser. Er fühlte sich nicht frei, da er wusste, dass sie sich nach wie vor in einer grauenhaften Lage befanden, doch allein ungehindert atmen zu können erleichterte ihn.

»Wir müssen hier raus«, sagte er. Doch als er versuchte aufzustehen, scheiterte er an seinem eigenen Körpergewicht. Eine enorme Schwäche hatte ihn erfasst. Was nicht verwunderlich war. Seit Stunden hatte er weder gegessen noch getrunken. Sein Bein war wegen des Einschusslochs steif, seine linke Hand sah aus ... Nun, was passierte, wenn man seine Hand in eine Schachtel mit Nägeln steckte, bevor ein Auto darüberrollte?

»Du bist besser dran, wenn du allein gehst«, sagte er zu Kim. »Das klingt jetzt zwar wie in einem schlechten Film, aber es ist die Wahrheit. Dich wird dieser Dreckskerl nicht so leicht einfangen können wie mich. Deine Beine sind ...«

»Komm«, unterbrach sie ihn. Noch ehe er sich's versah, schob sie ihre Hand unter seinen Oberarm und half ihm auf die Beine.

»Ich meinte das ernst«, sagte er.

»Ich auch.«

Er betrachtete sie. Siebzehn Jahre, kaum größer als einen Meter fünfundsechzig – wenn überhaupt – und schlank wie ein Spinnenbein. Selbst unter der Maske aus Schmutz und Schürfwunden wirkte sie auf ihn zum Verlieben schön. Wäre er in ihrem Alter, stünde er an vorderster Front der Schlange derjenigen, die sie nach einem Date fragen wollten. Allein ihre dunklen asiatischen Augen konnten einem jungen Mann glatt das Herz brechen.

Aber das war nicht das, was ihn in diesem Moment an ihr beeindruckte. Es war diese Mischung aus Furcht und jugendlichem Trotz auf ihrem Gesicht. Die Angst kannte er bereits, doch die Kälte war neu. Sie gefiel ihm besonders.

»Okay. Los geht's.«

Sie kamen genau zwei Meter weit, bevor sie erneut innehielten. Was sie sahen, raubte ihnen den Atem.

»Heilige Maria, Mutter Gottes!«, stieß Marcus hervor.

Sie standen in einem Zimmer. Genauer gesagt, hatten sie sich bereits seit Stunden in diesem Zimmer aufgehalten, nur dass sie diesen Teil aufgrund der L-Form des Raums bisher nicht zu Gesicht bekommen hatten. Und wenn man es noch genauer nahm, wäre das auch besser so geblieben. Das da vor ihnen war das Scheußlichste, was Marcus jemals zu Gesicht bekommen hatte.

»Was ist das?«, sagte Kim mit zittriger Stimme.

Marcus schluckte schwer. Er konnte selbst kaum glauben, was er da sah. Sein Verstand wollte Kim eine Antwort auf ihre Frage geben, reduzierte seine Gedanken jedoch auf ein einzelnes Wort. »Leichen.«

Sie lagen vor ihnen – zwei an der Zahl –, bis zu den Hüften (*Knochen mit Haut! Das da sind nur noch Knochen und Haut!*) eingehüllt in eine vom Alter vergilbte Bettdecke, auf der sich mindestens fingernageldick Staub abgesetzt hatte. Der obere Körper zeigte ihnen seinen abgemagerten Rücken, wo Wirbel wie kleine, spitze Inseln durch ledrige graue Haut ragten. Der Kopf war zur Seite gedreht, wodurch der Blick auf ein eingefallenes Gesicht ohne Nase frei lag. Keine Augen. Dort, wo sie hätten sitzen sollen, klafften dunkle Höhlen. Und in den Höhlen lag etwas; etwas Weißliches, Dünnes, Kleines.

Eingetrocknete Maden, dachte Marcus und erschauerte. *Vermutlich die Kinder der Fliegen, die sich an den Augen gelabt und dann nichts mehr zu fressen bekommen haben. Sie sind so vertrocknet wie der Tote selbst.*

Die Leiche darunter war in besserem Zustand, was das Grauen nicht verringerte, sondern noch steigerte.

Es war eine Frau. Eine zierliche, ja, fast hübsche Frau vielleicht um die fünfzig, mit schmalem Gesicht und hohen Wangenknochen. Sie hatte die Augen geschlossen, wie auch den Mund. Obwohl ihre Lippen so farblos wie der Rest ihrer Haut waren, konnte sich Marcus regelrecht vorstellen, dass sie trotz ihres Alters einst wirklich gut ausgesehen haben musste. Im Gegensatz zu der anderen Person – Marcus vermutete, dass es sich womöglich um einen Mann handelte – wirkte ihr ewiger Schlaf friedlich auf ihn. Wäre da nicht die dunkle, kreisrunde Stelle auf ihrer Stirn gewesen. Sie trug dasselbe Mal wie er am Bein – ein Einschussloch. Das ließ erahnen, dass ihr Hinterkopf nicht mehr ganz so frisch aussah.

Ihr Hinterkopf, der von rotem Haar umwölkt ist.

Marcus, der bis zum Tod seines besten Freundes keinerlei Begegnungen mit Leichen gehabt hatte, konnte kaum glauben, dass man auch nach so langer Zeit des Totendaseins die Farbe ihres Haars erkennen konnte. Eine fürchterliche Erinnerung stürmte auf ihn ein. Eddie Gal unter der Maske einer Frau, einen roten Haarschopf auf dem Kopf.

»Wo bist du, mein kleiner Scheißer? Komm raus! Sei nicht ungehorsam!«

Er schüttelte den Gedanken von sich ab, und dabei fiel ihm ein, welcher Geruch schon die ganze Zeit in der Luft lag. Zuerst dachte er wieder an den Geruch in Krankenhäusern, doch dann erkannte er seine wahre Identität. Es gab lediglich ein Mittel, das diesen beißenden Gestank absonderte – Formaldehyd. Er lag nur schwach in der Luft, was vermutlich ihr Glück war. Setzte man es in einem schlecht durchlüfteten Raum ein, biss dieses Zeug einem regelrecht die Nase ab. Und soweit er sich an eine von Davids Ausführungen erinnerte, konnte Formaldehyd zudem zu Atemnot führen.

»Er hat sie konserviert«, sagte Marcus, ohne es richtig zu merken. »Die Frau besser als den Mann.«

»Den Mann?«, fragte Kim, die ihren Blick nach oben statt auf die zwei Toten gerichtet hielt. Marcus dachte sich nichts dabei. Die Leichen bannten ihn so sehr, dass sie ihm wie eine Nebenfigur in dieser Sitcom des Wahnsinns erschien.

»Ich glaube, es könnte ein Mann sein. Sicher bin ich mir nicht. Die Tatsache, dass die andere Person auf ihr liegt ...« Er verstummte. Er wusste nicht, ob er genauer darüber nachdenken wollte, bei welcher Tätigkeit die beiden ums Leben gekommen waren. Was er jedoch mit Sicherheit sagen konnte, war, dass sie beide erschossen worden waren. Auch die oben liegende Leiche wies ein Schussloch auf. Zuerst hatte Marcus den schwarzen Fleck auf dem Rücken der Leiche nicht als solches erkannt, da es ihm viel zu groß und zu tief vorkam. Doch bei genauerer Betrachtung konnte es sich nur um eine Austrittswunde handeln. Jemand musste in den Raum gekommen sein, zuerst dem Mann in den Bauch und dann auf die Frau geschossen haben. Aus nächster Nähe. Jedenfalls schien es so, bedachte man, dass sich die Tür unmittelbar neben dem Bett befand.

Kim sah nach wie vor zur Decke. Als auch er seinen Blick in Richtung Decke bewegte, verstand er auch warum. Seine Kehle fühlte sich mit einem Mal an, als hätte er Sand gelutscht.

Mindestens zwei Dutzend Augenpaare starrten auf sie herab. An so feinen Fäden befestigt, dass sie wirkten, als würden sie wie mit Helium gefüllte Ballons knapp unter der hohen Decke schweben – Tierköpfe. Ausgestopfte, abgetrennte Tierköpfe. Warzenschweine, Biber, Ratten, Katzen – vor allem Katzen – und ein Hund. Ein Beagle, die Zunge herausgestreckt, ein totes Grinsen auf dem Gesicht, als hätte er in der Sekunde, bevor die Dunkelheit auf ewig herrschend über ihn herabfiel, noch nach einem saftigen Knochen schnappen wollen. Es war die hässlichste Art von Freude, die Marcus je auf dem Gesicht eines Tieres gesehen hatte. Und schlimmer noch: Dieses tote Grinsen zielte direkt auf die unter ihm liegenden Leichen, als wären sie sein nächster Leckerbissen.

Marcus blieb die Luft weg. Die Abordnung der Tiere – so kam es ihm wenigstens vor – bewachte die Toten regelrecht. Keines von ihnen wandte sich von dem bewegungslosen Schauspiel auf dem Bett ab, alle sahen hin.

»Wie ein Jinja«, sagte Kim leise.

»Was?«

»Ein Schrein. In Japan sagt man dazu Jinja. Dort werden Gottheiten verehrt. Oder die Seelen der Verstorbenen.«

»Sehen die Jinja im Land der aufgehenden Sonne auch so aus?«, fragte Marcus abwertend.

»Nein. Überhaupt nicht. In den Schreinen in Japan gibt es keine toten Tiere. Das alles erinnert mich bloß daran.«

»Wenn man bedenkt, dass er der Tierärztin und den anderen Opfern, von denen mir Wilko erzählte, keinerlei solche Aufmerksamkeit gewidmet hat, kann ich mir durchaus vorstellen, dass er mit den beiden da eine wesentlich innigere Beziehung geführt haben muss. Aber vielleicht täuschen wir uns auch und vergeuden nur wertvolle Zeit.«

Das Mädchen sah zu ihm auf. »Du hast recht. Wir sollten ver...«

In diesem Augenblick hörten sie das Knarren einer Holzdiele. Und das Näherkommen *seiner* Stimme.

5

Sie saßen in der Falle. Nichts und niemand konnte sie jetzt noch retten. Eddie Gal würde zur Tür hereinspaziert kommen, würde sie fern ihrer Ketten vorfinden und dann Ende. *PAM! PAM!* Zwei Schüsse. Wie bei den Toten.

Kaum zwei Minuten waren vergangen, seit sie den ersten Hauch von Freiheit geatmet hatten; zwei Minuten, in denen sie sich, statt über das grauenhafte Totenbild in diesem Zimmer zu unterhalten, besser aus dem Staub gemacht oder wenigstens versteckt hätten. Wer waren die beiden? Wie waren sie gestorben? Warum starrt da ein toter Beagle von der Decke? *Wie zur Hölle konnten sie nur so leichtsinnig gewesen sein!*

»Du m-musst das nich' tun.«

Die Stimme klang dumpf und resigniert, wurde jedoch hörbar durch einen großen Raum verstärkt. Womöglich der Treppenaufgang. Erneut knarrte Holz.

»Ich kann nicht anders. Es wäre ... Es wäre ... ungehorsam.«

Eine zweite Stimme, und doch wieder nicht. Derselbe Korpus, eine andere Resonanz. Jetzt klang sie fest und willens. Marcus sah förmlich, wie Eddie Gal die Zähne bleckte, einmal mit offenem, einmal mit geschlossenem Mund. Mit beiden Persönlichkeiten hatte er bereits Bekanntschaft geschlossen, nur kam jetzt etwas Neues hinzu, was Marcus zuvor nicht bewusst gewesen war: Die verschiedenen Persönlichkeiten kommunizierten miteinander. Und auch wenn das nichts an ihrer Situation änderte, es ließ Marcus das Blut in den Adern gefrieren.

»Wir müssen uns verstecken!«, flüsterte er Kim zu. »Er wird jeden Augenblick hier sein.«

Kim war ihm einen Schritt voraus. Sie suchte bereits nach einem Versteck. Doch wohin sollten sie? Hier gab es nichts, außer der Ecke mit den Ketten, der Kommode und dem Bett mit den Leichen. Nicht einmal ein Fenster gab es, zu dem sie hätten hinaussteigen können. Wohin sollten sie sich also verkriechen? Sie konnten sich wohl kaum in eine Schublade der Frisierkommode quetschen.

Ein skurriler, abartiger Gedanke kam ihm in den Sinn. Er konnte sich das rote Perückending auf den Kopf setzen und Mama Gal spielen, ihren Sohn anfauchen, er sei *ungehorsam* gewesen, so ungehorsam, dass er nicht dem Mädchen, sondern sich selbst eine Kugel verpassen sollte. Ein Bild von einem axtschwingenden Jack Nicholson erblühte vor seinem geistigen Auge. *Mach den Mund auf, Eddie, und nimm deine Medizin!*

»Nein, das musst d-du nicht, Eddie. Das musst du wirklich nicht. Sie hat's nich' von dir gefordert.«

»Was weißt du schon? Mama wird es gutheißen, wenn sie wiederkommt. Sie wird in die Hände klatschen und mich loben ...«

Wieder ein Stück näher. Marcus konnte förmlich sehen, wie seine Füße in Richtung Tür steuerten; der Tür, die zu ihnen führte. Und ihrem Tod.

Er wusste nicht, ob sein Herz so schnell klopfte, dass er die Schläge nicht mehr auseinanderhalten konnte, oder ob es vor Schreck aufgehört hatte, Blut durch seinen Kreislauf zu pumpen. Hitze und Kälte schienen seinen Körper gleichsam zu durchdringen. Er fürchtete sich vor dem, was da auf sie zukam.

Allerdings brauchte er nur auf seine geschundenen Gliedmaßen zu sehen und dieser Angst mengte sich ein anderes Gefühl bei. Wut. Unglaubliche Wut.

Er hat mich mit Drogen lahmgelegt, hat mich gekidnappt, hat mir Maden und Würmer zu essen gegeben, hat mich angeschossen, hat mir den Unterarm mit einem Schürhaken zerschlagen, hat mir ... O Gott, wie ich diesen Kerl hasse!

Er war kurz davor, sehr kurz davor, seiner Vernunft den Stecker zu ziehen, sich hinter der Tür zu verstecken und nur darauf zu warten, bis dieses Arschloch hier hereinkam, um ihm dann von hinten die Hände um den Hals zu schlingen und so fest zuzudrücken, bis es seinen letzten verdammten Atemzug getan hätte. Nur hatte er das Problem, dass eine seiner Hände dazu nicht mehr fähig war. Auch sein verletztes Bein hätte nicht für genügend Standfestigkeit gesorgt. Gal brauchte ihn nur anzupusten und er würde umfallen wie eine Pappfigur im Sturm.

Bevor er sich weiter sinnlose Gedanken machen konnte, hörte er Kims Stimme.

»Komm!«, rief sie leise und winkte ihn zu sich heran.

Er wollte schon fragen, was sie vorhatte, da dämmerte es ihm. Ein unbehagliches Gefühl machte sich in seinen Eingeweiden breit. Dann verdrängte er es rasch und ließ sich auf ihre Idee ein, die er selbst nie gehabt hätte, weil er sich im Gegensatz zu ihr auf seine Angst statt einen Ausweg konzentriert hatte. Er folgte ihr. Keine zwanzig Sekunden später öffnete sich quietschend die Tür und Eddie Gal betrat den Raum. Grob bewegte er sich über den leise knarrenden Dielenboden.

Sie sahen es nicht, konnten ihn jedoch hören. In dem Raum, den Kim entdeckt hatte, war es stockfinster, stickig und eiskalt. Eigentlich war es gar kein richtiger Raum, sondern ein niedriger Kniestock, kaum hoch genug, um darin aufrecht zu sitzen. Wind pfiff durch die offen liegenden Dachziegel herein. Marcus spürte, wie er ihm durch die Risse und Löcher unters Hemd wehte, genau wie er Spinnfäden in seinem Nacken und auf seinem Hinterkopf kleben fühlte. Beides bereitete ihm eine Gänsehaut. Was ihm allerdings deutlich mehr Sorgen bereitete, war Kim. Sie kniete irgendwo in der Dunkelheit vor ihm, nahe genug an der Tür, dass Gal sie sofort entdeckte, käme er auf die Idee, sie könnten sich hier drinnen verstecken.

Und auf diese Idee wird er kommen. Natürlich wird er das. »Mama Gal hat keinen Dummkopf nicht großgezogen.« Hat er das nichts behauptet? Wenn er erst einmal entdeckt, dass das Einzige, was die Ketten festhalten, Luft ist, wird er sich auf die Suche nach uns begeben. Und wo könnten wir schon sein, außer in diesem Loch, eingesperrt wie Ratten in der Falle!

Eine Böe ließ die Ziegel klappern, was Marcus wieder in die Realität zurückriss. Draußen hörte er Sturm aufkommen. In nicht allzu weiter Ferne krachte Donner.

»Hallo, Mama.« Eddies Stimme. Nicht mehr fest wie Stein, sondern schwach, bedrückt. »Schläfst du noch? Soll ich dir etwas bringen?«

»Du weißt, dass sie tot is'.« Auch Eddies Stimme, doch tiefer. Als wäre sie binnen einer Sekunde um Jahre gealtert.

»Sie ist nicht tot. Sie schläft nur.«

»Das tut sie. Sie schläft den ewigen Schlaf. Deinetwegen. Du hast sie erschossen. Genau wie du auch auf mich geschossen hast, an dem Tag, als ich dir den Revolver übergab.«

Schweigen. Nur in Marcus' Kopf schwieg es nicht. Er konnte ihn gut hören – konnte beide Eddies gut verstehen. Und was er da gerade gehört hatte, ließ ihn erschauern.

Er hat sie beide umgebracht!

Verwunderte ihn das? Nein. Inzwischen traute er Eddie Gal alles zu, bis hin zur Ermordung Kennedys. Dennoch schockierte es ihn. Beide Elternteile. Mutter und Vater. Wie krank musste ein Mensch sein, um so etwas zu tun?

»Ich hab dir Butterbrote gemacht und ein Ei gekocht, wie du es gern zur Nacht magst.« Geschirr klapperte. Vielleicht ein Teller, der auf etwas abgestellt wurde. »Soll ich dir das Ei aufbrechen?«

»Sie wird dir nich' antworten, Eddie. Sie is' tot. Mausetot. Du solltest das Zeug lieber den Leuten in den Käfigen geben. Sie können es brauchen.«

»Hühner essen keine Eier! Sie legen Eier!«, sagte Eddie heftig.

»Deine Hühner legen überhaupt nichts, weil's keine Hühner sind. Das weißt du, Eddie.«

»*Halt die Klappe, Paps!*« Nun schrie er.

Marcus konnte förmlich die Speicheltropfen sehen, die aus seinem Mund schossen wie Schrot aus dem Lauf einer Flinte. Auch den hochroten Kopf konnte Marcus sich vorstellen. Eddie war wütend. Richtig wütend. Und das nicht auf irgendwen, sondern auf (»*Paps*«) seinen Vater, der ...

Der genau weiß, was hier abläuft. Das heißt, dass sich Eddie selbst darüber im Klaren sein muss.

Das warf eine weitere Frage auf: Sollte ihnen das Hoffnung machen? Konnten sie davon ausgehen, dass bei Eddie Gal noch nicht alle Tassen aus dem Schrank verschwunden waren?

Ein weiterer Satz Eddies genügte, um diesen Wunsch auf Hoffnung sogleich zu zerstören.

»Hier, Mama. Iss.« Eddies Stimme – wieder ganz sanft.

Dieser Kerl ist nicht bloß wahnsinnig, er ist absolut irreparabel gestört! Er glaubt wirklich, seine Mutter könne jederzeit wieder aufwachen. Nur wird sie das nicht mehr. Die Frau auf dem Bett ist tot, toter geht's nicht!

Doch etwas, vielleicht ein Teil eines größeren, weiter blickenden Bewusstseins in Marcus war anderer Meinung.

Bist du dir da sicher, Marcus? Hast du nicht selbst gesehen, wie eine Frau mit roten Haaren und der krächzenden Stimme einer Krähe durch den Schnee getappt ist? Hast du nicht ausführlich gespürt, wie sie den Schürhaken schwang?

Und ob er das hatte! Die Frau auf dem Bett war tot, ja. Und sie war es nicht. Sie lebte. Sie lebte in Eddie Gal. Dieser Mann dort auf der anderen Seite der winzigen Kniestocktür verbarg sie in sich. Und wenn sie in Erscheinung trat, dann mussten sie gewaltig auf der Hut ...

»Siehst du das, mein Sohn?«

Ein Schlurfen von Schuhsohlen auf Holz.

»Was willst du von mir, Paps?« Gereiztheit.

»Dort drüben. Da liegt ...«

Die Perücke!, blitzte es in Marcus' Geist auf. *Er hat sie entdeckt. Nein,* sie *haben sie entdeckt. Und da sie es getan haben, wird es nicht mehr lange dauern, bis Eddie und sein Vater – und weiß Gott, welche weiteren Persönlichkeiten noch – sich auf die Suche nach uns machen.*

»... eine Haarnadel.«

Wo liegt der Unterschied?, kreischte es panisch in Marcus' Kopf. *Das eine ergibt das andere. Die Haarnadel führt zum Haar; das Haar führt zu den leeren Ketten; die leeren Ketten führen zur Suche, und das führt unweigerlich dazu, dass er auch hier nachsehen wird!*

Ein weiterer Windzug fuhr ihm über den Nacken. Irgendetwas kitzelte ihn am Hals. Es bewegte sich, kroch in Richtung Kinn. Marcus spürte, wie winzige Spinnenbeine den Bartrand seines Halses erreichten und darüber hinwegstiegen. Seine Schulter zuckte impulsiv. Ein schier nicht zu bändigender Trieb schrie ihn an, er solle das Ding verscheuchen, es einfach kaputt schlagen. Doch er wusste, er durfte sich nicht rühren. Eine falsche Bewegung, nur ein Geräusch, und es wäre aus mit ihnen.

»Was in Gottes Namen ...«

Jetzt war es so weit. Eddie Gal hatte die Ketten ohne Festgekettete entdeckt. Marcus meinte zu hören, wie Gal eine der Ketten in die Hand nahm – das Rasseln war ganz deutlich –, wie er womöglich untersuchte, was hier schiefgelaufen war. Das waren Spekulationen. Was dieser Verrückte aber totsicher tat, war, die Kette vor Wut gegen die Wand krachen zu lassen. Metall schmetterte auf Putz, dann auf Holz, als die Schelle zu Boden fiel.

»Früher oder später musste es passieren, Ed...«

»*Sei ruhig! Sei beschissen noch mal ruhig!*«, schrie Eddie – der wahre Eddie. Der Schreck in seiner Stimme war deutlich zu hören. Obwohl Marcus es nicht sah, konnte er sich ganz genau vorstellen, wie Gal wild im Zimmer umherblickte, versuchte, Kim und ihn auszumachen. Diesem Bild folgte ein kurioser, fast komischer Gedanke.

Hättest du Arschloch Kameras statt Tierköpfe an die Decke gehängt, wüsstest du es.

»*Wo seid ihr? Wo habt ihr euch versteckt?*« Kein Reden mehr. Eddie Gal sang. Und das Kratzen seiner in die Jahre gekommenen Stimme verlieh seinen Worten den schauderhaften Eindruck, der schwarze Mann höchstpersönlich sänge ein Wiegenlied.

Trampeln, nein, Donnerschläge erfüllten den Raum. Was draußen am Himmel geschah, war nichts gegen die Wut, die bis unter Marcus' Beine vibrierte.

Auch Kim musste begriffen haben, worauf die ganze Sache hinauslief. Sie griff nach ihm und bekam sein Schienbein zu fassen. Ihre Hand zitterte. Ihre Finger verkrampften sich um seine Wade. Es schmerzte nicht, da sie ihn weit unter seinem verletzten Knie erwischte. Die Befürchtung keimte in ihm auf, das Mädchen könnte jeden Augenblick die Nerven verlieren, und wenn sie das tat ...

Plötzlich verstummten die Hufschläge auf der anderen Seite der Wand.

»Seid ihr ...« Rascheln von Stoff ertönte. »*Hier?*«
Eine Pause.

Sofort begriff Marcus, wo Eddie Gal nach ihnen suchte.

Er kniet vor dem Bett, sieht darunter wie bei einem Kind, das sich vor einem Monster fürchtet.

Das brachte eine weitere Erkenntnis mit sich. Wenn sich das Monster nicht unterm Bett verkrochen hatte, konnte es sich nur an einer weiteren Stelle befinden. Also – wo sah

Mama oder Papa nach dem ersten missglückten Versuch nach? Im Schrank.

Das hier war kein Schrank, aber es kam einem solchen verdammt nahe.

Nichts geschah. Nichts war zu hören, was Marcus genug Zeit ließ, an den Staub zu denken, der beim Umschlagen der Decke aufgewirbelt sein musste. Wie kleine schimmernde Plättchen musste er sich im Raum verteilen. Nur handelte es sich dabei nicht bloß um Staub, nicht wahr? Auch um Hautschuppen – die Hautschuppen zweier toter Menschen.

Die Stille hinter der Wand dauerte schon zu lange. So lange brauchte niemand, um sich unter einem Bett umzusehen. Dann begriff Marcus, warum er nichts mehr von Eddie Gal hörte. Die Lösung war ganz einfach. Die Öffnung zu ihrem Versteck befand sich unmittelbar neben dem Bett auf der von der Zimmertür abgewandten Seite, weshalb auch Marcus sie nicht sofort bemerkt hatte. Doch nun, da Eddie Gal unters Bett blickte, musste er sie sehen können. Wie um das zu bestätigen, hörte Marcus Stoff über Holz schleifen. Vor seinem geistigen Auge sah er, wie Gal auf den Knien über den Boden auf die kleine Tür in der Wand zukroch. Gleichzeitig spürte er, wie das Ding auf seinem Hals langsam die Rundung seines Unterkiefers überwand. Die Spinne konnte klein oder groß sein, Marcus wusste es nicht. Er wusste nur, dass er sie ertragen musste.

Und wenn sie mir ins Ohr kriecht, ich darf mich nicht bewegen!

Kim konnte diesem Drang nicht standhalten. Marcus spürte, wie ihre Hand vor Angst zitterte. Und er glaubte zu wissen warum. Da sie sich nicht von der Stelle bewegen konnten, saß sie auch jetzt noch direkt hinter dem einzigen Ausgang aus ihrem finsteren Verlies, was bedeutete, dass Gal sie sich als Erstes schnappen würde. Er würde sie unter tobenden Schreien an den Füßen oder Haaren aus dem Loch zerren und sie würde nichts gegen ihn ausrichten können.

Der Mistkerl hatte Kraft. Marcus konnte sich noch gut an die sehnigen Unterarme erinnern. Und an die Wucht, mit der er Schürhaken zu schwingen pflegte.

Das Geräusch von auf Holz kratzendem Stoff kam näher.

»Ich glaube, ich weiß, wo ihr euch versteckt.« Wieder dieser Singsang, der diesmal in ein kehliges Gelächter überging, gewiss keinen Meter mehr von ihrer Verdammnis entfernt.

Das war der Moment, in dem Marcus selbst die Nerven verlor. Statt still zu halten und auf ihre Entdeckung – und demnach ihren Untergang – zu warten, beugte er sich rasch nach vorn, riskierte somit, gehört zu werden, und dachte: *Auch wenn es das Letzte ist, was ich tue, kann ich mir keine Vorwürfe machen, es nicht wenigstens versucht zu haben.*

Kim zuckte merklich zusammen, als er sich ihr näherte, und einen Moment lang befürchtete er, sie würde losschreien. Sie tat es nicht. Stattdessen schob sie ihr Ohr näher an seinen Mund heran, als er ihr die wahrscheinlich letzte Intention seines Lebens zuflüsterte.

»Wenn du ihn siehst, tritt ihm ins Gesicht. So fest du kannst!«

Im nächsten Augenblick kratzten Fingernägel an der Außenseite der Tür. Es war so weit.

»Ich weiß, dass ihr da drin seid!«, krächzte Gal. In seiner Stimme schwang nichts anderes als pure Schadenfreude.

Marcus konnte nur hoffen, dass Kim auf ihn hörte.

6

Die Luft in dem dunklen, schmalen Kniestock war bis zum Zerreißen gespannt. Zwei Herzen schlugen darin wie wild und Marcus spürte sie beide, so fest krampfte Kim ihre Hand nun um sein Bein. Und Eddie Gal, der zweifellos direkt vor der Tür kniete, spielte mit ihnen. Es war unglaublich. Dieser Drecksack genoss es regelrecht, sie auf die Folter zu spannen, kratzte dabei mit den Fingernägeln über das Holz der Tür. Und er lachte. Leise und eindringlich. Es war das heisere Keuchen eines Mannes, dessen Verstand bis auf den letzten Funken dem Wahnsinn zum Opfer gefallen war.

»Habt ihr Angst?«, fragte er. Und als keine Antwort von ihnen kam: »Ich wette, ihr habt Angst. Fürchterliche Angst. Oder ...« Wieder dieses heisere Lachen. »Oder spielt ihr womöglich aneinander ... Nein, dass werdet ihr nicht tun. Oder doch? Hat sie gerade deinen Pimmel in der Hand? Oder lutscht sie dir vielleicht sogar einen? Ich wette, die kleine Göre kann es prima mit dem Mund. Nicht dass sie es bei mir getan hätte. Aber was nicht ist, das kann ja noch werden, haha.«

Versuch es ruhig, du Arschloch. Ich wette, sie beißt ihn dir mit Freuden ab!

»Habt ihr eigentlich eine Ahnung, was ich mit euch vorhabe? Moment, ich vergaß. Sie weiß es ganz bestimmt. Schließlich war sie ja im Gehege dabei, als der Fuchs kam.«

Marcus hatte keine Ahnung, wovon Gal da sprach. Als der Fuchs kam? Für ihn klang das nur nach einem weiteren deutlichen Anzeichen, dass die Gedanken dieses Kerls sich jenseits jedweder Rationalität abspielten. Jedenfalls hätte Marcus das geglaubt, hätte er nicht gespürt, wie sich bei Gals Worten der Druck um sein Schienbein ruckartig erhöhte. Kims Arm bebte jetzt regelrecht.

»Was hast du ihr angetan, du mieses Stück Scheiße?«, schrie er Eddie Gal im Geiste an. Und einen kurzen Augenblick musste er sich zurückhalten, es nicht auch laut zu tun. Ja, warum nicht? Was nutzte es noch zu schweigen, wo er doch eh wusste, dass sie sich hier drinnen befanden?

Und doch tat Marcus es nicht. Er unterdrückte seinen Zorn, biss die Zähne zusammen. Wer wusste schon, wo es hinführen konnte, diesen Bastard zu provozieren.

»Kannst du dich an den alten Fuchs erinnern, Mädchen? Weißt du noch, wie er auf dich zukam und du ihm die Heugabel ins Gesicht gerammt und dann in die Waden gestoßen hast? Ich weiß es noch ganz genau. Es war ein wundervoller Anblick. Wie die Zinken sich in das weiche Fleisch seiner Beine bohrten; wie das Blut aus den Wunden schoss; wie du mich flehend angesehen hast, und dann doch wieder zustießt. Ach, und mit welchem Elan. Man hätte meinen können, du tätest es tatsächlich aus eigenem Interesse. Ja, einen Augenblick war ich sogar der Überzeugung, du hättest Spaß an der Sache. Zumindest bis dieses andere Huhn sich einmischte und dich anschrie, du sollst aufhören. Tränennass waren deine Wangen, doch der Ausdruck auf deinem Gesicht – unschlagbar. Und noch besser war, dass er nicht mir galt, sondern dieser Möchtegernärztin. Es wäre so schön gewesen, wärst du auch auf sie losgegangen. Ein richtiges Spektakel wäre das geworden. Zu schade, dass sie dich überzeugen konnte, den Fuchs in Ruhe zu lassen. Wirklich schade. Dennoch ... Ich bin der Meinung, du bist die Richtige. Du bist eigentlich zu jung und viel hübscher, als meine Mama es gewesen ist. Außerdem hast du diese schmalen Augen wie all diese Asia-Tussen. Dennoch glaube ich, du wirst die Richtige sein. Ja, da bin ich mir ganz sicher. Du brauchst nur noch etwas ... Reifezeit. Wie ein Wein.«

Er machte eine Pause, die er ganz sicher einem breiten Grinsen widmete.

»Hast du deinem Freund eigentlich davon erzählt, dass du den anderen Kerl fast umgebracht hast? Ich wette, das hast du nicht.« Zwei heftige Schläge gegen die Wand folgten, dass Staub von der Decke des Kniestocks rieselte. »He! Hast du gehört? Neben dir sitzt eine Beinahemörderin. Fühlst du dich jetzt immer noch so sicher? Wahrscheinlich tust du Hundesohn das sogar. Weil du mir nicht glaubst. Aber ich kann dir sagen, ich brauche nur auf einen bestimmten Knopf zu drücken, und schon reißt sie dir die Eier ...«

Gal verstummte. Etwas schien seine Aufmerksamkeit erregt zu haben. Und noch während Marcus über die Worte dieses Verrückten nachdachte, hörte er es auch. Das tiefe Brummen eines Automotors näherte sich.

»Scheiße. Wer kann das ... Scheiße ...«

Abrupt änderte sich die Situation. Das Kratzen der Fingernägel auf der Tür endete. Dumpfes Poltern über Holz ertönte – Schritte, die sich entfernten. Binnen eines Augenblicks verließ Gal den Raum.

Die plötzliche Stille wirkte trügerisch, fast zu schön, um wahr zu sein. Ebenso das Motorengeräusch. Es war keine Illusion. Es kam ganz aus der Nähe. Marcus hörte durch das ungedämmte Ziegeldach hindurch, wie sich Reifen durch Schnee pflügten. Kurz darauf bewegte sich das Fahrzeug nicht mehr, und ihm wurde bewusst, was soeben geschehen war.

Ein Besucher. Ein unwillkommener Gast. Deshalb ist Gal so schnell davon. Er wusste nicht, dass jemand kommen würde.

Plötzlich erfasste ihn ein sehr helles Licht. Es war nicht allein das Licht, das den schmalen Raum flutete, weil Kim die Tür öffnete – es war eine Erleuchtung.

Jemand befand sich auf dem Hof. Jemand, der ihnen helfen konnte.

7

Von einem Käfig in den nächsten und hinaus, dachte Marcus sarkastisch, als er auf dem Hintern rutschend den Kniestock verließ. Allerdings währte der Anflug von Humor nur sehr kurz. Kim stand über ihm. Auf ihrem Gesicht lag ein Ausdruck tiefen Kummers und noch tieferer Scham. Tränen rannen über ihre Wangen bis zum Kinn. Schon beim ersten Versuch, sich zu formulieren, unterbrach Marcus sie.

»Egal, was da passiert ist, du kannst es mir später erklären. Jetzt müssen wir hier erst einmal raus. Und zwar schnell.«

Ungläubig starrte sie ihn an, wobei Marcus bezweifelte, dass der Unglaube von seinen Worten herrührte, sondern vielmehr von dem, was zwischen ihr und Gal (*und dem alten Fuchs – vergiss den alten Fuchs nicht!*) vorgefallen war. Unter großer Anstrengung richtete er sich auf und legte ihr die Hand auf die Schulter.

Kim zuckte zusammen.

»Lass uns abhauen. Wer weiß, wie lange Gal aufgehalten wird.«

Sie schüttelte den Kopf. Langsam, nachdrücklich. »Wir kommen hier niemals raus. Er weiß, dass wir fliehen werden. Und er wird uns kriegen.«

Erst jetzt bemerkte er, wie kurz sie vor einem vollkommenen Nervenzusammenbruch stand. Er kannte das Gefühl nur zu gut. Er beugte sich nach vorn und sah ihr tief in die Augen. »Kannst du dich noch daran erinnern, was ich dir da drinnen als Letztes sagte?«

Sie überlegte. »Dass ich ihn ins Gesicht treten soll, wenn er die Tür aufmacht?«

Marcus nickte. »Genau das. Deine Beine sind gesund. Im Gegensatz zu mir kannst du zutreten. Und du kannst rennen.« Er rüttelte sie leicht, um ihre volle Aufmerksamkeit auf sich zu ziehen. »Und wenn sich die Chance ergibt, *wirst* du rennen. Verstehst du mich, Kim? Wenn wir hier rauskommen, rennst du. Schnell. Und holst Hilfe.«

»Wohin? Ich weiß nicht einmal, wo wir hier sind.«

»Ganz egal. Hauptsache weg von hier – weg von *ihm*. Wir sind nicht allzu weit von der Stadt entfernt. Und auch in entgegengesetzter Richtung wirst du Hilfe finden, das garantiere ich dir. Und jetzt los. Los, los!«

Er schob sie von sich weg. Nur einen Schritt. Aber das genügte. Wie ein Kurbelmotor, der nur ein wenig Schwung benötigte, um sich von selbst anzutreiben, begann Kim sich der Tür zu nähern; der Tür, die ins Innerste dieses Horrorkabinetts führte. Wobei ...

Marcus wandte den Blick zu den beiden Toten auf dem Bett. Nach Gals Suchaktion war die Bettdecke nun verrutscht. Ein knochendünnes graues Bein ragte darunter hervor. Die dunkel verfärbten Zehen richteten sich dem Fußboden entgegen. Es sah aus, als würde der Mann (*Eddies Papa!*, dachte Marcus) gerade darüber sinnen, aufzustehen. Vielleicht, um sich einen Gutenachttee zuzubereiten oder der Nächstbesten einen tödlichen Kuss auf die Lippen zu drücken.

Marcus atmete tief durch. Das hier war bereits das Innerste dieses Hauses, dachte er. Das hier war das finstere Herz, dessen Schlagen schon lange der Vergangenheit angehörte, doch nie aufgehört hatte, und solang Eddie Gal lebte, niemals aufhören würde.

»*Du weißt, was das heißt, Marcus*«, sagte seine innere Stimme. Und ja, er wusste es. Sie konnten zu fliehen versuchen, es konnte ihnen womöglich sogar gelingen. Sie konnten die Polizei alarmieren, aber ...

»*Reicht das? Oder anders gesagt: Reicht dir das?*«

»Nein«, flüsterte er entschieden. Denn das war die einzige Antwort, die ihm durch den Sinn ging. Eine Verhaftung genügte ihm nicht. Nicht mehr. Dieser Mistkerl brachte Menschen um und dazu verlangte er abscheuliche Dinge von ihnen. Außerdem war er absolut von Sinnen. Die Polizei würde zwar dafür sorgen, dass Gal niemandem mehr Qualen bereiten konnte, doch wenn Gals Anwalt vor Gericht auf Unzurechnungsfähigkeit plädierte, würde dem eventuell stattgegeben werden. Was bedeutete, er käme in eine Psychiatrie. Und das wäre nicht ausreichend.

»Ich verurteile Sie, Eddie Gal, geboren am soundsovielten in Soundso nach Paragraf zwanzig des Strafgesetzbuches zu einer Therapie in einer geschlossenen psychiatrischen Anstalt. Der zuständige psychologische Facharzt und die Betreuer werden dann entscheiden, ob die Therapie abgeschlossen sein wird. Insofern die Therapie erfolgreich verlaufen und Sie keine Gefahr mehr für die Allgemeinheit darstellen sollten, obliegt es der Einrichtung, zu entscheiden, Sie wieder auf freien Fuß zu setzen.«

Und was war, wenn Eddie Gal solch einen Therapieerfolg simulieren konnte? War ihm das nicht zuzutrauen, wo er über Jahrzehnte hinweg unter dem Radar der Auffälligkeit agiert hatte? Marcus traute diesem Mistkerl inzwischen alles zu. Und er traute sich selbst inzwischen deutlich mehr zu. Der Mann, den Eddie Gal mit einem Gulasch außer Gefecht gesetzt und eingesperrt hatte, gab es nicht mehr. Dieser Mann war in seinem Käfig gestorben. Für einen kurzen Augenblick betrachtete Marcus das junge Mädchen, das im Türrahmen stand und sich vorsichtig nach ihrem Peiniger umsah, und ihm wurde klar, es gab nur noch eine Möglichkeit, dem teuflischen Treiben auf diesem Hof ein Ende zu bereiten.

Mit diesem Gedanken humpelte er los und folgte Kim; einem Mädchen, das irgendeinem alten Fuchs eine Mistgabel in die Beine gerammt hatte.

8

Als er den Treppenaufgang erblickte, konnte er kaum glauben, dass dieser alte Schweinehund ihn die ganzen Stufen bis hinauf in den zweiten Stock geschafft hatte. Doch er konnte genauso wenig glauben, dass er ebendiese Stufen nun hinunterhumpeln sollte. Schon beim Betrachten schmerzte sein Bein.

Und das ist nicht das Schlimmste, dachte er. *Die Stufen sind aus altem, knarrendem Holz. Er wird uns kommen hören, wie ich ihn kommen gehört habe!*

Eben in dem Augenblick, in dem er dies dachte, hörte er Eddie Gal. Nicht im Haus. Er musste sich irgendwo außerhalb befinden. Er redete mit jemandem, brüllte denjenigen förmlich an.

»Was tun Sie hier? Verlassen Sie sofort das Grundstück. Das ist Privatbesitz!«

»Wir müssen uns beeilen«, flüsterte er Kim zu. Natürlich brauchte er ihr das nicht zu sagen. Mit ihren gesunden Beinen lag sie einige Stufen nach unten im Vorsprung. Sie war verängstigt. Das sah man ihr deutlich an. Dennoch sah sie sich stets wachsam um.

Das Holz knarrte wie erwartet. Weil Marcus sein Gewicht auf nur ein Bein verlagern musste, umso lauter. Wie ein im Wellengang ächzender Schiffsbug. Langsam bewegte er sich vorwärts, stützte sich mit der rechten Schulter an die Wand. Er schaffte es. Zwölf Stufen waren überstanden. Doch nach der Treppe ins erste Obergeschoss hinab folgte die ins Erdgeschoss. Weitere zwölf oder dreizehn Stufen. Marcus hatte kaum zwei davon hinter sich gebracht, da rutschte er mit der Ferse über eine der Kanten und geriet ins Schlittern. Er sah sich schon mit dem Gesicht nach vorn fallen, die geschundenen Hände ausgestreckt, um den Fall abzubremsen. Er spürte schon den Schmerz, der in seiner Hand aufflammen würde; konnte Eddie Gal hereinstürmen sehen, um ihm, Marcus, lachend zu seiner erfolgreichen Selbstinszenierung zu applaudieren – da fing er sich wieder. Tief holte er Luft. Sein Puls raste. Schweiß rann ihm über die Stirn und lief von seinen Achselhöhlen bis zu seinen Ellenbogen. Seine Beine zitterten.

»*Ich schaffe das*«, redete er sich selbst gut zu, und spürte doch den Schmerz, der sein Möglichstes tat, ein Vorankommen zu vereiteln; Schmerzen, die ganz bestimmte Regionen seiner Gehirnmasse in Gang zu bringen schienen. Sie sprachen mit einer Stimme zu ihm. Einer ihm sehr bekannten Stimme. Lange hatte er sie nicht mehr so deutlich vernommen.

»Es gibt etwas, was die Schmerzen lindern, ja, sie sogar auslöschen kann. Ich bin mir sicher, dass Eddie Gal etwas davon hier im Haus hat. Vielleicht in einem Spiegelschrank über einem Waschbecken im Badezimmer. Oder in einer Kommode in der guten Stube. Womöglich sogar in der Küche. Schließlich hat er damit dein Essen gewürzt, nicht wahr?«

Es war die Stimme der Sucht, die da zu ihm sprach. Ein Monster mit gierigen Klauenhänden; ein Monster, das sehr vernünftig sprach und noch eindringlicher zu ihm durchzudringen wusste. Er hatte geglaubt, es im Gefängnis zurückgelassen zu haben, als er in die Freiheit hinausmarschiert war. Doch da war es nun wieder. Und es strotzte nur so vor Energie.

»Lass das Mädchen tun, was es auch tun muss. Du hast ganz andere Sorgen, Marcus. Du musst die Schmerzen loswerden, genauso wie du damals die schlechten Gedanken an deine Frau loswerden musstest. Mach es dir einfach. Komm schon. Ein Beruhigungsmittel hat noch niemandem geschadet. Es steht ganz sicher irgendwo. Du musst nur nach einer Packung Ausschau halten. Wirf dir ein, zwei Tablettchen ein und schon sieht die Welt anders aus. Glaub mir. Du würdest staunen, wie leicht dir alles Weitere fällt.«

Ich würde vor allem staunen, wie wenig es schmerzt, wenn Gal mir die Finger abtrennt oder eine Kugel in den Bauch jagt.

»Ah. Sei doch nicht gleich so pessimistisch. Kannst du dich denn nicht mehr daran erinnern, wie viel Spaß wir miteinander hatten?«

Und wo endete dieser Spaß?

»Zugegeben, im Knast war es hart. Aber da bist du jetzt nicht. Du bist an einem Ort, wo das Feiern wartet. Du musst nur danach suchen. Lass Eddie Eddie sein. Denk nicht an ihn. Er ist vorläufig beschäftigt, was dir genügend Zeit verschafft, die Party ins Rollen zu bringen. Und feierst du erst einmal, ist dir dieser Scheißer auch egal.«

Ein Ort, an dem das Feiern wartet, resümierte Marcus sarkastisch. *Dieser Trick funktioniert bei mir nicht mehr. Ich habe nicht in meinen Unterarm gebissen und Blut und Tränen geschwitzt, um dich auch nur ein einziges Mal mehr in mein Leben zu lassen. Die Party ist vorbei!*

Marcus biss sich auf die Unterlippe, verdrängte die Schmerzen und sämtliche Gedanken daran, sie mit nur einer Pille auslöschen zu können. Auch auf das Knarren der Holzstufen achtete er nicht mehr. Mit einem Mal nahm er Fahrt auf, brachte eine Stufe nach der anderen hinter sich. Seine rechte Schulter heulte auf. Der raue Wandverputz hatte sein Hemd geöffnet und arbeitete sich langsam durch die Haut seines Oberarms. Auch das ignorierte er.

Ich schaffe das, dachte er erneut. Und weiter dachte er: *Tina. Vergiss Tina nicht. Wenn du jetzt aufgibst, war's das! Du wirst deine Tochter nie mehr wiedersehen!*

Die Treppe endete im Hausflur direkt neben der Haustür. Sie stand offen und ein unsäglich kalter Wind blies herein. Kim spähte bereits über die Kante des Türrahmens ins Dunkel der Nacht. Marcus trat hinter sie. Mit schwindelerregendem Herzklopfen schloss er sich ihr an.

Draußen stand Eddie Gal vor der Motorhaube eines Fahrzeugs, breitbeinig wie ein Revolvermann beim Duell. Die Scheinwerfer des Wagens beleuchteten ihn wie eine hochwertige Skulptur in einem Museum; mit vom Wind flatternden Hosenbeinen und um ihn wirbelnde Schneeflocken. Ein weißer, gezackter Streifen züngelte über den Horizont. Zwei Sekunden später grollte der Himmel vor Zorn.

»Was wollen Sie hier?«, schrie Gal das Auto an. Niemand war bislang ausgestiegen. Im Innern brannte kein Licht. Wenn der Fahrer zu Eddie Gal gewollt hatte, dann grübelte er womöglich gerade darüber, diesem im Schnee stehenden Irren wirklich und wahrhaftig unter die Augen treten zu wollen. Mehrere Sekunden vergingen, in denen nichts geschah. Auch die Raserei auf Gals Gesicht veränderte sich nicht.

»Das ist unsere Rettung«, flüsterte Kim fast euphorisch. »Das ist ein Taxi. Es kann uns hier rausbringen!«

Marcus dachte derweil einen Schritt weiter. Taxis verfügten über Funkgeräte. Jeder, der schon einmal eines genutzt hatte, wusste das. Nur wie konnten sie den Fahrer auf sie aufmerksam machen, ohne dass Eddie Gal etwas davon mitbekam?

Einen Moment zog er es leichtsinnigerweise in Erwägung, einfach aus dem Haus zu marschieren. Das würde Gal nicht nur überraschen, sondern ihn womöglich auch überfordern. Sie allein konnte er ohne große Schwierigkeiten überwältigen, doch das Taxi und dessen Insasse (vielleicht waren es sogar mehrere, das konnte er nicht erkennen) würden die Situation reichlich verschärfen. Schließlich konnte Gal sich nicht beiden Parteien gleichzeitig zuwenden, oder? Allerdings ...

Doch hätte Gal wirklich ein Problem damit, sich mehr als nur zwei verletzten und unter Hunger und Durst leidenden Personen zu widmen? Allein der Blick hinüber zum Stall verriet Marcus die Antwort. Dort saßen Wilko und die acht verbliebenen Frauen in Käfigen gefangen, und sie auf einmal alle gemeinsam zu handhaben machte Gal ebenso wenig Umstände, wie sich die Schuhe zuzubinden. Um die Übermacht zu gewinnen, musste er schlicht seinen Revolver ziehen. Und wer wusste schon, ob Eddie Gal ihn nicht auch in diesem Moment mit sich führte.

Also blieben ihnen nur zwei Möglichkeiten offen, folgerte Marcus. Entweder sie warteten ab, was passieren würde, um dann eventuell zu begreifen, dass sie nur Zeit vergeudet hatten, die sie zur Flucht hätten nutzen können, oder sie verschwanden sofort.

»Kommen Sie endlich raus!«, schrie Gal in Richtung Taxi. »Kommen Sie raus oder verschwinden Sie auf der Stelle!«

»Wir können nicht auf den Taxifahrer hoffen«, sagte Marcus leise. »Wir müssen hier weg. Komm. Dahinten ist das Wohnzimmer, da gibt es sicher ein Fenster, durch das wir ...«

Er verstummte. Etwas hatte seine Aufmerksamkeit erregt.

»Was ist?«, fragte Kim.

Er gab keine Antwort. Sein Blick war auf das Paar Schuhe gerichtet, das auf der Pyramide anderer Schuhpaare lag; unachtsam hingeworfen statt sorgsam gestapelt.

Ihm war sofort klar, wie viel Glück das bedeutete. Gal hätte seine Sneaker längst wegwerfen oder im Ofen verbrennen können. Stattdessen lagen sie noch immer hier.

»Ich muss mir meine Schuhe holen«, sagte er. »Ohne sie brauche ich erst gar nicht versuchen zu entkommen.«

Er deutete auf seine nackten, von Schmutz und Blutflecken verkrusteten Füße. »Mir würden die Zehen abfrieren.«

Allerdings gab es da ein Problem. Zwei, maximal vier Sekunden würde er brauchen, um bei einem Sprint durch den Flur nach ihnen zu greifen und sie an sich zu reißen. Doch auch solch ein winziger Augenblick konnte fundamentale Folgen für sie haben. Der Flur war hell erleuchtet, was bedeutete, dass man von draußen jede einzelne Veränderung – jeden Schatten, der sich bewegte – deutlich wahrnehmen konnte. Ergo konnte Marcus sich auch mitten in den Hausflur stellen und wie ein Kind »Fang mich doch, du Eierloch!« rufen. Die Tür ihrer Falle stand zwar offen, jedoch war die Falle scharf bewacht.

Nein, er musste es geschickter anstellen. Nur wie?

Ein neuerlicher Blitz zuckte über das Schwarz des sternenlosen Himmels. Der Wind blies nun spürbar kräftiger. Marcus blickte überlegend hinüber zu seinen Schuhen, als er plötzlich eine ihm fremde Stimme vernahm.

»Eddie, bist du's? Sag mir, dass du's bist.«

»Wer will das wissen?«

Die eben noch verschlossene Beifahrertür des Taxis hatte sich geöffnet. Ein Mann in braunem Trenchcoat und mit Schiebermütze stand neben dem Fahrzeug. Seine Haltung und die Art, wie er sich an der Innenverkleidung der Tür festhielt, deuteten darauf hin, dass er sich bereits im hohen Alter befinden musste. Sein Gesicht konnte Marcus in der Dunkelheit nicht erkennen, doch das Licht, das aus dem Hausflur hinaus auf den Hof fiel, und der Klang seiner Stimme ließen erahnen, dass sich darauf große Erregung abspielte. Keine Wut. Vielmehr eine Mischung aus Rührseligkeit und Bestürzung; eine seltsame Mischung, die Marcus nicht einzuordnen wusste. Kannten die beiden sich?

Auf dem Hof herrschte Schweigen, bis Eddie Gal es in barscher Manie brach. »Wer sind Sie und was wollen Sie von mir mitten in der Nacht?«

»Erkennst du mich denn nicht mehr wieder?« Der Alte seufzte. »Wahrscheinlich nicht. Es ist schon viel zu viele Jahre her. Als wir uns das letzte Mal begegnet sind, warst du noch ein Knirps. Allerdings ein ziemlich fürsorglicher Knirps. Zumindest was deine Mutter betraf. Lebt das Weib denn noch? Ist sie hier?«

Auf Eddie Gals Gesicht fand eine Veränderung statt. Eine merkwürdige Leere schob sich vor den lodernden Zorn in seinen Augen. Man konnte förmlich sehen, wie er nachdachte; wie er versuchte, das Gesagte einzuordnen. Seine buschigen Augenbrauen wölbten sich, während er überlegend den Kopf senkte. Dann sah er wieder auf, und als er sprach, geschah etwas mit seiner Stimme, was Marcus aufhorchen und zugleich frösteln ließ – sie zitterte.

»W-Wer s-sind Sie?«

Marcus beobachtete, wie der Alte einen Schritt vortrat, gebannt von dem Geschehen. Seine Schuhe hatte er in diesem Augenblick vollkommen vergessen.

Eddie Gal zeigt Gefühle, dachte Marcus überwältigt. Hätte er jedoch geahnt, welcher Art diese Gefühle waren, so hätte er nicht gezögert, alles aufs Spiel zu setzen, um schleunigst zu verschwinden. Doch etwas hielt ihn davon ab. Vielleicht Neugierde. Wahrscheinlich aber war es Eddie Gals zitternde Stimme. Marcus verband sie mit Angst. Und Eddie Gal ängstlich zu sehen, bereitete ihm seltsamerweise noch größeres Unbehagen. Er dachte an einen Hund, der in die Ecke gedrängt wurde und für den es nur noch einen Ausweg gab – Angriff.

»Ich bin niemand, Eddie. Niemand, der dich heute noch interessieren müsste. Allerdings interessiere ich mich für dich. Und was aus dir geworden ist. Wie ich sehe, arbeitest du nach wie vor auf dem Hof.« Er schüttelte ungläubig den Kopf. »Seit damals hat sich hier nichts verändert. Jedenfalls nicht, soweit ich es überblicken kann. Hast du denn noch Hühner im Stall? Oder bist du inzwischen auf Rinder oder Schweine umgestiegen? Heutzutage sind Hühner nur noch wenig lukrativ.«

Bei diesen Worten zuckte Eddie Gal sichtlich zusammen. Seine Augen weiteten sich.

»Hühner, ja.« Eine Garstigkeit erhob sich in seiner Stimme. Er wirkte, als wäre er wieder auf dem besten Weg zu seiner vorherigen, seiner zornigen Gemütslage.

Dem Alten schien das nicht aufzufallen. Mit hinter dem Rücken verschränkten Händen ging er ein paar Schritte, besah sich die Gebäude.

»Hätte auch nichts anderes vermutet. Was der Bauer nicht kennt, frisst er nicht. Und du warst nie jemand, der sich gern auf neue Dinge einließ. Genau wie deine Mutter. Sie hielt stets an den alten Gepflogenheiten fest. In ihrem ganzen Leben – jedenfalls soweit ich es zurückverfolgen kann – hat sie sich Veränderungen gegenüber gewehrt. Bis aufs Letzte kämpfte sie für ihre Sache. Ein stures Weib.« Er wandte sich Eddie zu. »Du hast mir vorhin nicht geantwortet. Lebt das alte Aas noch?«

Nun zitterte Eddie nicht nur, er kochte förmlich vor Wut.

Was machst du, alter Mann? Geh besser in Deckung, bevor er dich mit Haut und Haar frisst!

»Sie reden von meiner Mama«, sagte Eddie, jedes einzelne Wort betonend. Vor allem das Wort »Mama« wirkte so eindringlich, als würde es sich seinen Weg durch Eddies Kehle hinaufbrennen.

Der Alte zuckte mit den Schultern. »Ich weiß. Ich weiß, wer Wilma ist und wer Wilma war. Viel zu lange habe ich gebraucht, bis mir das klar wurde. So lange, dass ich dich dadurch verlor.« Er keuchte ein heiseres Lachen heraus. »Du warst so von deiner Mutter besessen. Von ihrer Zuneigung. Ihrer vermeintlichen Liebe zu dir. Im Endeffekt warst du genauso dumm wie ich. Der Unterschied zwischen uns beiden war nur, ich war älter und konnte gehen. Du warst kaum alt genug, um dir ordentlich den Hintern zu wischen. Allerdings …« Er sah Eddie nun direkt an. Seine Stimme wurde fest. »Allerdings warst du alt genug, mir meine eigene Waffe unter die Nase zu halten. Und dumm und leidenschaftlich genug, um abzudrücken.«

Eddies Augen stachen durch das Dunkel der Nacht. Sie quollen regelrecht aus seinem Schädel.

»Otto?«, fragte er tonlos.

Der Mann mit der Schiebermütze grinste. »Otto? So nennst du mich; denjenigen, der dich vor dem Tod in der Obhut deiner Mutter rettete?«

Er ging einen großen Schritt auf Eddie zu. Womöglich musste er einst groß und von stattlicher Natur gewesen sein, doch Eddie überragte ihn um mindestens einen halben Kopf. Davon abgesehen, dass der Alte zerbrechlich wirkte. Hätte der Wind nur eine Nuance an Geschwindigkeit zugenommen und seinen Mantel erfasst, so hätte es ihn wie ein Papierblatt davongeweht. Eddie sah das nicht. Im Gegenteil. Als der Alte auf ihn zukam, machte er einen Schritt rückwärts.

»Das ist dir nicht bewusst, stimmt's? Wie soll es das auch sein. Schließlich warst du noch ein Baby. Ein Winzling, der an der Flasche statt an der Zitze seiner Mutter hing. In meinen Händen. Den ganzen Hof habe ich zusammen mit meiner Schwester und meinem Cousin aufgebaut, während ich gleichzeitig dich hüten durfte, weil deine ach so liebenswürdige *Mama* meinte, sie wolle lieber ein Mädchen haben. Ich sehe dir an, dass du sie noch immer vergötterst. Auf deiner Stirn steht's geschrieben. In dicken schwarzen Lettern steht da *Mami ist die Beste!*. Also ... Beantwortest du mir nun meine Frage? Lebt die alte Bestie noch? Oder hat Gott sich ihr endlich gnädig erwiesen?«

»Sie ... Sie ...«

Marcus lauschte dem Ganzen und verstand doch kaum, was er da hörte. Der Mann da ... War er wirklich der, für den Marcus ihn hielt? Konnte er wirklich Eddie Gals Vater sein? Aber wer war dann die Leiche, die er oben gesehen hatte?

»Sie ... Sie ist ...«, stammelte Eddie Gal, als müsste er eine unaussprechliche Tatsache einem ganzen untergebenen Volk verkünden.

Tot. Sie ist tot, dachte Marcus und wusste sogleich, dass es genau diese Worte waren, die Eddie Gal so schwerfielen, sie auszusprechen. Der Irre wollte es nicht wahrhaben. Die Perücke, die Verkleidung, das ledrige tote Menschengesicht – all das diente nur einem Zweck: Wilma Gals Überdauern. Sie war der Geist, der dieses Haus heimsuchte. Und Eddie war ihr Medium.

»Sie ist tot? Willst du mir das damit sagen?«, fragte der Alte. Und als das eine Wort – das für Eddie unvorstellbar grauenvolle Wort – heraus war, passierte etwas, was die Situation binnen weniger Sekunden vollkommen veränderte. Als würde nur das Stück Boden unter Eddie Gal beben, erfasste ihn ein Zucken, das in seinen Beinen begann und sich seinen Weg über die Hände und die Brust den gesamten

Körper hinaufarbeitete. Eddies Kopf schoss in den Nacken, zur Seite, nach vorn, zurück in den Nacken. Speichel troff über seine Lippen, ergoss sich auf das karierte Flanellhemd, das er am Leib trug. Sein Mund klappte auf und wieder zu, auf und wieder zu. Seine Zähne klapperten hörbar aufeinander. Ein gellendes Gelächter erfüllte die Nacht, gepaart mit lauten Schreien der Pein.

»*Sie ist nicht tot. Sie kann nicht tot sein*«, winselte und kreischte er zugleich. »*Meine Mama liebt mich und Liebe kann nicht sterben. Sie kann es einfach nicht. Die Hühner sterben, aber nicht Mama, nicht meine Mami!*«

Marcus' Puls fing unwillkürlich zu rasen an. Er sah nicht bloß, dass etwas ganz und gar Schlechtes geschah, er spürte es auch. Als luden Blitzschläge das Haus mit einer Art grausigen elektrischen Energie auf, spürte er, wie das Unheil nahte.

»Wir müssen hier weg«, sagte er tonlos. »Wir müssen schleunigst verschwinden.« Doch wider alle Vernunft rührten seine Beine sich nicht. Sein Blick lag gebannt auf dem, was sich vor dem Haus zutrug.

»*Meine Mama – lebt!*«, schrie Eddie Gal in das von Nordosten heranbrechende Gewitter hinein. Ein weißes Licht züngelte vom wolkenverhangenen Firmament herab und stürzte sich auf eine kaum zwanzig Meter entfernte Eiche. Ein tieftoniges Krachen ließ die Luft explodieren, als Äste in tausend flammende Einzelteile zersprengten. Feuer stieg aus dem ächzenden Gebilde aus blattlosen Verzweigungen und dem Rest des Stamms empor. Wie eine riesige Fackel erhellte die Eiche den gesamten Hof. Und Eddie Gals Gesicht, das vor Wut und Hass und tief sitzendem Elend tiefrot glühte.

Der alte Mann stand wie zur Salzsäule erstarrt da, die Augen vor Verblüffung und Verwirrung geweitet.

Auf der Fahrerseite stieg ein Mann aus dem Taxi, klein, untersetzt, mindestens fünfundfünfzig. Auf dem Kopf trug er eine rote Baseballkappe, deren Schild er nun vor Erstaunen lupfte. Schneeflocken stoben ihm ins Gesicht. »Heilige Scheiße!«

Sie alle sahen zu dem entzündeten Baum hinüber. Auch Marcus. Dann spürte er, wie etwas gegen seinen intakten Oberschenkel klopfte. Erschrocken sah er zu Kim.

»Was?«

»Da!« Mehr sagte sie nicht. Und das brauchte sie auch nicht. Was Marcus sah, als er ihrem Fingerzeig mit den Blicken folgte, ließ sein Blut gefrieren, und ihm wurde mehr denn je klar, dass die Zeit des langen Überlegens vorüber war. Die Zeit der Vorsicht ebenso.

Marcus sprang von der dritten Stufe auf den Flurboden, ignorierte den nun stärker anschwellenden Schmerz in seinem Knie, schnappte sich seine Schuhe und schlupfte so rasch er konnte hinein. Sein verwundetes Bein bereitete ihm dabei leichte Schwierigkeiten, doch sein Körper war plötzlich mit solch einer Menge an Adrenalin gefüllt, dass ihm die Schmerzen kaum noch auffielen. Das, worauf Kim ihn aufmerksam gemacht hatte, was ihm beinahe völlig entgangen war, bedeutete nicht nur nichts Gutes, es bedeutete Verderbnis.

Mit den Schuhen an den Füßen wandte er sich wieder der offen stehenden Tür zu. Draußen ertönte ein lauter Knall. Und diesmal war es kein Donner.

9

Es war nicht allein der Warnschuss, den Eddie Gal in die Luft abfeuerte, der alle Anwesenden vor Schreck erstarren ließ, und auch nicht die Tatsache, dass der Irre den Colt in die Luft reckte, als wollte er dem Donnern über ihm Paroli bieten – es war das, was mit seinem Gesicht geschehen war. Denn plötzlich gehörte es ihm nicht mehr. Es hatte sich verformt. Die harten, männlichen Züge waren einer wachsartigen Oberfläche ohne feste Form gewichen. Die Nasenspitze hing herab bis zu den Lippen, die nicht mehr als dünne, farblose Striche waren. Seine Augenhöhlen waren schwarze Löcher in seinem Gesicht, als hätte sein Schädel das Weiß der Augäpfel eingesaugt. Und wie das Feuer über dem Stamm der alten Eiche, thronte über dieser Fratze starres, vogelnestartiges rotes Haar – wie das Haar der roten Königin.

(AB MIT DEM KOPF!)

Völlig unbekümmert von dem Blitz und dem entflammten Baum, hatte Eddie Gal sich – als wäre es das Normalste auf der Welt – einen Lappen Haut aus der einen und die Perücke aus der anderen Hemdtasche gezogen und beides übergestreift. Eine Art magischer Trick, während das Publikum abgelenkt war.

Nun stand er da, die Hand mit der Waffe in die Höhe gereckt und mit einer unheilverkündenden Totenmaske auf dem Gesicht.

Er muss die Perücke mitgenommen haben. Er muss sie vom Boden gegriffen und eingesteckt haben. Als hätte er gewusst, er würde sie brauchen, dachte Marcus unwillkürlich.

Der Taxifahrer reagierte als Erster, das Gesicht fahl vor Schreck. »Ich wusste, es war ein Fehler, hier rauszufahren. Meine Frau sagte noch, Tobi, sagte sie, fahr da nicht raus, da draußen spukt's, da draußen geht niemand freiwillig hin, da draußen … Fuck!« Er riss die Tür seines Taxis auf, fuchtelte mit einem wirr in alle Richtungen deutenden Zeigefinger herum. »Diese Scheiße ist Ihre Scheiße, nicht meine Scheiße … Ich hau ab!«

Der Alte achtete nicht auf ihn. Mit vor Entsetzen starrem Blick betrachtete er den Mann mit der Maske – seinen Sohn.

»Eddie …«, stammelte er.

Hinter ihm startete der Motor des Taxis. Die Scheinwerferlichter flackerten kurz, dann lief der Wagen. Knackend rastete der Rückwärtsgang ein. Der Fahrer trat aufs Gas. Schnee schoss unter den vorderen Reifen hervor, bespritzte den Mantel des Alten, ohne dass der es wahrnahm. Da senkte Eddie Gal die Waffe und schoss. Ein einziges Mal.

Ein spinnennetzartiges Muster erblühte auf der Frontscheibe des Mercedes. In der Mitte dieses Netzes klaffte ein kreisrundes Loch.

Marcus sah dem noch immer fahrenden Wagen nach, glaubte, der Fahrer sei womöglich (hoffentlich!) unversehrt und würde – sobald er die Flucht ergriffen und diesem Schlamassel entronnen war – die Polizei alarmieren oder zumindest in irgendeiner Art und Weise Hilfe ordern. Doch da raste das Taxi gegen den einzigen Gegenstand, der sich auf dem Hof befand, und Marcus wusste sofort, dass es keine Hilfe für sie geben würde.

Das Krachen, das ertönte, als das Heck gegen den Anhänger stieß, klang so, als wäre ein weiterer Blitz in der Nähe eingeschlagen. Schnee fiel von den Seiten des Hängers. Der Kofferraumdeckel des Mercedes wölbte sich ächzend in die Höhe. Graue Auspuffgase krochen aus dem breiten Spalt zwischen Deckel und Chassis hervor und verschmolzen mit dem über den Hof schwebenden Rauch der brennenden Eiche. Der Motor brummte nun nicht mehr, er knurrte wie ein Tier. Die Räder drehten sich weiter nutzlos in dieselbe Richtung. Schnee und Schlamm schlugen gegen den Unterboden des Wagens. Erst nach mehreren Sekunden stoppten sie. Nur der Motor lief weiter.

Und da sah Marcus den Mann hinterm Steuer durchs Fahrerfenster. Die über der Eiche knisternden Flammen erhellten sein Gesicht – ein Gesicht, das nicht mehr vorhanden war. Es lag unter einer dicken Schicht Blut verborgen. Mehr davon war über den Rücksitz verteilt. Die Kopfstütze sah aus, als hätte ein großer Hund viel Spaß damit gehabt. Diese Scheiße war nun doch auch zu seiner Scheiße geworden.

»Was hast du getan, mein Sohn?«, fragte Otto Gal. Seine Stimme war nicht mehr als ein fassungsloses Keuchen, kaum hörbar unter dem Grollen weiteren Donners.

Wie aus dem Nichts stand wieder die eine Frage im Raum: Wenn das da Eddie Gals Vater war (Irrtum ausgeschlossen!), wer war dann die zweite Person im Obergeschoss?

Ist das wichtig? Mach, dass du hier wegkommst, Mann!

Die Maskengestalt richtete die Waffe auf ihren eigenen Vater.

»Warum kommst du mitten in der Nacht auf den Hof, Otto? Was zur Hölle hat dich hierhergetrieben?«

Seine Stimme ...

Marcus erschauerte. Diese Veränderung hatte er schon einmal erlebt. »*Eddie ... Eddie ... Wo bist du, du kleiner Scheißer? Du weißt, was mit Ungehorsamen passiert.*«

Wie gebannt starrte der Alte seinen Sohn an.

»Ich ... Ich ...« Otto rang sichtlich nach Atem. Er schluckte. »So ein Typ ist vor den Zug gerannt. Ist schon ein paar Tage her. Ich saß darin. Nur ein Hobby, das ich auf meine alten Tage für mich entdeckt habe. Ich kenne den Zugführer. Er lässt mich mitfahren. Weißt du, ich wollte nie weg. Nicht so richtig. Ich wollte in deiner Nähe sein, falls ... Nun, falls ... Ach, Scheiße. Ich bin dein Vater, Eddie. Ich bin wieder und wieder die gleiche Strecke gefahren, weil sie relativ nahe am Hof vorbeiführt. Na, und da geschah es eben. Der Typ rannte vor den Zug. Der Zugführer machte eine Vollbremsung, aber es war zu spät. Kurz darauf sah ich, wie ein anderer sich aus dem Staub machte. Er ist genau in diese Richtung gelaufen. Die Polizei konnte ihn nicht finden und mir ging die Sache nicht aus dem Kopf, deshalb ...«

»Deshalb was?«

»Schon seit Jahren wollte ich nach dir sehen, Eddie. Ich wollte wissen, wie es meinem Sohn geht. So viele Jahre sind vergangen. Aber ich ... ich traute mich einfach nicht. Wegen deiner Mutter. Erst als dieser Mann von der Unfallstelle flüchtete ...«

»Da diente er dir als Grund, hierherzukommen, um nach deinem Sohn zu sehen. Wie rührend.«

Es war nicht erkennbar, doch Marcus hätte schwören können, dass Eddie unter seiner Maske grinste. Ein schiefes, höhnisches Grinsen.

»Und das, obwohl er dich als Junge mit deiner eigenen Waffe erschießen wollte. Mit genau dieser hier.« Er wackelte mit dem Lauf des Colts, um es zu demonstrieren. Dabei lachte er.

»Er?«

Verschwinde, alter Mann, dachte Marcus. *Du hast keine Ahnung, mit welchem Teufel du dich da anlegst!*

Eddie nickte bedächtig. Dann ging er einen Schritt auf den Alten zu.

Otto Gal fuhr ersichtlich zusammen. Jegliche Farbe wich aus seinem Gesicht. Ungläubig rieb er sich die Augen.

Nun wurde Marcus klar, weshalb der Mann bisweilen nicht auf Eddies äußerliche Veränderung reagiert hatte. Er hatte es nicht erkennen können. Was den Taxifahrer zur Flucht angeregt und in den Tod getrieben hatte, war dem Alten verborgen geblieben. Dass er jetzt mit zitternden Fingern in eine Tasche seines Trenchcoats griff und eine Brille hervorholte, bestätigte Marcus' Hypothese.

Zitternd setzte sich Otto das dünne Gestell auf die Nase. Im selben Augenblick gaben seine Knie nach. Seine linke Hand suchte die Motorhaube des Taxis, das nun nicht mehr da war. Er sackte zusammen, landete ungelenk im Schnee.

»Eddie«, keuchte er.

Die Maskengestalt schüttelte den Kopf. Kam näher an den Alten heran. »Eddie ist nicht da. Eddie kümmert sich um die Hühner. Wie ich es ihm beigebracht habe. Seither traut sich kein einziger Fuchs mehr ins Gehege. Sie bleiben fern. Genau wie sein Vater fernblieb. Weißt du, dass ich dich vermisst habe? Eddie weniger, ich schon. Habe immer darüber gesprochen, wie traurig es sei, dass du deinen Sohn im Stich gelassen hast; dass du dich nicht um ihn gekümmert hast; und dass es für eine Mutter unglaublich schwer sei, ein Kind, einen *Sohn*, allein zu erziehen. Das machte Eddie sehr dankbar. Er lernte schnell, was es heißt, mich zufriedenzustellen. Und er lernte noch viel eher, was es heißt, *ungehorsam* zu sein – ungehorsam wie ein Fuchs, der die Hühner angreift und nicht darauf hört, wenn man ihm sagt, er solle verschwinden.« Er kam noch näher. »Wenn das geschieht, legen sie eine ganze Weile lang keine Eier mehr. Wusstest du das?«

»Was ... Was redest du? Du bist Eddie.«

Ein Windstoß erfasste das rote Haar und ließ es wabern wie Dünengräser, als wollte der Zufall Otto Gal seinen Irrtum verdeutlichen. Die Person vor ihm war sein Sohn, ja. Und sie war viel mehr als das. Marcus wusste es. Und all die anderen in den Käfigen.

»Eddie bestrafte den Fuchs, wie ich ihn bestrafte, wenn er etwas Ungehorsames tat. Es waren saftige Strafen, aber ich tat ihm im Gegensatz zu dir nie weh. Stattdessen formte ich einen richtigen Mann aus ihm; einen Mann, wie du nie einer warst, Otto.«

Das Gewitter über ihnen zog sich zusammen. Weitere Blitze schlugen unweit des Hofes ein. Es schien, als gäbe Gott persönlich seine Meinung kund; und Gott kannte in dieser Nacht wenig Nachsicht. Schneeböen trieben übers Land. Ganze Flockengruppen verfingen sich im starren Haar Eddie Gals.

»Leider«, fuhr er fort, »leider war Eddie sich seiner nie sicher. Bei vielen Dingen brauchte er meinen Rat oder sogar meinen Beistand. Du hast keine Ahnung, wie sehr mir das auf die Nerven ging. Ein typischer Junge.« Eddie säuselte. »Mit einem Mädchen wäre mir das nie passiert.«

Im Kopf des Alten setzten sich kraftvoll Zahnräder in Bewegung; das zeigte der Ausdruck auf seinem Gesicht. Marcus wusste auch sofort, worüber er grübelte: Wie sollte er mit dieser verrückten, ja, gefährlichen Situation umgehen? Körperlich konnte er gegen die Maskengestalt, die einst sein Sohn gewesen war, nichts ausrichten. Das war klar. Eddie war größer, stärker und vor allem jünger. Sein Körper war von der harten Arbeit auf dem Hof gut trainiert. Marcus konnte sich noch deutlich an die Kraft erinnern, mit der er ihn vom Boden gezogen hatte. So etwas vollbrachte Eddie mit einer Leichtigkeit, die an Magie grenzte. Was blieb dem Alten also noch?

»Du bist nicht Wilma«, sagte Otto Gal fast flehentlich. »Du bist Eddie. Mein Sohn, Eddie. Du trägst nur eine Maske.«

Eddie beugte sich zu Otto hinab. Schnee knirschte unter seinen Schuhsohlen. »Erkennst du mich denn nicht wieder? Bist du zu senil, um deine eigene Frau wiederzuerkennen? Oh. Ich glaube, ich muss deine grauen Zellen ein wenig in Schwung bringen.«

Er beugte sich noch tiefer. Ihre Gesichter waren nun kaum zwanzig Zentimeter voneinander entfernt. Die ledrige Haut um Eddies Mund wölbte sich leicht, als wollte er den alten Mann ...

»Küss mich!«, kreischte Eddie Gal. Im nächsten Augenblick fiel er über seinen Vater her. Er packte den Alten mit beiden Händen, drückte seine Lippen gegen das ledrige Ding, das nach nichts anderem als Schweiß und Tod riechen konnte.

Der Alte versuchte sich zu wehren, versuchte seinen Sohn von sich abzubringen, drückte ihn mit aller Kraft von sich weg, doch Eddie ließ nicht locker. Er packte seinen Vater und lachte. Ein schrilles, animalisches Jaulen entrann den bewegungslosen Lippen. Ein Geräusch, das selbst Rosen in der Sommersonne hätte erfrieren lassen können. Katzen, falls sie sich in der Gegend herumtrieben, rannten nun ganz sicher aufgebracht und ängstlich davon. Dies war kein Geheul eines Wolfes, dies war das Bellen eines vom Wahnsinn Getriebenen.

»Eddie ... Eddie ... Lass das ... Bitte ...«, keuchte Otto Gal, der nichts mit dem Mann unter der Maske gemein hatte. Nicht heute und nicht vor vierzig Jahren. »Du bist mein Sohn. Ich wollte doch nur ... Ich wollte doch ...«

»Was wolltest du, Otto? Ihn retten? Wolltest du das sagen? Hast du es ihm nicht sogar versprochen, bevor du dich aus dem Staub gemacht hast?«

Eddie schüttelte seinen Vater mit beiden Händen. Der Kopf des Alten schwang kraftlos vor und zurück. Die Brille hing schief. Mit letzter Kraft schien sie sich an seine Nasenspitze zu klammern. Die Schiebermütze lag im Schnee. Eddie trat darauf, ohne sie auch nur zu beachten, während er seinen Vater weiter schüttelte wie einen staubigen Mehlsack.

»Ich ... Ich ... konnte nicht.«

»Du konntest nicht. Natürlich konntest du nicht. Weil du ein Feigling bist, Otto. Du warst schon immer ein Feigling. Besoffen hast du dich, statt dich deiner Frau gegenüber zur Wehr zu setzen. Und als du es dann einmal tatest, hast du deinen Sohn geschlagen. Bravo! Beachtliche Leistung! Aber was soll man schon von einem Hühnerwirt erwarten, der seinen Sohn einfach allein lässt, sich nie wieder um ihn kümmert und erst nach über vierzig Jahren wieder auftaucht. Was soll man von so jemandem ... *erwarten?*«

Tränenbäche flossen über die faltigen Wangen des Alten, als Eddie von ihm abließ. Die Brille war auf den Boden gefallen, lag irgendwo im Schnee; heil oder zersplittert – es spielte keine Rolle. Otto Gal war am Ende seiner Kräfte. Er hatte hierherkommen wollen, weil ihn etwas (jemand) dazu getrieben hatte. Vielleicht hatte er geglaubt, es handle sich bei dem Mann, der von den Gleisen verschwunden war, um einen Wink des Schicksals, den Hof ein letztes Mal in seinem Leben aufzusuchen. Hätte man ihm nun diese Frage gestellt, so hätte Otto Gal es eher für einen Scherz des Teufels gehalten; oder für die Strafe Gottes, dafür, dass er seinen Sohn ohne einen Vater an seiner Seite hatte aufwachsen lassen.

»Vergib mir«, schluchzte er. »Bitte, bitte, vergib mir, Eddie. Ich wollte nur nach dir sehen, wollte wissen, ob es dir gut geht, was aus dir geworden ist.«

Eddie stand aufrecht. Seine Perücke saß schief auf seinem Kopf, sodass sein echtes graues Haar darunter hervorblitzte. Schweigend betrachtete er den Mann vor sich. Schnee bedeckte den Trenchcoat des Alten. Ein roter Blutsfaden schlängelte sich aus seiner Nase.

»Ich war ein schlechter Vater«, sagte Otto Gal. »Ein mieser, schlechter Vater. Deine Mutter ... sie hat dich mir entrissen. Ich wollte es richten, wollte es wiedergutmachen, aber ... ich konnte nicht. Sie jagte mir zu viel ... zu viel Angst ein.« Seine Stimme war nicht mehr als das Winseln eines Straßenköters, dem man auf den Schwanz trat. »Bitte. Bitte ... Ich bin alt, Eddie. Ich lebe nicht mehr lange. Aber vielleicht ... wenn du barmherzig sein kannst ... können wir ein klein wenig davon richten ... es wenigstens den Rest meines Lebens ...«

Was Eddie Gal dachte, war für niemanden lesbar. Er verbarg es unter seiner Maske. Einen kurzen Moment lang glaubte Marcus sogar, auch Eddie könnte vom Kummer und dem Geständnis seines Vaters ergriffen sein. Schließlich lag das im Bereich des Möglichen, oder? Selbst ein zutiefst verstörtes Geschöpf wie Eddie Gal musste eine empfindende Seite haben.

Im nächsten Augenblick gestand Marcus sich ein, dass er sich irrte. Und dass sie Zeit vergeudet hatten.

»Du wolltest nach deinem Sohn sehen ... Sieh nach deinem Sohn, Otto ... Sieh nach ihm ... Der Sohn, den du hattest, ist tot!«

»*Nein!*«

Der Knall durchstieß die Nacht wie ein Paukenschlag. Als er verhallte, wandte sich Eddie Gal ausdruckslos dem Haus zu. Und dem Mädchen, das voller Entsetzen ungeschützt im Türrahmen stand. Der Schrei vor dem absoluten Ende der letzten internen Konversation der Familie Gal war nicht von Eddies Vater gekommen.

Seine Maske verrutschte ein wenig, als er wieder grinste. Dann trat er einen Schritt zur Seite und machte Kim den Weg frei, sich etwas für ihr ganzes Leben einzuprägen. Der Anblick war grauenvoll, denn Otto Gal lebte noch. Ein roter Fleck breitete sich auf dem Mantel in Höhe seines Bauches aus und Blut lief ihm aus dem Mund, ergoss sich über seine Lippen wie ein schmaler Wasserfall. Und doch lebte er. Sein Blick ruhte auf dem Mädchen. Langsam und kraftlos hob er eine Hand, wie um sie um Hilfe zu bitten.

Marcus packte Kim am Arm.

10

Er zog sie aus der Tür. Aus der Schusslinie, wie sich herausstellte. Denn kaum zwei Schritte weit gekommen, schoss Eddie Gal auf sie. Die Kugel schraubte sich in die Decke über ihnen. Weißer Verputz rieselte auf ihre Köpfe herab, während sie durch den Flur in die gute Stube rannten, wo der Ofen seelenruhig in der Ecke stand und mit seiner Feuerzunge Holzscheite zermahlte.

Sie machten nicht halt. Es fand auch keine Beratschlagung statt. Gewiss war, sie mussten verschwinden, aus diesem Haus flüchten, ganz egal wie.

Mit Kim an der Hand hastete Marcus zu einem der Fenster, riss einen staubigen, dick gewebten Vorhang beiseite und stellte mit wachsendem Entsetzen fest, der erstbeste Ausweg war überhaupt keiner. Dicke, zugeklappte Holzläden verbarrikadierten die Fenster. Unwillkürlich manifestierte sich ein Bild vor seinem geistigen Auge; Dornröschen, die eingesperrt von undurchdringbaren Dornenhecken auf ihren Kuss des Erwachens – der Freiheit – wartete. Mehrere versuchten sich daran, sich ihren Weg durch die Hecke zu bahnen, doch niemandem gelang es. Bis der Richtige kam – ein Prinz. Nur gab es niemanden, der dort draußen auf einem Schimmel angeritten kam, um sie zu retten. Und es würde auch niemand kommen. Ihr Prinz war gefallen; ihr Erretter lag schwer verletzt vor den Toren dieser Burg.

Natürlich dachte Marcus daran, die Fensterläden einfach zu öffnen, doch es fehlte ihm die Zeit dazu. Von der Türschwelle her hörte er die Tritte der Maskengestalt.

»Huhu!«, rief Eddie Gal und klopfte gegen die Innenseite der offen stehenden Tür. »Jemand zu Hause?«

Kim warf Marcus einen gehetzten Blick zu. Ihr Mund stand offen. Panik stahl ihr die Stimme. Marcus erkannte die Frage in ihren Augen. Er stellte sich dieselbe.

Wohin?

Nicht gehetzt, sondern in aller Seelenruhe trat Eddie Gal ins Haus. Er hatte keine Eile. Er wusste, dass dies seine Prozession war; sein Gefecht; sein Kampf. Und er wusste, er war in der Übermacht. Wahnsinn allein konnte ungeahnte Kräfte auslösen. Doch Eddie Gal war dazu noch im Vorteil, gesund und munter zu sein, während Marcus ein Schatten seiner selbst und Kim im Endeffekt noch ein Kind war. Wie um ihnen zu verdeutlichen, dass er sich dessen ganz bewusst war, tat Eddie Gal etwas, was Marcus eine Gänsehaut bereitete – er pfiff. Sofort erkannte Marcus die Melodie. Es war ein Wiegenlied. Mehr als einmal hatte er es Tina vorgesungen.

»Hush, little Baby, don't say a word. Papa's gonna buy you a mocking bird. And if that mocking bird won't sing, Papa's gonna buy you ...«

Als gäbe es für alles und jeden einen Ersatz, dachte Marcus zynisch. *Wie Hühner, die man einfach austauscht, nachdem man merkt, dass sie keine Eier mehr legen.*

Marcus steuerte auf die Küche zu. Kim hetzte ihm hinterher.

»Wo willst du hin?«, fragte sie.

Marcus dachte kein bisschen darüber nach, wohin die Reise gehen sollte, er suchte nur nach einer Möglichkeit, dieses beschissene Haus zu verlassen. Draußen konnten sie sich verteilen, konnten sich in der Dunkelheit verstecken. Doch hier drinnen waren sie Eddie Gal ausgeliefert wie Ratten in der Falle.

Das Rennen ließ Marcus' Knie aufheulen. Er versuchte es zu ignorieren. Doch als er die Küche betrat, die sich gleich neben der guten Stube befand (*Gulasch*, dachte Marcus unwillkürlich), gab es nach. Er stolperte einmal, griff nach etwas, um sich daran aufrecht zu halten, dann stürzte er zu Boden. Das Tablett, an dem er sich festzuhalten versucht hatte, stürzte vom Herd in die Tiefe wie ein Selbstmörder. Marcus schrie auf. Im selben Augenblick – er bemerkte es kaum – wirbelte ein weißes Pulver auf. Wie eine Wolke schwebte es um seinen Kopf, legte sich auf sein Haar, seine Haut.

Mehl, hätte er gedacht, wäre er dazu gekommen. Doch noch bevor seine Synapsen einen konkreten Gedanken spinnen konnten, rappelte er sich wieder auf. Mühsam quälte er sich nach oben, stützte sich am Herd ab.

»Ich hör euch!«, rief Eddie in der grausigen Stimmenimitation seiner eigenen Mutter. Er sang die Worte förmlich. Eine schwarze Freude schwang darin mit. »Weit könnt ihr nicht sei-ein. Und wenn ich euch habe, dann *Gnade euch Gott! Ich habe keine Ahnung, wie ihr entkommen konntet, aber es wird euch nicht viel nützen. Denn hier kommt ihr nicht weg. Hier gibt es kein Entkommen!*«

Seine Schritte polterten über die Holzdielen im Flur. Wie ein Jagdhund, der die Fährte aufnahm, spurtete Eddie Gal los. Er kam näher. Sehr rasch kam er näher.

Marcus wandte sich an Kim. »Schnell, die Tür!«

Sie drehte sich herum, schien einen Augenblick lang nicht zu verstehen, dann ließ sie sie scheppernd ins Schloss fallen. Sofort stemmte Kim sich gegen die Innenseite; ein Unterfangen, das angesichts ihrer Körperausmaße einem Witz gleichkam.

»Ich weiß, wo ihr seid«, sang Eddie Gal aus der *guten* Stube kommend.

Die Küche war nicht mehr als ein vier Quadratmeter in die Länge gezogener Raum. Auf der linken Seite gab es eine Zeile mit Herd. Darauf stand ein Topf, in dem eine braune Brühe ruhte. Große Fleischbrocken schwammen darin und Fettaugen. Eddies Gals Leibspeise.

Darüber hingen an einem Eisenrohr mehrere Kochtöpfe. Ein dicker Film aus dem Staub und Schmutz der Zeit klebte auf ihnen. In der Ecke stand ein Kühlschrank, aus dem ein kraftvoller, modriger Geruch drang. Gegenüber befand sich eine kleine Anrichte. Darauf standen vier Dosen Katzenfutter. Vom lila Etikett aus grinste sie ein Weihnachtsmann an. Darunter standen zwei Stühle.

Ohne lange darüber nachzudenken, ergriff Marcus einen von ihnen, eilte zur Tür und verkeilte damit die Türklinke.

»Das wird nicht lange halten, aber ...«

»Hab ich euch!«, kreischte Eddie Gal. Keine Sekunde später bewegte sich die Türklinke ein winziges Stück herab. Marcus hielt mit aller Kraft dagegen.

»Hilf mir«, sagte er zu Kim. »Drück so fest du kannst!«

»Oh, da versucht jemand, mich auszusperren. Nur wird mich das nicht aufhalten. Nichts und niemand hält eine Wilma Gal auf. Niemand!«

Etwas krachte von außen gegen die Tür. Eddie schmiss sich mit seinem ganzen Körpergewicht dagegen.

»Aufmachen!«, schrie er. »Macht sofort auf! *Ich ... be ... fehle ... es! Das ist Ungehorsam!*«

»Du kannst dir deinen Ungehorsam in den Arsch stecken, du Hühnerficker!«, brüllte Marcus zurück. Und es tat gut. Zum ersten Mal seit Tagen fühlte er sich ein klein wenig freier. Er grinste. Lachte leise. Dann verstummte er. Zu nah lag dieses Lachen am Wahnsinn, der sich vor dieser Tür abspielte.

Gehetzt blickte er sich um. Diese Küche musste noch sehr viel mehr zu bieten haben als bloß einen Stuhl. In den Schubladen musste sich garantiert etwas befinden, womit sie sich bewaffnen konnten.

RUMS!

Wieder prallte Eddie Gals Schulter gegen das Türblatt.

»Aufmachen!«

Marcus sah zu Kim. In ihren Augen schwammen Tränen. Sie hatte bis hierher durchgehalten, doch jetzt war ihr Gesicht so bleich wie das einer Leiche. Apathisch starrte sie vor sich hin, die Schulter gegen die Tür gestemmt. Marcus packte eine schreckliche Vorahnung.

Sie kann nicht mehr! Nicht mehr lange und sie bricht zusammen!

Getrieben von dieser unheilvollen Vorstellung, beäugte er erneut die Küche. Die Schubladen waren nicht weit entfernt. Doch solang Eddie gegen die Tür anging, konnte er sich nicht fortbewegen.

»Kim. Geh dort rüber. Reiß die Schubladen auf.«

Sie reagierte nicht.

»Kim!«

»Hä?« Sie sah ihn mit großen Augen an. Ihre Stimme zitterte. »Ich h-habe Angst. Schreckliche Angst.«

»Da sind wir schon zwei. Geh dort rüber. Die Schubladen. Such ein Messer!«

Sie tat, wie ihr geheißen. Dabei bewegte sie sich jedoch so schwerfällig wie ein Roboter, dessen Akku allmählich schlappmachte.

»Mach schon!«, drängte er.

In der dritten Schublade wurde sie fündig. Sie war voll von Küchenmessern. Doch in diesem Moment waren sie viel mehr als das – Wasser in der Wüste; Sauerstoff unter Wasser; Sonne in der Arktis. Sie waren das, was Marcus sich zuvor von Otto Gal erwartet hatte – ihre Rettung.

»Schnapp dir zwei, dann komm her.«

Die, die Kim aussuchte, waren alles andere als modern. Alte Holzgriffe, die Klingen kantig, als hätten Ratten daran genagt. Egal. Sie würden ihren Zweck erfüllen.

In ihrer Apathie wollte Kim ihm ihre Errungenschaft bereits überreichen, da schüttelte er den Kopf.

RUMS!

»Behalt sie. Wir tauschen die Plätze. Stell dich mit dem Rücken an die Tür. Halt so fest dagegen, wie du kannst.«

Sie sah ihn mit fragendem Blick an. »Aber ich bin viel zu …«

»Schmächtig. Das weiß ich. Tu es trotzdem. Ich habe was entdeckt.«

RUMS!

Sie schlotterte regelrecht. Als stünde sie mitten im Schneetreiben auf dem Hof.

»Kim! Willst du deine Eltern wiedersehen? Willst du ihnen sagen, dass es dir leidtut, dass du abgehauen bist? *Willst du das?*«

RUMS!

Sie zögerte, dann nickte sie kräftig.

»Dann tausch den Platz mit mir. Ich weiß, wie wir hier rauskommen. Wenn dieser Drecksack es schafft, dich zu …«

»*Was redet ihr da? Ihr ungehorsamen kleinen Wichte!*«

»Wenn es ihm gelingt, hier einzudringen, dann nimm das Messer und stich zu. Nicht einmal. Ein Dutzend Mal!«

Ihre Lippen zitterten. Marcus sah, wie sich diese Möglichkeit hinter ihren Augen abspielte.

»Das wird nicht passieren, wenn wir schnell genug handeln. Wenn ich schnell genug handle«, sagte er. »Sollte es trotzdem so weit kommen, dann zögere nicht!«

Sie schluckte schwer. »Okay.«

RUMS!

RUMS!

RUMS!

Eddie trat nun gegen die Tür. Das ganze Blatt erbebte. Einmal. Zweimal. Holzsplitter flogen durch die Luft, als das Schloss nachgab. Der Stuhl unter der Klinke rutschte quietschend über den Fliesenboden. Die Tür öffnete sich. Finger krochen zuckend durch den Spalt zwischen Tür und Rahmen wie Spinnenbeine. Wieder sang der Wahnsinnige.

»*Da seid iiihr. Da seiiid iiihr. Ich haaab euch gleiiich. Ich haaab euch ...*«

Marcus sah die Finger und warf sich mit der Schulter gegen die Tür. Ein Aufschrei hallte durch die Stube. Der Schrei eines bis aufs Blut gequälten Tieres.

»Hat deine Mutter dir nicht beigebracht, dass man seine Finger bei sich behalten soll?«, brüllte Marcus. Doch sein Triumph währte nicht lange.

Sofort rammte Gal wieder die Schulter gegen die Tür.

»*Ihr kleinen Scheißer! Wartet nur, bis ich euch kriege! Ihr werdet schon sehen, was ich mit euch machen werde; Füchse werde ich aus euch machen; rotfellige, dreckige Füchse!*«

RUMS!

Marcus zögerte keine weitere Sekunde. Noch bevor Eddie Gal sich ein weiteres Mal gegen die Tür werfen konnte, packte er die Lehne des Stuhls. Der angeschwollene Klumpen unterhalb seines Handgelenks schrie vor Schmerzen auf, als er ihn gegen die Stuhllehne presste. Er musste es tun. Die Kraft seiner rechten Hand hätte genügt, doch nur mit der zweiten konnte er auch durchführen, was er vorhatte.

Er steuerte auf das einzige Fenster in diesem Raum zu, blickte nach draußen auf die brennende Eiche – hier gab es keine Holzläden, wie ihm beinahe sofort aufgefallen war. Mit aller Kraft warf er das Möbelstück.

Glas splitterte. Scherben krachten zu Boden, verteilten sich schlitternd auf den Fliesen. Eisiger Wind stob herein.

»*Was geht da vor? Was tut ihr?*«, schrie Eddie Gal.

RUMS!

RUMS!

RUMS!

RUMS!

Marcus nickte Kim zu. Jetzt war sie wieder vollkommen bei sich.

»Los!«

11

Marcus überwand das Fenster nur mit allergrößter Mühe, und fast überhaupt nicht. Als er dabei war, sein verletztes Bein nachzuziehen, übersah er eine der Glasscherben, die spitz und scharf wie ein Rasiermesser im Fensterrahmen steckte. Er schnitt sich nicht an ihr, er stach sich. Das verfluchte Ding bohrte sich unmittelbar durch den läppischen Verband und den darunterliegenden Grind der Schusswunde. Im Eifer des Gefechts hätte es schlimmer ausgehen und die Scherbe hätte ihm Sehnen und Nerven durchtrennen können. Doch der plötzlich aufschreiende Schmerz genügte auch so. Marcus ließ sich in den Schnee vor dem Fenster fallen und machte unbeabsichtigt eine Rolle vorwärts. Weißes Pulver drang in seine Nasenlöcher und seinen Mund. Keuchend und hustend rappelte er sich sofort wieder auf. Kim war ihm gefolgt, stand keine zwei Meter von ihm entfernt. Sie war unversehrt. Zumindest noch.

»Wir müssen uns trennen«, sagte er und hielt sich das Bein vor Schmerzen. »Mich kriegt der Bastard viel eher zu fassen als dich.«

Er stöhnte auf. Blut quoll durch seine schmutzige und vom Schnee nasse Jeans.

Kim starrte ihn ungläubig an. Ihr Unterkiefer bebte. »Aber ... Marcus ...«

»Mach schon! Wir haben keine Zeit für Diskussionen!« Er schrie sie nun fast an.

Sie hatten keine Zeit, nein. Überhaupt keine. Eddie Gal würde sich nicht mehr mit der Küche befassen, nachdem er gehört hatte, wie das Glas der Fensterscheibe zu Bruch gegangen war. Jeden Augenblick würde er zur Haustür herausgestürmt kommen, und dann ... Nun, dann Gnade ihnen Gott.

»Lauf in diese Richtung«, sagte Marcus und deutete mit dem Zeigefinger nach Norden. »In zwei oder drei Kilometern erreichst du die Stadt. Verläufst du dich, geh einfach weiter. Früher oder später wirst du auf beleuchtete Straßen stoßen. Die Umgebung ist gut bewohnt, weshalb ich nicht kapiere, wie dieses Arschloch nie ...«

»Nein!«

Er erstarrte. »Was?«

»Du hast schon verstanden. Ich gehe nicht. Nicht ohne dich.«

»Kim, du kannst nicht ...«

»Steh auf und komm. Wir müssen weg hier.«

Für eine Sekunde betrachtete er ihr asiatisch anmutendes Gesicht, das jung und unter dem Schmutz und den Schürfwunden schön war. Nur war das nicht alles. In ihren dunklen Augen steckte noch etwas anderes; etwas, was er schon einmal gesehen hatte. Er wusste auch genau, wann das gewesen war.

Als sie mit ihren Tritten die Knochen meiner Hand zertrümmerte.

Innerlich hatte sie gekreischt. Doch sie hatte das Bullseye dieser Partie nie aus den Augen verloren. Und nun sah er, dass Kim ganz genau wusste, was sie wollte. Und egal, was er sagte, sie würde nicht von ihrem Ziel abrücken.

Ergriffen von diesem Wissen, nickte Marcus bestätigend.

»Also los. Das Taxi. Wir müssen ans Funkgerät.«

Ohne es zu kommentieren, sprintete sie los.

Er wollte ihr hinterher, doch kaum tat er einen Schritt vorwärts, überkam ihn ein heftiger Schwindel. Sofort sank er auf ein Knie zurück. Er spürte, wie sein Kreislauf kollabierte. Es fühlte sich an, als breitete sich eine Wolke aus Watte in seinem Kopf aus. Und dann war da noch etwas mit seiner Brust ... Irgendetwas schnürte ihm die Kehle zu.

Der Blutverlust, dachte er erschrocken und versuchte sofort die Benommenheit abzuschütteln. Er durfte jetzt nicht schlappmachen. Auf gar keinen Fall.

Er presste die Lider aufeinander, atmete tief durch, versuchte sich zu sammeln. *Du schaffst das. Du schaffst das!*

Es half. Ein wenig. Der Schwindel verflog. Einzig die Benommenheit blieb. Als hätte sein Körper nach mehreren Adrenalinausschüttungen nun endlich die Nase voll von dieser Raserei; als würde er sagen: »*Hey, Kumpel, schalt mal einen Gang zurück, entspann dich und genieß die Party.*«

Und plötzlich fiel es ihm wieder ein. Das Mehl! Nur war es kein Mehl gewesen, nicht wahr? Kein Mehl und auch kein Backpulver oder Natron, sondern ... sondern ...

Das Gulasch ist serviert.

Ein Bild öffnete sich ihm. Er, am Tisch in der guten Stube sitzend und wohlig warme Fleischsoße schlürfend. Bis ihn ein ebenso eindringlicher Schwindel überkam wie jetzt. Er konnte noch den Löffel sehen. Wie er ihm aus der Hand fiel, kurz bevor sein Kopf neben dem Teller auf der Tischplatte landete.

Scheiße! Wenn ich irgendein Betäubungsmittel eingeatmet habe, schaffe ich es niemals vom Hof. Teufel noch mal! In ein paar Minuten gelingt es mir wahrscheinlich nicht mal mehr, mir die Schuhe zuzubinden. Als ob mir das mit meinem Handklumpen überhaupt gelänge!

Panik kochte in ihm hoch. Er hatte keine Ahnung, wie viel er von dem weißen Zeug eingeatmet hatte und wie sein Körper in den folgenden Minuten auf die Droge – um welche es sich dabei auch handeln mochte – reagieren würde. Eines war jedoch glasklar: Seine ohnehin geringen Chancen, hier lebendig wegzukommen, schrumpften mit jeder weiteren Minute, nein, jeder weiteren Sekunde, die er hier tatenlos rumsaß.

Er biss die Zähne zusammen, gab sich einen Ruck und stand auf. Seine Beine waren kaum mehr als Stangen aus Elastan.

Dennoch gelang es ihm, sich vorwärts durch den Schnee zu kämpfen. Blitze zuckten über das Schwarz des Himmels. Das Feuer über der Eichenfackel rauschte und focht seinen eigenen Kampf gegen den Wind.

Er sah nach vorn zu Kim und erwartete, sie dabei zu sehen, wie sie etwas in das Funkgerät des Taxis sprach. Stattdessen fand er sie starr wie eine Wachsfigur vor. Ohne jede Regung stand sie vor dem Mercedes, direkt neben dem an die Wagentür lehnenden und frisch verstorbenen ehemaligen Herrn dieses Hauses. Otto Gals Kinn lag reglos auf seiner Brust. Auf seinem Mantel prangte ein fast kreisrunder braunroter Fleck. Eine mindestens zwei Meter lange rote Spur zog sich durch den Schnee von der Stelle, an der sein Sohn auf ihn geschossen hatte. Er musste sich mit letzter Kraft bis zum Taxi gekämpft haben.

Womöglich mit demselben Gedanken, das Funkgerät zu benutzen, dachte Marcus.

Er wankte so schnell er konnte auf Kim zu. Als er sie erreichte, verstand er auch sofort, weshalb sie sich nicht rührte.

Der Anblick des Taxifahrers war noch schauderhafter als der Otto Gals. Sein Gesicht unter der roten Kappe war nicht mehr als eine dunkelrote Masse von Blut. Winzige im Licht des Feuers schimmernde Glassplitter steckten in seiner Gesichtshaut. Eine dieser Scherben ragte aus der Unterlippe wie ein schlecht angebrachtes Piercing.

So viel zu deinem Anflug von Mut, kleine Prinzessin, dachte Marcus verdrossen. Dann forderte er von ihr, beiseitezutreten. Einhändig riss er an der Tür.

Die Karosserie musste sich durch den Aufprall gegen den Anhänger verzogen haben. Erst nach mehrmaligem Ziehen ging sie ächzend auf. Die Schmerzen, die mit dem Kraftaufwand einhergingen, ignorierte Marcus so gut es ging. Oder war es bereits das Betäubungsmittel?

Er beugte sich in den Innenraum, griff nach dem schwarzen Funksprecher und hielt ihn sich vor den Mund. Plötzlich erkannte er, dass das, was er da tat, totaler Mumpitz war. Wieso einen Krümel nehmen, wenn man einen ganzen Kuchen haben kann?

Das Taxi. Natürlich! Warum hast du Idiot nicht vorher schon daran gedacht?

Er konnte seine verminderte Konzentrationsfähigkeit auf seine Verletzungen oder auf die Droge schieben, oder auf beides. Doch im Endeffekt war der Grund einerlei. Jetzt wusste er schließlich, was wirklich zu tun war.

»Kannst du fahren? Ich bezweifle, dass das Ding hier weit kommt. Bestimmt hat die Hinterachse einen Schaden. Aber der Motor läuft noch. Kim? Kim! Kannst du fahren?«.

Sie sagte nichts. Apathisch betrachtete sie den Toten auf dem Fahrersitz.

»Kannst du fahren, Kim? Antworte!«

»Nein.« Nicht mehr als ein Flüstern.

»Dann hilf mir, den Kerl aus dem Wagen zu ziehen. Irgendwie bekommen wir das schon hin.«

Marcus griff nach dem Gürtel der Leiche und zog. Erst dann bemerkte er, dass Kim sich noch immer nicht rührte.

»Worauf wartest du?«, schrie er.

Sie zuckte zusammen. In ihren Augen schwammen abermals Tränen. Natürlich. Sie war erst siebzehn. Und obwohl sie in ihrer Zeit im Käfig (und außerhalb) mit allerlei fürchterlichen Zeugnissen konfrontiert worden war, konnte er sie wohl kaum dazu zwingen, das Schreckliche vor ihren Augen zu ignorieren. Menschen, die einen der großen Kriege der Weltgeschichte miterleben mussten oder in Ländern lebten, in denen Mord und Totschlag an der Tagesordnung standen, berichteten zwar, dass man sich früher oder später den Toten auf den Straßen und all dem Leid anpasste, sie sagten jedoch auch, dass man sich niemals daran gewöhnte; von Vergessen ganz zu schweigen. Allein dass Kim so etwas wie das hier in ihrem Alter durchmachen musste (*Wenn wir uns nicht beeilen, werden wir es auch weiterhin durchmachen!*), war schrecklich genug. Dass er sie anschrie, hatte sie nicht verdient.

»Hör zu«, fuhr er etwas ruhiger fort. »Ich bekomme den Kerl mit nur einer Hand nicht da raus. Ich brauche deine Unterstützung. Also pack ihn irgendwo und zieh, ja? Wir schaffen das, Kim. Lass uns zusammenhalten und wir schaffen das.«

Geteiltes Leid ist halbes Leid. Auch diesen Kalenderspruch hätte er hinzufügen können. Aber was wussten schon Kalendersprüche!

Sie legte die Messer, die sie aus der Küche entwendet hatte, auf den Boden in den Schnee. Erst dann ergriff sie zögerlich (*viel zu zögerlich!*) die blutbesprenkelten Schultern des Mannes.

»Auf drei«, navigierte Marcus. »Eins, zwei, drei!«

Er setzte jedes bisschen Kraft ein, das er noch besaß. Dabei überkam ihn neuer Schwindel. Seine Beine versagten nicht, doch er spürte die Droge nun deutlich. Sie kämpfte sich ihren Weg durch sein Nervensystem. Nicht mehr lange und er würde auf gar keinen Fall in der Lage sein, dieses Auto auch nur hundert Meter weit zu steuern, ohne frontal gegen einen Baum zu krachen oder in einem Graben stecken zu bleiben. Bis es so weit war, mussten sie weit genug gekommen sein, dass Kim das Steuer übernehmen konnte. Oder wenigstens weit genug an einer befahrenen Straße, um auf sich aufmerksam zu machen.

Wenigstens läuft der Wagen noch und wir müssen nicht darum bangen, dass er anspringt, dachte Marcus.

Er zählte noch einmal bis drei. Und dieses Mal zog Kim.

Der Körper des Taxifahrers war schwerer als erwartet. Marcus stemmte die Füße in den Schnee und hoffte inständig, dass er nicht ausrutschte. Aus der Wunde an seinem Bein sickerte Blut. Nicht viel. Doch er spürte, wie es sein Schienbein hinabrann.

Kim schluchzte. Auch sie mobilisierte all ihre vorhandenen Kräfte. Nur dass sie von etwas gehemmt wurde – dem blutverschmierten Gesicht des Taxifahrers. Mit toten Augen beobachtete er sie bei ihrem Tun, den Mund zu einem O geformt, als würde er über das Ziehen und Zerren an seinen Schultern und seiner Hüfte staunen. Um ihn richtig zu packen, musste Kim ihm nahe kommen. Sehr nahe.

Zentimeter für Zentimeter gelang es ihnen, den Mann zu bewegen, als er plötzlich ein einseitiges Übergewicht bekam. Sein Kopf klappte zur Seite. Mit der Schulter voraus fiel er Kim entgegen. Das erstaunte O schien nun seinem Fall zu gelten. Kim trat instinktiv einen Schritt beiseite. Mit einem dumpfen *RUMPF* landete der Tote im Schnee neben dem Auto.

Kim betrachtete ihre Hände. Sie waren rot vor Blut. Auch auf ihrem Gesicht und ihrem Oberteil fanden sich Spuren wieder. Es sah fast so aus, als hätte der Taxifahrer in letzter Instanz noch einmal versucht, sich an ihr festzuklammern. Eine Vorstellung, die Marcus nicht mit ihr teilen wollte.

»Steig ein«, sagte er. Sein Atem ging schwer. Der Rausch nahm an Fahrt auf. So wie sie es jetzt tun mussten.

Lass mich bitte nicht in einen Graben fahren oder einen Unfall bauen.

Doch darüber konnte er sich Gedanken machen, wenn es so weit käme. Jetzt mussten sie von hier verschwinden. Eine Gelegenheit wie diese würde sich ihnen auf keinen Fall ein zweites Mal bieten.

Er presste die Lider aufeinander, verdrängte den Impuls, sie einfach geschlossen zu halten und still und schweigend davonzuschweben, wie es das Kribbeln in seinen Adern von ihm verlangte. Dann setzte er sich auf den Fahrersitz.

Die Droge wird mir vielleicht sogar helfen. Sie verdrängt immerhin die Schmerzen in meinem Bein.

Auch das stetige Pochen in seiner verkrüppelten Hand war nicht spürbarer als ein sanftes Pulsieren.

Die Beifahrertür schwang auf. Kim stieg ein.

»Hast du die Messer? Womöglich brauchen wir sie noch. Vorsicht ist besser als Nachsicht! Gott steh uns bei. Keine Ahnung, warum dieser Wahnsinnige so lange braucht, um den Weg aus seinem eigenen beschissenen Haus zu finden. Es sieht fast so aus, als wären wir ihn tatsächlich los.«

Er lachte. Dann bemerkte er im Augenwinkel, dass Kim vergessen hatte, die Beifahrertür zu schließen. Er war schon dabei, den Vorwärtsgang einzulegen, da wandte er sich ihr zu.

»Schließ die ...« Er brachte kein Wort mehr heraus. Er sah, dass sie die Messer nicht vergessen hatte. Jedenfalls eines davon. Es lag in ihren im Schoß zitternden Händen. Der Grund dafür befand sich da, wo sich eine geschlossene Tür hätte befinden sollen.

Marcus dachte: *Wir haben es fast geschafft.*

Marcus dachte: *Wir hätten es fast geschafft.*

Marcus dachte: *Was ist schneller – mein Fuß oder sein Finger?*

Diesem Gedanken folgte bittere Ernüchterung. Er brauchte nur eine falsche Zuckung zu machen und der Mann mit der Maske würde nicht zögern. Die Mündung des Colts lag hautnah an Kims Schläfe.

12

»Aussteigen!«, befahl Eddie Gal mit der inzwischen eindringlich bekannten Stimme seiner eigenen Mutter; der Stimme, die keinen Widerspruch duldete, die Ungehorsam schwer, sehr schwer bestrafte.

»Das könnte schwierig werden. Mein Bein macht nicht mehr unbedingt das, was ich will«, sagte Marcus. Er wusste, dass er sich jetzt keinen Fehler leisten konnte. Ja, noch nicht einmal den Hauch eines Fehltritts durfte er nun begehen, wenn er weiter überleben wollte. Allerdings war *Überleben* in diesem Moment ein sehr großes Wort; viel zu groß, um es bei den Hörnern packen zu können.

Sie waren am Ende dieser Reise angelangt. Eindeutig. Sie konnten es versuchen; konnten sich noch ein letztes Mal gegen Eddie Gal aufbäumen. Und doch würde letztlich der Irrsinn dieses Mannes siegen. Nein, er *hatte* bereits gesiegt. Marcus war erledigt. Die Drogen in seinem Körper setzten ihm inzwischen so sehr zu, dass er bezweifelte, ohne zu stürzen aus dem Wagen steigen zu können.

Wahrscheinlich wäre ich so oder so gegen den nächsten Baum gerast, dachte er verbittert. Wäre das nicht irgendwie eine urkomische Ironie des Schicksals gewesen?

»Aussteigen!«, wiederholte die Maskengestalt. »Ihr habt euch lange genug ausgetobt. Jetzt kommt ihr mit mir.«

»Also schön«, sagte Marcus. Sein eigener Tonfall brachte ihn beinahe zum Lachen. »Steigen wir aus und besuchen die Party. Wie wäre es mit einem Sekt für die Damen und einer Portion Gulasch für die Herren?«

»Schnauze! Dein Gequatsche will niemand hören. Raus jetzt!«

Noch ein letztes Mal spielte Marcus mit dem Gedanken, einfach aufs Gas zu treten und entweder die Reifen auf dem Schnee durchdrehen oder eine Kugel in seinen Schädel eindringen zu spüren. Bei seinem Glück würde sie sich ihren Weg garantiert durch beide Köpfe bohren – zuerst Kims und dann seinen eigenen. Zwei auf einen Streich, sozusagen.

Marcus stieg aus. Und er fiel nicht.

Was ihn dazu bewegte, nicht aufs Gas zu treten, war Kim. Seinen eigenen Tod zu riskieren war eine Sache. Den eines Mädchens, das sein ganzes Leben noch vor sich hatte, eine ganz andere.

Tina, dachte er. Sie war auch so ein Mädchen, das den Weg seiner Zukunft erst noch begehen würde. Nur leider würde sie das ohne ihn tun müssen – ohne ihren Vater.

Die Droge in seinem Körper verdrängte das Adrenalin allmählich. Marcus spürte wieder den Schwindel. Die Benommenheit nahm rasch zu.

Wenigstens sterbe ich zugedröhnt, dachte er und kicherte in sich hinein. *Michelle wollte mich immer von den Drogen wegbringen. Weil sie mir schaden würden, meinte sie. Wie sehr sie sich doch getäuscht hat. Wäre ihre Hand nur noch Brei und ihr Knie das Resultat einer Schussübung, würde sie sehen, dass high sein auch sein Gutes mit sich bringt.*

Gal kam um die Motorhaube des Mercedes herum. Kim begleitete ihn einen Schritt voraus; den Lauf der Waffe im Nacken.

Als Gal auf ihn zukam, begriff Marcus, weshalb der Mistkerl so lange gebraucht hatte, bis er hier rausgekommen war. Das Kleid war es. Gal musste es angezogen haben, während Kim und er sich damit abgemüht hatten, den toten Taxifahrer aus seinem Fahrzeug zu zerren. Wie ein Leinentuch auf einer Wäscheschnur wehte der blaue Stoff um seine behaarten männlichen Beine. Er trotzte der Kälte, ohne auch nur eine Gänsehaut zu bekommen.

Er ist kein Mensch, dachte Marcus. Dieser Gedanke ließ auch den letzten Rest seiner Hoffnung, aus dieser Situation heil herauszukommen, schwinden. Und Hoffnungslosigkeit gebiert Zorn.

»Warum erschießt du Arschloch uns nicht gleich?«, fauchte Marcus. »Dann hättest du es hinter dir. Keine Jagd mehr. Keine Hühner, die keine Eier mehr legen. Niemand ist so gehorsam wie eine Leiche, der man befiehlt, die Schnauze zu halten!«

Das Weiß in Gals Augen – das bisschen, das Marcus unter der Maske erkennen konnte – flackerte auf. Wut. Die von der stillen Sorte. Er grinste schief. Die Maske hing schräg auf seinem Gesicht. Der an der Nase festsitzende Hautlappen wirkte dabei wie ein Lot und zeigte kerzengerade nach unten. Der Anblick war fast zu grotesk, um ihn zu ertragen.

»Aber, aber. Ich töte doch niemanden. Wilma Gal hat in ihrem Leben nie jemandem Schaden zugefügt.« Er drehte sich zu der am Taxi lehnenden Leiche Otto Gals. Das Lächeln wurde zu einem breiten süffisanten Grinsen. »Na gut, einmal.«

Marcus schwieg. In seinem Kopf arbeitete es. Wenn man sich vorstellte, dass es in seinem Schädel eine Art Maschinenraum gab, gerieten die Männchen dort oben heftig ins Schwitzen. Die Droge arbeitete gegen ihn, und dennoch kippten die Männchen wie am Fließband schaufelweise Kohle ins Feuer.

Er musste daran denken, wie der Alte vor seinem Tod darauf beharrt hatte, die Person vor ihm wäre nicht Wilma, sondern Eddie – sein Sohn. Und das stimmte ja auch. Nur dass Eddie Gal selbst daran glaubte, seine eigene Mutter zu sein. Das maskierte Geschöpf war also nichts anderes als die Inkarnation seiner eigenen Mutter.

Wilma war Eddie.

Und Eddie war Wilma.

Mit einem Mal kam Marcus noch etwas ganz anderes in den Sinn. Und zwar die Leichen; die im Obergeschoss des Hauses. Bei der einen war Marcus sich absolut sicher, dass es sich um Wilma Gal – die *echte* – handelte. Nur stellte sich ihm nun die Frage, weshalb Eddie sie erschossen hatte. Was hatte Eddie dazu veranlasst, seine Göttin zu opfern?

Oh, du böses altes Weib, du, dachte Marcus und lachte innerlich auf. Er glaubte zu begreifen, was geschehen sein musste. Zu viele Details deuteten darauf hin.

Deshalb auch die Maskerade! Klein Eddie kann es nicht ertragen, dass seine Mami nicht mehr unter den Lebenden weilt, nicht wahr? Du kleiner Scheißer hast dir schlicht eine neue Mama geschaffen; eine, die so ist, wie du sie immer haben wolltest. Ich möchte wetten, du stehst abends vor dem Spiegel, betrachtest dich und berührst dich selbst; dieses tote Ding auf deinem Gesicht und die beschissene Perücke auf dem Kopf. Weil du auf Mami abfährst. Du wolltest wesentlich mehr haben als ihre Liebe, stimmt's?

Mit schwummerigem Blick beäugte Marcus das Messer. Eddie hatte es Kim abgenommen. Mit der anderen Hand richtete er den Colt auf sie. Kim weinte nicht, doch Marcus erkannte ihre Niedergeschlagenheit. Jetzt sah sie aus wie zu dem Zeitpunkt, als er sie im Käfig vorgefunden hatte. Nur schlimmer. Versagen stand ihr mit unverhohlener Blässe ins Gesicht geschrieben.

»Was haben Sie mit uns vor, wenn Sie uns nicht töten wollen?«, fragte Marcus. Dann fügte er etwas hinzu, wovon er sich eine entsprechende Wirkung erhoffte. »Frau Gal.«

Die Maskengestalt blieb stehen, musterte ihn ausgiebig. Die Maske verschob sich erneut auf seinem Gesicht. Gal grinste wieder. Doch bevor er zu Wort kam, sprach Marcus weiter.

»Wollen Sie uns Ihrem Sohn Eddie übergeben – damit er tut, wozu Sie nicht imstande sind?«

Das Lächeln verebbte abrupt. »Was fällt dir ...«

»Ich möchte wetten, dass Sie das tun. Weil Eddie für Sie nichts weiter als ein Sklave ist, nicht wahr? Er führt aus, was Sie wollen. Er ist quasi der Henker Ihrer feuchten Träume.«

»Marcus«, keuchte Kim vor Entsetzen. Doch auch auf ihren Einwurf hörte er nicht. Wozu auch? Wenn das hier das Ende seiner beziehungsweise ihrer Tage besiegeln sollte, dann könnten sie sich wenigstens mit einem Knall verabschieden! Und nicht nur Marcus selbst dachte das, sondern auch die Drogen in seinem Blut. Er spürte, wie sie sein Denken attackierten. Doch sie vereinfachten ihm auch das Reden. Die Angst vor diesem Scheusal war wie Kreide von einer Tafel gewischt.

(*Lasst uns das Licht löschen und die Musik aufdrehen – die Party geht los!*)

»Nur«, fuhr Marcus fort, »hat Ihnen Eddie irgendwann nicht mehr ausgereicht, nicht wahr? Um die Arbeit auf dem Hof zu verrichten oder Ihnen Gulasch zuzubereiten, war er gut genug, aber für eine Sache brauchten Sie jemand anderen – einen richtigen Mann. Wer war es? Der Postbote? Der Milchmann? Mit wem sind Sie in die Kiste gehüpft, um es sich mal wieder besorgen zu lassen? Eddies Vater war es nicht. Der liegt tot hinter Ihnen, nachdem er das, meiner bescheidenen Meinung nach, einzig Richtige getan hat und sich von Ihnen verabschiedet hatte. Nun, wer war es, Frau Gal? Wen wollten Sie ficken, bevor Eddie sie beide erschoss?«

Schweigen.

Du bist ein Dummkopf, Marcus!, schrie ihn die Stimme der Vernunft an. *Wenn du willst, dass er dich auf der Stelle erschießt und du Tina nie mehr wieder siehst, dann mach ruhig weiter so!*

Die Maske, nein, Eddies Kiefer zitterte. In den dunklen Höhlen seiner Augen tat sich etwas. Und nicht nur dort.

Seine kräftigen Schultern wirkten plötzlich alles andere als kraftvoll. Der Arm, mit dem er den Revolver hochhielt, verlor seine stahlartige Starre. Ein Flüstern drang schwach aus seinem Mund. Marcus verstand ihn nicht.

»Wie bitte? Haben Sie Ihre Stimme verloren? Oder trauen Sie sich nicht, mir eine Antwort zu geben? Ich bin mir sicher, Eddie kennt die Antwort auf meine Frage. Soll ich ihn rufen, damit er die Hühner in Ruhe lässt und herkommt? Eddie ... Eddie!«

Marcus hielt sich trichterförmig die Hand vor den Mund und rief ein weiteres Mal.

»Lassen Sie das!«, fauchte die Maskengestalt. »Er kommt nur, wenn *ich* ihn rufe.«

Marcus ignorierte ihn. Eine weitere Idee kam ihm zugeflogen. Ob sie nutzte, wusste er nicht. Doch was schadete es schon, sie auszuprobieren?

»Eddie ... Eddie ... Sei ein braver kleiner Scheißer und komm zu *Mami*!« Seine Imitation klang noch nicht ganz richtig, aber fast. Er legte noch mehr Kraft in seine Stimme. Gleichzeitig trat er einen Schritt auf seinen Widersacher zu. »*Eddie, komm raus, komm aus deinem Versteck, sei nicht ungehorsam!*«

Die Maskengestalt fuhr zusammen. Ihre Augen weiteten sich, zitterten regelrecht in ihren Höhlen. Wie ein Rehkitz, das mit dem Straßenverkehr nur wenige Erfahrungen besaß, wich er langsam zurück. Die Waffe sank weiter herab. Die Richtung der Mündung streifte Kims Rücken, dann ihr Gesäß, dann ihre schlanken Beine.

»*Du weißt, was mit Ungehorsamen kleinen Scheißern passiert!*«, hetzte Marcus weiter.

»Nein ... Das geht nicht ... Mama ... Mami ...«

Gal machte weitere Schritte rückwärts. Der Colt zielte nun nutzlos auf den schneebedeckten Boden. Über ihnen grollte es. Weiß glühende Blitze zuckten über das Gelände. Der

Donner ließ nicht lange auf sich warten. Das Gewitter wütete nun genau über ihnen.

»*Du warst ungezogen! Sehr ungezogen! Sind das nicht meine Kleider, die du da am Leib hast? Ich glaube, das sind sie. Ich hätt' sie gern wieder. Sofort! Gib sie mir!*«

»Aber ... Ich wollte doch nur ...«

»*Was wolltest du, Sohn? Aussehen wie eine Tunte? So siehst du nämlich aus! Wie eine schrecklich hässliche Tunte!*« Marcus war nun in voller Fahrt. Er dachte nicht mehr darüber nach, was er sagte. Die Worte strömten ohne Aussiebung direkt aus seinem Mund. Die Frage, welches Ziel er mit seinem weibischen Gekeife verfolgte, stellte sich ihm nicht. Entweder er würde Eddie Gal so tief in seinen eigenen Wahnsinn treiben, dass er die Waffe fallen ließ – woraufhin Marcus sie sich schnappen und so die Oberhand gewinnen würde –, oder ...

Oder ich kann wenigstens einigermaßen befriedigt den endlosen Schlaf schlafen, wenn du mich erschießt, Arschloch!

Er fuhr fort.

»*Und sehe ich das richtig? Sind das Flecken auf meinem Kleid? Blutflecken? Weißt du nicht, dass sich Blut nicht auswaschen lässt? Es bleibt ewig. Ewig! Genau wie du ewig ein kleiner Scheißer bleiben wirst! Ein kleiner Scheißer, der mir jetzt seine Waffe geben wird. Gib mir die Waffe, Eddie, sei ein gehorsamer Junge und gib mir die Waffe!*«

Eddie Gals Verstand taumelte. Seine ganze Gestalt geriet ins Wanken. Der Wind trieb gegen ihn, wölbte den unteren Teil seines Kleides, was ihn wie eine obskure Kopie von Marilyn Monroe aussehen ließ. Im fahlen Licht peitschender Blitze wirkte sein unechter Gesichtsausdruck wie das dämonische Antlitz eines gotischen Wasserspeiers. Die Angst in seinen Augen war deutlich erkennbar. Eddie sah nicht mehr Marcus vor sich. Er sah seine Mutter. Und er erzitterte vor ihr.

Marcus schrie und betonte jedes Wort mit einer Inbrunst, die nun selbst an Wahnsinn grenzte. »*Mach nicht lange rum und gib ... mir ... die ...*«

Er kam nicht weiter. Der Schwindel ergriff ihn plötzlich und heftig. Seine Beine versagten unter seinem Gewicht. Seine Knie stachen in die Kälte des Schnees. In seiner Brust schlug Rocky Balboa mit aller Gewalt auf eine Schweinehälfte ein. Etwas steckte in seiner Kehle fest. Keuchend rang er nach Atem.

Das war's!, dachte er voller Grauen. *Ich hatte den Scheißer fast, er war kurz davor, mir den scheiß Revolver zu übergeben. Das war's! Finito! Aus die Maus!*

Eine unsägliche Müdigkeit überrannte ihn mit der Kraft der vier apokalyptischen Reiter. Verfolgung, Krieg, Hunger, Krankheit. Sie alle ritten auf einer großen Welle ein und demselben Ankerplatz entgegen – Verderbnis und Tod.

Kim begriff, was soeben geschah. Mit vor Entsetzen geweiteten Augen betrachtete sie zuerst Marcus, dann Eddie Gal, der selbst wirr umherblickte. Das Messer war ihm aus der Hand geglitten und steckte mit der Klinge voran im Schnee vor seinen Füßen. Den Colt hatte er noch. Er hielt ihn gesenkt vor sich, während er offensichtlich versuchte, etwas in seinem Kopf geradezurücken. Er schüttelte sich, als wollte er sich von wirren Gedanken befreien. Schnee stob aus seinem Haar.

Marcus erkannte das alles nur vage. Die Droge setzte ihm schwer zu. Er versuchte den Mund zu öffnen, um weiter auf Eddie Gal einzureden, ihn weiter aus der Fassung zu bringen. Doch seinen Lippen entkam nicht mehr als ein sinnfreies Keuchen. Wer statt seiner sprach, war Kim. Mit einem Mal schrie sie los. Keine überdachten Worte. Keine Phrasen, die Eddie in Bedrängnis bringen sollten. Sie schrie einfach. Ein schussgleicher, bellender Laut. Dann geschahen plötzlich mehrere Dinge auf einmal, und als Marcus begriff, was sich unmittelbar vor ihm vollzog, erstarb jede Wärme seines Herzens.

Kim stürmte auf die Maskengestalt zu. Ehe Eddie reagieren konnte, riss sie das Messer aus dem Schnee, sprang mit der Klingenspitze nach vorn gerichtet auf ihn zu. Dabei schrie sie wie eine Kung-Fu-Meisterin in einem Bruce-Lee-Film. »*Hiii-aaa!*« Im selben Augenblick – Marcus glaubte zuerst, es handelte sich um Donner – ertönte ein Knall.

Rauch stieg aus dem Lauf des Revolvers auf. Kim erstarrte in der Bewegung. Zwei, drei Sekunden lang blickte sie verstört dem auf sie gerichteten Colt entgegen. Dann brach sie in sich zusammen.

»*Nein!*«, schrie Marcus. Und diesmal funktionierte seine Stimme.

Die Antwort war Gelächter. Spott. Und die Erkenntnis des endgültigen Triumphs.

»Ha ... Haha!«, lachte Eddie Gal in seiner normalen Stimme – insofern es so etwas für ihn gab. Er ging einen Schritt auf die am Boden liegende Kim zu und versetzte ihr einen Stoß mit der Kappe seines Gummistiefels. Er traf sie in die Rippen. Genau dort, wo die Kugel sie getroffen haben musste.

Das Mädchen stöhnte auf, was gut war. Doch dieser Laut war leise. Sehr leise. Kraftlos.

»Sieh dir das an! Gottloses Gör! Und dabei hatte ich so viel mit dir vor. Du wärst perfekt gewesen. Nicht äußerlich, aber für deine Schlitzaugen hätten wir schon noch eine Lösung gefunden. Aufgeschlitzt hätt' ich sie dir! Aufgeschlitzt und die Lider an die Augenbrauen genäht. Dann hättest du endlich deine wahre Bestimmung sehen können!« Wieder lachte er. Ein schrecklicher Laut.

Marcus, dem der Kopf auf dem Hals saß und sich doch irgendwo im Nirgendwo zu befinden schien, ertrug es kaum. Er wusste, er hatte keine Chance mehr. Nun gab es auch kein letztes Aufbäumen mehr. Sie würden sterben. Beide.

Kim würde verbluten; er selbst ... Nun, auch dafür würde Eddie Gal eine Lösung finden.

Seine Augen schlossen und öffneten sich träge.

Du hast es nicht bloß vermasselt – du hast es richtig verschissen!, schalt er sich selbst in Gedanken.

Es war eine automatische Reaktion. Nichts von großer Überlegung oder Klarheit. Einfallsreichtum lag fern der Realität. Dort würde er auch bald, sehr bald auf ewig bleiben. Und was ihn selbst betraf ...

Wie sagte Jimmy Gold in diesem Roman von Stephen King noch gleich? Scheiß auf den Scheiß!

Seine Lider schlossen sich. Öffneten sich. Schlossen sich.

»Glaubt diese kleine Schlampe doch tatsächlich, sie könnte mich mit einem Messer erstechen! Mich, Wilma, Wilma Ga...«

»Du bist nicht Wilma! Und du warst es nie!«

Diese Stimme ... Marcus kannte sie.

Mit Mühe, die an Schwerstarbeit grenzte, öffnete er erneut die Augen.

Da war Eddie Gal. Er stand über Kim, blickte auf sie ... Nein, er sah auf etwas anderes herab; etwas, das aus seiner Brust ragte. Ein Blitzschlag verschaffte Marcus den Eindruck, dass es metallisch glänzte. Und da war noch etwas. Über dieses metallische Ding zog sich ein hellroter, schmieriger Film.

Seine Augen schlossen sich abermals. Nur mit enormer Kraftanstrengung gelang es ihm, sie wieder zu öffnen; sie wieder zu öffnen und den anderen Mann zu sehen. Wie ein Tiger, der an einer Antilope festhält, klammerte sich Otto Gal an den Rücken seines Sohnes.

»Du warst nie deine Mutter, Eddie«, hauchte der Wind Otto Gals Worte zu Marcus. »Du bist mein Sohn. Mein einziger ... Sohn ... Verzeih mir ...«

Wie ein sich beim Tanz umklammerndes Liebespaar stürzten sie zu Boden. Die Klinge des Messers verschwand im

Schnee. Der Alte gab ein letztes Seufzen von sich. Dann hörte Marcus nie wieder etwas von ihm.

Marcus' Lider flatterten. Seine Augen schlossen sich, öffneten sich, sahen etwas im Schnee liegen, das wie ein unförmiges Gesicht ohne dazugehörigen Kopf wirkte, dann ließ er sich bereitwillig in die Dunkelheit fallen.

Er wusste um sie.

Sie waren alte Bekannte.

13

Wie lange es dauerte, bis er wieder erwachte, wusste er nicht. Was er wusste, war, dass sich alles wie in einem Traum anfühlte. Ein eiskalter Traum.

Der Wind peitschte nach wie vor um das Haus und ließ die Holzläden der Fenster klappern und knarren. Schnee überdeckte seine Beine und einen Teil seines Oberkörpers.

Ich habe mir bestimmt Frostbeulen geholt, dachte er halb wach und orientierungslos. Er wusste nicht sofort, was geschehen war. Nicht einmal die Schmerzen in seiner Hand und irgendwo unterhalb der Hüfte flüsterten es ihm zu. Dann erblickte er Kim. Und die halb von Schnee zugedeckten toten Gals. Die Erinnerung kam sofort wieder.

Auf allen vieren kroch er auf das Mädchen zu.

»Kim. Kim! Sag was! O bitte, sag doch was!«

Sie sagte nichts. Ihre Lippen hatten eine bläuliche Färbung angenommen. Ihre Haut war so fahl wie der Schnee selbst. Das Shirt, das sie trug, war dunkelrot schlammig verfärbt.

»Kim!«

Er fühlte ihren Puls.

Nichts.

»*Kim!*«

Er tastete noch einmal mit den Fingern. Diesmal nicht am Handgelenk, sondern an ihrem Hals.

»Fuck!«

Tränen wollten sich ihren Weg über seine Wangen bahnen. Doch Marcus glaubte keine Zeit zu haben. Wenn das, was er gefühlt hatte, der Wahrheit und nicht reinem Wunschdenken entsprach, so hatte sie vielleicht noch eine winzige Chance.

Er versuchte aufzustehen, was ihm misslang. Als er auch beim zweiten Versuch scheiterte, robbte er auf den Ellenbogen in Richtung Taxi. Dort griff er sich das Funkgerät und tätigte den wichtigsten Ruf seines Lebens.

Zehn Minuten später hörte er Sirenengeheul. Weitere zwei Minuten darauf erkannte er Blaulicht in der Ferne.

Er saß bei Kim, streichelte ihr über das dunkle Haar, redete mit ihr. An seine genauen Worte würde er sich später nicht mehr erinnern können, aber er wusste noch, dass es etwas über Kims Eltern war; dass sie sich freuen würden, sie wieder in ihre Arme zu schließen; dass er sich selbst mit ihnen unterhalten würde, sollten sie ihr Vorwürfe wegen ihres spurlosen Verschwindens machen; und dass sie sich immer an ihn wenden könne, wenn sie mal Hilfe bräuchte. Zu guter Letzt, in jenem Moment, in dem der Krankenwagen auf dem Hof der nun toten Familie Gal hielt, schwor er sich selbst etwas.

Es dauerte gefühlt kaum länger als einen Wimpernschlag, da wurde er von einem Sanitäter auf die Probe gestellt.

Er lag bereits im Krankenwagen, eine Infusion mit Kochsalzlösung in seinem rechten Unterarm. Der Mann, der nicht älter als dreißig sein konnte, sagte zu ihm: »Bleiben Sie bitte liegen. Ich gebe Ihnen jetzt etwas gegen die Schmerzen.«

Er wollte gerade die Spritze ansetzen, da stoppte Marcus ihn. »Keine Drogen«, sagte er mit schwacher Stimme. »Geben Sie mir keine Drogen. Ich bin trocken.«

Dann übermannte ihn erneut Dunkelheit.

Epilog

Der Graben unter ihnen förderte nicht mehr Wasser als ein dünnes Rinnsal, das leise vor sich hin plätscherte. Die Reste des Winters schmolzen dahin und ergaben sich dem Frühling und den Blüten von Schneeglöckchen und fliederfarbenen Krokussen. Weite Felder umringten die beiden Männer und das Hofgut, von wo aus sie eine gute Sicht auf die Bagger und Lastwagen in der Ferne hatten.

Sie kamen Marcus vor wie Spielzeuge, die von irgendeiner höheren Macht ferngesteuert wurden. Die Gefährte drehten sich, reckten ihre Glieder, nur um sie dann zusammenzuziehen und einen weiteren Teil des Hofs zu vernichten. Zur Hälfte existierte er schon nicht mehr. In ein bis zwei Tagen würde er völlig vom Erdboden verschwunden sein.

»Wir wollen keine Pilgerstätte für Verrückte aufrechterhalten«, hatte der Bürgermeister Karlsruhes in einer Presseansprache mitgeteilt. »Solche Orte neigen dazu, welche zu werden.«

Ob Pilgerstätte oder nicht, Marcus genoss den Anblick, mehr und mehr von diesem Schreckensgebäude sterben zu sehen. Den Lärm des Abrisses konnte er zwar nicht hören, vorstellen konnte er ihn sich allerdings. Das Krachen zerberstender Gemäuer; das Ächzen alter Holzdielen; das Klirren zerbrechenden Glases. All das klang wie Musik in seinen Ohren. Bis ein Zischen unmittelbar neben ihm diese Illusion unterbrach.

Wilko hatte eine Dose Becks geöffnet und hielt sie Marcus hin. »Hier. So lassen sich die alten Gedanken besser runterspülen.«

Marcus ergriff die Dose. Dann wartete er, bis Wilko sich ebenfalls eine geöffnet hatte, und stieß mit ihm an.

»Auf eine federfreie Zukunft«, sagte Wilko und musste husten.

»Du solltest das Rauchen besser bleiben lassen. Es bringt dich eines Tages noch ins Grab.«

Wilko lachte verbittert. »Sieh mich an, du Schlaumeier. Was fällt dir auf?«

Der Alte saß im Rollstuhl. Seine Beine unterhalb des Knies fehlten. Auf seinem weißbärtigen Gesicht lag ein Ausdruck, der etwas bedeutete wie: »*Was hab ich schon zu verlieren?*«

»Nach dem, was uns zugestoßen ist, gibt es dennoch eine Menge, für das es sich zu leben lohnt.«

»Ach.« Wilko winkte ab. »Wo bliebe da der Spaß? Ich weiß, dass ich dir mein Leben zu verdanken habe, aber deshalb brauchst du jetzt bitte nicht Mama spielen. Von solchen Mätzchen habe ich weiß Gott genug.« Er zog ein Päckchen *Marlboro* aus seiner Brusttasche und zündete sich eine an. Genussvoll zog er daran.

Marcus blickte wieder zu den Maschinen am Horizont. Eine seichte Böe ließ die Sträucher um den Graben wabern. Der Geruch auftauender, feuchter Erde stieg ihm in die Nase. Er schloss die Augen.

»Du vermisst sie, nicht wahr, Marcus?«

»Ja.« Dem gab es nicht mehr hinzuzufügen.

»Kann ich verstehen. Obwohl ich nicht mit ihr verwandt bin, fühle ich mich doch inzwischen wie eine Art Opa. Die paar Male, die wir miteinander zu tun hatten, waren ziemlich ergreifend, möchte ich sagen.« Er nahm einen Schluck aus der Dose.

Sie schwiegen eine Weile, betrachteten das Schauspiel inmitten der Felder.

»Begleitest du mich, wenn ich nachher auf den Stadtfriedhof gehe? Ich könnte jemanden brauchen, der mich schiebt. Oder die Blumen trägt. Wie du willst.«

»Klar doch. Auf dem Weg dorthin könntest du mir etwas verraten.«

»Mein Vater sagte immer, warte nie, bis du Zeit hast. Also, warum rückst du nicht jetzt gleich mit der Sprache raus? Du hast Zeit und ich gerade nichts Besseres zu tun.«

Marcus blickte sich um. Der schwarze Kia würde jeden Moment eintreffen. Doch solang er nicht da war ...

»Es geht um Gals Ritual mit den Frauen«, sagte Marcus.

Wilko trank gerade aus der Dose und verschluckte sich. Noch hustend sagte er: »Ausgerechnet darüber willst du etwas wissen?« Er klopfte sich mit der Faust gegen die Brust. Zigarettenasche beschmutzte sein gelbes Hemd. »Vielleicht hatte mein Vater doch unrecht. Für so etwas ist die Zeit, glaube ich, nie gekommen.«

Er griff nach den Rädern seines Rollstuhls. Bevor er sich wegdrehen konnte, trat Marcus ihm in den Weg.

»Ich muss es wissen, Wilko. Jede verdammte Nacht träume ich davon. Nicht von diesem Ritual selbst, sondern davon, mit welchem Entsetzen auf dem Gesicht Kim zurück in den Stall kam. Es macht mich fertig.«

Wilko seufzte. »Einem alten Mann im Rollstuhl den Weg zu verbauen ist nicht gerade die netteste Methode, ihn zu bitten, stehen zu bleiben.« Er blickte Marcus aus gelblichen Augen direkt ins Gesicht und seufzte. »Scheiße. Wie ich sehe, betrübt dich dieses Thema tatsächlich. Und das, obwohl du selbst nie etwas damit zu schaffen hattest. Zu deinem Glück, möchte ich meinen.«

»Ich hatte damit nie zu schaffen, das stimmt. Aber Kim. Und sie ... Nun, sie liegt mir am Herzen. Noch immer.«

Der Alte nickte. »Das kann ich verstehen. Ihr habt gemeinsam mehr durchgemacht, als wir anderen alle zusammen. Christa ausgenommen. Die hat es wahrhaftig am schwersten getroffen. Zumindest in den letzten Wochen vor ihrem Tod. Was davor war ... Auch vor meiner Zeit im Käfig ... Daran möchte ich nicht einmal denken. Zweiunddreißig.«

»Wie bitte?«

»Zweiunddreißig Tote. Fünf Männer, vierundzwanzig Frauen und drei ... Sie waren noch jünger als Kim. Mädchen. Schrecklich.« Er trank einen weiteren Schluck Bier. Jetzt sah er aus, als hätte er es auch verdammt nötig. »Ich habe mich ein wenig mit dem leitenden Kriminalbeamten, diesem Herrn Kemmler, unterhalten, als er mir im Krankenhaus einen Besuch abstattete. Eigentlich war er da, um mir Fragen zu stellen, doch ich konnte nicht anders, als es ihm nachzutun. Ich musste einfach mehr wissen, obwohl ich es jetzt fast schon bereue. Manchmal ist die Neugier jedoch größer als der Verstand. Kemmler sagte mir, dass sie die Leichen allesamt in einem Graben unter der Scheune gefunden haben. Zusammen mit zahllosen Tierkadavern. Vor allem Hühnerknochen fand man. Ein Massengrab. So nannte er es. Als er mir daraufhin erzählte, dass den meisten Leichen die Haut und das Fleisch von den Knochen gezogen worden war, musste ich mich fast übergeben. Weil ich weiß, wo das Fleisch gelandet ist. Du auch, nicht wahr?«

Marcus sagte nichts. Er wusste es. Ein Teil von ihm hatte es schon die ganze Zeit gewusst. Er dachte an Maden, Würmer und Fleischbrocken, die Eddie Gal aus einem Eimer heraus vor den Käfigen auf dem Boden verteilt hatte. Er dachte daran, wie sie alle danach gegriffen und es in ihre Münder geschaufelt, in sich hineingestopft hatten, beinahe wie am Hungertuch nagende Tiere. Und er dachte an Gulasch. In seinem Leben würde er dieses Gericht nie wieder essen.

»Dieser Bastard muss ziemlich rapide gehandelt haben, weil die wenigsten Leichen lange dort unter der Scheune gelegen hatten. Die Kriminalpolizei vermutet sogar, dass Gal erst kurz vor oder nach dem Tod seiner eigenen Mutter damit anfing, Menschen zu jagen. Laut den Aussagen der anderen Frauen griff Gal sie sich zu jeder Gelegenheit. Christa war Tierärztin und wurde von ihm direkt auf den Hof beordert. Mehrere der Frauen gaben keinen Berufsstand an, weshalb die Polizei davon ausgeht, dass es sich bei ihnen um illegale Prostituierte handelt. Er schnappte sich seine Opfer am liebsten nachts, weil das am einfachsten für ihn gewesen sein muss. Bei anderen, vor allem den Mädchen, ging er ein größeres Risiko ein, indem er sie geradewegs vom Schulhof wegpflückte wie beschissene Blumen. Der Kerl war kränker als eine Scheißhausratte. Allein dass er sich verkleidete wie seine Mutter ... « Er atmete tief durch.

»Ihr Tod muss der Auslöser für das alles gewesen sein«, bemerkte Marcus mit dumpfer Stimme.

»Ja. Das denke ich auch. Warum sonst sollte er versucht haben, seine Mutter zu imitieren? Solang sie lebte, brauchte er das nicht. Wir können wirklich von Glück reden, dass wir einigermaßen heil aus dieser Scheiße rausgekommen sind. Die anderen werden dir und Kim auf jeden Fall auf ewig dankbar sein. Ich auch.«

Marcus betrachtete den Mann im Rollstuhl. »Hast du etwas von den anderen Frauen gehört oder noch Kontakt?«

»Nicht so richtig. Fabienne – kannst du dich noch an sie erinnern? Die Stämmige mit ...« Er wölbte die Hände vor seiner Brust, um den übergroßen Busen der Frau anzudeuten.

Marcus nickte.

»Sie und ich telefonieren ab und an. Sie lebt nur zwanzig Kilometer südlich von hier in Gaggenau, hat einen Mann und einen elfjährigen Sohn. Ihr geht es so weit ganz gut, geht jedoch in Therapie. Ich kann's ihr nicht verdenken. Mit so einer Scheiße kommt man allein kaum klar. Von den anderen weiß ich nichts. Nachdem die Polizei sie aus ihren Käfigen befreit hatte, haben sie sich wahrscheinlich alle in ihre Ecken des Lebens zurückgezogen. Vermutlich, um den größtmöglichen Abstand von all dem zu nehmen. Auch das kann man ihnen nicht verübeln. Mir geht es ja genauso. Ich bin nur wegen dir hier. Und um den Untergang der Gal'schen Ära mitzuerleben.« Er deutete mit der Bierdose auf die Bagger in der Ferne. »Was glaubst du eigentlich, weshalb dieser Mistkerl seine eigene Mutter erschossen hat?«

»Weil sie mit einem Typen vom Jugendamt ins Bett gestiegen war.«

»Was?«

»Ja. Auch ich habe der Polizei ein paar Fragen stellen dürfen. Kemmler meinte, der Kerl vom Jugendamt sei, nachdem Eddie wiederholt in der Schule fehlte, zum Hof hinausgefahren. Bisher hatte man angenommen, er sei dort nie angekommen, weil man sein Auto in einem Wald weit außerhalb von Karlsruhe aufgefunden hatte. Gal muss es gegen einen Baum gefahren haben, um einen Unfall vorzutäuschen. Da der Fahrer verschwunden war, hatte man nach ihm gesucht. Darauf, dass die Gals etwas mit seinem Verschwinden zu tun haben könnten, war man allerdings nicht gekommen.«

Wilko riss die Augen auf. »Du willst mir ernsthaft sagen, dass man längst nach uns gesucht hätte, wäre die Polizei nicht zu dämlich gewesen?«

Dazu sagte Marcus nichts. »Warum Eddies Mutter mit ihm in die Kiste gesprungen war, ist unklar. Man vermutet, sie hatte den Mann vom Jugendamt so überzeugen wollen, nichts weiter zu unternehmen, nachsichtig zu sein. Als Eddie die beiden entdeckt hatte, muss er ausgeflippt sein. Er hat zuerst den Mann erschossen, dann seine Mutter. Und das besiegelte wiederum unser Schicksal.«

»Große Scheiße.«

Marcus schwieg einen Augenblick, sah zu den Baufahrzeugen hinüber.

»Was geschah dort, Wilko?«

»Hä?«

»Du hast mir meine Frage vorhin nicht beantwortet. Was geschah bei Eddie Gals Ritual?«

Wilko hob abwehrend die Hand. »Bitte, erwähn diesen Namen nicht weiter in meiner Gegenwart. Ich bekomme davon Albträume.«

»Okay. Ich wollte nur sagen, dass *er* darüber sprach, Kim habe jemandem eine Mistgabel in die Beine gestoßen. Er brachte irgendeinen Vergleich mit einem Fuchs an, aus dem ich nicht schlau wurde. War das nur wieder eine seiner Wahnvorstellungen?«

»Ja. Und nein. Weißt du, ich glaube, alles, was dieser Bastard mit uns anstellte, entstammte einem Fantasiegebilde. Der Kerl hatte ordentlich einen am Helm, wie du weißt. Wie dem auch sei, die Sache mit dem Ritual, wenn man es denn so nennen kann, war folgende: Er holte die Frauen aus ihren Käfigen. Meistens alle gleichzeitig. Nur ab und zu ließ er ein paar von ihnen zurück. Ich nehme an, das lag daran, in welcher Verfassung er sich fühlte. Wenn es ihm gut ging, hielt er alle zur selben Zeit in Schach, und wenn es ihm nicht so gut ging, begnügte er sich auch mit wenigen.« Er zog an der Zigarette. Seine Hand zitterte merklich. »Ich war zwei Mal dabei. Beim ersten Mal ging alles gut. Da legten die Hühner alle keine Eier, wie der Bastard zu sagen pflegte. Was wohl nicht mehr bedeutete, als dass sie nicht spurten; sie hörten nicht auf seine Befehle, standen nur reglos da. Beim zweiten Mal jedoch ... Da hörte jemand auf ihn. Ein Mädchen. Du kennst sie. Er verlangte von ihr das Gleiche, was er von allen anderen verlangte. Sie sollte sich – Vorsicht, jetzt wird's eklig – eine seiner Masken aufziehen. Die Masken, die er selbst aus Menschenhaut zusammennähte ... Was für eine Scheiße. Davon hatte er einige. Vierundzwanzig, nehme ich an. Vielleicht auch siebenundzwanzig, wenn er die Mädchen auch ... Nun, es war Kim, die seinem Befehl folgte. Ich mache ihr daraus keinen Vorwurf, weil sie noch jung war. Ein

Kind, gewissermaßen. Heute kann man das wohl nicht mehr von ihr sagen.«

»Welchen Befehl gab er ihr?«

»Sie sollte den Fuchs jagen. Ich habe keinen blassen Schimmer, woher diese Fantasie von ihm stammt, und glücklicherweise spielt das eh keine Rolle mehr, weil dieser Hundesohn, Gott sei's gedankt, nun irgendwo unter der Erde verweilt. Verrotten soll er!« Ein weiterer Zug an der Zigarette. Ein weiterer Schluck Bier. Wilko hatte damit zu kämpfen, fortzufahren. »Der Fuchs war ich. Beim zweiten Mal wenigstens. Beim ersten Mal bezeichnete er mich noch als Hahn, was aber keinen Unterschied machte. Um meiner Rolle gerecht zu werden, legte er mir das rote Fell eines toten Tiers über die Schultern. Und dann befahl er mir, ich solle die Hühner angreifen. Ich wusste zuerst nicht, was er von mir wollte. Dann wurde es mir klar, dass ich den Frauen – den Frauen, die keine Maske trugen – hinterherjagen sollte. Da er mich mit seinem Revolver bedrohte, tat ich das. Allerdings tat ich dabei niemandem weh und hoffte, die Sache so rasch hinter mich zu bringen. Eine Ausgeburt seiner Fantasie, mehr war das bis dato nicht für mich. Nur kam dann der Befehl an Kim. *Er ist ungehorsam!*, schrie er. *Er ist ungehorsam! Schnapp ihn dir! Töte ihn!* Um ihr die Sache wohl noch schmackhafter zu machen, versprach er ihr, sie dürfe gehen, wenn sie es täte.«

»Sie hat dich mit der Mistgabel angegriffen, nicht wahr?«

Wilko nickte. Sein Blick glitt durch Marcus hindurch in eine Welt, die es nun nicht mehr gab. »Das tat sie. Ich nehme an, ebendas war ihr Talent, von dem er sprach. Sie weinte dabei heftig, schluchzte. *Ich will das nicht tun!*, schrie sie und stieß doch mit der Gabel zu. Die ersten paar Male verfehlte sie mich. Aber ich bin nicht mehr der Jüngste und sie flink wie ein Wiesel. *Sei eine gute Mami und stich zu! Stich zu! Töte ihn!*, schrie er auf sie ein. Und sie tat es. *Es tut mir leid*, beteuerte sie. *Es tut mir leid. Ich muss hier raus!* Das

Ganze fand im Außengehege des Stalls statt, wo es einst wirklich Hühner gegeben haben muss, denke ich. Der Grund war schlammig, und Rennen war darauf kaum möglich. Ich rutschte fast aus, als sie mir die Heugabel gegen den Schädel donnerte. Ich ging zu Boden. Kim kreischte erneut, es täte ihr leid, dann bohrte sie die Zacken in meine Waden. Sie stieß mit solcher Kraft zu, dass die Zacken zur anderen Seite herauskamen. Ich schrie wie am Spieß und flehte, sie solle aufhören. Die Schmerzen waren höllisch.« Er beförderte die Zigarette in den Graben. »Marcus, dieser Hundesohn, er ... er lachte. Kein normales Lachen. Es war das Gelächter eines Teufels.« Er schauderte. »Ums kurz zu machen: Als sich die Wunden entzündeten, kam er eines Tages mit einer Säge an. Er sagte, sein Sohn wolle mich nicht umbringen, weil es zu schwer sei, Männer einzufangen.«

»Sein Sohn? War er denn maskiert?«

»Nein. Ich verstand es auch nicht sofort. Heute glaube ich jedoch, es gab nicht bloß zwei Personen, die seinen Geist beherrschten, sondern drei. Seine Mutter, er selbst und sein Vater. *Er* war es, der mir die Beine amputierte. Zumindest in Gals Vorstellung. Er kam als der Mann, der ihn laut deiner Aussage zum Schluss erledigte.«

»Ja, das tat er. Ich denke, es fiel ihm sehr schwer, seinem eigenen Kind ein Küchenmesser in den Leib zu rammen. Welchem Vater erginge es anders.« Das war keine Frage. Selbst wenn Tina zur Mörderin würde, konnte er sich doch nicht vorstellen, sie auf irgendeine erdenkliche Weise zu verletzen.

Marcus sah wieder zu den Baggern. Es waren zwei. Beide steuerten ihre Abrisswerkzeuge geradewegs auf das Dach des Stalls zu. Sie wirkten identisch und verrichteten dieselbe Arbeit, wäre da nicht der kleine, feine Unterschied, dass einer der beiden einen Tieflöffel und der andere eine Greifschaufel benutzte, die aus zwei Teilen bestand und zuschnappen konnte. Aus der Ferne betrachtet machte das keinen Unterschied. Doch es erinnerte Marcus daran, wie Eddie Gal sich die Schneidezähne leckte – mal mit geschlossenen, mal mit geöffneten Lippen. Auch seine Sprechweise war mal stockend und zurückhaltend, mal offensiv und direkt gewesen.

Drei Personen, dachte er. *Vater, Mutter, Kind.*

»Er redete eher gehemmt, als er dich verarztete, oder?«, fragte Marcus.

»Ja.« Er zündete sich eine weitere Zigarette an. »Genau so war es.«

Marcus sagte nichts. Er dachte an Christa Zürn, die ihm ohne jeglichen Grund sofort zur Seite gestanden hatte. Er erinnerte sich noch genau, wie Gal sie angeschrien hatte, sie habe heute keine Eier gelegt, bevor er sie erschoss.

»Ich verstehe immer noch nicht, weshalb er Christa umgebracht hat. Du sagtest doch, die Frauen wären alle untätig geblieben, abgesehen von Kim.«

»Da ich nicht dabei war, sondern, wie du weißt, in meinem Käfig saß, kann ich nur Mutmaßungen anstellen. Ich denke jedoch, sie hat sich gegen ihn aufgelehnt. Christa war eine sehr extrovertierte Person, die nicht gern mit sich umspringen ließ wie mit einem Sklaven. Ich denke, sie hat sich ihm nicht nur verweigert, sondern ihn auch herausgefordert. Jedenfalls traue ich ihr das zu. Es war an dem Tag ja auch kein Mann dabei. Außer dem Bastard selbst. Auch das muss irgendeinen Grund gehabt haben. Allerdings kann ich dir da nicht weiterhelfen. Kim wüsste die Antwort eventuell, doch sie wird nicht mehr darüber reden ...«

Ein breites Lächeln erschien auf seinen Lippen, als hinter ihm plötzlich das Knirschen von Autoreifen auf Schotter ertönte. Die Männer wandten sich dem Geräusch zu.

Ein schwarzer Kia Venga kam um die Ecke gefahren, und als Marcus die Person auf dem Fahrersitz sah, verschwanden der Trübsinn und die Erinnerungen mit einem Mal spurlos. Auch er lächelte breit.

»Lass uns Christas Grab morgen besuchen, ja? Diesen Augenblick sollten wir genießen«, sagte er zu Wilko.

Der Alte sah ihn lange an. »Du hast recht.«

»Marcus«, rief sie freudestrahlend, als sie ausstieg. Sie rannte auf ihn zu, schlang die Arme um ihn.

»Nicht so stürmisch.« Er lachte. Dann hielt er sie eine Armeslänge von sich, betrachtete sie. Ihr einst verfilztes Haar hing nun glatt und seidig bis auf ihre Schultern herab. Der Schmutz und die Schürfwunden waren verschwunden. Ihr schmales Gesicht sah wieder makellos aus. In ihren schmalen Augen strahlte ein Funkeln.

»Du siehst toll aus. Wie geht es dir, Kim?«

»Ganz wunderbar. Die Wunde ist fast völlig verheilt und ich gehe auch schon wieder zur Schule. In ein paar Monaten mache ich mein Abitur.«

»Schon irgendwelche Pläne für die weitere Zukunft?«

»Hoffentlich den Plan, einem alten Mann ebenso um den Hals zu fallen«, entgegnete Wilko. In seinen Augenwinkeln hingen kleine, im Sonnenlicht glänzende Tränen – Freudentränen.

»Klar doch.« Sie lachte und umarmte den Alten im Rollstuhl.

»Schön, dich zu sehen, Kleines.«

Sie drückte ihn noch fester.

»Uff! Du scheinst keinerlei Beschwerden mehr zu haben.«

»Ich muss noch eine Weile Medikamente nehmen, weil die Ärzte mir die Milz entfernen mussten. Ansonsten geht es mir wirklich gut.«

Eine Frau trat an sie alle heran. Sie war klein, von schmächtiger Natur und ihre unverkennbar asiatische Herkunft gab preis, dass es sich bei ihr um Kims Mutter handeln musste.

Marcus hatte sie schon einmal gesehen. Im Krankenhaus. Doch zu diesem Zeitpunkt gab es nicht viel, worüber die beiden sich unterhielten. Ihre Aufmerksamkeit hatte allein Kim gegolten.

»Marcus Nolte«, stellte er sich vor und streckte ihr die Hand entgegen, die noch in einem Verband steckte. Knochen heilten eben nur sehr langsam.

»Sehr erfreut. Mein Name ist Kaya. Ich möchte Sie nicht lange belästigen, da Kim mich darum bat, sie mit Ihnen beiden allein zu lassen. Dürfte ich Sie dennoch kurz sprechen?«

Sie gingen die Allee entlang, gefolgt von den Blicken der anderen beiden. Marcus hinkte leicht. Die Ärzte meinten zwar, sein Bein würde wieder ganz in Ordnung kommen, doch da die Kugel seine Kniescheibe geschrammt hatte, würde seine Art zu Gehen eventuell bis zu seinem Lebensende beeinträchtigt bleiben.

»Ich habe Ihnen noch gar nicht gedankt«, sagte Kaya unvermittelt. Sie blieb stehen. Über ihnen raschelte das frisch ergrünte Laub mehrerer Bäume. »Das möchte ich jetzt nachholen. Vielen Dank, dass Sie meine Tochter befreit haben.«

Eine Träne rann aus ihrem Augenwinkel den Nasenflügel entlang.

»Haben Sie Kinder?«

»Ja. Eine Tochter. Sie ist erst vier.«

»Wie heißt sie?«

»Tina. Sie lebt bei ihrer Mutter. Ich sehe sie jedoch an den Wochenenden.«

Kaya wischte die Träne beiseite. Sie war eine Frau mit gebrochenem Herzen. Das sah man ihr deutlich an.

»Wissen Sie, Kim hatte einen Bruder. Er starb bei einem Autounfall. Wir – ihr Vater und ich – verhielten uns ihr gegenüber nicht fair. Ganz und gar nicht. Wir suchten einen Sündenbock, jemanden, der die Schuld trägt. Das war der größte Fehler, den wir begehen konnten.« Sie schniefte, blickte zu Kim zurück – die über das Geländer der gepflasterten Brücke gelehnt hinaus auf die Felder sah – und dann wieder zu Marcus. »Ich möchte Ihnen keine Lebensweisheiten mit auf Ihren Weg geben, aber ... Machen Sie niemals diesen Fehler. Seien Sie für Ihr Kind da. Es braucht Sie.«

»Das werde ich. Danke.«

Sie wischte sich eine weitere Träne aus dem Gesicht.

Keine fünf Minuten später fuhr sie mit dem Kia davon.

Die anderen drei standen noch lange auf der Brücke über dem Graben und blickten auf die Felder hinaus. Viel wurde nicht gesprochen. Das brauchten sie auch nicht. Das Geschehen in der Ferne sprach für sich.

ENDE